アルプスの少女ハイジ

ヨハンナ・シュピリ
松永美穂＝訳

角川文庫
22516

目次

第1部　ハイジの修業と遍歴の時代

第1部　ハイジの修業と遍歴の時代

第1章　アルムのおじさんのところへ

マイエンフェルトという名前の、気持ちのいい場所にある古い小さな町から、一本の道が木のしげった緑の牧草地を抜け、山のふもとに向かってのびていました。高い山は、こちら側から見上げるととても大きく、きびしい表情で谷を見下ろしています。道が上り坂になるところから荒野が始まり、短い草や元気な薬草がいい香りを放って、そこを訪れる人々を歓迎しています。道は急勾配になり、まっすぐに高原の牧草地へと続いているのでした。

明るく晴れた六月の朝、この細い山道を、背の高いがっしりした体格の若い女が山に向かって登っていきました。一人の子どもの手を引いています。その子のほっぺたは燃えるように赤く、もともと日に焼けた茶色の肌さえも、火のように赤く輝かせていました。それも無理はありません。六月の太陽が出ていて暑い日なのに、その子はまるでひどい霜が降りるときのように、厚着をさせられていたのです。その小さな女の子はまだ五歳になるかならないかでした。でも、もともとどんな体形なのか、見てとることはできませんでした。だって、三枚か、そうでなければ明らかに二枚のワンピースを重ね着していて、その上から大きな赤い木綿の布をぐるぐる巻きにしていたからです。そのせいでその小さな子は、まったく形のわからない人物に変身していました。そして、底に釘を打ちつけた登山用の靴に足をつっこみ、汗をかきながらえっちらおっちらと山を登っていたのです。二人は谷から一時間ほど登ったところで、小さな集落にやってきました。その集落はアルム（山の上の牧草地）に行く途中にあって、「デルフリ（小さな村）」という名前で呼ばれていました。この集落に入ると、山を登っていく二人に、ほとんどすべての家から声がかかりました。窓からも、玄関からも、道からも。というのも、この若い女にとっては、ここがふるさとだったのです。でも女はどこにも立ち止まらず、あいさつの声や質問などにも、足を止めずに歩きながら返事していました。そうして集落のはずれで、ぽつぽつと建っている家の最後の一軒のところにやってきました。すると、誰かが一つのドアから呼びかけました。「ちょっとお待ちよ、デーテ。もっと上まで登るんなら、一緒に行くよ」

声をかけられた女は立ち止まりました。すると女の子はたちまち手を離して、地面に座り込みました。

「疲れたの、ハイジ？」女が尋ねました。

「ううん、暑いだけなの」と、その子は答えました。

「もうすぐ上に着くわよ。もうちょっとだけがんばって、大またで歩くのよ。そうしたら、あと一時間で上に着くわ」と、付き添いの女は励ましました。

人のよさそうな、太った女がドアから現れ、二人のところにやってきました。女の子は立ち上がり、古くからの知り合いらしいこの二人のあとについて歩いていきました。二人はたちまち元気におしゃべりを始めましたが、話題は「デルフリ」の住人や、その周辺に住む人たちのことでした。

「この子と一緒にどこに行くつもりなの、デーテ？」と、あとから加わった女が尋ねました。「どうやらあんたのお姉さんがのこした子どもみたいね」

「そうなのよ」と、デーテは答えました。「この子と一緒におじさんのところへ行くつもりなの。そこであずかってもらおうと思って」

「なんですって、アルムのおじさんにあずけるですって？　あんた、頭がおかしくなったんじゃないの、デーテ！　どうしてそんなことできるの！　あの老人は、そんな考えを聞いたらあんたをたちまち追い返すわよ！」

「そんなこと、あの人にはできないわよ。この子のおじいさんなんだから。何かするのは当然よ。これまではわたしが世話してきた。でもね、バルベル、言っておくけど、いま話が来てる仕事を、子どものためにあきらめることなんてできないの。いまこそ、おじいさんが義務を果たすときよ」

「そうね、あの人がほかの人と同じような人間だったら、もちろんそうなるんだけど」と、太っちょのバルベルは熱心にうなずきました。「でも、あの人がどんな人か、あんたも知ってるでしょ。あの人に子どものことなんてわかるかしら！　それも、こんな小さな子よ！　この子だって、あの人のところじゃ我慢できないわよ！　それにしても、あんた、どこに働きに行くつもりなの？」

「フランクフルトよ」と、デーテは説明しました。「そこに、すごくいい仕事があるの。ご主人さまたちは去年の夏、このふもとの温泉にいらっしゃったのよ。わたしがお部屋の担当になって、いろいろとお世話をしたの。そうしたら、もうそのときに、一緒にフランクフルトに来ないかって言われたのよ。でも、そのときは行けなかった。今年、その方たちがまたいらしてね、今度こそ連れて行こうと言ってくださってるのよ。そして、わたしもぜひ行きたいの。それはたしかなことよ」

「気の毒な子どもだこと！」バルベルは、とんでもない、というしぐさをしながら言いました。「山の上であの老人がどうやって暮らしているか、誰も知らないのよ！　あの人は、誰とも関わりを持とうとしない。もう長年、教会には足を踏み入れないし。一年に一度、太い杖を持ってあの人が下に降りてくると、みんなが避けるし、こわがらずにはいられないのよ。あの太い灰色の眉と、恐ろしいヒゲは、まるで異教徒かインディアンみたいに見えるわ。一人でいるときにあの人と出くわさなければ、誰でもほっと胸をなで下ろすのよ」

「そうだとしても」と、デーテは意地をはって言いました。「あの人はおじいさんなんだし、子どもの世話はしなくちゃいけないわ。この子に悪いことはしないと思う。そんなことでもしたら、責任はわたしじゃなく、おじいさんにあるんだから」

「知りたいもんだわ」と、バルベルはさぐるように言いました。「あのじいさんが、何を考えているんだか。あんなすごい目つきをしたり、一人ぼっちで山の上に暮らして、めったに姿を見せないなんて。みんな、あれこれうわさしているわよ。あんただってきっと、お姉さんから何か聞いてるでしょ、デーテ？」

「もちろん聞いてるけど、言わないわよ。だって、おじいさんの耳に入ったら、大変なことになるから！」

　しかしバルベルは、もうずっと前から、アルムのおじさんのことを知りたがっていたのでした。どうしてあんなに人を寄せつけない様子をしているのか。どうしてたった一人で山の上に住んでいるのか。どうしてみんな、おじいさんの悪口をいうのがこわいみたいに、言葉をにごしながら話をするのか。それでいて、誰もおじいさんの味方をしようとはしないのです。バルベルは、あの老人が「デルフリ」の人たち全員から「アルムのおじさん」と呼ばれている理由も知りませんでした。あの人が、村人全員のおじさんということはありえません。ただ、みんながそう呼んでいるので、バルベルもそうしていて、この地方で「おじさん」という意味の方言以外ではあの老人を呼んだことがありませんでした。バルベルは最近この村にお嫁に来たばかりで、以前はふもとにあるプレッティガウという村で暮らしていました。そのため、この「デルフリ」やその周りの土地で起こった昔からの事件や、変わった人物について、まだすべてを知っているわけではないのでした。バルベルがよく知っているデーテの方は、この村で生まれ、一年前まで母親と一緒にここに住んでいました。ところが母親が亡くなったので、ラガーツという温泉地に引っ越し、そこの大きなホテルで部屋係のメイドという、お給料のいい仕事を見つけたのです。この朝もデーテは、子どもと一緒にラガーツからやってきたのでした。マイエンフェルトまでは、干し草を運ぶ車に乗せてもらうことができました。その車の運転手が知り合いで、家に帰るついでにデーテと子どもを乗せてくれたのです。

バルベルは、何かを聞き出せる絶好のチャンスを無駄にしたくありませんでした。そこで、親しげにデーテの腕をつかんで、言ったのです。「あんたからだったら、何がほんとのことで、何がいいかげんなうわさなのか、聞けると思ったのよ。だって、あんたはそのことを全部、知っているんでしょ。あのじいさんが何をしたのか、前からあんなに恐れられていて、人々を憎んでいたのか、ちょっと教えてよ！」

「前からあんなふうだったかどうか、わたしにもはっきりわからないのよ。わたしはいま二十六歳で、おじいさんはもう七十にはなってると思う。若いときのおじいさんがどうだったかは見ていないし、あんたにも教えられないわ。でも、あとでプレッティガウじゅうの人たちに言いふらすんじゃなければ、いろいろ話してあげてもいいわよ。うちの母さんはドームレシュクの出身なんだけど、おじいさんもそうなの」

「あーら、デーテ、何を言ってるの？」バルベルはちょっと気を悪くしながら言い返しました。「プレッティガウでのおしゃべりのことは、そんなにきびしく考えないでよ。わたしだって、秘密にするべきことは自分の胸にしまっておける。だから話してちょうだい、後悔はしないはずよ」

「まあ、そうね、じゃあ、話そうかしら。でも、誰にも言わないでね！」デーテは警告しました。そして、まずあたりを見回して、子どもがすぐそばにいて、自分が話そうとすることを全部聞いていたりしないかどうか、確かめました。ところが子どもの姿が見えません。ちょっと前から、ついてきていなかったようです。二人はおしゃべりに夢中になって、そのことに気がつかなかったのでした。デーテは立ち止まり、そこらじゅうを見回しました。道はところどころ曲がってはいましたが、それでもさっきの「デルフリ」までほとんど見渡すことができました。しかし、道には誰の姿も見えません。

「あ、見えた」と、バルベルが言いました。「あそこ、見える？」バルベルは山道からずっと離れたところを指さしました。「あの子ったら、ヤギ飼いのペーターやヤギたちと一緒に、斜面を登ってる！　ペーターはきょうにかぎって、どうしてこんな遅い時間に山に登ってるのかしら？　でも、ちょうどいい。ペーターがあの子の面倒を見てくれるし、あんたはわたしに安心して話ができるわね」

「あの子の面倒を見るのは、ペーターにとってそれほど大変じゃないはずよ」と、デーテは言いました。「あの子、五歳のわりに頭がいいの。しっかりと目を開いて、何が起きているか、ちゃんと観察できる。そのことには、前から気づいてたの。そんな性格が、きっと役に立つと思う。だっておじいさんは二匹のヤギと山小屋のほかには何も持っていないんだもの」

「前はもっと財産があったの？」バルベルは尋ねました。

「おじいさん？　ええ、そうね、前はもっと物持ちだったと思う」デーテは熱心に答えました。「ドームレシュクで一番立派な農園の一つを所有していたのよ。おじいさんは長男で、弟が一人いるだけだったの。その弟は静かできちんとした人だったのよ。でも長男であるおじいさんは、いばって暮らしていて、あちこちをうろうろしては誰も知らないような悪い人たちとつきあう以外、何もしようとしなかったの。農園のお金も全部、遊びやお酒に使ってしまって、その結果、お父さんもお母さんも心痛のあまり、相次いで死んでしまったのよ。物乞(ものご)いするしかなくなっていた弟も、すっかりいやになって出て行ってしまった。どこへ行ったのか、誰も知らないの。おじいさん自身は、悪い評判以外に何もなくなってしまうと、やっぱり姿を消してしまった。最初は誰も行く先を知らなかったけど、ナポリで軍隊に入ったという話が伝わってきた。それから十二年から十五年のあいだ、誰も消息を知らなかった。そのあと、おじいさんは突然、大人になりかけの少年を連れてドームレシュクに現れたの。そして、その子を親せきにあずけようとしたのよ。でも、みんな扉を閉ざして、受け入れようとしなかったし、話も聞こうとしなかった。それでおじいさんはすごく腹を立てたの。そして、『もう二度とドームレシュクには来ない』と言ったらしい。その後、こっちのデルフリに来て、少年と暮らしたの。奥さんはグラウビュンデンの人で、おじいさんとはふもとの村で出会ったらしいけど、すぐに亡くなってしまったそうよ。おじいさんはまだ少しお金を持っていて、トビアスというその少年に、大工の手仕事を覚えさせたの。トビアスはきちんとした大人になって、村の人みんなに好かれた。でもおじいさんのことは誰も信用しなかった。ナポリから逃げてきたんだ、ってうわさしていた。そこにいられないような、都合が悪いことが起きたからだって。人をなぐり殺したのよ。戦争ではなくて、わかるかしら、けんかでなぐり殺しちゃったの。でも、うちの家では、おじいさんと親せきであることを認めたの。うちの母のおばあさんと、あの人のおばあさんがきょうだいだったからね。だからうちではあの人のことを『おじさん』と呼んで、それにあの村ではほとんど全員が父方の親せきだったから、みんながあの人を『おじさん』と呼ぶようになったのよ。そして、おじさんがアルムに上がっていってからは、ただもう『アルムのおじさん』と呼んでるの」

「でもそれじゃあ、トビアスはどうなったの」と、バルベルはうずうずしながら尋ねました。

「待ってよ、ちゃんと話すから。一度に全部なんて無理」と、デーテは言いました。「トビアスはメルスという町で見習いをしていたの。見習い期間が終わったあと、村に戻ってきて、うちのお姉ちゃんのアーデルハイトと結婚したのよ。二人は前から、お互いに好きだったの。結婚したあとも、とても仲良く暮らしていた。でも、長くは続かなかった。まだ二年しかたたないうちに、家を建てる手伝いをしていたトビアスの上に梁が落ちてきて、彼は死んでしまったの。変わり果てたトビアスが家に運ばれると、アーデルハイトはショックと苦しみのあまりひどい熱を出し、もう回復しなかった。昔からそんなに丈夫じゃなかったし。寝ているのか起きているのかわからないような変な状態になることもあった。トビアスが死んで二、三週間後には、アーデルハイトも死んで埋葬されたの。するとみんながこの二人の悲しい運命のことをうわさして、ひそひそ声や大きな声で、これはおじさんが神さまを信じないで生きてきた罰だ、と言うようになった。おじさんに面と向かってそう言う人もあったし、牧師先生もおじさんの良心に語りかけて、悔い改めるように言ったの。でもおじさんはますます怒りっぽくなり、頑固になって、もう誰とも話をしなかった。みんなもおじさんを避けるようになったの。そしたらいきなり、おじさんはアルムに上がってもう下りてこないんだ、という話になり、それ以来おじさんはあそこで、神さまとも人間とも仲たがいしたまま暮らしているのよ。アーデルハイトが生んだ小さな子どもは、うちの母とわたしで引き取ったの。まだ一歳だった。でも昨年の夏、母も亡くなって、わたしは下の温泉で仕事をするようになったから、子どもは連れていって、山の上のペッファーザー村のウルゼルおばあさんのところにあずけて、ごはんも食べさせてもらったのよ。それでわたしは冬も、温泉場で過ごすことができたの。縫いものや繕いものができるから、仕事はたくさんあったわ。そして春の初めに、去年お世話をして、わたしを一緒に連れていきたがっていたフランクフルトのご家族が、またいらっしゃったの。あさって、わたしたちフランクフルトに発つのよ。仕事の条件はすごくいいの、それは間違いない」

「それでいま、この子を上のおじいさんに押しつけようっていうのね？　あんたの考えにはおそれいったわ、デーテ」と、バルベルは非難たっぷりに言いました。「わたし、この子のために自分のできることはした。」と、デーテは言い返しました。「これからどうすればいいの？　まだ五歳の子をフランクフルトには連れていけないと思うし。でもあんた、いったいどこに行くつもりなの、バルベル？　わたしたち、もうアルムまでの道を半分くらい上がってきちゃったわよ」

「すぐ、そこまでよ」と、バルベルは答えました。「ペーターのお母さんに話があるの。冬に糸を紡いでもらうのよ。じゃ、元気でね、デーテ。うまくいくといいわね！」

デーテはバルベルと握手して、バルベルが小さなこげ茶色の山小屋に歩いていくあいだ、そこで立ち止まっていました。その小屋は道から数歩離れたくぼ地のなかにあり、山の風もそんなに強くは当たらない場所にありました。その小屋は、下の村から見るとアルムに行く半分くらいの高さのところにありましたが、山が少しへこんでいる場所にあるのはいいことでした。というのも、その小屋はすっかり古くなっていて、こわれそうに見えたからです。フェーンと呼ばれる風が山の表面に強く吹いてきて、その小屋についている扉も窓もすべてがバタバタと音を立て、朽ちかけた梁が震えたり、きしんだりしているときに、そのなかで暮らすのはとてもあぶなそうでした。もしこの小屋が上のアルムに建っていたら、そんな風が吹く日には、たちまち谷へ吹き飛ばされてしまったでしょう。

十一歳の少年、ヤギ飼いのペーターはここに住んでいました。ペーターは毎朝、下の村でヤギを集め、上のアルムに連れていって、新鮮な短い草を夕方まで食べさせていました。それからペーターは、軽々と歩くヤギたちを連れて、下まで駆けおりてきました。そして、村に到着すると鋭い指笛を鳴らし、それを聞いた持ち主たちは、広場までヤギを迎えに来るのです。といっても、迎えに来るのはたいてい小さな男の子や女の子でした。ヤギは穏やかで、こわくない動物だったからです。そして、夏のあいだじゅう、ペーターが自分と同じような子どもたちに出会うのは、一日のうちのこの時間だけでした。それ以外は、ヤギだけが仲間だったのです。家にはお母さんと目の見えないおばあさんがいましたが、ペーターは朝とても早く家を出なければならず、夕方にはできるだけ長く子どもたちとおしゃべりしようとするので、村から帰るのは遅い時間でした。そのため、家では朝、ミルクとパンを急いで飲み込み、夜もまた同じものを食べたり飲んだりして、あとは横になって眠るだけの時間しかありませんでした。以前はまったく同じ仕事をしていたので同じようにヤギ飼いのペーターと呼ばれていたお父さんは、数年前、木を切り倒していたときに事故にあって亡くなっていました。お母さんはブリギッテという名前でしたが、そういうわけで「ペーターのお母さん」とみんなに呼ばれていました。そして、目の見えないおばあさんのことは、年取った人も若い人もみんな、「おばあさん」という呼び名でしか知りませんでした。

デーテはまだそこで十分くらい立ち止まって、ヤギを連れた子どもたちの姿がどこかに見えないかと、あらゆる方向を見回していました。しかし、どこにも姿が見えないとわかると、もう少し上まで山を登り、アルム全体と谷までの風景をもっとよく見渡せる場所に来ました。そして、顔にも体の動きにも待ちきれない気持ちを表しながら、きょろきょろとあちこちを眺めていました。そのあいだに子どもたちは大きな回り道をしながら、アルムに近づいてきていました。というのも、ペーターはヤギに食べさせるのにちょうどいい茂みややぶがある場所を、たくさん知っていたからです。そんなわけで、ヤギの群れを連れてあちこち寄り道をしていたのでした。やがて、女の子が苦労しながら山を上がってきました。分厚い服を着せられて、暑いのときゅうくつなので息を切らしながら、一生懸命歩いています。その子は何も言わずにじっとペーターを見つめました。ペーターははだしで、薄い半ズボンをはき、何の苦労もなくあちこち跳びはねています。女の子はさらに、細い足でペーターよりも軽やかに、やぶや石の上を跳びこえ、けわしい斜面を登っていくヤギたちを見つめました。そして、突然地面に座り込むと、とてもすばやく靴と靴下を脱ぎすて、また立ち上がると今度は分厚い赤いショールを脱ぎました。上着のボタンを外し、それを急いで脱ぎ、それからすぐにもう一枚の服のボタンをはずし始めました。だって、デーテは、洋服を運ばずにすませようとして、その子の普段着の上に、さらに日曜日の晴れ着を着せていたのです。その子はあっというまに、普段着も脱いでしまいました。そして、身軽な下着姿になり、短いシャツの袖から満足そうにむき出しの腕をつき出していました。それから洋服を全部きちんと重ねると、ヤギたちのうしろにくっついて、ペーターと並んで跳びはねたり、よじ登ったりし始めました。ヤギと人間がひとかたまりになり、とても軽々と動いていました。ペーターはその子が立ち止まって何をしているのか、注意を払っていませんでした。いま、その子がさっきとは違う服装でこっちに跳びはねてくると、ペーターの顔全体がゆるんで愉快そうな笑顔になりました。振り向いて、その子の洋服が重ねて置いてあるのを見ると、ペーターの顔はさらに少しゆるんで、口が片方の耳からもう一方の耳まで届くくらい広がりました。でもペーターは何も言いませんでした。ペーターもしゃべり始め、たくさんの質問に答えなければいけませんでした。というのも、その子は、いったい何匹のヤギを世話しているのか、どこへ連れていくのか、そこで何をするのか、ペーターの家はどこにあるのかなど、いろんなことを知りたがったからです。そうやって、とうとう子どもたちもヤギと一緒にペーターの小屋にたどり着き、デーテから見えるところにやってきました。しかしデーテは、登ってくる子どもたちを見るやいなや、大きな声で叫びました。

「ハイジ、あんた何やってるの？　なんてかっこうなの！　どこに晴れ着や普段着やショールを置いてきたの？　山ではくための新しい靴を買ってあげて、新しい靴下も作ってあげたのに、全部なくしてしまうなんて！　ハイジ、何やってるの、洋服はどこにやったの？」

その子は落ちついて下の方を指さすと、「あそこよ！」と言いました。デーテは指さされた方を見ました。たしかに、そこには何かが置いてありました。一番上に赤い点のようなものが見えます。あれがショールに違いありません。

「まあ、おばかさんね！」デーテは興奮して叫びました。「何を考えてるの？　どうして全部脱いじゃったの？　何の真似？」

「いらないんだもん」とその子は言いました。自分のやったことをちっとも後悔していないようです。

「ああ、なんてかわいそうな、ばかな子なの、ハイジは？　頭がおかしいんじゃないの？」と、デーテはなげき、叱り続けました。「誰があれを取ってくればいいの？　また三十分かかるわよ！　ねえ、ペーター、急いで戻って、あれを取ってきてくれない？　急いでよ、まるで地面に釘(くぎ)で打ちつけられちゃったみたいにそんなところに突っ立って、こっちを見たりしないで！」

「もう手遅れだよ」ペーターはゆっくりそう言うと、ちっとも動かずに、その場に立っていました。デーテが驚いてがみがみ言うのを、そこで両手をポケットに突っ込んだまま聞いていたのです。

「あんたったら突っ立って目をむいてるだけで、ちっとも役に立たないのね」とデーテは呼びかけました。「おいで、いいものをあげる、見える？」彼女はペーターに向かって、新しい五ラッペン硬貨を差し出しました。硬貨の輝きが、ペーターの目に飛び込んできました。ペーターはいきなり跳び上がるとまっすぐに牧草地を駆け下り、信じられないようなジャンプをして、短い時間のあいだに洋服の山のところに到着しました。洋服をつかむとそれを持ってすぐに戻ってきたので、デーテもペーターをほめないわけにはいかず、すぐに五ラッペン硬貨を手渡しました。ペーターはそれをポケットの奥深くに突っ込みました。顔が明るくなり、口を思い切り広げて笑っています。そんな宝物は、そうしょっちゅう手に入るわけではなかったからです。

「その洋服、おじさんのところまで持って上がってちょうだいね。どうせそっちの方に行くんでしょ」と、デーテはペーターが住む小屋のうしろにのびる急な坂を登ろうとしながら言いました。ペーターは喜んでそれに従うと、左手で洋服を抱え、右手でヤギを追うためのムチを揺らしながら、前を行くデーテのあとについていきました。ハイジとヤギたちは、ペーターの横で楽しそうに跳びはねていました。そうやって一行は、四十五分後にアルムに着きました。山が張り出している場所に、おじいさんの小屋があらゆる方向から吹いてくる風にさらされながら建っています。しかし、そこは日もよく当たり、谷までずっと見下ろすことのできる眺めのいい場所でもありました。小屋のうしろには三本の年老いたモミの木が立ち、切り整えられていない、びっしりと葉の茂った長い枝を伸ばしています。そのさらにうしろの方は、古い灰色の岩があるところまでもう一度上り坂になっていますが、その手前には草がたくさん生えた美しい丘がありました。丘はやがて石の多いやぶに変わり、最後は草木のない険しい岩場になっていきます。

小屋の谷に面した側に、おじいさんはベンチを取りつけていました。おじいさんはそこに座って、パイプをくわえ、両手をひざに置いたまま、子どもたちやヤギ、そしてデーテが登ってくる様子をゆったりと眺めていました。デーテは、次第に子どもたちやヤギたちに追い越されてしまったのです。一番最初に上に着いたのはハイジでした。ハイジはまっすぐおじいさんのところに行くと、手を差し出し、「こんにちは、おじいさん!」と言いました。

「おや、おや、どういうことだ?」と、おじいさんはぶっきらぼうに尋ねて、ちょっとだけハイジの手を握り、ごわごわした眉毛(まゆげ)の下から、突き刺すような目でじいっと見つめました。ハイジはおじいさんに長いこと見つめられても、まばたきもせず、ずうっと見つめ返しました。おじいさんには長いヒゲがありましたし、びっしりと生えた灰色の眉毛は真ん中で一本につながったやぶのようで、見ているとほんとうに不思議だったので、じろじろ観察せずにはいられなかったのです。そのあいだにデーテとペーターも到着しましたが、しばらくそこに立って、いま起こっているできごとを眺めていました。

「おじさん、こんにちは」デーテが歩み寄って、言いました。「トビアスとアーデルハイトの子どもを連れてきました。見覚えがないかもしれませんね。一歳のころから、会っていないんですもの」

「そうだな、その子がわしのところに何の用だ?」おじいさんは短く尋ねました。「それにおまえは」と、ペーターに呼びかけて、「ヤギを連れて向こうに行っていいぞ。早く来すぎたわけじゃないからな。わしのヤギも連れていけ!」

ペーターはすぐに言うことを聞き、姿を消しました。おじさんにじろじろにらまれただけで、もう充分だったからです。

「この子はあなたのところで暮らすんです、おじさん」と、デーテは彼の質問に答えて言いました。「わたしはこの子に対して、自分のやるべきことを四年間やってきたと思います。今度はおじいさんが義務を果たす番です」

「そうか」と、おじいさんは言い、鋭く光る目をデーテに向けました。「そして、もしこの子が、ばかなちびがするように、おまえに会いたがって泣きわめいたりぐずったりしたら、わしはどうするんだ？」

「それはおじいさんの問題ですよ」と、デーテは言い返しました。「わたしがまだ一歳のこの子を両手に抱いたときだって、どうしたらいいのか、誰も教えてはくれませんでしたよ。わたしは自分や母のことでもう精一杯だったんですけどね。いまは、仕事をしに行かなくちゃいけないんです。おじいさんがこの子に一番近い身内なんですよ。もしこの子の世話ができないんなら、好きなようにしてください。あなたの責任です。もしこの子がだめになってしまっても、おじさんならいちいち気にしないでしょうけど」

デーテはハイジを置いていくことで、やましい気持ちになっていました。そのために、そんなにも興奮してしゃべり、思った以上のことまで言ってしまったのです。最後の言葉を聞くとおじさんは立ち上がり、デーテをひどくにらんだので、デーテは何歩かあとずさりました。おじさんはそれから腕を伸ばし、命令するように言いました。「とっとと下りていけ！　当分こっちには来るな！」デーテにとっては言われるまでもないことでした。「お元気で、あんたもね、ハイジ」デーテは急いでそう言うと、足早に山を下り、村まで下りていきました。心のなかの興奮が、デーテの足を蒸気機関車のように前進させたのです。村では、往きよりもずっとたくさん声をかけられました。子どもはどこに行ったのかと、みんな驚いていました。村の人たちはデーテをよく知っていましたし、あれが誰の子どもで、これまでにどんなことが起こったかも、承知していました。あらゆるドアや窓から、「あの子はどこにいるの？　デーテ、あの子をどこに置いてきたの？」という声が響くたびに、デーテはしぶしぶ、「山の上のアルムのおじさんのところよ！　アルムのおじさんのところよ、聞こえたでしょ！」と叫び返しました。

　しかし、女たちがあちこちから「どうしてそんなことができるの！」とか、「かわいそうなおちびさん！」とか、「あんな小さな寄る辺のない子どもを上に置いてくるなんて！」と言い返すので、デーテはどんどん不機嫌になっていきました。くりかえし「かわいそうなおちびさん！」と叫ぶ声がしました。デーテはできるだけ早く先へ歩いていき、もう何も聞こえなくなったときにはほっとしました。デーテも、子どもを置いてきたことで気がとがめていたのです。母親が死ぬときに、その子をデーテにあずけていったのでしたから。デーテは心を落ちつかせるために、お金をたくさんかせげばまた何かよいことをあの子にしてやれるのだ、と自分に言い聞かせました。こういうわけでデーテは、自分にあれこれ言ってくる人たちから遠く離れて、すてきな仕事につけることを、とても喜んだのでした。

第2章　おじいさんのところで

　デーテが行ってしまったあと、おじいさんはまたベンチに腰を下ろして、パイプから大きな白い煙を吐き出していました。そして、じっと地面を見つめたまま、一言も話しません。そのあいだにハイジは、楽しそうにあたりを見回していました。おじいさんの小屋にくっつけて建てられているヤギ小屋を見つけ、のぞきこみました。でも、なかには何もいません。ハイジはさらに探検を続けて、小屋の裏にある年老いたモミの木のところに来ました。すると風が枝のあいだを強く吹き抜けたので、木のてっぺんではざわざわ、がさがさという音がしました。ハイジは立ち止まり、風の音に耳を傾けました。少し静かになると、また別の角を回って、おじいさんのいる場所に戻りました。おじいさんがさっきとまったく同じ姿勢でいるのに気がつくと、ハイジはその前に行き、両手を背中に回しておじいさんを眺めていました。おじいさんは目を上げました。「何がしたいのかな？」ハイジがずっと動かずに立っていると、おじいさんが尋ねました。

「おじいさんの小屋のなかに何があるか、見てみたいの」とハイジは言いました。

「そうか、おいで！」おじいさんは立ち上がると、先に立って小屋のなかに入っていきました。

「束ねた洋服も持っておいで」小屋に入りながら、おじいさんは言いました。

「もう、いらないもん」ハイジは答えました。

おじいさんは振り返り、鋭いまなざしでハイジを見つめました。ハイジの黒い目は、小屋のなかに何があるのかとうずうずして、期待に輝いていました。「頭は悪くなさそうだ」と、おじいさんはつぶやきました。それから、「どうしてもう洋服がいらないんだ？」と、大きな声で訊きました。

「わたし、ヤギみたいに歩きたいの。ヤギの足はとっても身軽でしょ」

「そうか、それなら大丈夫だ。だが洋服は持っておいで、戸棚に入れておくから」とおじいさんは命じました。ハイジは言われたとおりにしました。おじいさんは小屋の戸を開けました。ハイジはおじいさんのあとについて、かなり大きな部屋のなかに足を踏み入れました。それは小屋全体と同じ大きさの部屋でした。テーブルと椅子が一つずつありました。部屋の隅にはおじいさんの寝床があり、もう一方の隅にはかまどがあって、大きな鍋がのっていました。一方の壁には大きな扉がついていて、おじいさんがそれを開くと、なかが戸棚になっていました。おじいさんの洋服が掛かっていて、一つの段の上に何枚かのシャツや靴下、タオルなどが置いてありました。別の段にはいくつかの皿やカップ、グラスがあります。一番上の段には丸いパンと、くん製の肉やチーズがのっていました。この戸棚には、おじいさんが持っているもの、生活に必要なものがすべてしまってあるのでした。おじいさんがこの戸棚を開けたので、ハイジは大急ぎでそのそばに行くと、自分の洋服をなかに突っこみました。簡単に見つからないように、おじいさんの服のうしろの、なるべく奥の方に入れておいたのです。それから注意深く部屋のなかを見回して訊きました。「わたしはどこで寝るの、おじいさん？」

「どこでもいいよ」おじいさんは答えました。

ハイジはその答えが気に入りました。そして、部屋のあちこちを歩き回っては、どこで寝るのが一番すてきか、一つ一つの場所を眺めてみました。おじいさんの寝床の隣には、隅に小さなはしごが立てかけてありました。ハイジがそこを上っていくと、干し草置き場になっていました。新鮮で香りのよい干し草の山があり、円い窓を通して遠くの谷まで見下ろすことができます。

「わたし、ここで寝たい」とハイジは下に向かって叫びました。「ここはとってもすてき！　上がってきて、どんなにすてきか見てごらんよ、おじいさん！」

「もう知っとるよ」下から声が響きました。

「わたし、いまからベッドを作る」ハイジはまた叫んで、忙しそうに行ったり来たりしました。「でも上に来て、シーツを持ってきてくれなきゃだめだよ。だって、ベッドにはシーツがあるはずでしょ。みんなその上に寝るんだよ」

「そうか、そうか」と下にいるおじいさんは言いました。しばらくするとおじいさんは戸棚のところに行き、なかを少し引っかき回しました。そしてシャツの下から目の粗い長い布を引っ張り出しました。麻布のようです。おじいさんはそれを持ってはしごを上ってきました。すると干し草置き場にはとても可愛いベッドが作られていました。頭がのる部分は干し草を重ねて高くしてあります。そして、開いた丸窓からちょうど外が見える場所に顔が来るようになっていました。

「うまく作ったな」とおじいさんは言いました。「いまからシーツを掛けるけど、ちょっとお待ち」おじいさんはそう言いながら、干し草の山からさらにたっぷり一抱えの干し草を取ると、かたい床を感じなくてもいいように、ベッドの高さを二倍にしました。

「さあ、シーツを持っておいで！」ハイジは麻布をすばやく手にしていましたが、運ぶことはほとんどできませんでした。それほど重かったのです。でもそれはとてもいいことでした。布がしっかりしていれば、干し草のとがった茎が布から突き出す恐れはなかったからです。二人は一緒に干し草の上にシーツを広げました。ハイジは長すぎるところや幅が広すぎるところをきちょうめんに寝床の下に折りこみました。ベッドはとてもすてきで、清潔に見えました。ハイジはその前に立って、あれこれ考えながらベッドを眺めていました。

「まだ忘れてるものがあるよ、おじいさん」ハイジは言いました。

「なんだね？」おじいさんは尋ねました。

「掛けぶとん。ベッドに入るときは、シーツと掛けぶとんのあいだにもぐりこむのよ」

「なるほど、そうなんだね？　だが、掛けぶとんがないとしたら？」おじいさんは尋ねました。

「あら、それなら大丈夫よ、おじいさん」とハイジは慰めました。「それならまた干し草を使えばいいのよ」ハイジはまた、まめまめしく干し草の山のところに行こうとしましたが、おじいさんがそれを止めました。

「ちょっと待っておいで」おじいさんはそう言うと、はしごを下りて、自分の寝床へ行きました。そしてまた上がってくると、大きくて重い麻袋を床に置きました。

「こっちの方が、干し草よりいいんじゃないか？」おじいさんは尋ねました。ハイジは力いっぱい、その袋を広げようとしましたが、小さな手にはその重い袋を広げることはできませんでした。おじいさんが手伝って、麻袋をベッドの上に広げてみると、とても立派で長持ちしそうに見えました。ハイジは目を丸くして新しい寝床の前に立つと、

「きれいな掛けぶとん、それにすてきなベッド！　いまが夜だったら、すぐに寝床に入れるのにね！」と言いました。

「まずは何か食べようじゃないか」おじいさんは言いました。「おなかは空いてるかね？」ハイジはいっしょうけんめいベッドを作っていたので、ほかのことはすっかり忘れていました。でも食事のことを考えると、急にすごくおなかが空いてきました。今朝はパンを一切れ食べて、うすいコーヒーを一杯飲んだだけでした。そうして、長い道のりを歩いてきたのです。そこでハイジは、おじいさんに同意して言いました。「うん、わたしも何か食べたい」

「意見が一致したなら、下に降りよう」おじいさんはそう言うと、ハイジにぴったりく

っついて下りていきました。それからかまどに行って大きい鍋をどけると、鎖にかけてあった小さい鍋を引き寄せました。それから座るところが丸くなっている、木でできた三脚の腰かけに座ると、火を吹いて明るく燃え上がらせました。鍋のなかでは何かが煮え始めました。おじいさんは鉄でできた長いフォークの先にチーズの大きなかたまりを刺すと火の上にかざし、全部が黄金色になるまで何度もひっくりかえしました。ハイジは注意深く見ていました。すると、何か新しいことが頭に浮かんだようです。ハイジは突然飛び上がり、戸棚の方に走っていくと、行ったり来たりしました。おじいさんが鍋とフォークに刺した焼きチーズを持ってテーブルに歩いてくると、そこにはもう丸パンと二枚の皿と二本のナイフが、きちんと並べられていました。ハイジは戸棚のなかにあるものを全部きちんと覚えていて、何がすぐ食事に必要になるか、わかっていたのです。

「そうか、自分でちゃんと考えることができるのは偉いな」おじいさんはそう言うと、パンを受け皿代わりにして、チーズをその上にのせました。「だが、まだ足りないものがあるな」

　ハイジは食欲をそそる湯気が鍋から上がっているのを見て、また戸棚の方に駆けていきました。でもそこには、鉢は一つしかありませんでした。ハイジはそれほど長いあいだ困ってはいませんでした。鉢の向こうには二つのグラスがあったからです。ハイジはすぐに戻ってくると、鉢とグラスを一つずつテーブルにのせました。

「それでいい、おまえはよく気がつく子だ。だが、どこに座るかね？」たった一つの椅子には、おじいさん自身がすでに座っていました。ハイジはさっとかまどのところに行くと、小さな三脚椅子を持ってきて、その上に座りました。

「少なくとも座るところはできた。それは確かだけれど、ちょっと低すぎるな」おじいさんは言いました。「でもわしの椅子も、テーブルに届くには低すぎるだろう。また何か工夫せんといかんな。じゃあ、こうしよう！」おじいさんは立ち上がり、鉢にミルクを注ぐと、それを椅子にのせ、椅子ごと三脚のそばに持っていきました。その椅子がハイジにとっては、テーブル代わりになりました。おじいさんはパンの大きな一切れをそこに置き、黄金色のチーズをその上にのせて、「おあがり！」と言いました。おじいさん自身はテーブルの端に座って食事を始めました。ハイジは鉢をつかんで、ひと息にごくごく飲みました。長旅ですっかりのどが渇いていたのを思い出したからです。それから大きく深呼吸をしました。あまりに長く飲み続けたので、息を吸う暇がなかったのです。そうして、鉢を置きました。

「ミルクはおいしかったかい？」おじいさんが尋ねました。

「こんなにおいしいミルクを飲んだのは初めてよ」ハイジは答えました。

「それなら、もっとお飲み」おじいさんは鉢をまた上までいっぱいにすると、ハイジの前に置きました。ハイジはやわらかくなったチーズをパンに塗りつけて、満足そうにかぶりついていました。焼いたチーズは、バターのようにやわらかくなっていたのです。パンとチーズを一緒に食べるとすごくいい味でした。ハイジはパンを食べる合間にミルクを飲み、とても満足そうに見えました。食事が終わるとおじいさんはヤギ小屋に行き、いろいろな仕事をしなくてはいけませんでした。ハイジは注意深くおじいさんがやることを見ていました。まずほうきで掃除をし、ヤギたちが横になれるように新鮮なわらを撒きます。それからおじいさんは隣にある小さな納屋に行き、丸い棒を切って、一枚の板のあちこちを刻むと、そこに穴を開け、丸い棒を差しこんで立てました。するとそれはたちまち、おじいさんのと同じような椅子になりました。ただ、おじいさんの椅子よりはずっと背が高いのです。ハイジは感心のあまり言葉も出せずに、おじいさんの作業をじっと見つめていました。

「何だかわかるかね、ハイジ？」おじいさんが尋ねました。

「わたしの椅子でしょ、こんなに背が高いんだもの。あっという間にできちゃったね」

ハイジは心から驚き、すっかり感心しながら言いました。

「この子は、見たものがちゃんとわかる。なかなか賢い子だな」おじいさんは独り言をいいながら、小屋の周りをぐるりと回って、あちこちに釘を打ちつけたり、扉のところで何かを固定したりしました。そうやって、金槌と釘と木ぎれを持って、一つの場所から別の場所へと歩き回り、何かを直したり、必要に応じて取り除いたりしました。ハイジは一歩一歩おじいさんのあとについて歩き、とても集中しておじいさんのやることを見ていました。何を見てもおもしろくて、ぜんぜん飽きないのでした。

　そうこうしているあいだに、夕方になりました。年取ったモミの木が前よりもざわざわ音を立て始め、強い風が向こうから吹いてきて、びっしりと茂った木の梢をがさがさと鳴らしました。その音は、ハイジの耳と心にはとても美しく響いてきたので、ハイジはうれしくなり、まるで聞いたこともない喜びを体験したみたいに、モミの木の下をぴょんぴょん跳びはねました。おじいさんは納屋の入り口に立って、ハイジを見ていました。すると、甲高い口笛が聞こえてきました。山の上の方からヤギたちが追われるようにぴょんぴょん走ってきていましたが、その真ん中にペーターもいました。ハイジは跳びはねるのをやめ、おじいさんは外に出てきました。ハイジは歓声をあげて群れのなかに駆け込むと、今朝会って友だちになったヤギたちに、一匹一匹あいさつし始めました。小屋のところまで来るとヤギたちは静かに立ち止まり、群れのなかから二匹の美しいほっそりしたヤギが歩み出てきました。白いヤギと茶色いヤギです。この二匹はおじいさんに歩み寄ると、両手をなめました。おじいさんは毎晩ヤギたちを出迎えるときにするように、手にほんの少し塩を持っていたのです。ペーターはほかのヤギたちを連れて、行ってしまいました。ハイジは二匹のヤギをやさしくかわりばんこになで、反対側からもなでることができるように、ヤギの周りを跳びはねました。ヤギたちといるのがとても楽しそうで、幸せそうでした。「これ、うちのヤギなの、おじいさん？　二匹ともうちの？　ヤギ小屋に入るの？　いつもうちにいるのね？」ハイジは楽しそうに、次々と尋ねました。おじいさんはそのたびに「そうだ、そうだ」と答えるのでしたが、矢つぎばやの質問のあいだにその答えを差しはさむのは大変でした。ヤギたちが塩をなめてしまうと、おじいさんは言いました。「小屋のなかに行って、鉢とパンを持っておいで！」

ハイジは言われたとおりにして、すぐに戻ってきました。するとおじいさんは白いヤギの乳を絞って鉢をいっぱいにしてくれました。それからパンを一切れ切り取ると、

「さあ、お食べ。食べ終わったら上に行って寝るんだよ！　デーテおばさんは、もう一つ荷物を置いてってくれた。おまえのシャツやら何やらが入っていると思うよ。下の戸棚に入っているから、いるものがあったらお出し。わしはヤギたちを連れていかなくちゃいかん。おやすみ！」といいました。

「おやすみ、おじいさん！　おやすみ……おじいさん、ヤギたちはなんて名前？」ハイジは大声で訊き、向こうに行こうとしているおじいさんとヤギたちのあとを追いました。

「白いのはスワン、茶色いのはクマだ」おじいさんは答えました。

「おやすみ、スワン、おやすみ、クマ！」ハイジは力いっぱい叫びました。というのも、ちょうど二匹がヤギ小屋に入っていったからです。それからハイジはベンチに座ってパンを食べ、ミルクを飲みました。でも強い風にほとんど吹き落とされそうになったので、大急ぎで食べ終わると小屋に入り、ベッドのところに上がっていきました。そして、まるで王さまのベッドで眠っているみたいに、すぐにぐっすりと眠りこみました。そのあと、たいして間をおかず、まだすっかり暗くなる前に、おじいさんも寝床に横になりました。朝になったら、また太陽とともに外に出るつもりだったのです。それに、夏のあいだ、太陽は山の上にとても早く昇ってくるのでした。夜のあいだ、風はひどく吹き荒

れていました。風がぶつかるたびに、小屋全体ががたがた揺れ、梁がぱきぱき音を立てました。風は煙突のなかを、泣き声みたいにわめきながら通り過ぎました。年取ったモミの木にも猛烈な勢いで風が吹きつけたので、あちこちで枝が折れてしまいました。真夜中、おじいさんは起き上がると小さな声で「あの子はこわがっているだろうな」とつぶやきました。おじいさんははしごを上り、ハイジの寝床のそばに行ってみました。外では月が明るく照らしながら空にかかっていましたが、風に運ばれた雲がまた月をおおい隠してしまって、すべてが暗くなりました。しかしそのあと、月の光が輝きながら丸窓から差しこんできて、ちょうどハイジの寝床を照らしました。ハイジは真っ赤な頰をして、重たい掛けぶとんの下で眠っていました。むき出しの腕に頭をのせて、穏やかに平和に横たわり、何か楽しげな夢を見ているようでした。とても心地よさそうな顔をしていたのです。おじいさんは月がまた雲に隠れて暗くなってしまうまで、すやすやと眠っている子どもをずうっと見下ろしていました。そうしてまた、自分の寝床に戻っていきました。

第3章　牧場(まきば)で

ハイジは翌朝、大きくひゅっと鳴る口笛を聞いて、目を覚ましました。両目を開くと、丸窓から黄金の光がベッドや干し草の上に差しこんでいて、あたり一面、金色に輝いていました。ハイジは驚いて周りを見回し、最初は自分がどこにいるのかわかりませんでした。でも外からおじいさんの低い声が聞こえてきたので、いまは山の上のおじいさんのところにいるのだと思い出しました。昨日までは年とったウルゼルおばあさんのところにいたのですが、おばあさんはもうほとんど耳が聞こえず、寒がってばかりいました。それでいつも台所の火のそばか、部屋のストーブのそばに座っていたのですが、おばあさんの耳が聞こえないので、せめて姿が見えるように、ハイジもいつもそこに座るか、すぐ近くにいなければいけませんでした。ハイジにとって、ずっと部屋のなかにいるのはときにはすごく窮屈なことで、できれば外に出たいと思っていました。そういうわけで、新しい家で目を覚まし、昨日はどんなにたくさん新しいものを見られたかを思い出すと、とてもうれしい気持ちになったのです。きょうもまた、たくさんのもの、特にスワンとクマを、見ることができます。ハイジは急いでベッドから出ると、あっというまに昨日着ていた洋服をまた身につけました。昨日はごく薄着だったのです。それからはしごを下りて、小屋の外に飛び出しました。するとそこにはもうヤギ飼いのペーターとヤギの群れがいて、ちょうどおじいさんがスワンとクマをヤギ小屋から出し、ほかのヤギたちの仲間に入れたところでした。ハイジはおじいさんとヤギたちに「おはよう」を言うために走っていきました。

「一緒に牧場に行くかね？」おじいさんが尋ねました。まさに願ってもないことだったので、ハイジは喜びのあまり、ぴょんぴょん跳びはねました。

「だが、まず顔を洗ってきれいにしてからだよ。そうじゃないとお日さまに笑われる。お日さまがあんなにきれいに空で輝いているのに、おまえが真っ黒だったりしたら。ごらん、あそこに準備ができてるよ」おじいさんは扉の前の日なたにおかれている、水がたっぷり入った大きな桶を指さしました。ハイジはそっちに飛んでいくと、顔がすっかりきれいになるまで、水をバシャバシャやってこすりつけました。そのあいだにおじいさんは小屋に入り、外にいるペーターに呼びかけました。「ヤギの大将、袋を持って、こっちにおいで！」ペーターは驚いて、言われたとおりにし、みすぼらしいお弁当が入っている袋を差し出しました。

「袋をあけて！」おじいさんはそう命令すると、大きなパンと、大きなチーズのかたまりをなかに押しこみました。ペーターはびっくりして、これ以上ないくらい目を丸くしました。だって、そのパンとチーズは、ペーターが袋に入れていたお弁当の一・五倍くらい大きかったのです。

「そう、あとは椀も入れなくちゃな」と、おじいさんは言いました。「この子はまだ、おまえみたいにヤギの乳を直接飲むことはできんからな。お昼にはこの椀に二杯分、乳をしぼってやってくれ。この子はおまえと一緒に山に行って、おまえが戻ってくるまで一緒にいるから。岩から落ちたりしないように、気をつけてくれよ、いいね？」

　ハイジが走って小屋に入ってきました。「これならもうお日さまに笑われないでしょ、おじいさん？」ハイジは熱心に尋ねました。おじいさんが桶の横に置いてくれた目の粗い布で、お日さまに笑われまいとして顔や首や腕を一生懸命にこすったので、カニのように赤くなっていました。おじいさんはくすくす笑いました。

「そうだね、もう笑われないよ」おじいさんは太鼓判を押しました。「でも、いいかい？　夕方もどってきたら、今度は魚みたいに、桶のなかにすっぽりつかるんだよ。だって、ヤギみたいに外を歩くと、足が黒くなるからね。じゃあ、もう出発してもいいぞ」

　二人は楽しく、牧場に登っていきました。風が夜のあいだに、最後の雲のかけらも吹き飛ばしていました。目の届くかぎり、濃い青色の空が広がっています。その真ん中に輝く太陽があり、緑の牧場を照らしていました。草地に散らばる青や黄色の花はみんなつぼみを開いて、うれしそうにお日さまを見上げています。ハイジはあちこち跳びまわり、歓声をあげました。きれいな赤いサクラ草がびっしり集まって咲いていたり、美しいリンドウがぴかぴかの青い花をつけていたり、いたるところで葉っぱのやわらかな黄金のミヤマキンポウゲの花が、日に当たって笑ったりうなずいたりしていたからです。

キラキラ輝いて合図を送ってくる花々にうっとりしたハイジは、ヤギやペーターのことさえ忘れてしまいました。ハイジは道すがら、ずっと先に立ってぴょんぴょん跳びはねたり、道ばたに立ち止まったりしました。赤や黄色の花がちらちらと光り、あらゆる方向からハイジを誘っていたからです。ハイジはあちこちで花を摘みまくり、エプロンに包み込みました。全部持って帰って寝床の干し草に差しこんだら、この野原のようにきれいになると思ったのです。そのおかげでペーターは、あちこちを見張らなくてはいけませんでした。ペーターのくりくりした丸い目は、それほどすばやく動くわけではなかったのですが、きょうの仕事はほんとうに手に負えませんでした。ヤギたちもハイジの真似をして、あちこちに走っていってしまったので、ばらばらになったヤギを呼び集めるために、いろいろな方角に向かって口笛を吹いたり、叫んだり、ムチを振り回したりしなくてはいけなかったのです。

「どこに行っちゃったんだよう、ハイジ？」ペーターはかなり腹を立てながら呼びました。

「ここだよ」という声がどこかから聞こえてきます。でもペーターには誰の姿も見えませんでした。ハイジは小さな丘の向こうで、香りのよいプルネラがびっしり生えている地面に座っていたからです。そこには、ハイジがこれまでかいだことがないようないい香りが満ちあふれていました。ハイジは座って花に顔をうずめると、胸いっぱいにその香りを吸い込みました。

「ついてきてよ！」ペーターがまた呼びかけました。「岩から落ちたりしたらだめだぞって、おじいさんに言われたんだよ」

「岩はどこにあるの？」ハイジは聞き返しましたが、その場所から動きませんでした。そよ風が吹くたびに、甘い香りがハイジの方に流れてきたからです。

「あの上、ずっと上の方だよ。まだだいぶん先なんだ。だからついてきてよ！　一番高いところには、年とったタカがいて鳴いてるよ」

この言葉が効果を発揮しました。ハイジはすぐに跳び上がって、エプロンいっぱいの花を抱えてペーターの方に走ってきました。

「それだけあれば充分だろ」また一緒に山を登り始めたとき、ペーターが言いました。

「そうしないとずっとあそこに座ってることになるし、そしたら明日摘む花がなくなるだろ」それを聞いて、ハイジはハッとしました。これ以上入らないほど、エプロンいっぱいに花を持ってきてしまったのですが、あそこの花はまだ明日も咲いているに違いありません。そこでハイジはペーターにくっついて歩いていきました。ヤギたちも、いまではきちんとついてきていました。高い牧場にあるおいしい草の匂いがもう遠くから漂ってきていたので、足を止めずにどんどん進んでいったのです。ペーターがいつもヤギたちを連れていって昼のあいだ放し飼いにしている牧場は、高い岩山のふもとにありました。岩山の下の方はまだ茂みやモミの木でおおわれていましたが、頂上はむきだしの岩になっていて、天に向かってけわしくそびえています。岩山と反対側には深い岩の裂け目があり、おじいさんが気をつけろと言うのはもっともなことでした。この牧場に到着すると、ペーターは袋を肩から下ろし、地面が少しくぼんでいるところに用心深く置きました。ときどき突風が吹くことがあるのを知っていて、自分の大事なお弁当が山を転がり落ちたら困ると思ったからです。それからペーターは日当たりのよい牧場の地面で横になりました。山を登ってくるのは大変だったので、一休みせずにはいられないのです。

ハイジはそのあいだに、エプロンを外して花を包んだままくるくると丸め、お弁当袋の奥に突っ込みました。そして、寝そべっているペーターの隣に座ると、あたりをきょろきょろ見回しました。ずっと下の方に見える谷が、朝日をいっぱいに受けて輝いています。ハイジの目の前には、大きな雪原が濃紺の空に向かって広がっていました。その左手には、ものすごく大きな岩山がそびえ立っています。その周りでは高い塔のような岩が、むき出しのとがった先端を青空に向け、きまじめにハイジを見下ろしていました。ハイジはひっそりと静かに座って、あたりを見回しました。その周辺すべてが、大きな深い静寂に包まれていました。ただ風だけが、細い茎を伸ばして一面に咲き乱れているかわいい青いつりがね草や、黄金に輝くミヤマキンポウゲの花の上を、やわらかく低く吹き抜けていきます。花は楽しそうに左右に揺れました。ペーターは山登りの疲れで眠ってしまいました。ヤギたちは、牧場の上の茂みのあたりによじ登っています。ハイジは、これまでに感じたことがないほどいい気持ちでした。お日さまの金色の光を浴びて、新鮮な空気ややさしい花の香りを吸い込み、ずっとここにいること以外に、何の望みもありませんでした。そうやって楽しいときが過ぎていき、ハイジは高い山々を何度もじいっと見上げていたので、山々にも人間の顔のような表情が見えてくるようになりました。山は、まるで仲のよい友だちのように、なじみになった顔でハイジを見下ろしていました。

そのときハイジは、頭上で鋭い大きな鳴き声が響き渡るのを聞きました。見上げると、これまでに見たこともないような大きな鳥が、広々と翼を広げて飛んでいました。大きなカーブを描いて何度も飛んできては、ハイジの頭上で耳をつんざくような大声をあげています。

「ペーター！　ペーター！　起きてよ！」ハイジは大声で呼びかけました。「見て、タカがいるよ、見て！　見て！」

ペーターはその声を聞いて起き上がり、ハイジと一緒に鳥を見上げました。鳥はどんどん高く青空に向かって舞い上がっていき、最後は灰色の岩の向こうに消えてしまいました。

「どこに行ったのかな？」息をひそめて鳥を見守っていたハイジが尋ねました。

「巣に戻ったんだよ」ペーターは答えました。

「向こうに巣があるの？　そんな高いところにいるなんて、すてきだね！　どうしてあんな声で鳴くのかな？」ハイジがまた尋ねました。

「鳴くのが仕事だからだよ」ペーターが説明しました。

「あの上に登って、どこに巣があるか、見てみない？」ハイジが提案しました。

「えーっ！　だめ、だめ、だめ！」ペーターは叫びました。ひとこと言うたびに、そんなことしちゃいけない、という気持ちが強く表れてきます。「ヤギだってあそこには登れないんだから。それに、おじいさんが、岩から落ちたらだめだって、言ってただろう！」

　ペーターはいきなり力強い口笛を吹いて、呼び声をあげました。何が起こるのか、ハイジにはさっぱりわかりませんでしたが、ヤギたちにはわかったようです。一匹また一匹と斜面から飛びおりてくると、群れ全体がなだらかな緑の斜面に集合しました。あるものは風味のいい草の茎をかじっていますし、あるものはあちこち走り回り、あるものは退屈してちょっと角を突き合わせたりしています。ハイジは跳び上がって、群れの真ん中を走りまわりました。ヤギたちが跳びまわってふざけている様子は、ハイジにとってまったく新しい、言葉にできないほど楽しい光景だったのです。ハイジは一匹一匹のヤギのところに跳んでいって、お友だちになりました。ヤギたちにはそれぞれ特徴があり、くせがありました。そのあいだにペーターは袋を取ってきて、なかに入っていた四つのかたまりを、地面にきれいに四角く並べました。大きなかたまりはハイジの方に、小さなかたまりは自分の側に。ペーターにはどれが自分の分か、よくわかっていたからです。ペーターは椀(わん)を手に取ると、スワンからおいしい新鮮なミルクをしぼってそのなかに入れ、四角形の真ん中に置きました。それからハイジを呼びましたが、ヤギを呼ぶときよりも時間がかかりました。ハイジは新しい遊び友だちがぴょんぴょん跳ねたりふざけたりするのを見て、すっかり夢中になり、大喜びしていたからです。ほかのものはぜんぜん目に入らず、聞こえてもいませんでした。でもペーターは、ハイジの注意をこちらに向ける術(すべ)を心得ていて、高い岩山まで響くほどの大声で叫んだので、ようやくハイジも戻ってきました。ペーターが地面に用意してくれた食事はとてもすてきだったので、ハイジはご機嫌になって跳びはねました。

「跳ぶのはやめて。もうごはんの時間だよ。座って食べようよ!」とペーターが言いました。

ハイジは腰を下ろしました。「このミルク、わたしのなの?」きれいに四角く並べられたお弁当と、その真ん中に置かれた椀をもう一度うれしそうに眺めながら、ハイジは尋ねました。

「そうだよ」とペーターは答えました。「それに、二つの大きなかたまりもだよ。ミルクを飲み終わったら、スワンのお乳をもう一度しぼってやるよ。それからおれの番なんだ」

「あなたは誰のミルクを飲むの?」ハイジは知りたがりました。

「うちで飼ってるぶちのヤギからだよ。さあ、もう食べなよ!」とペーターはうながしました。ハイジはミルクを飲み始め、椀が空っぽになると差し出しました。するとペーターは立ち上がって、二杯目をしぼってくれました。ハイジは自分のパンを割って一方を取り、ペーターが持ってきたお弁当よりも大きいもう片方を、チーズの大きなかけらと一緒に差し出しました。ペーターの方は、自分のお弁当をチーズもひっくるめて、ほとんど食べ終えそうになっていたのです。ハイジは言いました。「これ食べていいわよ、わたし、いっぱいあるから」

ペーターは言葉が出ないほど驚いて、ハイジを見つめました。生まれてからこれまで、ペーター自身はそんなふうに誰かにものをあげたことなんて、一度もなかったのです。ペーターは少しためらっていました。ハイジが本気で言っているとは、信じられなかったのです。でもハイジははっきりと、パンやチーズを差し出していました。そして、ペーターがなかなか取ろうとしないので、膝の上に置いてあげました。ペーターには、ハイジが本気だったことがわかりました。もらったものをつかむと、感謝の気持ちを込めてうなずき、これまでのヤギ飼いの生活のなかで一度も食べたことがないような、たっぷりのお昼ごはんを食べました。ハイジはそのあいだにも、ヤギの方を見やっていました。「この子たちはみんな、何て名前なの、ペーター？」とハイジは尋ねました。

ヤギの名前なら、ペーターはしっかり心得ていました。ほかには覚えることもあまりなかったので、それだけちゃんと頭に入れておくことができたのです。そういうわけで、ヤギの名前を言い始め、次から次へ、その名前がつけられているヤギを指さしながら、よどみなく説明することができました。ハイジはしっかりと集中しながら説明に耳を傾けていたので、全部のヤギを区別することができるようになり、それぞれを名前で呼べるようになるまで長くはかかりませんでした。どのヤギにも、すぐに記憶に残るような特徴があったからです。すべてのヤギをじっと見るだけでいいのでした。そしてハイジは、実際にじっとヤギたちを見ていました。強い角を持っている、トルコという名前の大きなヤギがいました。トルコはその角で、ほかのヤギたちを突きたがりました。ほとんどのヤギは、トルコが来ると逃げ出して、この乱暴者を相手にしたがりませんでした。ただ、ヒワと呼ばれている無鉄砲でやせっぽちの機敏なヤギだけが、トルコから逃げようとしませんでした。それどころか自分から三回も四回も、すばやくしたたかに、トルコに突きかかったのです。大きなトルコは驚いて立ち止まり、それ以上攻撃しようとはしませんでした。だってヒワはいまにもけんかがしたくてうずうずしていましたし、角も鋭かったからです。それから、小さくて白いユキピョンがいました。ユキピョンはいつも何かを訴えたりお願いしたりするように鳴いていたので、ハイジは何度もユキピョンのところに行き、慰めるように頭を抱いてやりました。ハイジはいまも、ユキピョンのところに駆けていきます。だって、ユキピョンの嘆くような幼い声が、またしても何かをお願いするように聞こえてきたからです。ハイジはヤギの首に腕を回すと、心配そうに訊きました。「どうしたの、ユキピョン？　どうして助けを求めているの？」そのヤギは信頼に満ちた様子でハイジに体を押しつけました。ペーターは座っている場所から、ときおり中断しつつも大声を出していました。というのも、いまだにパンを嚙んだり飲み込んだりしていたからです。「ユキピョンが鳴いているのは、年上のヤギが一緒にいないからだよ。飼い主が、年上のヤギを一昨日マイエンフェルトの人に売ってしまったんだ。だから、もう牧場に来ないんだよ」

「年上のヤギって?」ハイジは訊きかえしました。

「ああ、お母さんヤギのことだよ」というのが答えでした。

「おばあさんはどこにいるの?」ハイジはまた大声で尋ねました。

「おばあさんはいないんだよ」

「じゃあ、おじいさんは?」

「いない」

「かわいそうなユキピョン」とハイジは言って、ユキピョンの体をやさしく抱き寄せました。「でも、もうそんなに悲しまないでね。わかる、これからはわたしが毎日、一緒にここに来るわ。そしたらもうそんなにひとりぼっちじゃないよ。寂しくなったら、わたしのところに来ればいいんだもん」

　ユキピョンは満足そうに、ハイジの肩に頭をこすりつけ、もう悲しげな鳴き方はしませんでした。そのあいだにペーターもお昼ごはんを食べ終え、ヤギの群れやハイジがいるところにやってきましたが、ハイジはまたもやあれこれ観察を始めていました。

　群れのなかでとびきり美しく清潔なヤギは、スワンとクマでした。この二匹にはどこか気品があり、たいていは自分たちの行きたいところに行っていました。そして、あの乱暴なトルコのことは、いつも軽蔑(けいべつ)したようにはねつけていました。

ヤギたちはまた茂みに向かって登り始めましたが、それぞれ独特の動きをしていました。あるものは軽やかにすべてを跳びこえ、あるものは慎重においしい草を探しながら歩いていましたし、トルコはあちこちで自分の攻撃力の強さを試していました。スワンとクマはみごとに軽々と斜面を登り、すぐに一番すてきな茂みを見つけると、器用にそのそばに立ち、かわいらしく草を食(は)んでいました。ハイジは両手を背中に回して立ち、すべてのヤギたちをとても注意深く眺めていました。

「ねえ、ペーター」と、ハイジはまた地面に寝ころんでいるペーターに向かって言いました。「群れのなかで一番きれいなのは、スワンとクマだね」

「そんなことわかってるよ」というのが答えでした。「アルムのおじさんは、ヤギをちゃんと洗ってやってるし、塩も食べさせて、ヤギ小屋だって一番きれいなんだからな」ところがペーターは急に飛び起きて、大またでヤギたちの方に駆け出しました。ハイジもあとからついていきました。何か起こったに違いないと思うと、じっとしていられませんでした。ペーターはヤギの群れのなかを、岩がむき出しになり、切り立って下に落ち込んでいるところに向かって走りました。軽率なヤギがそっちの方に行ってしまったら、簡単に落っこちて、足の骨を全部折ってしまいそうでした。ペーターは、出しゃばりのヒワがそっちの方に跳ねていくのを見たのです。そして、ぎりぎりのところで間に合いました。だって、ヒワはもう絶壁のふちまで来ていたのです。ペーターはヒワをつかまえようとしましたが、地面に倒れてしまい、ヒワの片足をつかんで持つことしかできませんでした。ヒワはびっくりして、怒って鳴きました。そんなふうに片足をつかまれて、楽しく歩きまわることができなくなったからです。ヒワは頑固に前に進もうとしました。ペーターはハイジに「手伝って！」と叫びました。立つことができませんでしたし、ヒワの足を引き抜かんばかりになっていました。ハイジはすぐに駆けつけて、ペーターとヒワが困ったことになっているのを見ました。ハイジはいい匂いのする草を地面からむしり取ると、それをヒワの鼻先に持っていき、なだめるように言いました。

「おいで、おいで、ヒワ、いい子にならなきゃだめよ！　ごらん、ここからだと下に落ちて足を折っちゃうでしょ。きっとものすごく痛いよ」

ヤギはすぐに向きを変え、ハイジの手から満足そうに草をもらって食べました。そのあいだにペーターは両足で立ち上がり、ヒワの首の鈴のところにつけてある紐をつかみました。ハイジも反対側からこの紐をつかみ、二人はこの逃亡者を、穏やかに草を食べている群れのなかに連れて帰りました。ペーターは安全な場所に来ると、ムチを振り上げ、罰としてヒワをさんざん叩こうとしました。ヒワは何が起こるのか気がついて、おずおずとあとずさりしました。ハイジが大声をあげました。「だめよ、ペーター、叩いちゃだめ！　見て、こわがってるじゃないの！」

「だって当然の罰だろ」とペーターはうなり、なぐりかかろうとしました。でもハイジがその腕のなかに跳び込んで、憤慨しながら叫びました。「何もしちゃだめよ、痛いんだから。放してあげて！」

ペーターはびっくりして、自分を止めるハイジを見ました。ハイジの黒い目が自分に向かって光っていたので、ペーターは思わずムチを下ろしました。「明日またチーズを分けてくれるなら放してやってもいいよ」ペーターは引き下がりましたが、さっきびっくりさせられた償いに、何かほしいと思ったのです。

「チーズは全部あげるよ」と、ハイジはうなずきながら言いました。「明日も、そのあともずっと。わたしはいらないもん。それに、パンだってきょうみたいにたくさん分けてあげる。だから、ヒワのことは絶対叩いちゃだめだよ。ユキピョンやほかのヤギのこともね」

「かまわないさ」とペーターは言いました。ペーターとしては、これが同意の印だったのです。ペーターが放してやったので、ヒワはうれしそうに高く跳びはねながら群れのなかに入りました。

気づかないうちに、時間はどんどん過ぎていきました。太陽はもう、山のはるか向こうに沈もうとしています。ハイジはまた地面に座り、黄金の夕日を浴びて輝くつりがね草やミヤマキンポウゲを眺めていました。あたり一面の草が、金色を帯びていました。岩山もキラキラと輝き始めたので、ハイジはいきなり跳び上がると叫びました。「ペーター！ ペーター！ 燃えてるよ！ 山も、その上の雪のかたまりも、空も。わあ、見て！　見て！　高い岩山が炎みたいになってる！　雪も、火みたいな色！　ペーター、見て、火がタカのところまで行っちゃう！　岩山を見て！　モミの木を見て！　全部、燃えてるよ！」

「いつもこうなるんだよ」ペーターはのんびりと答えて、手作りのムチを削り続けていました。「火が燃えてるんじゃないんだ」

「じゃあ、何なの？」とハイジは叫び、周りの景色が全部見えるように、あっちへこっちへと跳びはねました。いくら見ても見飽きないほど、どこを見ても、すばらしかったのです。「ペーター、これは何なの？　これは何なの？」ハイジはまた叫びました。

「ひとりでにそうなるんだよ」とペーターは説明しました。

「わあ、見て、見て！　急にバラ色になった！　雪と、とがった高い岩山を見て！　あれは何て名前なの、ペーター？」ハイジはとても興奮していました。

「山には名前はないよ」ペーターは答えました。

「わあ、何てきれいなの、バラ色の雪を見て！　上の岩のところにたくさんのバラが咲いてるみたい！　あ、でも灰色になっちゃう！　わあ！　わあ！　全部消えちゃった！　全部消えたよ、ペーター！」ハイジは地面に座り込んで、ぼうぜんとしていました。まるで本当にすべてが終わってしまうかのようです。

「また明日見られるさ」とペーターは説明しました。「さあ、立って。おれたちも帰らないと」

口笛を吹いたり大声で呼んだりしてヤギたちを集めると、二人は帰り始めました。

「毎日こんなふうなの、牧場にいるときは毎日？」ハイジはペーターと一緒に山を下りながら、「そうだよ」と言ってほしくてうずうずしながら尋ねました。

「たいていはね」とペーターは答えました。

「でも、明日もまたこうなるの？」ハイジは知りたがりました。

「うん、明日もだ！」ペーターは太鼓判を押しました。

するとハイジはまたうれしくなりました。きょう一日でとてもたくさんのことを見たり聞いたりし、いろいろなことが頭のなかを駆けめぐっていたので、とても静かに下りていきました。やがて小屋に到着し、おじいさんがモミの木の下に座っているのが見えました。おじいさんはそこにも一つベンチを置いて、夕方、ヤギたちが下りてくる道の傍らで待っていたのです。ハイジはすぐ跳び上がって、おじいさんのところに走っていきました。スワンとクマもついていきます。ヤギたちは、自分のご主人とヤギ小屋の場所をよく知っていたのでした。ペーターがハイジのうしろから呼びかけました。「じゃあ、また明日ね！　おやすみ！」ペーターは、ハイジにぜひまた来てほしいと思っていたのです。

するとハイジは戻っていってペーターと握手し、明日も一緒に行くからと約束しました。そして、帰っていくヤギの群れのなかにまた跳び込むと、ユキピョンの首をもう一度抱いて、やさしく言いました。「おやすみ、ユキピョン。悲しそうに鳴かないでもすむように、わたしが明日もまた来るってこと、忘れないでね！」

ユキピョンは感謝するように穏やかにハイジを見上げてから、うれしそうに群れのあとについていきました。

ハイジはモミの木の下に戻ってきました。

「ねえ、おじいさん、とってもすてきだった！」おじいさんのところに着く前に、ハイジは叫びました。「火も、岩山に咲いたバラも、青や黄色の花も。見て、おみやげに持ってきたのよ！」そういうとハイジは折りたたんだエプロンから、おじいさんの前にたくさんの花を落としました。でも、かわいそうな花たちは、ひどい状態でした！ハイジには摘んだときと同じ花とは思えませんでした。すべてが干し草のようになっていて、花ももう開いてはいなかったのです。

「まあ、おじいさん、この花どうなったの？」ハイジはびっくりして叫びました。

「こんなふうじゃなかったのに。どうしてこうなったのかな？」

「花は外でお日さまの光を浴びていたいんだよ。エプロンのなかじゃだめなんだ」とおじいさんは言いました。

「それなら、もう持ってこないことにする。でもおじいさん、どうしてタカはあんなに鳴いたのかな？」ハイジは熱心に尋ねました。

「さあ、もう水で体をお洗い。わしはヤギ小屋でミルクをしぼってくるから。そのあとで一緒に小屋に入って晩ごはんを食べよう。そうしたら話してあげるから」

そこでハイジは、おじいさんの言いつけどおりにしました。そしてその後、おじいさんの隣で高い椅子に座ってミルクの椀を前にしたときに、また質問をくりかえしました。

「どうしてタカはあんなふうに下に向かって鳴くの、おじいさん？」

「タカは、人間たちがたくさん村々に寄り集まって、互いの悪口を言うのを見て、あざ笑っているんだよ。それで、下に向かってこう言ってるんだ。『どうせなら別れ別れになって自分の道を行き、おれのように空に昇ってみろ。そしたら気分がいいから！』」

おじいさんが激しい調子でこう言ったので、ハイジには、自分で覚えていた以上にタカの鳴き声が心に残ることになりました。

「どうして山には名前がないの、おじいさん？」ハイジはさらに尋ねました。

「名前はあるよ。もし形を説明してくれたら、そしてそれがわしの知っている山だったら、名前を教えてやれるよ」

そこでハイジは二つの高い塔があるように見える岩山を、自分が見たとおりに説明したので、おじいさんは上機嫌で言いました。「そのとおりだ、その山なら知ってるよ。ファルクニス山というんだ。ほかにも山を見たかい？」

ハイジは大きな雪原のある山の話をしました。その山の雪全体が火のように輝き、それからバラ色になり、突然色あせて、火が消えたようになったのです。

「その山も知っているよ」とおじいさんは言いました。「ケサプラナ山だ。牧場は気に入ったかい？」

　ハイジはきょう一日の話をしました。どんなに景色がきれいだったか。特に、夕方の火のことを。するとおじいさんは、どうして山がそんな色になったのか、説明してくれました。ペーターには理由がわかっていなかったからです。

「わかるかい、それはお日さまのせいなんだ。山に『おやすみ』を言うときに、一番きれいな光を投げかけるんだ。明日の朝また昇ってくるときまで、みんながお日さまのことを忘れないようにね」とおじいさんは説明しました。

　ハイジはこの話が気に入りました。そして、また牧場に行って、太陽がどんなふうに山に「おやすみ」を言うか見ることのできる日が来るのが待ちきれないほどでした。でもいまはまず、眠らなければいけません。ハイジは一晩中、干し草の寝床でぐっすり眠りました。そして輝いている山や、その上の赤いバラの夢を見ました。その真ん中を、ユキピョンが楽しそうに跳ねていきました。

第4章　おばあさんのところで

　翌朝、また明るいお日さまが昇ってきました。ペーターとヤギたちがやってきて、ハイジも一緒にそろって牧場(まきば)へ上っていきました。そうやって毎日が過ぎ、ハイジは牧場で過ごすうちにすっかり日焼けし、たくましく元気になりました。足りないものは何もありません。楽しく幸せに日々を過ごす様子は、陽気な小鳥たちが緑の森の木々で暮らしているのと変わりませんでした。やがて秋が来て、風が大きな音を立てて山の上を吹き渡るようになると、おじいさんが言いました。「きょうは家にいるんだよ、ハイジ。おまえみたいに小さな子は、風のひと吹きで岩から谷へ落っこちてしまうからね」

　ペーターは朝、このことを聞いて、とてもがっかりしてしまいました。だって、ハイジがいないと悪いことだらけだったからです。まず、どうやって退屈しのぎをしたらいいのかわかりません。それに、たっぷりのお昼ごはんがなくなってしまいます。ヤギたちも、ペーターが一人で世話をする日はとても強情なのでした。ヤギたちはハイジが一緒に来てくれるのに慣れていて、ハイジがいないと前に進もうとせず、いろんな方向に走っていってしまうのです。

　ハイジ自身はがっかりすることはありませんでした。いつだって、何か楽しいことを思いついたからです。もちろん一番好きなのは、ペーターやヤギたちと一緒に、花が咲いていて、タカもいる牧場へ上がっていくことでした。牧場では性格の違うヤギたちと一緒に、さまざまなことを体験できました。でもハイジは、金槌やのこぎりを使っておじいさんが大工仕事をするのを見るのも大好きだったのです。ハイジが家にいる日におじいさんがちょうどヤギのミルクできれいな丸いチーズを作ったりすると、その珍しい作業を眺めるのは特別にわくわくすることでした。そんなときおじいさんは両腕をむき出しにして、大きな鍋のなかを掻き回したのです。しかし、とりわけハイジを引きつけたのは、そんな風の日に小屋の裏の古い三本のモミの木が揺れたり、ざわざわ鳴ったりする様子でした。ハイジはときどき何であれ放り出して、外に走っていかずにはいられませんでした。木の梢から聞こえる深い秘密めいた轟音ほどすばらしいものは、ほかになかったからです。ハイジは木の下に立って上の方に耳を澄まし、木々のあいだを強い風が吹き抜けたり揺らしたりするのをどれだけ見たり聞いたりしても飽きませんでした。いまではもう夏のときほど太陽の光も暖かくはありませんでした。ハイジは靴下と靴を出し、上着も持ってきました。どんどん空気が冷たくなっていたからです。モミの木の下にいると、薄い木の葉のように風にもみくちゃにされました。でもハイジは、風の音を耳にするといつも外に駆けだしていき、小屋のなかにじっとしていることはできませんでした。

それから寒い季節がやってきました。ペーターは朝、山を登ってくると、両手に息を吹きかけていましたが、それも長くは続きませんでした。というのも、一晩のうちに突然たくさんの雪が積もったからです。朝、アルム全体が真っ白になっていて、あたり一面、緑の葉っぱは一枚も見えなくなりました。ペーターもうヤギを連れて上がってはきませんでした。ハイジは不思議そうに、小さな窓から外を眺めていました。また雪が降り出して、大きなかたまりがどんどん落ちてきては、窓に届くくらい高く積もっていったのです。それからさらに、窓がもう開けられないくらい雪が積もり、ハイジたちはすっかり家のなかに閉じ込められてしまいました。ハイジにとってはそのこともおもしろく、雪がまだあとどれくらい積もるのか、家全体が雪におおわれて、昼日中でもろうそくをつけなくてはいけなくなるのかと、あっちの窓からこっちの窓に走っては眺めていました。しかし、家がおおわれるほど深く積もることはなく、おじいさんは翌日、外に出ていきました。雪はもうやんでいました。そして、家の周りをぐるりと雪かきし、大きな大きな雪の山を作り上げました。あそこに一山、こちらの小屋のそばにも一山、といった具合です。そのおかげでまた窓の外が見えるようになり、扉も開けやすくなりました。それがよかったのです。午後になり、ハイジとおじいさんが火のそばで、それぞれの三脚椅子に座っていると――おじいさんはハイジのために、もうずっと前に三脚椅子を作ってあげたのでした――ふと誰かががたがたと音を立てて木の敷居に何度もぶつかり、やがて扉を開きました。ヤギ飼いのペーターでした。ペーターはいたずらで扉にぶつかったのではなく、靴を厚くおおっていた雪を払い落とそうとしていたのでした。

実際、ペーターは全身が雪におおわれていました。高く積もった雪のなかを歩いてこなければならなかったからです。雪のかたまりがペーターの体にくっつき、鋭い寒さのなかで凍りついていました。でもペーターはどうしてもハイジのところに上ってきたかったのです。もう八日間も会っていなかったからでした。

「こんにちは」とペーターは小屋に入りながら言うと、すぐに火のそばに寄っていき、もう何も言いませんでした。でも顔中に、ここに来られた満足の笑いが浮かんでいました。ハイジはびっくりしてペーターを見つめていました。火のすぐそばに立っていたおかげで、凍りついていた体中の雪が解け始め、ペーターの全身がちょっとした滝みたいになっていたからです。

「さて大将、調子はどうだね？」とおじいさんが言いました。「ヤギの家来たちがいなくて、鉛筆をかじらなくちゃいかんわけだ」

「どうして鉛筆をかじるの、おじいさん？」とハイジがすぐに知りたがりました。

「ペーターは冬のあいだ、学校に行かなくちゃいかんのだよ」おじいさんが説明しました。「そこで読み書きを習うんだ。でもときにはむずかしくって、鉛筆をかじるとちょっぴり助けになるんだよ。違うかね、大将？」

「そう、そのとおりだよ」とペーターが答えました。

するとハイジの好奇心が目覚めて、学校や、そこで起こること、見聞きすることについて、とてもたくさんの質問がペーターに向けられました。そのたびに長いことおしゃべりが弾んで、ペーターもそれに参加しないわけにはいかなかったので、そのあいだに上から下まですっかり体が乾きました。ペーターにとって、頭のなかに思い浮かんだことを自分が思ったとおりの言葉にするのは、いつも大変な苦労なのでした。しかしきょうはとりわけ大変でした。なぜならハイジは、ペーターが一つの質問にやっと答えたと思うと、すぐまた二つも三つも予期せぬ質問をしたからです。しかも、たいていは「ああ」とか「ううん」とかではなく、ちゃんとした文章で答えなくてはいけないような質問でした。

　おじいさんは子どもたちが話しているあいだ、静かにしていました。でもしょっちゅう愉快そうに口の端がぴくぴくしていたので、二人の話を聞いていることがわかりました。

「さて大将、もう火には当たったから、腹ごしらえが必要だな。おいで、一緒に食べよう！」おじいさんはそう言って立ち上がり、戸棚から夕食を持ってきました。ハイジは椅子をテーブルの方に動かしました。壁際にはおじいさんが作って壁に釘（くぎ）で打ちつけたベンチもありました。もう一人暮らしではなかったので、あちこちに二人用の座席を作ったのです。それはハイジが、おじいさんが歩いたり立ったり座ったりするたびに、そのそばにいたがったからでした。そんなわけで、三人ともちゃんと座ることができました。ペーターは、アルムのおじさんがきれいな干し肉の大きなかたまりを、厚く切ったパンの上にのせてくれたので、丸い目を大きく見開きました。こんなに豪華な食事は、長いことしていなかったのです。楽しい食事が終わると外が暗くなり始め、ペーターは帰り支度をしました。「おやすみなさい」「ありがとう」と言いながら戸口に立っていたとき、ペーターはもう一度ふりむきました。そして、「日曜日にまた来るから。きょうから一週間後だ。ハイジにも来てほしいって、ばあちゃんが言ってたぞ」

誰かの家に行くというのは、ハイジにとってはまったく新しい考えでした。その考えはすぐにハイジの心に根を下ろし、翌朝になってハイジはまず最初に、こう言いました。「おじいさん、きょうはおばあさんのところに下りていかなくちゃ。わたしを待ってるから」

「雪が多すぎるよ」おじいさんは拒否するように答えました。しかしこの計画はハイジの心にしっかりと根付いていました。おばあさんがわざわざ伝言してくれたのですから、そうしなければいけません。そんなわけで、ハイジは日に五回も六回も言うのでした。「おじいさん、もう行かなくちゃ、おばあさんが待ってるんだもの」

四日目に、外では寒さのあまり歩くたびにきしきしと音がして、あたり一面をおおった雪はかたく凍っていました。でもきれいなお日さまが窓からのぞきこんできて、ちょうど高い椅子に座って昼食を食べているハイジを照らし出しました。するとハイジはまた同じことを言い始めました。「きょうは絶対おばあさんのところに行かなきゃ。そうじゃないと待ちくたびれちゃうよ」するとおじいさんが昼食の席から立ち上がり、干し草置き場に上っていくと、ハイジの掛け布団になっているふくらんだ袋を持ってきました。そして、「じゃあ、おいで！」と言ったのです。ハイジは大喜びでおじいさんのあとをぴょんぴょん跳びはね、ぴかぴか光る雪の世界へ出ていきました。年老いたモミの木はしーんと静まりかえっていました。すべての枝に白い雪が積もって、いたるところで太陽の光を受けて光ったり輝いたりしています。木々がそのように華麗な衣装を身に着けていたので、ハイジはうっとりして高く跳びはね、何度も叫びました。「出てきて、おじいさん、出てきてよ！　モミの木に銀や金が鈴なりだよ！」おじいさんは納屋に入って、幅広いそりを持って出てきました。脇に手すりが取り付けられていて、平らな座席からは足を前方に突き出したり、雪が積もった地面に足でつっかえ棒をしたりして、それぞれの足で方向を変えることもできました。ハイジと一緒にまずモミの木をぐるりと観察してから、おじいさんはこの座席に乗り込み、ハイジを膝の上にのせました。それからハイジが寒くないように、何度も布を巻き付けて干し草の袋で包みました。それから左手でしっかりハイジの体を自分に押しつけました。これから下る道では、そうする必要があったのです。それから手すりを右手でつかみ、両足でそりに勢いをつけました。するとそりは牧草地をものすごい速さでぐんぐん下っていき、ハイジはまるで鳥になって空中を飛んでいるような気分で、大きな歓声を上げました。そりはちょうどヤギ飼いのペーターの小屋の前でぴたりと止まりました。おじいさんはハイジを地面に下ろし、掛け布団から出してやりました。「さあ、なかに入って。暗くなり始めたら、外に出てくるんだよ。それから、帰るんだ！」とおじいさんは言いました。それからそりを持って向こうを向くと、引っ張りながら山を登っていきました。

ハイジは扉を開けて、小さな部屋のなかに入っていきました。暗くて、かまどが一つあり、木枠の上にいくつかの椀が置かれていました。そこは小さな台所だったのです。その向こうにすぐ、もう一枚の扉があって、ハイジはそれを開けてみました。すると狭い部屋がありました。ここはおじいさんのところのような酪農小屋とは違っていました。おじいさんのところは大きな一つの部屋で、上に干し草置き場がありました。でもここは、とても古い小さな小屋で、すべてが狭くて細くて貧弱でした。ハイジが部屋のなかに足を踏み入れると、すぐにテーブルの前に来てしまいました。そこには一人の女の人がいて、ペーターのベストを繕っていましたが、それはハイジにも見覚えのあるものでした。部屋の隅には年取って腰の曲がったおばあさんが座っていて、糸を紡いでいました。ハイジはすぐにそれがペーターのおばあさんだとわかって、まっすぐに紡ぎ車の方に歩いていくと、言いました。「こんにちは、おばあさん。遊びに来たの。なかなか来ないなと思ってた？」

おばあさんは頭を上げ、自分に向かって差し出された手を探しました。その手をつかむと、しばらく考えこむようにその手を包んで感触を確かめてから言いました。「あんたが上のアルムのおじさんのところの子だね？　ハイジかい？」

「そう、そう」とハイジはうなずきました。「たったいま、おじいさんとそりで下りてきたの」

「そんなことができるのかい！　あんたの手はとても温かいよ！　ちょっと、ブリギッテ、アルムのおじさんは自分で子どもと一緒に下りてきたのかい？」

テーブルで繕いものをしていたペーターのお母さんのブリギッテは、立ち上がって珍しそうにハイジを上から下まで眺めました。それから、「母さん、おじさんが自分でこの子と下りてきたかどうかなんてわからないわ。信じられないし、この子だってちゃんとわかってないのよ」

しかしハイジはしっかりとペーターのお母さんを見つめて、少しも不安そうではありませんでした。そして、「誰がわたしを掛け布団で包んでここまで下りてきてくれたか、よくわかってる。おじいさんよ」と言いました。

「ペーターがこの夏のあいだずっと、アルムのおじさんについて言ってたのはほんとうだったんだね。あの子には何もわからないと思っていたけど」と、おばあさんが言いました。「そんなことがありうると、誰が思っただろうね。この子は上で三週間も生きられないだろうと思っていたよ！　でもどんな様子だい、ブリギッテ？」ブリギッテはそのあいだにハイジをあらゆる方向から見ていたので、どんな様子だか報告することができました。「アーデルハイトと同じで、きゃしゃな体つきだけれど、トビアスや上のおじいさんと同じ黒い目で、髪はくせっ毛よ。あの二人にそっくりだと思う」と、ブリギッテは答えました。

　そのあいだも、ハイジは手持無沙汰(てもちぶさた)なんかではありませんでした。あちこち見回し、目に入るものはなんでも、じっくりと観察しました。そして、こう言ったのです。「見て、おばあさん、あそこのよろい戸が、ずっとガタガタいってる。おじいさんだったら、あそこに釘を一本打って、しっかり留めておくのに。じゃないと、そのうちにガラスが割れちゃうよ。見て、見て、ぶつかってる！」

「あら、りこうな子だね」とおばあさんは言いました。「わたしには見えないけど、音は聞こえるよ。よろい戸だけじゃなくて、ほかにもたくさんの音がね。風が吹くと、あちこちでガタガタ、バタバタ、音がするんだよ。それに、風はあちこちから吹きこんでくる。何もかもばらばらになりそうだ。夜、二人が寝ているとき、わたしはときどき心配になっちゃうんだよ。小屋が崩れてくるんじゃないか、三人ともつぶれて死ぬんじゃないかってね。ああ、それなのに、小屋を直せる人が誰もいないんだ。ペーターだってまだ何もわからないしね」

「でも、よろい戸がどうなってるか、どうして見えないの、おばあさん？　見て、いまた、あそこ、ちょうどあそこだよ！」ハイジはよろい戸が外れそうになっている場所をはっきりと指さしました。

「ああ、ハイジ、わたしは何にも見えないんだよ。よろい戸だけじゃなく、何もかも」とおばあさんが嘆きました。

「でも、わたしが外へ行って、よろい戸を全部開けたら、小屋のなかが明るくなって目が見えるかな、おばあさん？」

「いやいや、それでも無理だよ、わたしの目は誰にも明るくできないんだよ」

「でも真っ白な雪のなかに出ていったら、きっと明るいわよ。一緒においでよ、おばあさん、見せてあげるから」ハイジはおばあさんの手を取ると、外に引っ張っていこうとしました。どこに行っても光が見えないと聞いて、不安になってしまったのです。

「座らせといておくれ、いい子や。雪のなかでも、明るいところでも、わたしの目は見えないままなんだよ。もう光が目に届かないのさ」

「でも、夏になったら、おばあさん」ハイジはますます不安そうになって、いい解決策を探しながら言いました。「知ってる？　太陽がまた暑く照らすようになると、夕方『おやすみ』を言うときに山がみんな火のように赤く輝いて、黄色い花はみんなぴかぴか光るんだよ。そうしたらおばあさんもまた光が見える？」

「ああハイジ、もうけっして見えないんだよ。火のような山も、上の方に咲いてる金色の花もね。この世界ではもうけっして見えない。もうけっして」

するとハイジは大きな声をあげて泣き始めました。悲しみでいっぱいになり、ずっとしゃくり上げています。「誰がまた見えるようにしてくれるの？　誰にもできないの？　誰も？」

おばあさんはハイジを慰めようとしました。しかし、すぐにはうまくいきませんでした。ハイジはめったに泣くことがありませんでしたが、一度泣き始めると、その悲しみからほとんど抜け出せなくなってしまうのでした。おばあさんはハイジをなだめるために、いろいろと手を尽くしました。そんなに悲しんで泣いてくれる様子が、おばあさんの心を打ったのです。おばあさんは言いました。「おいで、ハイジ、近くにおいで。いいことを教えてあげる。目が見えないと、親切な言葉を聞きたくなるんだ。あんたが話すのを聞くのが好きだよ。わたしのそばに座って、何か聞かせておくれ。山の上で何をしてるのか、おじいさんは何をしてるか。昔はおじいさんをよく知っていたんだよ。けど、もう何年も、ペーターから話を聞く以外に、おじいさんのことは聞いてない。でもペーターはあまりしゃべらないしね」

するとハイジには、新しい考えが浮かびました。急いで涙をぬぐうと、元気づけるように言いました。「待ってて、おばあさん。おじいさんに全部話すから。おじいさんがまた目に光を入れてくれるし、小屋がつぶれないようにもしてくれるよ。おじいさんは何だって直せるんだから」

おばあさんは口をつぐみました。ハイジはたいそう生き生きと、おじいさんとの暮らしや、牧場での日々、冬になってからのおじいさんとの生活や、おじいさんが木でいろいろなものを作れることについて話しました。ベンチや椅子や、スワンとクマのために干し草を入れておける、すてきな飼い葉桶(おけ)。それから、夏に水浴びするときのための、新しい大きな水槽。新しいミルク椀とスプーン。ハイジの話はどんどん熱を帯び、一本の木切れから突然生まれてくるすてきなものを描写してみせました。自分がおじいさんの隣に立って、作業の様子を眺めていたこと。いつかは自分でもあんなものを作ってみたいこと。おばあさんは注意深く話を聞き、ときおり「ブリギッテ、おまえも聞いてるかい？　この子がおじさんについて話してることを、聞いてるかい？」と言いました。

いきなりドアを叩く大きな音がして、話は中断されました。どしどしと入ってきたのはペーターです。でも、すぐに無言で立ち止まり、ハイジを見るとびっくりして、丸い目を大きく見開きました。ハイジがすぐに「こんにちは、ペーター」と呼びかけると、とてもうれしそうに、顔をくしゃっとゆがめました。

「ペーターがもう学校から帰ってくるなんて、どういうことかしら」とおばあさんは驚いて大声で言いました。「もう何年も、午後がこんなに早く過ぎたことはなかったよ！　お帰り、ペーターや、読み書きはどうだった？」

「いつもとおんなじだよ」とペーターは答えました。

「そうかい、そうかい」おばあさんはちょっぴりため息をつきながら言いました。「二月にはもう十二歳になるんだから、ちょっとは変わるんじゃないかと思ったんだけどね」

「どうして変わらなくちゃいけないの、おばあさん？」とハイジがすぐに興味を示しました。

「もっと勉強できるはずだと思ったんだよ」とおばあさんは言いました。「読み書きのことだよ。あそこの台の上に古いお祈りの本があるんだけどね。きれいな詩ものってるんだよ。もう長いこと聞いてないし、わたしももう覚えていない。だから、ペーターが読み書きを勉強して、いい詩を読んでくれるんじゃないかと楽しみにしてたんだ。でもペーターは字が覚えられない。あの子にはむずかしすぎるんだよ」

「明かりをつけなくちゃ、もう暗いから」と、あいかわらずせっせとベストを繕っていたペーターのお母さんが言いました。「わたしも気づかないうちに、午後が過ぎてしまった」

ハイジは椅子から跳び降りて、大急ぎで手を差し出すと、言いました。「おやすみなさい、おばあさん。暗くなったら、すぐに家に帰らなくちゃ」ハイジは続けてペーターとお母さんにも手を差し出し、扉の方に行きました。でも、おばあさんが心配そうに呼びかけたのです。「お待ち、お待ち、ハイジ。一人で帰らなくてもいいよ、ペーターに一緒に行かせるから、いいかい？　あの子に気をつけておやり、ペーター、転ばないようにね。それから、ずっと立ち止まってもいけないよ、凍えちゃうからね、いいかい？　あの子は厚いマフラーを巻いてるかい？」

「わたし、マフラーはつけてないわ」とハイジが大声で答えました。「でも凍えないから大丈夫」そう言うとハイジは扉の外に出て、きびきびと先に歩いていったので、ペーターが追いつけないほどでした。おばあさんはまだ心配そうに騒いでいました。「あとを追っていきなさい、ブリギッテ、走って。あの子が凍えてしまうよ。こんな夜に。わたしのマフラーを持っていって、早く早く！」ブリギッテは言われたとおりにしました。でも、子どもたちが山を登り始めたところで、上からおじいさんが来るのが見えました。

おじいさんが何歩か歩くともう、子どもたちの前に来ていました。「いいぞ、ハイジ、ちゃんと約束を守ったな！」おじいさんは言うと、ハイジをまた干し草袋の掛け布団で包みました。そして腕に抱くと、山を登って行きました。ブリギッテが見たときには、おじいさんはハイジを暖かくくるんで抱え、帰り道を進んでいくところでした。ブリギッテはペーターと小屋に戻り、驚きを込めておばあさんに、自分が見た光景を伝えました。おばあさんも大変驚いて、何度もこう言いました。「神さま感謝します、あの人が子どもをそんなに大切にしているなんて、感謝します！　あの人がまたハイジをこちらに寄こしてくれますように。あの子が来てくれて、ほんとうに楽しかった！　あの子はなんと善良な心の持ち主でしょう、それに、なんて話がうまいんでしょう！」おばあさんは何度も楽しかったとくりかえし、ベッドに入るときまで、ずっと「あの子がまた来てくれたらいいのに！　いまになって、この世で楽しみなことができたよ！」と言い続けました。そしてブリギッテも、おばあさんが同じことを言うたびに相槌を打ちましたし、ペーターもうんうんとうなずいては、満足そうに口を大きく開き、「こうなると思ってたよ」と言うのでした。

そのころ、袋に包まれたハイジはずっと、おじいさんに話し続けていました。しかし、布を何重にもぐるぐる巻いていたため、声がはっきりと届かず、おじいさんには一言もわかりません。「家に帰るまで、ちょっとお待ち。それから話してごらん」とおじいさんは言いました。

家に到着して小屋のなかに入り、包みから出してもらうやいなや、ハイジはしゃべり始めました。「おじいさん、わたしたち、明日は金槌と大きな釘を持っていって、おばあさんの小屋のよろい戸を打ちつけてあげなくちゃ。ほかにもたくさん釘を打たないと。だって、あそこではいろんなとこが、ガタガタ、バタバタ、いってるんだもの」

「やらなくちゃいけないのかい？　そんなことを？　誰がおまえにそんなことを言ったんだ？」おじいさんは尋ねました。

「誰からも言われてない。誰かが言ったんなら、ちゃんとそう言うよ」ハイジは答えました。「あの小屋は、もうこわれかけてるの。おばあさんは夜眠れないときに小屋がガタガタいうと心配になって、『いまにも小屋が崩れて、頭の上に落ちてくる』と思うんだって。それに、おばあさんの目は、誰にも治せないんだよ。どうやったら治るのかもわからないんだって。でもおじいさんならできるよね。考えてみてよ、いつも暗いなかにいて、心配ばかりしているなんて。そしておじいさん以外、誰も助けてあげられないなんて。とっても悲しいよね！　明日、行って助けてあげようよ。いいでしょ、おじいさん、行けるよね？」

ハイジはおじいさんにしがみつき、心からの信頼を込めておじいさんを見上げました。おじいさんはちょっとだけハイジを見下ろしていましたが、それから言いました。「わかったよ、ハイジ。おばあさんのところがもうバタバタいわないようにしよう。できるよ。明日」

ハイジは大喜びで、小屋中を跳びまわって叫びました。「明日、できる！　明日、できる！」

おじいさんは約束を守りました。翌日の午後、二人は前の日と同じようにそりで下りていきました。おじいさんは前の日と同じように、ハイジをヤギ飼いのペーターの小屋の前に立たせると、言いました。「さあ、お入り、そして夜になったらまた出ておいで！」それからおじいさんは、ハイジを包んでいた袋をそりにのせると、小屋の周りをぐるっと見て回りました。

ハイジが扉を開けて部屋のなかに跳びこむと、隅に座っていたおばあさんがすぐに大声をあげました。「あの子が来た！　あの子が来た！」そして、うれしさのあまり糸を手から離し、糸車をそのままにして、両手をハイジの方に伸ばしました。ハイジはおばあさんの方に走っていって、小さな椅子をおばあさんの間近に引き寄せるとそこに座って、おばあさんにまたたくさんの話をし、あれこれ尋ねたりもしました。でも突然、家に釘を打ちつける大きな音が響いてきたので、おばあさんはびっくりして縮みあがり、ほとんど糸車を投げ出しそうになって、震えながら叫びました。「ああ、神さま、ついにそのときが来た、いま家が崩れる！」しかしハイジはおばあさんの腕をしっかりと押さえて、慰めるように言いました。「ううん、おばあさん、びっくりしなくていいよ。おじいさんが金槌で打ってるんだよ。もうおばあさんが心配しなくてもいいように、全部しっかり留めてくれるからね」「ああ、そんなことがあるのかい！　そんなことが！

神さまはわたしたちのことをお忘れじゃなかったんだね！」おばあさんは大声で言いました。「聞いたかい、ブリギッテ、何が起こってるか、聞いたかい？　ほんとうだ、金槌の音だよ！　ブリギッテ、外へ行って、もしアルムのおじさんがいたら、ちょっとなかに入ってくれるように伝えておくれ。わたしからお礼が言えるようにね」

　ブリギッテは外に出ていきました。アルムのおじさんはちょうど力を込めて、新しい太釘を壁に打ちこんでいました。ブリギッテはそのそばに寄って言いました。「こんにちは、おじさん、母からもよろしくとのことです。こんなに親切にしてくださって、ありがとう。母が、家のなかでおじさんにお礼を言いたいそうです。ほんとに、こんなことをしてくださる人はいませんでした。そのことでも感謝します。だって、きっと……」

「話を短くしてくれ」とおじいさんはブリギッテの言葉をさえぎりました。「あんたたちがアルムおじをどう思ってるか、知っとるよ。もうなかに入りな。釘を打つ場所は、自分で見つけられるから」

　ブリギッテはすぐに言うことを聞きました。おじいさんの物言いには、逆らいにくいところがあったのです。おじいさんは小屋をぐるりと叩いてまわり、細いはしごを上って屋根の下まで行くと、持ってきた釘を使い果たすまで、どんどん釘を打ち続けました。そうこうするうちにもう空が暗くなってきて、おじいさんがはしごを下りるか下りないうちに、ハイジがもう扉から出てきました。そして、昨日のようにおじいさんに包んで抱いてもらい、そりはおじいさんが後ろに引っ張っていきました。というのも、もしハイジが一人でそりに座っていたら、くるんでいる布がハイジから取れてしまったでしょうし、そうなれば、きっと凍えてしまったからです。おじいさんにはそのことがよくわかっていて、ハイジを暖かくして腕に抱いたのでした。

　そんなふうにして、冬が過ぎていきました。ずっと味気ない生活を送っていた目の見えないおばあさんには、長い年月のあとで、また楽しみができました。おばあさんの日々はもう長くも暗くもなく、毎日に張りがありました。というのも、いまでは心待ちにしていることがあったからです。おばあさんは朝早いうちから、ちょこちょこと歩くハイジの足音に耳を澄ますようになりました。するとやがて扉が開き、ハイジがほんとうになかに跳びこんできます。そうするとおばあさんは毎回、喜んで叫ぶのでした。

「神さまはありがたや！　また来てくれたんだね！」するとハイジはおばあさんのそばに座り、知っているかぎりのいろいろなことを、愉快に話して聞かせました。おばあさんはとてもいい気分になって、時間は飛ぶように過ぎてしまい、時がたつのに気がつかないほどでした。おばあさんはもう、前のように「一日はまだ終わらないのかい？」と訊いたりしなくなりました。その代わり、ハイジが帰っていくたびに、「なんて短い午後だったんだろうね、そうじゃないかい、ブリギッテ？」と言うようになったのです。するとブリギッテも、「ほんとにそのとおり。まだ昼ごはんの皿を片づけたばかりのような気がする」と言いました。おばあさんは言いました。「神さまがわたしのために、あの子をずっと守ってくれますように！　アルムのおじさんのいい心がけも守られますように！　あの子は元気そうに見えるかい、ブリギッテ？」するとブリギッテが、「真っ赤なリンゴみたいに元気に見えるよ」と答えるのでした。

　ハイジはおばあさんにとてもなついていました。そして、誰もおばあさんの目を治せなくて、おじいさんでさえそれができないと考えると、いつも塞ぎこむのでした。でもおばあさんはハイジにくりかえし、あんたが遊びに来てくれると目が見えないこともぜんぜん辛くない、と言いました。ハイジはお天気のいい日はいつも、そりに乗って山を下ってきました。おじいさんは特に説明することもしないまま、ずっと小屋の修理を続けていて、毎回金槌やその他のものをそりに積んでは、午後の時間を何度も使ってペーターの小屋の周りに釘を打ち続けました。修理はいい結果をもたらしました。小屋はもう、一晩中バタバタいったりしなくなったのです。そしておばあさんは、こんなによく眠れた冬は久しぶりだ、おじさんのこの恩はけっして忘れない、と言うのでした。

第5章　二人のお客さんと、それに続く事件

冬はあっという間に終わり、楽しい夏はさらに早く過ぎていきました。そして、二度目の冬も、もう終わりに近づいていました。ハイジは空を飛ぶ小鳥たちのように明るく幸せで、春が近づいてくるのを毎日心待ちにしていました。春が来れば、暖かい山風がモミの木のあいだを吹き抜けて雪を払い、明るいお日さまが青や黄色の花々を咲かせてくれるのです。そうすればまた、ハイジにとってはこの世で一番すてきな、牧場で過ごす日々がやってきます。ハイジはいまでは八歳になり、おじいさんからいろいろな技術を教わっていました。たとえばヤギの扱いは、誰にも負けないくらい上手になりました。スワンとクマは忠実な子犬のようにハイジのあとをついて回り、ハイジの声を聞いただけで、喜んで大きな声をあげるのでした。この冬、ペーターは二回も、デルフリ村の学校の先生から、伝言をあずかってきました。おじいさんは、自分のところにいる子どもを学校に行かせるべきで、その子はもう学齢に達しているし、ほんとうならば去年の冬に学校に入らなくてはいけないところだった、というのです。おじいさんは二回とも、話があるなら自分は家にいるけれど、子どもを学校に行かせるつもりはない、と返答させました。ペーターもこの返事をきちんと伝えました。

三月の太陽が山の斜面の雪を解かし、谷ではいたるところに白いマツユキソウが顔をのぞかせました。アルムではモミの木が重たい雪を払い落とし、枝はまた風に吹かれておもしろい音を立てるようになりました。ハイジは大喜びで、小屋の入り口からヤギ小屋まで、走って行ったり来たりしました。そこからモミの木の下にも駆けていき、木の下に見える緑の地面がどれくらい大きくなったかをおじいさんに知らせるのでした。そうしてまたすぐに、ハイジは木の下に走っていきました。すべてが緑色になり、新緑と花々で美しい夏が牧草地にやってくるのを、いまかいまかと待っていたのです。

お天気のいい三月のある朝、ハイジはまたそうやって行ったり来たりしていました。十回近くも小屋の敷居を跳びこえたとき、びっくりしてほとんどうしろにひっくり返りそうになりました。突然、黒い服を着た年とった男の人が目の前に立っていたからです。その人はひどく真剣な顔つきでハイジを見つめていました。でも、ハイジがびっくりしているのを見てとると、やさしく言いました。「わたしのことでびっくりしなくてもいいんだよ。わたしは子どもが好きなんだからね。握手しよう！　きみがハイジだね。おじいさんはどこだい？」

「おじいさんはテーブルのところにいて、木で丸いスプーンを彫っています」ハイジは答えて、もう一度小屋の扉を開けました。

それはデルフリ村の年とった牧師さんで、昔、おじいさんがまだ村に住んでいて、牧師さんの隣人だったときには、おじいさんのことをよく知っていたのでした。牧師さんは小屋に入ると、木彫りの上にかがんでいるおじいさんの方に歩いていき、「おはよう、お隣さん！」と言いました。

おじいさんは驚いて目を上げ、それから立ち上がって、「おはよう、牧師さん！」と答えました。それから自分の椅子を牧師さんの前に置き、「木の椅子でよかったら、どうぞ」と言いました。

牧師さんは腰を下ろしました。それから、「長いあいだ、あなたをお見かけしませんでしたね、お隣さん」と言いました。

「わたしも牧師さんをお見かけしませんでしたよ」というのがおじいさんの答えでした。

「きょうは相談があって参りました」と、牧師さんは話し始めました。「わたしの用件はもうおわかりでしょう。わたしが何の話をして、あなたの意見を聞こうとしているかは」

牧師さんは沈黙し、戸口に立って、初めての人を注意深く眺めているハイジの方に目をやりました。

「ハイジ、ヤギたちのところに行っておいで」とおじいさんは言いました。「塩を少し持っていってやるんだ。わしが行くまでそっちにおいで」

ハイジはすぐに姿を消しました。

「あの子は一年前にもう学校に行く年になっていましたし、この冬にはどうしたって学校に通うべきでした」と牧師さんは言いました。「先生からの警告を受け取りましたよね。でもあなたはそれに応じなかった。あの子をどうするおつもりですか、お隣さん？」

「あの子を学校に行かせる気はありません」というのが答えでした。

牧師さんは驚いて、おじいさんを見つめました。おじいさんはベンチの上で腕組みをしていて、少しも牧師さんに従う様子はありません。

「あの子に将来、何をさせるつもりですか？」と牧師さんは尋ねました。

「何も。あの子はヤギや小鳥たちと一緒に大きくなります。動物たちと一緒にいれば楽しいんです。それに、動物からは何も悪いことを学びません」

「でもあの子はヤギや鳥ではないのですよ。人間の子どもです。動物から何も悪いことは学ばないかもしれませんが、ためになることだって学ばないでしょう。でもあの子はいろいろ学ぶべきなんです。そのときが来ています。手遅れにならないようにそれをお伝えして、夏のあいだにその準備ができるように、わたしはこちらに参ったのですよ、お隣さん。あの子が授業を受けずに過ごすのは、この冬が最後です。次の冬からは学校に行かせてください、それも毎日ですよ」

「そうする気はありませんな、牧師さん」おじいさんは頑固(がんこ)に言いました。

「どんなことをしたって正気に戻るつもりはないのだと、ほんとうに考えておられるのですか？　道理の通らないことをそんなに主張し続けるなんて？」牧師さんも少し感情的になって言いました。「あなたは広い世界を巡り歩いて、たくさんのことを見たり学んだりしてこられた方ではないですか。もう少し、道理をわきまえておられると思いましたがね、お隣さん」

「そうですかね」とおじいさんは言いましたが、その声を聞くと、心がもはや穏やかではないことがわかりました。「それでは牧師さんは、わしがほんとうに次の冬、氷のように冷たい朝に、か弱い子どもを吹雪のなか、二時間も山を下っていかせるとお思いなのかな？　そして夕方にはまた山を登らせると？　我々のような大人でさえ、風と雪でほとんど窒息してしまうほど天気が荒れるときもあるのに、あんな小さな子どもを？　それに、牧師さんはあれの母親のことを覚えておいででしょう。アーデルハイトです。夢遊病で、よく発作を起こしていました。もしハイジに苦労させせて、そんな病気にでもなったら？　誰かが来て、わしに無理強いしてみるがいい！　その人と一緒に裁判所に行きますよ。そうしたら、どうなるか見物ですな！」

「あなたのおっしゃるとおりです、お隣さん」牧師さんは感じよく言いました。「あの子をここから学校に通わせるのは無理です。だが、あなたがハイジを可愛く思っていらっしゃるのはわかる。もうずっと前にすべきだったことを、あの子のために、してあげてください。またデルフリに下りて、村の人たちと一緒に暮らすのです！　こんな山の上で、ひとりぼっちで神さまや人間に対して怒りをため込むなんて、ひどい生活です！　それに、山の上で何かが起こったとき、誰がそばにいてくれるでしょう？　冬のあいだこの小屋で半ば凍えていて、あの小さな子がそれに耐えているなんて、わたしには理解できません！」

「あの子はまだ若くて血の気が多いし、いい掛け布団もあるということを牧師さんにお伝えしたいですな。それにもう一つ。わしはどこに薪があるかも知っているし、いつそれを取ってくればいいかもわかっています。納屋をご覧になれば、おわかりでしょう。わしの小屋では冬中、火を絶やすことはありません。牧師さんがおっしゃった、山を下りるという話は、わしには合いません。下の村の人たちはわしを軽蔑してますし、わしの方もあの人たちが嫌いだ。だから、離れていた方が、お互いのためにもいいんですよ」

「いえいえ、それがいいなんてことはありませんよ。あなたに足りないものがわたしにはわかります」牧師さんは心をこめて言いました。「下の人たちのあなたに対する軽蔑なんて、大したことはありません。信じてください、お隣さん。むしろ、神さまと和解してください。あなたに必要な赦しを、神さまに求めてください。そして、村に来てもらえれば、人々があなたを見る目も変わり、どんなに居心地がよくなるか、わかるでしょう！」

牧師さんは立ち上がり、老人に手を差し出すと、もう一度、心をこめて言いました。

「お隣さん、あなたが次の冬にはまた村に下りてきてくださって、昔のようによい隣人づきあいができるのを当てにしていますよ。あなたに対して何らかの強制執行が行われるようなことになったら、わたしはとても心が痛むでしょう。どうかいま手を差し出して、神さまとも人とも和解し、下に来て村で暮らすと約束してください！」

おじいさんは牧師さんに手を差し出しましたが、きっぱりと言いました。「牧師さんは真剣にわしのことを思っていてくださる。だが、あなたの期待には添えません。わしの気持ちには変わりはありません。あの子は学校には行かせないし、村に下りる気もないんです」

「神さまがあなたを助けてくださるように！」牧師さんは言うと、悲しそうに外に出て、山を下っていきました。

おじいさんは不機嫌になりました。午後、ハイジが「おばあさんのところに行こうよ」と言うと、おじいさんは「きょうはだめだ」と短く答えました。そして一日中何も言わず、翌朝、ハイジが「きょうはおばあさんのところに行く？」と尋ねたときも、言葉少なに同じ調子で「どうかな」と言っただけでした。しかし、お昼ごはんの鉢をまだ片付けないうちに、またお客さんがなかに入ってきました。ハイジのおばさんのデーテです。おばさんは羽根飾りのついた美しい帽子をかぶっていました。そして、裾が長くて床にあるものは何でも引きずってしまうようなドレスを着ています。アルプスの山小屋には、ドレスにはふさわしくないようなものがたくさん落ちていました。おじいさんはデーテを上から下まで眺め、一言も話しませんでした。しかしデーテおばさんの方はとても感じよく話をしようと決めていたようで、すぐにハイジの元気そうな様子をほめ始めました。「見違えるほどだわ。おじいさんのところで悪くない暮らしをしているのがわかります。でもわたし、ずっとハイジをまた引き取ろうと思っていたんですよ。だって、こんな小さな子をあずけられて、きっとお邪魔でしょうから。あのときは、ほかにどうすることもできなかったんです。あれからわたし、昼も夜も、ハイジをどこにあずけられるかと考えました。そして、きょうもそのことでやってきたんです。だって、ハイジに信じられないほどの幸運が転がり込んできそうな話を耳にしたんですもの。その場でよく確かめてみたのですけれど、すべてがとてもいい話で、ちゃんとしているってことは保証できます。ハイジは、十万人に一人もいないような幸運を手にするんですよ。わたしがお仕えしているご家族に、とてもお金持ちの親せきがいらっしゃるんです。フランクフルトでも一番すてきなお屋敷にお住まいなんですけれど、そこにはお嬢さまが一人おられて、車椅子に座っておいでなんです。足が麻痺(まひ)しているし、病気がちでね。それで、いつも一人ぼっちで、家庭教師から勉強を教わっているんだけれど、一人ではとても退屈だし、お屋敷での遊び相手も欲しいということになって。うちのご主人さま方にもそういうお話をなさったので、あのお屋敷の家政婦長さんが説明しておられたようないい子はいないだろうか、と言われたんです。うちのご主人さま方も大変同情しておられて、その病気のお嬢さまにいい遊び相手を見つけてあげたいとのことで。家政婦長さんはこんなふうに言ってました。すれていない、特別な子がいい。毎週目にするような、その辺の子どもではだめだって。それを聞いてわたし、すぐハイジのことを考えたんです。そして家政婦長さんのところへ行って、ハイジについて、どういう性格の子かを伝えました。そうしたら、家政婦長さんはすぐに承諾なさったんです。ハイジにどんな幸運や財産が転がり込んでくるか、予想できませんよ。だって、そのお宅に行って、みなさんに好かれたら、そしてあのお嬢さまにもしものことがあったりしたら――だって、あんなに体が弱いんだから、いつどうなるかわかりません――そして、みなさんが、もう子どもなしではいられないと思ったりしたら、途方もない幸運です」

「話はそれで終わりか？」そこまでは何も口をはさまずに聞いていたおじいさんが、デーテをさえぎりました。

「あら」とデーテは答えて、頭をぐっとそらしました。「まるでわたしが、ひどくくだらない話をしたような態度をとるんですね。でもプレッティガウでは誰も彼もが、わたしがいまお伝えしたこの話を聞いたときに、天の神さまに感謝したんですよ」

「おまえは誰でも好きな奴にその話を伝えるがいい。わしは聞きたくない」と、おじいさんは冷たく言いました。

デーテは打ち上げ花火のように跳び上がって、大声で言いました。「へえ、そんなことを言うんだったら、おじさん、わたしからも思ってることを言わせてもらいますよ。この子はいま八歳なのに、何もできないし、何も知りません。おじさんが勉強させないからです。学校にも教会にも行かせないって、下のデルフリ村の人たちが言ってましたよ。この子は、わたしの姉のたった一人の子どもです。この子がどうなるか、わたしにも責任があります。いまのハイジのように、幸運を手に入れられるチャンスがあるっていうのに、邪魔をするのは、そんなのどうでもいいと思っていて、何もいいことを望んでいない人だけです。でも、わたしはあきらめませんよ。村の人たちもわたしの味方です。みんな、わたしを応援してくれて、おじさんに反対しないような人は一人もいません。もし裁判沙汰にする気だったら、よく考えてくださいよ、おじさん。まだほかにも、おじさんの聞きたくない話を蒸し返されるかもしれませんよ。ひとたび裁判が始まったら、誰も覚えていないようなことまで調べられるんですからね」

「黙れ！」おじいさんがどなりました。両目が火のように燃えています。「この子を連れていって、だめにするがいい！　もう二度と、わしの前に連れてこないでくれ。この子が頭に羽根帽子をかぶったり、きょうのおまえみたいにもごもごと口のなかでしゃべるのを見たいとは思わん！」

おじいさんは大またで外に出ていきました。

「おじいさんを怒らせちゃったのね」とハイジは言い、黒い目で不機嫌そうにおばさんをにらみました。

「また仲直りできるわよ。さあ、いらっしゃい」と、デーテおばさんは急かしました。

「あんたの洋服はどこ？」

「行かない」とハイジは言いました。

「なんですって？」デーテは大声をあげました。それから少しだけ声の調子を変えて、親切半分、腹立ち半分といったところで、言葉を続けました。「おいで、おいで、あんたにもよくわからないんだろうけど。想像できないくらい、幸せになれるのよ」それから棚のところに行くと、ハイジの持ち物を取りだし、すべてをひとまとめにしました。

「さあ、いらっしゃい、この帽子を持って。見栄えはよくないけど、一度きりのことよ。

それをかぶって、ここから出ていきましょう！」

「行かないもん」とハイジはくりかえしました。

「そんなばかなことを言って、ヤギみたいに頑固にならないで。ヤギたちの真似をしてるんでしょ。わかってちょうだい。おじいさんはいま怒ってるわ。聞いたでしょ、もうわたしたちに会いたくないって言ったのよ。あんたがわたしと一緒に出ていけばいいと思っているのよ。これ以上怒らせちゃだめよ。フランクフルトがどんなにすてきだか、何が見られるのか、あんたはぜんぜん知らないでしょうけど。もし気に入らなかったら、また帰ってくればいいのよ。そのころにはおじいさんも機嫌を直してるから」

「気に入らなかったらすぐに戻って、きょうの夜までに帰ってこられる？」とハイジは尋ねました。

「あら、何言ってるの、いらっしゃい！　そうね、帰りたくなったらまた帰れるわよ。きょうはふもとのマイエンフェルトまで行って、明日、鉄道に乗るの。鉄道なら、空を飛ぶように速いから、あっという間にまた帰ってこられるわ」

デーテおばさんはハイジの洋服を束ねて腕に抱えると、ハイジの手を取りました。そうして二人は山を下りていきました。

さて、まだ放牧の季節ではなかったので、ペーターはデルフリ村の学校に通っていました。というより、通うことになっていたのですが、ときどき勝手に休みの日を作っていました。学校に行ってもしょうがないし、読み書きも必要ない、と思っていたからです。それよりも少しばかり歩き回って、大きなムチになる枝を探す方が役に立つと思っていました。そんなわけで、ペーターはちょうど自宅の小屋の近くで、横手から出てきたところでした。明らかにそれとわかる、きょうの努力の成果を持っています。それは長くて太いヘーゼルナッツの枝で、ペーターはそれをごっそりと束ねて、脇に抱えていたのでした。彼は立ち止まり、自分の方に歩いてくる二つの人影を見つめていました。そして、彼らがすぐそばに来ると、「どこへ行くの？」と尋ねました。

「わたし、おばさんと急いでフランクフルトまで行かなくちゃいけないの」とハイジは答えました。「でもまず、おばあさんのところに行きたい。きっと待っているもの」

「だめ、だめ、話なんてしている暇はないわよ。いまでももう遅すぎるんだもの」おばさんはあわただしく言い、そっちの方へ行こうとするハイジの手をしっかりと握りました。「また戻ってきたら、おばあさんのところに行けるわよ。いまはこっちにおいで！」そう言うとおばさんはハイジをぐんぐん引っ張っていき、手を放しませんでした。ペーターの小屋に入ってしまったら、気が変わってフランクフルトに行かなくなってしまうのではないか、おばあさんもハイジの味方になってしまうのではないかと恐れたのです。

ペーターは小屋に駆け込み、枝のムチを全部束ねたまま、机をめちゃくちゃに叩き始めたので、すべてが揺れ動きました。おばあさんはびっくりして紡ぎ車から立ち上がり、大声で叫びました。ペーターは怒りを吐き出さずにはいられませんでした。

「どうしたの？　どうしたの？」おばあさんは心配そうに叫びました。テーブルに向かって座っていて、大きな音にほとんど跳び上がりそうになっていたお母さんは、もともと我慢強い性格だったので、こう言いました。「どうしたの、ペーター？　どうしてそんな乱暴なことをするの？」

「あの人がハイジを連れていったんだ」ペーターは説明しました。

「誰？　誰が？　どこに連れていったんだい、ペーター、どこに？」おばあさんはさらに不安そうになって尋ねました。しかし、何が起こったか、すぐにわかったようでした。ついさっきペーターのお母さんが、デーテがアルムのおじさんのところに登っていくのを見た、と報告していたからです。おばあさんは気が急くあまりに震えながら、窓を開け、いっしょうけんめいに大声で頼みました。「デーテ、デーテ、その子を連れていかないで！　わたしたちのところからハイジを連れていかないで！」

歩いていく二人にも、その声は聞こえました。デーテには、おばあさんが何と叫んでいるのか、だいたい想像できました。それで、前よりももっとぎゅっとハイジの手を握り、できるかぎり速く歩きました。ハイジはそれに逆らって、「おばあさんが呼んでるよ。おばあさんのところに行きたい」と言いました。

でもデーテはそうしてほしくなかったので、ハイジをなだめて、「急がないともっと遅くなっちゃうわよ。明日鉄道に乗っていけば、どんなにフランクフルトが気に入るかわかるわよ。そうしたらもう帰りたくなくなるわ。それに、もし帰りたかったら、すぐに帰れるし、おばあさんが喜ぶように、おみやげも持って帰れるのよ」と言いました。

そういう見通しがあると知って、ハイジは安心しました。そして、もう逆らわずに歩き始めました。

「おばあさんに、どんなおみやげを持ってこようか？」しばらくしてから、ハイジは訊きました。

「何かいいものを」とおばさんは言いました。「きれいなやわらかい白パンなら、喜んでもらえるわよ。おばあさんはかたい黒パンはもうあまり食べられないから」

「そうだね、おばあさんはよく黒パンをペーターにあげてた。『わたしにはかたすぎる』って言ってるのを見たよ」と、ハイジはうなずきました。「じゃあ急いで行こうよ、デーテおばさん。そうしたら、きょうのうちにフランクフルトに着けるかも。そしたらまたすぐにパンを持って帰れるもんね」ハイジが走り始めたので、洋服の包みを抱えたおばさんは追いつけないほどでした。でも、こんなに速いペースで進めることで、おばさんはとても喜んでいました。いまではもう、デルフリ村の最初の家にさしかかっていて、また方々から声をかけられたり質問されたりしそうだったからです。そうしたらハイジは、また気が変わるかもしれません。そんなわけで、デーテはまっすぐに村を走り抜け、いまではハイジがおばさんの手を強く引っ張っていたので、人々はみな、デーテが子どものせいでそんなに急いでいるのだと思いました。デーテも窓や戸口から投げかけられる質問や呼びかけに対して、「見てのとおり、わたしはいま立ち止まるわけにはいかないのよ。子どもが急いでいるし、まだ先は長いのでね」と叫び返していました。

「まだ生きてるだけでも、驚きよね！」「それにほっぺが真っ赤じゃない！」あらゆる方向から、声が聞こえてきました。デーテは引き留められずに村を通り過ぎ、何も説明せずにすんだのでほっとしていました。ハイジも一言も口を開かず、ただひたすら熱心に先を急いでいました。

その日から、アルムのおじさんは山を下りてきてデルフリ村を通るたびに、前よりもっとこわい顔をするようになりました。誰にもあいさつせず、背中にチーズのかごを背負い、大きな杖を手に、太い眉をぎゅっと寄せて人をおどすように見えたので、女の人たちは小さい子どもに向かって言いました。「気をつけて！　アルムのおじさんから逃げなさい、何かされるかもしれないから！」

老人はデルフリ村を通っていくだけで、村の人間とは一切つき合いませんでした。そして、ずっと下の谷間の町まで行き、チーズを売ってパンや肉などの食料を手に入れるのでした。そうやって村を通り過ぎるたびに、人々は寄り集まってその背後に立ち、アルムのおじさんについて、自分が目撃した奇妙なことを話そうとしました。おじさんはますます荒っぽい様子になってきたとか、もう誰ともあいさつさえ交わそうとしない、といったことです。そして村の人たちはみな、あの子がおじいさんのところから逃げ出せたのはとても運がよかった、ということで意見が一致しました。そして、おじいさんがうしろから追いかけてきて連れ戻されるのをこわがってるみたいに、あの子がどんどん先を急いでいるのを見たじゃないか、と言い合いました。目の見えないペーターのおばあさんだけが、アルムのおじさんについて、かたい信念を持っていました。誰かがおばあさんに糸紡ぎを頼んだり、頼んでおいた糸を受け取るために山を登ってくると、おばあさんはくりかえし、アルムのおじさんがハイジにどんなにやさしく、細やかに接していたか、そしておじさんが自分や娘のために何をしてくれたかを話しました。午後、何度も小屋に来てくれて、あちこちを修繕してくれたこと、おじさんの助けがなかったら、小屋はもうつぶれていただろうこと。そんなわけで、おばあさんのこの報告も、デルフリ村に伝わることになりました。しかし、この報告を聞いたたいていの人たちは、おばあさんはひょっとしたら年を取りすぎて、わけがわからなくなっているのだ、ちゃんと理解できなくなっていて、目が見えないうえに、もう耳もちゃんと聞こえないのかもしれない、などとうわさしました。

アルムのおじさんは、ヤギ飼いのペーターのところにも、もう立ち寄らなくなりました。おじさんがペーターの小屋にしっかりと釘（くぎ）を打っておいてくれたのはいいことでした。長いあいだ、小屋は風雨をものともせずに建っていたからです。目の見えないおばあさんは、いまではまたため息をつきながら一日を始めるのでした。そして、誰に向かっても、なげきながらこう言うのでした。「ああ、あの子と一緒に、いいことも楽しいことも、みんなわたしたちから去っていってしまった。いまはもう、毎日が空っぽだ！死ぬ前に、もう一度ハイジの声が聞けたらいいのに！」

第6章　まったく別の生活と、たくさんの新しいこと

フランクフルトのゼーゼマン家では、病気の娘のクララが、座り心地のよい車椅子に腰を下ろしていました。クララは一日中、その椅子に座ったままで、ひとつの部屋から別の部屋に行くのにも、椅子を押してもらっていました。いま、クララは勉強部屋と呼ばれている部屋にいました。食堂の隣にあるこの部屋には、住み心地をよくするための道具類がたくさん置いてあって、クララがふだんからここで過ごしていることがわかりました。ガラス戸がついた大きな美しい本棚を見れば、なぜこの部屋が勉強部屋と呼ばれているのかがわかりましたし、足の不自由なクララがここで毎日の授業を受けていることも見てとれました。

クララは青白い、ほっそりした顔をしていましたが、その顔からは穏やかな青い二つの目がのぞいていて、この時間にはちょうど大きな壁時計に向けられていました。きょうは、時計の針がとりわけゆっくりと進んでいました。ふだんはめったにイライラしないクララでしたが、いまはかなりのいらだちを声に表しながら、「まだ時間にならないの、ロッテンマイヤーさん？」と尋ねました。

ロッテンマイヤーさんは背中をピンと伸ばし、小さな作業机に向かって刺繍(ししゅう)をしてい

ました。大きな襟のついたケープを、秘密めいた殻のように身にまとっていて、それがロッテンマイヤーさんという人間におごそかな外見を与えていました。その印象は、頭の上に高く結った髪によってさらに強調されていました。ロッテンマイヤーさんはこの家の奥さまが亡くなられたあと、もう何年ものあいだ、ゼーゼマン家で働いていて、家政を切り盛りし、使用人たちの監督をしていました。この家の主のゼーゼマン氏はたいてい旅行に出ていたので、家のことはすべてロッテンマイヤーさんに任されていました。ただし、娘のクララにはすべてのことについて意見を言う権利があって、クララの希望に逆らって何かをするようなことはしないでほしい、という条件がつけられていました。

お屋敷の二階でクララがその日二度目のいらだちを見せて、ロッテンマイヤーさんに「あの人たちが到着する時間はまだなの？」と訊いていたころ、階下の玄関前にはデーテがハイジの手を握って立っていました。そして、ちょうど馬車から降りてきた御者のヨハンに向かって、「こんなに遅い時間でもロッテンマイヤーさんにお会いできるでしょうか」と尋ねていました。

「俺にはわからんな」と御者はつぶやきました。「呼び鈴を押してゼバスティアンに下りてきてもらいなよ。なかの通路にいるよ」

デーテは言われたとおりにしました。使用人のゼバスティアンは階段を駆け下りてきましたが、大きな丸いボタンのついた給仕の上着を着て、同じくらい大きな丸い目を見開いていました。

「この時間でもまだロッテンマイヤーさんにお会いできるかどうか、うかがいたいのですが」と、デーテは話し始めました。

「それはわたしにはわかりませんね」と使用人は答えました。「女中のティネッテを別の呼び鈴で呼び出してください」それだけ言うと、ゼバスティアンはさっさと姿を消してしまいました。

デーテはまた呼び鈴を押しました。すると階段のところに女中のティネッテが、頭には真っ白なキャップをかぶり、あざけるような表情を浮かべて現れました。

「何ですか？」ティネッテは下りてこないで、階段の上から尋ねました。デーテはまた、質問をくりかえしました。ティネッテは姿を消しましたが、すぐに戻ってくると階段の上から叫びました。「あなたたちをお待ちですよ」

デーテはハイジと一緒に階段を上り、ティネッテのあとについて勉強部屋に入っていきました。ここでデーテは、礼儀正しく戸口に立ち止まりました。ハイジの手をしっかりと握っています。これまでとはまったく違う環境のなかでハイジが何をやり出すかわからなくて、不安だったからです。

ロッテンマイヤーさんはゆっくりと椅子から立ち上がって、ようやく到着したお嬢さまの遊び相手を見ようと、近づいてきました。でも、ハイジの見た目は、ロッテンマイヤーさんの気に入りませんでした。ハイジは質素な木綿の上着を着て、つぶれかけた古い麦わら帽子をかぶっていたのです。ハイジは帽子の下から無邪気な顔で、塔のように高く結い上げたロッテンマイヤーさんの髪型に対する驚きを隠しもせずに、じっと見上げていました。

「何ていう名前なの?」ロッテンマイヤーさんは、自分の方でもしばらくハイジを探るように見つめたあとで、尋ねました。ハイジはあいかわらずロッテンマイヤーさんから目を離そうとはしません。

「ハイジよ」ハイジははっきりと、よく響く声で答えました。

「え?　何?　それはキリスト教徒の名前じゃないでしょ?　洗礼は受けていないの?　どういう洗礼名なの?」ロッテンマイヤーさんは続けざまに尋ねました。

「覚えてない」とハイジは言いました。

「そんな返事をするなんて!」ロッテンマイヤーさんは首を横に振りました。

「デーテさん、この子は頭が悪いのかしら、それとも礼儀知らずなの?」

「お許しくださいませ。もしよろしければ、わたくしが子どもの代わりにお話ししたいと思います。この子は経験が少ないものですから」デーテはその場にふさわしくない返事をしたハイジを、こっそりと小突きながら言いました。「でもこの子は愚かでもありませんし、礼儀知らずでもございません。まったくそのような子ではないのです。ただ、思ったように話しているだけです。このようなお屋敷に来たのは生まれて初めてで、まだちゃんとした作法は身についておりません。しかし、やる気のある子ですし、ご親切に教えていただければ、飲み込みも悪くないはずです。この子の洗礼名は亡くなった母親と同じくアーデルハイトです。母親はわたくしの姉でした」

「そうですか、アーデルハイトという名前なら、ちゃんとしていますね」とロッテンマイヤーさんは言いました。「でもデーテさん、あえて申し上げますが、この子は年齢のわりに奇妙な印象を与えますね。クララお嬢さまの遊び相手は、お嬢さまと同じくらいの年齢でなくちゃいけないとお伝えしたはずですよ。お嬢さまと同じ授業を受けて、同じようなことをするためにはね。クララお嬢さまは十二歳です。この子は何歳なの？」

「お許しくださいませ」とデーテはまた雄弁に話し始めました。「わたくし自身、この子がいくつになったのか、わからなくなってしまいました。たしかに、お嬢さまよりは少し年下ですね。そんなに違いはないと思いますが。はっきりとは申せませんが、だいたい十歳か、もしかしたらそれより上かもしれません」

「いま八歳だって、おじいさんが言ってたわよ」とハイジは説明しました。デーテおばさんはまたハイジを小突きましたが、ハイジにはなぜ小突かれるのかがわかりませんでしたし、それでとまどうこともありませんでした。

「あら、まだ八歳なの？」ロッテンマイヤーさんは、ちょっと腹を立てながら大声で言いました。「四歳も下じゃないの！　何てこと！　どんな勉強をしてきたの？　授業のときに使った教科書は？」

「何も使ってないよ」とハイジは言いました。

「え？　何？　どうやって字を勉強したの？」ロッテンマイヤーさんは尋ねました。

「わたしは字は読めないし、ペーターも読めないのよ」とハイジは答えました。

「神さま、お助けを！　字が読めないの？　ほんとに？」ロッテンマイヤーさんはぎょっとして叫びました。「そんなことがあるのかしら？　字が読めないなんて！　じゃあ、ほかに何を勉強したの？」

「何も」と、ハイジは正直に答えました。

「デーテさん」しばらく間をおいて、落ち着きを取り戻してから、ロッテンマイヤーさんは言いました。「これでは、ぜんぜん話が違いますね。どうしてこんな子を連れてきたんですか？」しかし、デーテは簡単には引き下がらず、したたかに答えました。「お許しくださいませ。この子はまさに、あなたが探しておられるような子だとわたくしは思ったのです。どのような子どもでなくてはいけないか、ご説明くださいましたよね。その辺の子どもたちとは違う、独特の魅力がある子がいいとのお話でした。それで、この子を連れて参ったのですよ。わたくしどものところでは、大きくなった子どもたちは、もう個性を失っています。この子こそ、ご説明にぴったりの子だと思いました。もしお許しいただければ、この子をしばらく置いていって、すぐにまた様子を見に参ります」

そう言うとデーテは膝を折ってあいさつし、急ぎ足で玄関を出て、階段を下りていきました。ロッテンマイヤーさんは一瞬そこに立ちつくしていましたが、すぐにデーテのあとを追いかけました。もしハイジがほんとうにこのお屋敷にとどまるのなら、デーテとまだたくさん話し合わなければいけないことがあるのに気づいたからです。ハイジはもうここに来てしまったのですし、ロッテンマイヤーさんは、デーテがハイジをここに置いていこうと、かたく決心しているのに気づいていました。

ハイジはまだ最初と同じく戸口に立っていました。クララはそれまで、自分の椅子からすべてを眺めていましたが、いまになってハイジを手招きしました。「こっちへいらっしゃいよ！」

ハイジは車椅子のそばに歩み寄りました。

「ハイジって呼ばれるのと、アーデルハイトって呼ばれるのと、どっちがいい？」とクララは尋ねました。

「わたし、ハイジとしか呼ばれたことないの」というのが、ハイジの答えでした。

「じゃあ、わたしもそう呼ぶわね」とクララは答えました。「この名前、気に入った。聞いたことがない名前だけどね。あなたみたいな姿をした子どもに会ったこともない。いつもそんなに髪が短くてくるくる巻いてるの？」

「うん、そうだと思う」とハイジは答えました。

「フランクフルトに来たかったの？」とクララは尋ねました。

「ううん。でも明日になったら家に帰って、おばあさんに白パンを持ってってあげるの」

「あなたって、変わった子どもなのね！」クララは声をあげました。「わざわざ急行列車でフランクフルトに来たんでしょ。わたしと一緒にいて、授業を受けるためなのよ。でも、字が読めないいんじゃ大変よね。授業がぜんぜん違う内容になっちゃう。でも、ここはときどきものすごく退屈で、午前中がちっとも終わらないときもあるのよ。

毎朝十時に先生が来て、授業が始まるの。それがとっても長くて、二時まで続くのよ。それに、先生はときどき、本をものすごく顔に近づけることがあるの。まるで、いきなり目が悪くなったみたいにね。でも、ほんとは本で隠して大あくびしているだけなのよ。ロッテンマイヤーさんもときどき、読んでいる本に感動したみたいに、大きなハンカチを顔の前に広げることがある。でも、ハンカチで隠して大きなあくびをしているだけだって、わたしにはわかってる。そうすると、わたしもすごくあくびがしたくなるんだけど、それを何とか我慢しなくちゃいけないの。だって、一度でもあくびしたら、ロッテンマイヤーさんがすぐに肝油を持ってきて、体の具合が悪そうだから飲みなさいって言うのよ。でも、肝油を飲むほど嫌なことはないから、それだったらあくびを我慢する方がいいの。でも、あなたが字を習うんだったら、それを聞いていられるから、いままでよりずっと楽しくなりそう」

字を習う、という言葉を聞いて、ハイジは困ったように首を横に振りました。

「あら、あら、ハイジ、もちろん字を習わなくちゃだめよ。どんな人も、字を習うべきよ。それに、先生はとてもいい人なの。けっして怒ったりしないで、ちゃんと教えてくれる。もし先生が何かを説明してもよくわからなかったときには、何も言わずにじっと待っていればいいの。そうしたら、もっと詳しく説明してくださるから。ただ、あまり詳しくされると、ますますわからなくなっちゃうんだけどね。でもあとになって、少し勉強が進んだら、きっと先生のおっしゃったことがわかるわよ」

ロッテンマイヤーさんが部屋に戻ってきました。デーテを呼び戻すことができなくて、見るからに興奮していました。デーテに対して、ハイジのことは当初の取り決めとは違っている、ときちんと説明することができなかったからです。この話をなかったことにするにはどうすればいいか、ロッテンマイヤーさんにはわかりませんでした。もともとこのアイデアを思いついたのは自分だったので、ますます腹が立ってくるのでした。ロッテンマイヤーさんは勉強部屋から食堂に歩いていき、そこからまた勉強部屋に戻り、それからまたすぐに方向転換してゼバスティアンをどなりつけました。ゼバスティアンは丸い目を見開き、準備の整った食卓の上を注意深く眺めて、自分の仕事に何か足りないところがあったのかとチェックしました。

「ばかなことを考えるのは明日にして、きょうはちゃんと食事できるようにしてちょうだい！」

ロッテンマイヤーさんはゼバスティアンにこう言って通り過ぎると、ひどく不機嫌な声でティネッテを呼んだので、ティネッテはふだん以上に小さな歩幅でちょこちょこと走ってきました。そして、ばかにしたような顔でそこに立ったので、ロッテンマイヤーさんでさえ彼女をどなりつけるのをためらい、自分の怒りをますます心のなかに押し込むことになりました。

「ティネッテ、新しく来た子の部屋を整えておいてちょうだい」とロッテンマイヤーさんは、苦労して落ち着きを取り戻そうとしながら言いました。「準備はしてありますから、家具の埃を払っておくんですよ」

「やり甲斐のある仕事ですこと」とティネッテはあざけるように言い、その場を離れました。

そのあいだにゼバスティアンは、勉強部屋に面した両開きのドアを、騒々しい音を立てながら開きました。なぜそんな物音を立てたかというと、すっかり腹を立てていたからです。でも、ロッテンマイヤーさんに口答えすることは許されませんでした。クララの車椅子を押すために勉強部屋に入ってきたときには、ゼバスティアンはまた落ち着いていました。椅子の下に押し下げてあった取っ手を回していると、ハイジが自分の前に立って、じっと眺めているのに気づきました。ゼバスティアンはたちまち怒り出し、「何がそんなにおもしろいんだ?」とハイジに低い声で文句を言いましたが、もしロッテンマイヤーさんが戸口に立って、ちょうど入ってこようとしているのに気づいていたら、そんな言い方はしなかったでしょう。ハイジは答えました。「あんたって、ヤギ飼いのペーターみたい」

ロッテンマイヤーさんはびっくりして両手を打ち合わせました。「こんなことがあるかしら!」ロッテンマイヤーさんは小声でうめきました。「使用人に『あんた』と呼びかけるなんて！　この子には常識がまったく欠けています！」

クララは車椅子を押してもらい、ゼバスティアンに食堂まで連れていってもらうと、食卓の椅子に腰かけました。

ロッテンマイヤーさんはクララの隣に座り、ハイジを手招きして、自分の向かい側の席に座らせました。食卓にはたくさんの席があったのに、ほかには誰も座りませんでした。三人もそれぞれ離れて座っていたので、ゼバスティアンがお給仕をするゆとりはたくさんありました。ハイジの皿の横には、きれいな白パンが一つ、置いてありました。ハイジはうれしそうに白パンを眺めました。ゼバスティアンがペーターに似ていることを発見したハイジは、いっぺんにゼバスティアンを信頼するようになりました。そして、とっても静かに席に座って動きませんでした。ゼバスティアンが大皿を持って近づいてきて、焼き魚を差し出してくれたとき、ハイジは白パンを指さしてたずねました。「これ、もらってもいいの？」ゼバスティアンはうなずき、横目でロッテンマイヤーさんの方を見ました。この質問を聞いたらロッテンマイヤーさんがどう思うだろうと心配したからです。パンをもらってもいいとわかったハイジは、あっというまにパンをつかむとポケットに隠しました。ゼバスティアンはもう少しで笑い出しそうになりましたが、ここで笑ってはいけないとわかっていたので、思わず顔をしかめました。ゼバスティアンは黙ったまま、あいかわらずハイジのそばに立っていました。話すことは許されなかったし、差し出した料理を相手が受け取るまでは、その場を離れることもできなかったからです。ハイジはしばらくのあいだ、驚いたようにゼバスティアンを見つめていましたが、それから「これもわたしが食べるの？」と訊きました。ゼバスティアンはまたうなずきました。「じゃあ、ちょうだい」とハイジは落ち着いて皿を見下ろしました。ゼバスティアンの顔は前よりもっと笑い出しそうになり、両手に抱えた大皿が怪しげに揺れ始めました。

「いったん大皿を置いて、あとでまたいらっしゃい」とロッテンマイヤーさんがきびしい顔で言いました。ゼバスティアンはそれを聞くとすぐに姿を消しました。「アーデルハイト、あなたにはいちいち教えてあげなくちゃいけないってことがわかりました」ロッテンマイヤーさんは深いため息をつきながら言葉を続けました。「食卓に着いたときに、どうやって料理を取るか、見せてあげましょう」ロッテンマイヤーさんは、ハイジがするべきことを、はっきりと丁寧にやって見せました。「それから」と、ロッテンマイヤーさんは言葉を続けました。「食卓ではゼバスティアンと話をしちゃいけません。食事以外のときも、何か頼みごとがあるときか、どうしても質問したいことがあるときしか、話しかけちゃいけないの。そして、話しかけるとしても、『あなた』もしくは『おまえ』と言うんですよ、わかりましたか？　もうけっして、ほかの呼び方はしないでください！　ティネッテに対しても、『あなた』か『ティネッテさん』と言うんですよ。クララお嬢さまをどう呼ぶべきかは、ご本人から聞いてください」

「もちろんクララで結構よ」と、クララは言いました。そのあと、お屋敷でのマナーについて、たくさんの注意が続きました。起きるときのこと、寝るときのこと、部屋に入るときのこと、部屋を出るときのこと、いろいろな決まりごと、ドアの閉め方。しかし、ハイジは聞いているうちに目を閉じてしまいました。だってこの日は五時に起き、ずっと列車に乗って移動してきたのです。ハイジは椅子の背にもたれて、眠ってしまいました。ロッテンマイヤーさんは長い時間をかけて注意事項を説明し終わると、「さあ、アーデルハイト！ ちゃんと覚えましたか？」と尋ねました。

「ハイジはもうとっくに眠っているわ」クララは愉快そうな顔で言いました。夕食がこれほど短く感じられたのは、久しぶりのことだったのです。

「この子がやることなすこと、まったく前代未聞です」とロッテンマイヤーさんはかんかんに怒って叫びました。そして激しくベルを鳴らしたので、ティネッテとゼバスティアンが飛び込んできました。大きな物音にもかかわらず、ハイジは目を覚ましませんでした。どうにか寝室まで歩いていかせることができる程度にハイジの目を覚まさせるのは一苦労でした。ハイジはまず勉強部屋を通り、それからクララの寝室を通り、それからロッテンマイヤーさんの部屋を通って、自分のために準備された角部屋まで歩いていきました。

第7章　ロッテンマイヤーさんの落ち着かない一日

フランクフルトでの最初の朝、目をさましたハイジは、自分の見ているものがすぐには理解できませんでした。ごしごしと目をこすってから上を見上げましたが、目に入ってくるのは同じ光景です。ハイジは背の高い白いベッドに寝ていて、目の前にあるのは大きな広い部屋でした。光が差してくる場所には、とても長くて白いカーテンがかかっていて、そのそばには大きな花模様のついた二脚の肘掛け椅子がありました。壁際には同じ花模様のソファがあり、その手前にテーブルが置いてありました。部屋の隅には洗面台があって、見たこともないような道具がいろいろ置いてあります。ハイジは自分がフランクフルトにいるのだと気がつきました。昨日のことを思い出し、自分が聞いたかぎりでの、ロッテンマイヤーさんの指図を思い出しました。ハイジはベッドから飛びおり、身支度をしました。それから窓のそばに行き、反対側の窓辺にも歩み寄りました。空と地面が見たくてたまりませんでした。窓には大きなカーテンがかかっていて、ハイジはまるでかごのなかに閉じ込められたような気分でした。カーテンを開けることができなかったので、窓から外を見るため、カーテンの下にもぐりました。でも窓が高すぎて、ハイジの頭だけがちょこんと上に出るくらいでした。ハイジは自分が探している風に戻りました。しかし、目にするのは、いつも同じ風景でした。一つの窓からもう一方の窓に行き、また最初の窓に戻りました。しかし、目にするのは、いつも同じ風景でした。家々の壁と窓、そしてまた、壁と窓。ハイジは不安になってきました。まだ朝早い時間でした。ハイジはアルムで早起きする習慣がついていたし、起きるとすぐに外に駆け出して、空は青いか、太陽はもう昇っているか、モミの木がざわざわいっているか、小さな花たちはもう目を開けているか、たしかめるのが普通でした。生まれて初めてきらきらする鳥かごに閉じ込められた小鳥が、バタバタと飛びまわり、柵のあいだから外に抜け出して自由になれないものかとあちこち試してみるように、ハイジも一方の窓からもう一つの窓へと走り回り、何とか窓を開けられないものか、試そうとしていました。もし窓を開けられたら、壁と窓以外のものが見えるに違いないと思ったからです。窓さえ開ければ、下の地面が見え、緑の草や、斜面で解けかかっている最後の雪が目に入るはずだと考えて、ぜひそれを見たいと願いました。でも窓は、しっかりと閉まったままでした。ハイジがどんなに押したり引いたりしても、下から小さな指を窓枠の下に差し込んで押し開けようとしても、ぴくりとも動かないままでした。長いことやってみて、どうにもならないことがわかると、ハイジはとうとうあきらめました。そして今度は、お屋敷の外に出てぐるっと裏まで回ってみたら、草が生えている地面のところに行けるのではないか、と考え始めました。夕べ、このお屋敷に到着したときには、家の前に石が敷き詰められていたことを思い出したからです。そのとき誰かが部屋のドアをノックしました。それからティネッテが顔を突き出して、「朝ごはんよ！」とぶっきらぼうに言いました。

ハイジはこの言葉を聞いても、自分が朝ごはんに呼んでもらっているとはぜんぜん思えませんでした。ティネッテの顔にはあざけりの表情が浮かんでいて、ハイジを親切に招いているというよりは、あたしに近づかないでよ、と突き放す様子が見てとれたからです。ハイジははっきりとその気持ちを読み取り、それに従いました。テーブルの下に押し込まれていた小さなスツールを引っ張り出すと、部屋の隅にそれを置いて座り、これからどうなるのだろうと静かに待っていたのです。しばらくすると、かなり大きな音を立てながら誰かがやってきました。それはロッテンマイヤーさんで、またもや腹を立てており、部屋のなかに向かって、「どういうつもりなの、アーデルハイト？　朝ごはんが何だかわからないのですか？　早くいらっしゃい！」と大声で言いました。

ハイジはその言葉を聞いて、すぐにロッテンマイヤーさんに従いました。食堂では、クララがもうずっと前から席に着いていて、感じよくあいさつしてくれました。クララはいつもよりずっと楽しそうな顔をしていました。きょうはいろんな新しいことが起こるだろう、と期待してわくわくしていたからです。朝食は何の問題もなく終わりました。ハイジもおとなしく、バターつきのパンを食べていました。食事が終わると、クララはまた車椅子で勉強部屋に連れていかれました。ロッテンマイヤーさんはハイジに、クララについていって、家庭教師の先生が授業にいらっしゃるまで一緒に待っているように言いました。クララと二人きりになると、ハイジはすぐに尋ねました。「どうやったら外を眺めたり、地面を見下ろしたりできるの？」

「窓を開けて外を見ればいいのよ」クララは愉快そうに答えました。

「でも窓が開かないの」ハイジは悲しそうに言いました。

「あら、開けられるのよ」とクララはうけあいました。「でもあなたにはまだ無理ね。わたしにもできないわ。でもゼバスティアンに頼めば、きっと開けてくれるわよ」

窓を開けて外を眺めることができると知って、ハイジはとても安心しました。部屋に閉じ込められたような気分で、ひどく落ち込んでいたからです。クララはハイジに、これまでどんな暮らしをしていたのか、と質問し始めました。ハイジは大喜びで、アルムのことやヤギたちのこと、牧場や自分が好きなもののことを話しました。

そうこうするうちに、先生が到着しました。でもロッテンマイヤーさんはいつものように先生をすぐ勉強部屋に案内するのではなく、いろいろ説明しなくてはと思って、まず食堂に連れていきました。ロッテンマイヤーさんは食堂で先生と一緒に座り、かなり興奮しながら、自分が置かれている困った状況について、また、どうしてそのようなことになったかといういきさつについて、説明しました。

ロッテンマイヤーさんは少し前に、パリに滞在しているゼーゼマン氏に対して、クララお嬢さまがずっと前から、屋敷で遊び相手になってくれる子を欲しがっている、と書き送ったのでした。そして、そんな子が来てくれれば、授業でも刺激になるし、それ以外の時間にもクララお嬢さまにとって楽しい話し相手になってくれると考えます、と書き添えたのでした。実のところ、ロッテンマイヤーさんもそうなることを切望していました。病気のクララの相手をするのはしばしばとても骨が折れることだったので、誰かこの負担を軽くしてくれる人がお屋敷にいてくれればと思っていたのです。ゼーゼマン氏は、喜んで娘の希望をかなえたい、と返事を書いてきました。ただし、そのような遊び相手が、気まずい思いをすることなく一緒にいてくれる、という条件のもとでです。自分の屋敷で子どもが苦しめられるのは嫌だから、とのことでした。「もちろん、ご主人さまのご心配はまったくの思い過ごしです」とロッテンマイヤーさんは先生に向かって付け加えました。「子どもを苦しめようなどと、誰が考えるでしょう！」しかしロッテンマイヤーさんはさらに話し続け、恐ろしいことにこの子どもの件ではひどい計略に引っかかってしまった、と説明し、これまでに目撃した、ハイジのぶしつけなふるまいを数え上げ始めました。「先生の授業を文字通りＡＢＣから始めていただかなくてはならないだけでなく、わたし自身も人間的なしつけを最初の最初から始めなくてはいけないのですよ。このような不幸な状態を解決するには、たった一つの手段しかありません。先生に、こんなに学力の違う二人の子どもを一緒に教えることはできない、すでにたくさん勉強してきたクララお嬢さまに不利益を与えることになる、と断言していただければよいのです。そうすれば、ゼーゼマンさまにとっても、この件を白紙に戻すのに充分な根拠となるでしょう。そして、あの子をもといた場所に送り返すことを認めてくださるでしょう。ゼーゼマンさまの同意がなければ、わたしは何もできないのです。ゼーゼマンさまは、子どもが到着したことをご存じなのですから」しかし先生は慎重な人で、どんなことでも一方的に判断することはありませんでした。そして、言葉を尽くしてロッテンマイヤーさんを慰めながら、次のように言ったのです。「お嬢さまは、あまりにも引き込もっておられるので、そのような子がいてくれればお嬢さまのためにもなるでしょう。授業の方は、工夫すればちゃんとバランスをとって行うことができます」ロッテンマイヤーさんは、先生が自分の意見に賛成してくれず、ABCの授業を進んで引き受ける気でいるのを見て、あきらめて勉強部屋のドアを開けました。そして、先生が部屋に入ると急いでドアを閉め、自分はなかに入ろうとしませんでした。ABCの授業のことなんて、考えるだけでぞっとしたからです。ロッテンマイヤーさんは、部屋のなかを大またに行ったり来たりしました。屋敷の使用人たちにアーデルハイトのことを何と呼ばせるべきか、考えなくてはいけなかったからです。ゼーゼマン氏は、クララの遊び相手はクララと同じように扱われなければいけない、と書いてきていました。この言葉は主に使用人との関係を指しているに違いない、とロッテンマイヤーさんは考えていました。しかしロッテンマイヤーさんには、ゆっくり考える暇はありませんでした。突然、勉強部屋から、いろいろなものが落っこちる恐ろしい音が聞こえてきたからです。助けを求めてゼバスティアンを呼ぶ声も聞こえました。ロッテンマイヤーさんは勉強部屋に駆け込みました。いろいろなものが床に落ちていました。すべての教材、本、ノート、インク壺。その上に下敷きがのっていて、下から黒いインクの小川が部屋中に流れ出していました。ハイジの姿は見えません。

「こういうことになると思いましたよ！」ロッテンマイヤーさんは両手をもみ合わせながら叫びました。「じゅうたんも、本も、道具入れも、みんなインクでべたべたじゃありませんか！　こんなこと、いままでに一度もありませんでしたわ！　あの子が災いの元なのは、これでもう明らかです！」

先生はひどく驚いた様子で立ちすくみ、このみじめなありさまを眺めていました。そこにはただ一つの面、しかもぎょっとするような面しかありませんでした。しかしクラの方は、楽しそうな顔でこの珍しい事件とそのなりゆきを見守りながら、説明を始めました。「ええ、ハイジがやってしまったんだけど、悪気はなかったのよ。罰を与えたりしないで。大急ぎで外に出ようとして、下敷きを引っ張ってしまったの。だから全部落っこちちゃったのよ。ちょうどたくさんの馬車が、立て続けにそばを通過したの。ハイジはひょっとしたらまだ一度も馬車を見たことがないのかもしれない」

「お話ししたとおりじゃありませんか、先生？　あの子は基本的なしつけができていないんです！　授業がどんなものかもわかっていないし、ちゃんと話を聞いて、静かにしているべきだということもわからないんです。それにしても、あのどうしようもない子は、どこに行ってしまったんです？　逃げ出したとしたら！　ゼーゼマンさまは何とおっしゃるか……」

ロッテンマイヤーさんは部屋の外に飛び出し、階段を駆け下りました。すると玄関のドアが開けっぱなしになっていて、ハイジがその下で口をあんぐりと開け、道路を行きかう人々や馬車を眺めていました。

「どうしたの？　何を思いついたの？　どうして逃げ出したりするの！」ロッテンマイヤーさんはハイジを叱りつけました。

「モミの木がざわざわいうのが聞こえたの。でも、どこにモミの木があるのかわからないし、もう聞こえなくなっちゃった」とハイジは答え、がっかりしたように、馬車の音が響いている方向を眺めました。その音はハイジの耳には、山から吹き下ろされる風がモミの木に当たってざわめく音のように聞こえたのでした。だからハイジは大喜びで、音がする方向へ駆けだしたのです。

「モミの木ですって！　ここは森じゃありませんよ！　何て思いつきでしょう！　上がってきて、自分がどんな失敗をしたか、よくごらんなさい！」ロッテンマイヤーさんはそう言うと、また階段を上っていきました。あとについていったハイジは、ひどく散らかった部屋の様子を見て、ぼう然と立ちつくしました。モミの木の音を聞いて大喜びし、急いで部屋を出てしまったので、何を落としたか、気づいていなかったのです。

「こんなことになってしまったけれど、もう二度としないでちょうだいね」ロッテンマイヤーさんは、床を指さしながら言いました。「勉強のときは、静かに椅子に座って、先生の言うことに耳を傾けるものなのよ。それができないなら、あなたを椅子に縛りつけなくちゃなりません。わかる？」

「わかった」とハイジは答えました。「これからはちゃんと座る」授業中は静かに座るのが決まりなのだと、ハイジは理解したのでした。

部屋を片付けるために、ゼバスティアンとティネッテが入ってきました。授業はここで中止となり、先生は帰っていきました。きょうは誰も、あくびをする暇などありませんでした。

午後、クララはいつもしばらくのあいだ、休憩することになっていました。その時間は自分で好きなことをしてもいい、とハイジはその朝、ロッテンマイヤーさんから言われていました。昼食のあと、クララが休憩のためにソファに横になると、ロッテンマイヤーさんは自分の部屋に戻りました。ハイジは、これからは自分の好きなことをしていいんだな、と思いました。それは願ってもないことでした。ハイジにはとっくに、やりたいことがあったからです。でもそのためには誰かの助けが必要だったので、それを頼める人に出会えるように、食堂の外で廊下の真ん中に立って待っていました。思ったとおり、すぐにゼバスティアンがお盆を抱えて階段を上ってきました。銀の食器を台所から運び出し、食堂の戸棚にしまうところだったのです。ゼバスティアンが最後の段にさしかかると、ハイジは歩み寄り、はっきりと大きな声で「あなた、もしくはおまえ！」と呼びかけました。

ゼバスティアンはそれ以上できないくらい目を大きく見開くと、かなりぶっきらぼうに尋ねました。「どういう意味ですか、お嬢さま？」

「訊きたいことがあるんだけど。今朝のように悪いことじゃないのよ」と、ハイジはなだめるように付け加えました。ゼバスティアンがちょっと不機嫌になったのに気がついて、きっと床にインクをこぼしたせいだろうと思ったからです。

「そうですか、でもどうして『あなた、もしくはおまえ』なんて呼びかけるのか、まず知りたいものですね」ゼバスティアンはさっきと同じぶっきらぼうな調子で答えました。

「だって、いつもそう言わなくちゃいけないって教えられたんだもの」ハイジは断言しました。「ロッテンマイヤーさんがそうしなさいって言ったのよ」

ゼバスティアンがいきなり大きな声で笑い出したので、ハイジはとてもびっくりして彼を見つめました。何がおかしいのか、わからなかったからです。でもゼバスティアンの方では、ロッテンマイヤーさんがどういう言い方をしたのかよくわかって、とても愉快そうに言いました。「結構ですよ。ではご用件をおっしゃってください」

「わたしはお嬢さまなんて名前じゃないわよ」ハイジは少し怒ったように言いました。「ハイジっていう名前なの」

「もちろんです。でも同じ方が、あなたをお嬢さまとお呼びするように、命令したのです」とゼバスティアンは説明しました。

「ロッテンマイヤーさんが？　わかった、じゃあ、そういう名前になるのね」と、ハイジはあきらめたように言いました。何でもロッテンマイヤーさんの命令どおりにしなくてはいけないと、わかってきていたからです。

「名前が三つになっちゃった」ハイジはため息をつきました。

「小さなお嬢さまは、何をお訊きになりたかったのですか？」ゼバスティアンは、食堂に入り、銀の食器を棚に並べながら言いました。

「どうすれば窓を開けられるの、ゼバスティアン？」

「こうするんですよ」ゼバスティアンは観音開きの大きな窓を開けました。

ハイジは窓のそばに近寄りましたが、小さすぎて外は見られませんでした。窓の下の飾りのところまでしか頭が届かなかったからです。

「こうすればお嬢さまも外をごらんになって、下に何があるか見られますよ」とゼバスティアンは言いながら、背の高い木のスツールを持ってきてくれました。ハイジは大喜びでそのスツールに上がり、ようやく望んでいたとおりに窓から外を見ることができましたが、非常にがっかりした表情で、すぐに首を引っ込めてしまいました。

「ここでは石を敷き詰めた道路しか見えないのね」ハイジは残念そうに言いました。「もしお屋敷の周りをぐるっと回ったら、反対側には何が見えるの、ゼバスティアン？」

「同じものですよ」とゼバスティアンは答えました。

「この谷間のずっと向こうまで見下ろそうと思ったら、どこに行かなくちゃいけないの？」

「それには、高い塔に登らなくちゃいけませんね。あそこに見える、てっぺんに金色の玉がついている教会の塔などです。あそこからだったら、下がよく見下ろせますし、ずっと向こうまで見渡せるでしょう」

ハイジは大急ぎでスツールから下りると、道路に出ていきました。でも、ハイジが思ったようには、ことは運びませんでした。窓から教会の塔を見たときには、道路を渡りさえすればすぐその教会の前に行ける気がしたのでした。でも、お屋敷の前の通りをどんどん下っていっても、塔にたどり着くことはできませんでしたし、塔がどこにも見えなくなってしまいました。ハイジは別の通りに入り、ずんずん先に進んでいきましたが、まだ塔は見えてきませんでした。たくさんの人たちがそばを通り過ぎましたが、みんなとても忙しそうです。あの人たちには道を教えてくれる時間はないだろう、とハイジは思いました。次の角で、小さな手回しオルガンを担ぎ、珍しい動物を抱いた男の子を見かけました。ハイジはその子のところに走っていって、尋ねました。「てっぺんに金色の玉のある塔はどこ？」

「知らねえ」というのが答えでした。

「誰に訊いたらいいのかな？」ハイジはさらに尋ねました。

「知らねえ」

「ほかに、高い塔のある教会を知らない？」

「もちろん知ってるさ」

「じゃあ、教えてよ！」

「まず、おれに何をくれるのか教えろよ」男の子は手を差し出しました。ハイジはポケットのなかを探ってみました。そして、赤いバラでできたきれいな冠が描かれている、一枚の絵を取り出しました。ハイジはしばらくのあいだ、その絵をじっと眺めていました。少し心が痛んだからです。その絵は、今朝クララにもらったばかりでした。でも、谷を見下ろしたり、緑の丘を見渡す方が重要です！「ほら」とハイジは言って、絵を差し出しました。「これ、ほしい？」

男の子は手を引っ込め、首を横に振りました。

「何がほしいの？」と尋ねながら、ハイジは満足そうに絵をしまいました。

「金だよ」

「わたしは持ってないけど、クララならきっとくれるわ。いくらほしいの？」

「二十ペニヒ」

「じゃあ、行きましょうよ」

二人は長い通りを歩いていきました。歩きながらハイジはその男の子に、背中に何を背負っているのかと尋ねました。男の子は「この布の下にはすてきなオルガンがあるんだ。ハンドルを回したら、すごい音楽が聞こえてくるぜ」と答えました。気がつくと、二人は高い塔のある古い教会の前に立っていました。男の子は立ち止まって、「ここだ！」と言いました。

「でも、どうやったら入れるの？」入り口の扉がしっかり閉ざされているのを見て、ハイジは尋ねました。

「知らねえ」というのが答えでした。

「ゼバスティアンを呼ぶときみたいに、ここにある呼び鈴を鳴らしてもいいと思う？」

「知らねえ」

ハイジは壁に呼び鈴を見つけ、力いっぱい紐を引っ張りました。

「わたしが上に登ってるあいだ、下で待っててね。帰る道がわからなくなっちゃったから。教えてくれなくちゃだめよ」

「そうしたら何をくれる？」

「また何をあげればいいの？」

「二十ペニヒ」

古い錠が内側から回され、ぎいっと音を立てながら扉が開きました。年とった男の人が外に出てきて、最初はびっくりしたように、それから腹立たしげに子どもたちを眺め、どなりつけました。「わしをわざわざ下りてこさせるとは、どういうつもりだ？　呼び鈴の上に書いてあることが読めんのか？『塔に登りたい方のために』とあるんだぞ！」

男の子はハイジを指さすだけで、何も言いませんでした。ハイジは答えました。「ちょうど塔に登りたかったのよ」

「登って何をする？」と、塔の番人は訊きました。「誰かに言われて来たのか？」

「ううん、ただ下を見下ろすために登りたかったの」とハイジは答えました。

「さっさと家に帰って、こんな冗談は二度としないことだな。二度目はただじゃおかないぞ！」番人はそう言って背を向け、扉を閉めようとしました。でもハイジは番人の上着をつかみ、「一度だけ！」と熱心に頼みました。

番人は振り向きました。ハイジの目がすがりつくように見上げていたので、番人は気が変わりました。番人はハイジの手を取り、やさしく言いました。「そんなに大切なことだったら、一緒においで！」

男の子は扉の前の石段に腰を下ろし、一緒に行くつもりはないことを示しました。

ハイジは番人に手を引かれて、たくさんの階段を上りました。階段はどんどん細くなっていき、しまいにはほんとに狭い段を上って、ようやく上にたどり着きました。番人はハイジの体を抱き上げ、開いた窓の前で支えてくれました。「さあ、下をのぞいてごらん」

ハイジは屋根や塔や煙突が海のように遠くまで広がっている風景を見下ろしました。それからすぐに頭を引っ込めて、うちひしがれたように言いました。「わたしが思ったのと、ぜんぜん違う」

「ちゃんと見たのかい？　おまえみたいなおちびさんに、景色のことなんかわかるもんかね！　さあ、もう下りなさい。そして、二度と呼び鈴を鳴らすんじゃないよ！」

番人はハイジを床に下ろすと、前に立って細い階段を下りていきました。階段の幅が広くなったところで、左手に番人の部屋に通じるドアが現れました。その脇では床が、斜めになった屋根の下までのびていました。奥には大きなかごがあり、その手前では太った灰色のネコがのどをごろごろ鳴らしていました。かごのなかにはネコの家族が住んでいたのです。ネコは、誰かが通り過ぎるたびに、自分の家族にかまうんじゃないぞ、とおどしていました。ハイジは立ち止まり、びっくりしてネコの方を眺めました。これほど堂々としたネコは、見たことがなかったのです。古い塔のなかにはネズミがたくさんいたので、ネコは何の苦労もなく、毎日半ダースのネズミを捕まえることができました。番人はハイジが感心しているのを見て、「おいで、わしが一緒にいれば、あのネコは何もしないよ。ネコの赤ちゃんを見てごらん」と言いました。

かごのそばまで行くと、ハイジはうっとりしてしまいました。

「わあ、なんてかわいいんでしょう！　きれいな子ネコ！」ハイジは何度も叫び、かごの周りをあちこち跳びはねました。七匹か八匹もの子ネコたちがやっている、おかしな仕草やジャンプを見るためです。子ネコたちはかごのなかで、絶えず重なり合って這い回ったり、跳んだり、落っこちたりしていました。

「一匹やろうか？」ハイジが喜んで跳びはねるのを、満足そうに見ていた番人が尋ねました。

「わたしにくれるの？　持ってっていいの？」ハイジは期待に満ちて尋ね、この大きな幸運が信じられないようでした。

「ああ、もちろんだ、二匹持ってったっていいよ。場所があるなら、全部持ってってもいい」子ネコを苦しませずに厄介払いしたいと思っていた番人は、そう言いました。

　ハイジはとても幸せな気持ちになりました。大きなお屋敷なら、子ネコが暮らす場所はたくさんあります。それにクララは、こんなに可愛い動物がやってきたら、どんなに驚き、喜ぶことでしょう！

「でも、どうやって持って帰ればいいの？」とハイジは尋ね、大急ぎで何匹かつかまえようとしましたが、太ったネコがハイジの腕に飛び乗って、激しくニャアニャアと鳴いたので、ハイジはびっくりして手を引っ込めました。

「家まで届けてやるよ。どこに住んでるか、言ってごらん」番人は、お母さんネコを落ち着かせるためになでながら、言いました。番人とこのネコは仲のよい友だちで、長いあいだ一緒にこの塔で暮らしていたのです。

「ゼーゼマンさまの大きなお屋敷まで。玄関のところに金色の犬の顔がついていて、その犬は太い輪を口にくわえているの」とハイジは説明しました。

　番人にとっては、その説明で充分でした。彼はもう長いこと塔に住んでいたので、このあたりの家はすべて知っていましたし、ゼバスティアンとは昔からの知り合いだったのです。

「わかったよ」と番人は言いました。「だが、誰に子ネコを持っていったらいいんだね？　誰に訊けばいいんだ？　おまえさんはゼーゼマン家の家族じゃないだろう？」

「うん、でもクララがいるわ。クララは子ネコが来たらすごく喜ぶよ！」

　番人は下に降りていこうとしましたが、ハイジは子ネコたちが遊び回る様子がおもしろくて、目を離すことができませんでした。

「いますぐに一匹か二匹持っていけたらいいのに！　一匹はわたしので、一匹はクララのにするの。いけない？」

「それならちょっとお待ち」と番人は言って、お母さんネコを注意深く自分の部屋のなかに入れ、えさの入った皿を置いてやりました。それから部屋の戸を閉め、戻ってきました。「じゃあ、二匹お取り！」

ハイジの目は喜びで輝きました。白いネコと、白と黄色の縞模様のネコを選び出すと、一匹を右、もう一匹を左のポケットに入れました。そうして、ようやく階段を下りていきました。

男の子はまだ外の石段に座っていました。番人が扉を閉めたあとで、ハイジは男の子に尋ねました。「どうやったらゼーゼマンさまのお屋敷に戻れるかな？」

「知らねえ」というのが返事でした。

ハイジは、自分が知っているかぎりのことを思い出して、そのお屋敷の様子を説明しました。玄関、窓、階段。でも男の子は何を聞いても首を横に振るばかり。男の子は、そのお屋敷を知らなかったのです。

「わかる？」とハイジは説明を続けました。「一つの窓から大きな灰色のお家が見えて、屋根はこんなふうなの」ハイジは人差し指で、空中にぎざぎざの線を描きました。

すると男の子はパッと立ち上がりました。目印になる建物がわかったようです。男の子は勢いよく駆けだし、ハイジもあとについていきました。そして、まもなく二人は真鍮の犬の顔がついたお屋敷の前に、ちゃんとたどり着きました。ハイジは呼び鈴を引っ張りました。まもなくゼバスティアンが現れて、ハイジを見ると急かすように「早く！　早く！」と叫びました。

ハイジは大急ぎで階段を駆け上がっていきました。ゼバスティアンはドアをバタンと閉めてしまい、あきれた顔で外に立っている男の子には気がつきませんでした。

「急いで食堂に行ってください、お嬢さま」とゼバスティアンはせっつきました。「すぐにお入りください。みなさま、もう席についておられます。ロッテンマイヤーさんは、ぶっぱなす寸前の大砲みたいにカッカとしておられますよ。お嬢さまはいったいなんでまた、遠くまで外出されたんですか？」

ハイジは食堂に入りました。ロッテンマイヤーさんは目を上げませんでした。クララも何も言いませんでした。そこには、ちょっと不気味な静けさがただよっていました。ゼバスティアンはハイジのために椅子を引いてやりました。ハイジが席に着くと、ロッテンマイヤーさんがきびしい顔をして、おごそかに真面目な調子でしゃべり始めました。

「アーデルハイト、あとであなたに話があります。いまはこれだけ言っておきます。あなたはとても不作法です。誰にもきかず、誰にも一言も言わずにお屋敷を離れて、夕方遅くまでほっつき歩いていたのは、本当に悪いことです。まったく、これまでに一度も耳にしたことがないような、ひどいふるまいですよ」

「ニャア」という返事が聞こえてきました。ロッテンマイヤーさんの怒りは増すばかりでした。「何ですって、アーデルハイト」ロッテンマイヤーさんはますます声を高くしながら叫びました。「これだけ不作法をしておいて、まだ悪ふざけをするのですか？お行儀よくしなさいって、言ってるでしょ！」

「してます」とハイジは言いましたが、「ニャア！　ニャア！」という声が聞こえてきました。

ゼバスティアンは持っていた深皿をテーブルに投げ出すようにして、部屋から飛び出していきました。

「もうたくさん」とロッテンマイヤーさんは叫びましたが、あまりに興奮していたために、声が出なくなっていました。「立ち上がって、部屋を出ていきなさい」

ハイジはびっくりして椅子から立ち上がり、もう一度説明しようとしました。「わたし、ちゃんと……」「ニャア！　ニャア！　ニャア！」

「ハイジったら」とクララが言いました。「ロッテンマイヤーさんがあれほど怒ってるのに、どうしてそんなにニャアニャア言うの？」

「わたしじゃなくて、子ネコが言ってるんだよ」ハイジはようやく最後まで言うことができました。

「え？　何ですって？　ネコ？　子ネコ？」ロッテンマイヤーさんは大声をあげました。「ゼバスティアン！　ティネッテ！　あのいやらしい動物を見つけて、外に連れてってちょうだい！」そう言うと、ロッテンマイヤーさんは勉強部屋に駆け込み、安全を確保するため、ドアにしっかりと鍵をかけました。あらゆる動物のなかで、子ネコほど嫌いなものはなかったのです。ゼバスティアンは部屋の外にいましたが、思い切り笑い終わってからでなければ、なかに入ってくることができませんでした。ゼバスティアンはハイジに給仕しているときに、小さなネコの頭がポケットからのぞいているのを見て、これからどんな騒ぎが持ち上がるか、気づいていたのです。そして、深皿をテーブルに置くのもやっとなくらい、笑いをおさえるのが大変で、部屋を飛び出してしまったのです。不安にかられて助けを呼ぶロッテンマイヤーさんの声が聞こえたあと、だいぶん時間が経ってから、ゼバスティアンはようやく気持ちを整えて部屋に入ることができました。部屋のなかはいまではとても静かで、平和でした。クララが子ネコたちを膝にのせ、ハイジはその隣にひざまずいていました。二人はとてもうれしそうに、二匹の小さな愛くるしいネコと遊んでいたのです。

「ゼバスティアン」と、クララは部屋に入ってきたゼバスティアンに呼びかけました。「手伝ってほしいの。ロッテンマイヤーさんの目につかないところに、この子たちの寝床を作ってあげて。ロッテンマイヤーさんはネコをこわがって、追い出そうとするんだもの。でもわたしたちは、このかわいいネコちゃんにいてほしいし、わたしたちだけのときにはいつも、連れてきてほしいの。どこに寝かせたらいいかしら？」

「そのことはわたしが手配いたしますよ、クララお嬢さま」ゼバスティアンはいそいそと答えました。「かごのなかにすてきなベッドをこしらえて、こわがり屋のロッテンマイヤーさんには見つからないようにいたします。お任せください」ゼバスティアンはすぐに仕事に取りかかり、一人でくすくす笑い続けていました。「これからも騒動が起きるぞ！」と思っていたからです。ゼバスティアンは、ロッテンマイヤーさんがあわてふためく様子を見るのが、嫌いではなかったのです。ずいぶん時間が経って、寝る時間が近づいたころに、ロッテンマイヤーさんはようやくドアをほんの少しだけ開けて、そのすきまから「あのいやな動物は追い出した？」と尋ねました。

「もちろん！　大丈夫ですよ！」この質問が来るだろうと予想して部屋のなかを片付けていたゼバスティアンは、答えました。そして、急いで静かにクララの膝の上の子ネコたちをつかむと、部屋を立ち去りました。

ロッテンマイヤーさんがハイジにしようと思っていた特別なお説教は、明日に延ばされることになりました。きょうはもう、怒ったり、びっくりしたり、気持ちを揺さぶられることが多すぎて疲れ切ってしまったからです。それはすべて、何も知らないハイジが次々に引き起こしたことでした。ロッテンマイヤーさんは黙って自分の部屋に戻り、クララとハイジも満足してあとについていきました。ネコたちが安全な寝床にいることが、ちゃんとわかっていたからです。

第8章　ゼーゼマン家の落ち着かない日々

　翌朝のことです。ゼバスティアンが家庭教師の先生のために玄関のドアを開け、勉強部屋にご案内すると、すぐにまた誰かが呼び鈴の紐を引っ張りました。それも、とても強い力で引っ張ったので、ゼバスティアンは息せききって階段を駆け下りていきました。「こんなに呼び鈴を鳴らすのはゼーゼマンさまご自身に違いない。きっと、予定が変わって急にお戻りになったのだ」と考えたからです。大急ぎでドアを開けると――みすぼらしい服を着て、手回しオルガンを背負った少年が立っていました。

「何の真似だ！」とゼバスティアンはどなりつけました。「呼び鈴の紐を引っこ抜くつもりか？　このお屋敷に何の用がある？」

「クララのとこへ行きてえんだ」というのが答えでした。

「このうす汚れたガキめ！　みんなが言うように、『クララお嬢さま』と言えんのか？　クララお嬢さまに何の用だ？」ゼバスティアンは無愛想に尋ねました。

「四十ペニヒ貸してあるんだ」と少年は説明しました。

「おまえは頭がおかしいのか！　そもそもどうして、ここにクララお嬢さまがいらっしゃるとわかるんだ？」

「昨日、道を教えてやったんだ。それが二十ペニヒだろ。それから帰り道も教えてやった。だから四十ペニヒだ！」

「それを聞いて、おまえが大嘘つきだとわかったぞ。クララお嬢さまは外出されないんだ。歩けないんだからな。追い返されないうちに、とっととねぐらに帰るんだな！」

しかし、少年はおじけづくこともなく、じっとその場に立って、そっけなく言いました。「だけど、道でちゃんと見たんだぜ。どんなふうだったか言ってやるよ。短いくせ毛で、髪の色は黒。目も黒くて、服は茶色で、話し方がおれたちとは違ってたな」

「ああ、そうだったのか」とゼバスティアンは気がつき、心のなかでくすくす笑いました。「小さなお嬢さまだな。また何かしでかしたのか」それから、少年をお屋敷に引き入れながら、「よし、わかった。あとについてこい。そして、わたしが出てくるまで、扉の外で待つんだぞ。部屋のなかに入ったら、何か演奏するがいい。お嬢さまは音楽を聞くのがお好きだからな」

二階に行くと、ゼバスティアンは勉強部屋のドアをノックし、「お入り」と言われてなかに入りました。

「クララお嬢さまに用がある、という少年が来ております」とゼバスティアンは報告しました。

クララは珍しいことが起こったので、とても喜びました。

「すぐに入れてあげて」とクララは言いました。「いいでしょう、先生？　その子がわたしと直接話したいというのでしたら」

少年はもう部屋のなかに入ってきていて、指示されたとおり、すぐに手回しオルガンを演奏し始めました。ロッテンマイヤーさんはABCの勉強につきあいたくなかったので、食堂であれこれ仕事をしていました。突然、彼女は聞き耳を立てました。この音は道路から聞こえてくるのかしら？　でもそれにしては近い？　そう思いながら、ロッテンマイヤーさんは細長い食堂をまさしく走り抜けて、勉強部屋のドアを開きました。すると、信じられないことに、勉強部屋の真ん中に、ボロボロの服を着たオルガン弾きが立っていて、熱心に楽器を演奏していたのです。先生は何か言いたそうにしていましたが、声は聞こえてきませんでした。クララとハイジはとてもうれしそうな顔で、音楽に聞き入っています。

「おやめなさい！　すぐにおやめなさい！」ロッテンマイヤーさんは部屋のなかに向かって呼びかけました。でも、その声は音楽にかき消されてしまいました。ロッテンマイヤーさんは少年に向かっていきました。ところが、急に両足のあいだに何かがいるのを感じました。床を見てみると、恐ろしい黒い動物が、ロッテンマイヤーさんの足のあいだを這(は)っていました。一匹の亀です。ロッテンマイヤーさんは長年のあいだ誰も跳んだことがないほどの高さまで空中に跳び上がり、全力で叫びました。「ゼバスティアン！ゼバスティアン！」

オルガン弾きは突然演奏をやめました。というのも、今度は声が音楽を上回ったからです。ゼバスティアンは部屋の外の、半ば開いたドアの前に立っていて、笑いすぎて体を折り曲げていました。ロッテンマイヤーさんが跳び上がる様子をじっくり見ていたからです。ロッテンマイヤーさんは椅子の上でぐったりとしていました。

「その子と動物を、連れていってちょうだい！　外に連れていって、ゼバスティアン、いますぐに！」ロッテンマイヤーさんはゼバスティアンに向かって叫びました。ゼバスティアンはいそいそと命令に従い、すばやく亀を捕まえた少年を連れ出すと、外でその手に何かを押しつけました。「クララお嬢さまの分の四十ペニヒと、演奏してくれた分の四十ペニヒだ。よくやったぞ」そう言って、ゼバスティアンは玄関のドアを閉めました。勉強部屋はまた静かになりました。勉強が再開されました。そして今回はロッテンマイヤーさんも勉強部屋に残り、同じような騒ぎが起こるのを防ごうとしました。授業のあとでこの件をよく調べて、原因を作った人間をこっぴどく叱り、反省させるつもりでした。

するとまたもやドアがノックされ、ふたたびゼバスティアンが入ってきて、クララお嬢さまに差し上げたいという大きなかごが届いた、と知らせました。

「わたしに？」とクララは驚いて尋ね、それが何なのか、ひどく知りたがりました。

「どんなかごなのか、すぐに見せてちょうだい」

ゼバスティアンは布がかぶせられたかごを運び入れると、急いで部屋を出ていきました。

「まず授業を最後までやってから、かごの中身を見ることにしましょう」とロッテンマイヤーさんが言いました。

クララは、自分に何が届けられたのか、想像もできませんでした。そのため、とても知りたそうにかごを眺めていました。

「先生」と、クララは自分の文法の勉強を中断して言いました。「一度だけ、かごに何が入っているか、ちらっと見てはいけませんか？　それからすぐに勉強を続けるのではいけませんか？」

「ある観点からは、それに賛成といえます。でも別の観点からは、反対ともいえます」と先生は答えました。「賛成の根拠は、あなたの注意力がすべてこのかごに向けられているからです……」

しかし、先生は話を最後まで続けることはできませんでした。かごのふたがほんの少し持ち上がって、いきなり一匹、二匹、三匹、そしてまた二匹、と子ネコたちがどんどんその下から飛び出して、部屋のなかに駆けだしたからです。そして、理解できないほどのすばやさであちこち走り回ったので、部屋中が子ネコだらけのように見えました。子ネコたちは先生のブーツを跳びこえたり、ズボンに嚙みついたり、ロッテンマイヤーさんのドレスによじ登ったり、足の周りをごそごそ這ったり、クララの椅子に跳び乗ったり、引っかいたり、這いまわったり、にゃあにゃあ鳴いたりしました。ひどい騒ぎでした。クララはずっと、うっとりして大声をあげていました。「まあ、かわいい子たち！　おもしろい跳び方！　見て！　見て！　ハイジ、ここよ、あそこにも、この子を見て！」ハイジは大喜びで、子ネコたちを追いかけまわしていました。先生は困惑しきって机のそばに立ち、子ネコに引っかかれないように、こっちの足、あっちの足と代わるがわる上げていました。ロッテンマイヤーさんは最初はびっくりして言葉も出ず、椅子に座ったままでしたが、やがて全力で叫び始めました。「ティネッテ！　ティネッテ！　ゼバスティアン！　ゼバスティアン！」ロッテンマイヤーさんは椅子から下りて立ち上がることもできませんでした。そんなことをしたら、小さな怪獣たちが一度に跳びかかってくるからです。

何度も助けを求めているうちに、ようやくゼバスティアンとティネッテがやってきました。二人はすぐに子ネコたちを捕まえてかごに押し込むと、昨日来た二匹の寝床が作ってある屋根裏部屋まで運んでいきました。

そんなわけで、きょうも授業中にあくびをする暇などありませんでした。その日の夜になって、朝の興奮からようやく立ち直ったロッテンマイヤーさんは、ゼバスティアンとティネッテを勉強部屋に呼び、誰のせいでこんなひどい事件が起こったのか、徹底的に調べようとしました。その結果、ハイジが昨日の遠出の際に、こうしたできごとのきっかけを作ったのだということがわかりました。ロッテンマイヤーさんは、腹立ちのあまり血の気が引いた顔でそこに座り、自分の気持ちを表現する言葉も見つけられませんでした。手で合図して、ゼバスティアンとティネッテを下がらせました。それからハイジの方に向き直りました。クララの隣に座っていたハイジは、自分が何か悪いことをしたとは思っていませんでした。

「アーデルハイト」と、ロッテンマイヤーさんはきびしい調子で話し始めました。「あなたをしつけるには、この罰を与えるしかありません。あなたは野蛮人だけど、暗い地下室でヤモリやドブネズミと一緒に過ごしたら、おとなしくなって、もうこんな悪いことをしなくなるんじゃないかしら」

　ハイジは静かに、不思議そうに、ロッテンマイヤーさんが罰を言い渡すのを聞いていました。そんな恐ろしい地下室になど、一度も入ったことがなかったのです。おじいさんが「地下室」と呼んでいた、アルムの小屋の隣にある部屋は、いつもチーズの完成品や新鮮な牛乳が置かれていて、きれいで心をそそられる場所でした。ドブネズミやヤモリなど、ハイジは見たこともありません。

　しかし、クララが大きな声で抗議しました。「いいえ、いいえ、ロッテンマイヤーさん、パパが帰ってくるまで待っててくださらなくちゃいけません。もうじき戻るという手紙が来たんですから。そうしたら、わたしがパパに話します。ハイジをどうするべきか、パパが決めてくれるでしょう」

　ゼーゼマンさんという、自分よりも上の立場の人に反対することは、ロッテンマイヤーさんもできませんでした。それに、ゼーゼマンさんは本当にまもなく帰ってくる予定だったのです。

ロッテンマイヤーさんは立ち上がり、とげとげしい感じで言いました。「わかりました、クララお嬢さま、いいでしょう。でもわたしも、ゼーゼマンさまとはお話しさせていただきますよ」そう言うと、ロッテンマイヤーさんは部屋を出ていきました。

それから数日間は何事もなく過ぎました。でもロッテンマイヤーさんは、気持ちの高ぶりをおさめることができませんでした。ハイジが思っていたような子どもではなく、自分はだまされた、という思いがいつも浮かんできてしまうのです。それにロッテンマイヤーさんから見ると、ハイジがお屋敷に現れてから、すべての調子が狂ってしまい、もう元には戻らない、という気がするのでした。クララの方はとても楽しそうでした。もうけっして退屈することはありません。だって、ハイジは授業中に、すごくおもしろいことをやってのけたからです。いつも字を取り違えてばかりいて、ぜんぜん覚えられなかったし、先生が文字の形を説明したり描写したりして、わかりやすくするために動物の角やくちばしと比較しようとすると、突然大喜びで「ヤギ!」とか「タカ!」と叫び始めるのでした。先生の説明はハイジの頭のなかにいろんなイメージを呼び起こしましたが、文字の形だけは浮かんでこなかったのです。夕方が近づくと、ハイジはクララのそばに座り、くりかえし、アルムのことや、そこでの暮らしを話しました。しまいにはなつかしい気持ちで胸が熱くなり、話し終えるときにはいつも、「もう帰らなくちゃ! 明日には帰るよ!」と言うのでした。そのたびに、クララがハイジをなだめ、「パパが来るまでここにいなくちゃだめよ、そうしたら、あとのことはパパが決めてくれるから」と言い聞かせるのでした。ハイジはいつもすぐに言うことを聞いて、また満足そうな様子になるのでしたが、それはハイジが心のなかに持っている、明るい見通しのせいでもありました。つまり、一日長くフランクフルトで過ごせば、ペーターのおばあさんのための白パンが二つずつ増えていくのです。お昼ごはんと晩ごはんのときには、いつもきれいな白パンが皿の横に置かれているのでした。ハイジはすぐにその白パンをポケットにしまいました。おばあさんには白パンがないし、黒パンはかたくてほとんど食べられないことを思い出さずにはいられなかったからです。食事のあと、ハイジはいつも一人きりで何時間か自分の部屋に座り、じっとしていました。アルムでやっていたように外に駆け出すことは、フランクフルトでは禁じられているのだ、とハイジは理解し、二度と外へ行こうとはしなかったのです。食堂でゼバスティアンと話すことも許されていませんでした。ロッテンマイヤーさんは、それも禁じたのです。ティネッテと話をする気には、なれませんでした。ハイジはいつもティネッテを避けていました。ティネッテはばかにしたような口調でしかハイジと話しませんでしたし、相変わらずハイジを笑い者にしていました。ハイジもティネッテのやり方がよくわかっていて、自分があざけられていることを承知していたのです。そんなわけで、ハイジは毎日部屋のなかで、たっぷり時間をかけながら、「アルムではいまごろ緑がきれいだろうな。日に当たって花が黄色に光っているだろうし、お日さまの光で、雪も山も広い谷全体も、すべてが輝いているだろう」と考えていました。アルムに帰りたいという気持ちで、ときには耐えられなくなるほどでした。デーテおばさんだって、「もし帰りたかったら、すぐに帰れる」と言っていたはずです。そんなわけで、ある日ついに、我慢の限界が来ました。ハイジは大急ぎで白パンを大きな赤いショールに包むと、麦わら帽子をかぶり、部屋を出ていったのです。でも、玄関のドアを出たところでもう、大きな邪魔が入りました。ロッテンマイヤーさんが、ちょうど外出から帰ってきたのです。ロッテンマイヤーさんはそこに立ちつくし、驚きで体をこわばらせながら、ハイジを上から下まで眺めました。そのまなざしはとりわけ、何かが包まれた赤いショールに向けられました。ロッテンマイヤーさんはしゃべり始めました。

「これは何の真似なの？　いったい何のつもり？　あちこち出歩いちゃいけないって、きびしく言っておいたはずでしょう。それなのにまた出ていこうとして、おまけにまるで田舎のごろつきみたいな恰好じゃないの」

「あちこち出歩くんじゃなくて、家に帰ろうと思っただけです」ハイジはびっくりしながら答えました。

「なんですって？　何？　家に帰る？」ロッテンマイヤーさんは興奮のあまり、両手を打ち合わせました。「逃げようとしたのね！　ゼーゼマンさまがこれをお聞きになったら！　お屋敷から逃げようとしたなんて！　そんなことがお耳に入らないようにしなさいよ！　それに、このお屋敷のどこが気に入らないの？　身に余る親切な扱いを受けているんじゃないの？　何が不足なの？　生まれてからいままでに、こんな住まいや、テーブルや、召使を持っていたことがあるの？　言ってごらんなさい！」

「ありません」とハイジは答えました。

「ほらごらん！」ロッテンマイヤーさんは夢中になって言いつのりました。「足りないものなんて、何にもないでしょ！　あなたは信じられないほど恩知らずな人間です！　いい気になり過ぎて、自分が何をやらかしてるのかわからないのね！」

しかし、いまやハイジにも、思っていることが言葉になって浮かんできました。ハイジは話し始めました。「わたしはただ家に帰りたいだけです。あんまり長く留守にするとユキピョンが悲しむし、おばあさんだってわたしのことを待ってるし、ペーターはチーズがもらえなければヒワをムチでぶちます。それにここでは、太陽が山におやすみなさいを言うところが見られないんですもの。タカも、フランクフルトの空を飛ぶとしたらもっと大きな鳴き声を出すと思います。ここではたくさんの人たちが一緒にいるけど、お互いの悪口を言い合うばかりで、気持ちのいい岩場に行ったりしないんだもの」

「神さま、あわれんでください、この子は気が変になりました！」ロッテンマイヤーさんは叫ぶと、ぞっとしながら階段を駆け上がり、ちょうど下りようとしていたゼバスティアンに乱暴にぶつかりました。

「あの無作法な子をすぐに上に連れていきなさい」自分の頭をさすりながら、ロッテンマイヤーさんはゼバスティアンに言いました。頭をひどくぶつけてしまったからです。

「はい、はい、わかりました」とゼバスティアンは答えながら自分の頭をさすりました。

ゼバスティアンの方がもっと痛い思いをしていたのです。

ハイジは燃えるような目をして同じ場所に立ち、内心の怒りのあまり、全身を震わせていました。

「おや、また何かしでかしたんですか?」ゼバスティアンはおもしろそうに尋ねましたが、ハイジが動かないのを見てとると、親しげに肩を叩き、慰めるように言いました。「さあ、さあ! お嬢さま、ロッテンマイヤーさんが言われたことを気にする必要はありませんよ。愉快になさっているのが大切です! たったいま、頭に穴を開けられるところでしたよ。でも、こわがっちゃいけません! おや? まだ動こうとしないんですか? 上に行かなくちゃいけません、そういうご命令なんですから」

ハイジは階段を上りましたが、ゆっくりと静かな上り方で、いつもとはまるで違っていました。ゼバスティアンはそれを見て胸が痛みました。ゼバスティアンはハイジの背後にまわり、励ましの言葉をかけました。「あきらめちゃいけません! 悲しまないで! 元気を出しましょう! お嬢さまはとてもご立派で、ここに来てから一度も泣いていませんね。よそのお嬢さんはこのお年ごろだったら、一日に十二回は泣くものです。子ネコたちも上で元気にしておりますよ。屋根裏中をはね回り、ばか騒ぎをしております。あとでロッテンマイヤーさんがいらっしゃらないときに、ご一緒に上がってネコたちを見てきましょう、ね?」

ハイジは少しだけうなずきましたが、まったくうれしそうではなかったので、ゼバスティアンは胸が張り裂けそうでした。ハイジがのろのろと自分の部屋に入るのを、ゼバスティアンは心配そうに見送っていました。

夕食のとき、ロッテンマイヤーさんは何も言いませんでしたが、相変わらず奇妙に警戒するような目をハイジに向けていました。まるで、ハイジが突然、前代未聞のことをやりだすのではないかと危ぶんでいるようです。でもハイジはひっそりとテーブルについたまま、身動きしませんでした。食べたり飲んだりもせず、白パンだけをすばやくポケットに突っこんでいました。

翌朝、先生が階段を上ってくると、ロッテンマイヤーさんは秘密めかして合図をし、先生を食堂に招き入れました。そして、非常に興奮しながら、自分の心配ごとを伝えました。空気が変わり、生活様式が変わり、慣れないものを見聞きしたために、あの子は気が変になってしまった、というのです。それからハイジが逃げようとしたことを話し、まだ記憶に残っているハイジの奇妙な言葉を先生の前でくりかえしました。しかし先生はロッテンマイヤーさんをなだめて、次のようにうけあいました。「わたしが見るところ、アーデルハイトはたしかに少し極端なところもあるけれど、分別のあるちゃんとした子どもです。いろいろな面に気をつけて育ててあげれば、バランスのとれた人間になれますし、そうしたいと思っています。それよりもわたしにとっては、アーデルハイトが文字をきちんと覚えられなくて、なかなかＡＢＣより先に進めないことの方が重大です」

ロッテンマイヤーさんは前よりも落ち着いて、先生を授業に送り出しました。その午後遅く、ロッテンマイヤーさんはハイジがここを出ていこうとしたときのおかしな服装を思い出し、ゼーゼマンさまが現れる前に、ハイジの洋服をクララのお古と入れ替えて、必要なものをそろえてやろうと決心しました。その考えをクララに伝えると、クララも同意して、たくさんのドレスやショールや帽子をハイジにプレゼントしようとしました。そこでロッテンマイヤーさんはハイジの部屋に行き、洋服ダンスをチェックして、何を残して何を捨てるべきか、調べようとしました。ところが何分も経たないうちに、ロッテンマイヤーさんはげんなりした様子で戻ってきました。「何をしまいこんでいるんですか、アーデルハイト！」とロッテンマイヤーさんはどなりました。「こんなことはいままでにありませんでした！　洋服ダンスに、洋服を入れるためのタンスに、アーデルハイト、そのタンスの下に、何を入れてるの？　山ほどの小さなパンよ！　パンですよ、クララお嬢さま、洋服ダンスに！　しかも山のように！」

「ティネッテ」とロッテンマイヤーさんは食堂に向かって大声で言いました。「アーデルハイトのタンスから、古いパンを出して捨ててちょうだい。テーブルの上にあるつぶれた麦わら帽子もね」

「やめて！　やめて！」とハイジは叫びました。「あの帽子は必要なの。それに、パンはおばあさんのためなのよ」ハイジはティネッテのあとを追いかけようとしましたが、ロッテンマイヤーさんに捕まえられました。

「あなたはここにいなさい。ゴミは、捨てるべき場所に持っていきます」ロッテンマイヤーさんはきっぱりと言って、ハイジを押さえつけました。するとハイジはクララの椅子のそばに身を投げ出し、絶望して泣き始めました。声はどんどん大きく、痛々しくなり、嘆きながら何度もすすり上げています。「おばあさんのパンがなくなっちゃった。全部なくなって、おばあさんに何もあげられない！」ハイジは心臓が破裂せんばかりにわあわあ泣いています。ロッテンマイヤーさんは部屋を出ていってしまいました。クララはハイジの嘆き方を見て、心配になってきました。「ハイジ、ハイジ、そんなに泣かないで」クララはせがむように言いました。「聞いてちょうだい！　そんなに悲しまないで。ねえ、約束するから。あなたが帰る日が来たら、同じくらいか、もっとたくさんの白パンを、おばあさんのためにあげる。そうしたらパンも新しくてやわらかいわよ。あなたがとっておいたパンはそのころにはかたくなってしまうし、いまだって、もうかたかったかもしれない。だからハイジ、そんなに泣かないで！」

　ハイジはそのあともまだ長いこと、泣きやむことができませんでした。でもクララの慰めの言葉は理解していて、それを心の支えにしました。そうでなければ、ぜんぜん泣きやむことができなかったでしょう。ハイジは何度も、ほんとうに自分の希望がかなえられるかどうかを確かめずにはいられませんでした。そして、新たに始まったむせび泣きで声をつまらせながら、「わたしが持っていたのと同じくらいたくさんのパンを、おばあさんにくれるの？」とクララに尋ねました。

　クララはくりかえし、「もちろんよ、絶対にあげるから。もっとたくさんね。だからまた元気を出して！」と言い聞かせました。

夕食の席にも、ハイジは赤く泣きはらした目で現れました。そして、自分の白パンを見ると、あらためてすすり泣きしそうになりました。でも、ハイジはじっと我慢しました。食事の席では静かにしていなければいけないと、わかっていたからです。ゼバスティアンはこの日、ハイジのそばに来るたびに、奇妙なそぶりをしました。自分の頭やハイジの頭を指さし、うなずいたり、目をつぶったりして、まるで「元気を出してください！　わたしはもう気がつきましたよ。心配しています」と伝えたがっているようでした。

食事のあとで部屋に戻り、ベッドに入ろうとしたとき、ハイジは自分のつぶれた麦わら帽子が掛け布団の下にこっそり置いてあるのに気がつきました。ハイジは大喜びでその古い帽子を取り出すと、喜びのあまりさらにちょっとつぶしてしまいました。それから帽子をハンカチで包み、タンスの一番奥に隠しました。帽子を掛け布団の下に置いてくれたのは、ゼバスティアンでした。ゼバスティアンはティネッテが呼ばれたときに一緒に食堂にいたので、ハイジが嘆く声を聞いたのです。そこでティネッテのあとを追っていき、ティネッテがハイジの部屋からパンの山を抱え、その上に帽子をのせて出てきたときに、すばやく帽子を取って、「これはわたしが捨てておくから」と言ったのです。ゼバスティアンはハイジのために帽子を救い出すことができてうれしくなり、夕食のときにはハイジを元気づけるためにそれを伝えようとしていたのでした。

第9章　ご主人が帰ってきて耳にした、前代未聞のことがら

このことがあってから数日後、ゼーゼマン家は大変なにぎわいになり、みんなが熱心に階段を上ったり下りたりしていました。ご主人が旅行から戻ってきたのです。積み荷でいっぱいの馬車から、ゼバスティアンとティネッテが、次々と荷物をお屋敷のなかに運び入れていました。ゼーゼマンさんは、いつもたくさんの美しいものを持ち帰ってきたのです。

ゼーゼマンさん自身は、まず最初に娘にあいさつするつもりで、クララの部屋に入っていきました。ちょうどハイジもクララのそばにいました。午後遅い時間で、二人はいつもその時間を一緒に過ごしていたのです。クララは心からの愛情をこめて、お父さんを歓迎しました。お父さんのことが大好きだったからです。やさしいお父さんの方でも、同じくらい愛情たっぷりに、クララにあいさつしました。ゼーゼマンさんはそれから、隅に引っ込んで静かにしているハイジに向かって手を差し出し、親しげに話しかけました。「そしてこちらが、小さなスイスのお嬢さんだね。さあおいで、握手しよう！　そうそう、それでいい！　さあ、聞かせておくれ、きみとクララはいい友だちになったのかい？　けんかしたり意地悪したり、泣いたあとで仲直りして、それからまたけんかを

始めるなんてこと、していないかい？」

「いいえ、クララはいつもやさしくしてくれます」とハイジは答えました。

「そしてハイジとは、一度だってけんかなんかしなかったわ、パパ」とクララは大急ぎで言いました。

「いいことだね、それを聞いてうれしいよ」ゼーゼマンさんは立ち上がりながら言いました。

「じゃあ、クララ、パパは失礼して、何か食べてくるよ。きょうはまだちゃんと食事していなかったのでね。あとでまた来るよ。そうしたら、持ってきたおみやげを、見ておくれ！」

　ゼーゼマンさんは食堂に移動しましたが、そこではロッテンマイヤーさんがご主人の食事の支度がととのったテーブルを点検していました。ゼーゼマンさんが腰を下ろすと、ロッテンマイヤーさんもその向かい側に腰かけましたが、まるで不幸のかたまりのような顔をしています。ゼーゼマンさんはロッテンマイヤーさんに向かって言いました。

「ロッテンマイヤーさん、どう考えればいいんですか？　わたしを出迎えるのに、そんなにひどい顔をしているなんて。何が不満なんですか？　クララはとても元気じゃないですか」

「ゼーゼマンさま」と、ロッテンマイヤーさんは重々しく真剣な口調で話し始めました。

「クララさまも被害者の一人です。わたしたちみんな、恐ろしいペテンにかかったのです」

「なぜ、そのようなことが？」ゼーゼマンさんは尋ねながら、落ち着いてワインを一口飲みました。

「ゼーゼマンさま、わたしどもは、あなたもご存じのとおり、クララお嬢さまの遊び相手をお屋敷に住まわせようと決めたのです。そして、クララお嬢さまが善いものや気高いものに囲まれてお育ちになるようにと、あなたさまがお気にかけておられるのを知っておりましたので、スイスから女の子を呼び寄せようと考えたのです。スイスでは、きれいな山の空気のなかで生まれ育って、いわば地面に触れることもなく成長していく女の子たちがいるということを何度も読みましたので、そういう子に来てもらいたいと思ったのです」

「スイスの子どもたちも、前に進むときには地面に触れるとは思いますがね。さもなければ両足の代わりに翼が生えていることになりますからね」と、ゼーゼマンさんが言葉をはさみました。

「ああ、ゼーゼマンさま、おわかりでしょう」とロッテンマイヤーさんは話を続けました。「わたしが言っているのは、あの有名な、高くてきれいな山のなかに住んでいる人たちのことです。まるで理想の息吹のように、わたしたちのところに来てくれる人々です」

「しかし、クララはそんな理想の息吹をどうすればいいのですか、ロッテンマイヤーさん？」

「いいえ、ゼーゼマンさま、わたしは冗談を申し上げているのではありません。あなたがお考えになっている以上に、このことはわたしにとりまして重大なのでございます。本当に恐ろしいほど、わたしはひどくだまされてしまったのです」

「でも、どこがそんなにひどいんですか？　あの子はぜんぜん、恐ろしくなんかありませんよ」ゼーゼマンさんは穏やかに言いました。

「ゼーゼマンさま、これだけはお聞きくださいませ。つまり、あなたがいらっしゃらないあいだに、あの子がどんな人間や動物をお屋敷のなかに連れてきてしまったかということです。これについては家庭教師の先生がお話しくださいます」

「動物ですって？　どう理解すればいいんですか、ロッテンマイヤーさん？」

「理解などできません。あの子がやることときたら、すべて理解不能なんです。完全に頭がおかしくて、発作を起こしているという見方しかできません」

ここまでのところは、ゼーゼマンさんもそれほど重大には考えていませんでした。でも、頭がおかしいとなると？　そんな子どもは、娘にも望ましくない影響を与えてしまうかもしれません。ゼーゼマンさんは、そのような頭のおかしさが、まずロッテンマイヤーさんに見つからないかどうか確かめるように、じっと見つめました。するとその瞬間、ドアが開いて、先生の到着が伝えられました。

「ああ、先生がいらっしゃった。先生なら、わたしたちに説明してくださるでしょう」ゼーゼマンさんは先生に向かって大声で言いました。「どうぞ、どうぞ、こちらにおかけください！」ゼーゼマンさんは部屋に入ってきた先生に向かって手を差し出しました。「先生にもコーヒーをお持ちしてください、ロッテンマイヤーさん！　どうぞ、どうぞ、ごあいさつは抜きでお願いします！　早速ですが、先生、娘の遊び相手として屋敷に来た子どもはいかがですか？　授業をなさっていますよね？　あの子が屋敷に動物を連れてきたというのはどういう事情からですか？　そして、あの子の頭の方はいかがですか？」

先生はまず、ゼーゼマンさんが無事に戻ってきたことについての喜びの言葉を述べ、ようこそお帰りなさいませ、と伝えずにはいられませんでした。お屋敷にやって来たのもそのためだったのです。しかし、ゼーゼマンさんは彼をせっついて、いま尋ねたことがらについての説明を求めました。そこで、先生は話し始めました。「この少女の本質についてお話しいたしますなら、ゼーゼマンさま、わたしはとりわけ、次のようなことに注意を喚起したいと思います。すなわち、あの子は一面においてはたしかに発達の不充分な点があり、これは多かれ少なかれ、教育がおろそかにされた、もしくは、より正確に言えば、勉強を始めるのが遅れたのが原因です。しかし、多かれ少なかれ、いずれにしてもすべての関係に当てはまるわけではなく、むしろ反対に、比較的長期にわたってアルプスで暮らし、世間から隔絶されていたことにより、争う余地なく証明された、よい側面も持っております。これは世間からの隔絶が一定の期間を超えなければ、疑いなくよい一面を……」

「親愛なる先生」ゼーゼマンさんはここで口をはさみました。「細かく報告しようと苦心されていますね。単刀直入におっしゃってください、あの子は動物を持ち込んで、先生のこともひどく驚かしたのですか？　そもそも、あの子が娘と一緒にいることについて、どうお考えですか？」

「わたしはどのような形であれ、あの子を傷つけたくはありません」先生はまた語り始めました。「と申しますのは、一面的にはある種の社会経験のなさから来るものなのですから。多かれ少なかれ、あの少女がフランクフルトに移動するまで送っていた野蛮な生活のせいです。しかしながらフランクフルトへの移動は、わたしに言わせていただければ、完全に、もしくは少なくとも部分的に未発達ではありますが、他面において軽視すべからざる才能を備えたあの子の発達にとって、もしあらゆる点において注意深く導いてやるのならば……」

「失礼します、先生、すみません、どうかお気づかいなく。わたしは……わたしは急いで、娘の様子を見に行かなくてはなりません」ゼーゼマンさんはそう言うと、部屋から出ていき、もう戻ってきませんでした。ゼーゼマンさんは勉強部屋で娘のそばに腰かけました。ハイジは立ち上がっていました。ゼーゼマンさんはハイジの方を振り返って、言いました。「いいかい、おちびさん、ぼくのために急いで……ええと、ちょっと待って……ぼくのために……」ゼーゼマンさんは何を持ってきてほしいのか、すぐには思いつきませんでした。しかし、ハイジをしばらく部屋の外に出さなくてはならなかったのです。「水を一杯、持ってきてくれないかな」

「新しい水？」と、ハイジが尋ねました。

「そのとおり！　そのとおり！　新しいのを頼むよ！」ゼーゼマンさんは答えました。

ハイジは姿を消しました。

「さて、愛するクララ」ゼーゼマンさんは娘にぴったりと体を寄せ、彼女の手を取りながら言いました。「はっきりと教えてくれないかな。きみの遊び相手は、どんな動物を屋敷に連れてきたんだい？　そして、ロッテンマイヤーさんはなぜ、ハイジはときおり頭がおかしいなどと考えるんだろう？　きみには説明できるかな？」

もちろんクララには説明できました。家に帰ろうとしたときのハイジの混乱したおしゃべりについては、ぞっとしたロッテンマイヤーさんが、クララにも伝えていたからです。でもクララには、なぜハイジがそのような話をしたかが、よくわかっていました。クララはまず、お父さまに亀と子ネコの話をしました。それから、ロッテンマイヤーさんをぞっとさせたハイジの言葉について説明しました。するとゼーゼマンさんも心から笑い始めました。「じゃあ、あの子を家に送り返すことは望まないんだね、クララ。あの子のことで疲れたりしていないんだね？」と、ゼーゼマンさんは尋ねました。

「いいえ、いいえ、パパ、ハイジを送り返しちゃだめよ！」クララは拒否するように叫びました。「ハイジが来てくれてから、毎日、いつも何かが起こるの。だから前と違って、とても楽しいのよ。前は何も起こらなかったわ。それに、ハイジはたくさんのことを話して聞かせてくれるの」

「わかった、わかった、クララ。きみの友だちも帰ってきたよ。さあ、きれいな新しい水を持ってきたかね？」ゼーゼマンさんは、自分に向かって一杯の水を差し出しているハイジに尋ねました。

「ええ、井戸から汲んできたの」ハイジは答えました。

「自分で井戸まで行ったんじゃないわよね、ハイジ？」クララが言いました。

「あら、ほんとうに行ってきたのよ。とても新しいお水よ。でも、遠くまで行かなくてはいけなかったの。最初の井戸にはたくさんの人が並んでいたんですもの。だから通りを下っていったんだけど、次の井戸も混んでたの。それで別の通りに入って、そこで汲んできたの。そうしたら白髪のおじさんが、ゼーゼマンさまによろしくって」

「おや、すごい遠征をしてくれたんだね」とゼーゼマンさんは笑いました。「その紳士は誰だったんだい？」

「そのおじさんは、井戸のそばを通りかかりました。そして、立ち止まって、こう言ったんです。『コップを持っているのなら、一杯飲ませておくれ。誰にその水を持っていくんだね？』わたしが『ゼーゼマンさまに』と答えると、そのおじさんは大声で笑ってから、伝言を言いました。ゼーゼマンさまが水をおいしく召し上がるようにって」

「そうか、そんないいことを言ってくれたのは誰かな？　その紳士はどんな様子だった？」

「親切そうに笑う人で、太い金鎖をつけていました。それから大きな赤い石と一緒に、金色のものがそこに下がっていました。杖(つえ)の握りには馬の頭が彫ってありました」

「お医者さまだわ」「昔からお世話になっているお医者さんだ」クララとお父さまが同時に言いました。ゼーゼマンさんはまだしばらく、友人のお医者さんのことや、水を井戸から汲んでこさせるという新しいやり方を彼がどう思っただろうかと考えて、一人でくすくす笑っていました。

まだその晩のうちに、家のなかのいろいろなことを相談するためにロッテンマイヤーさんと食堂で二人きりになったとき、ゼーゼマンさんは、クララの遊び相手はずっとこの屋敷にいることになるでしょう、と伝えました。「あの子はまともな子どもですし、娘の方も、誰よりもあの子と一緒にいるのが楽しく、心地よく思っているようです。ですから、あの子がいつも親切な扱いを受けるように願っています。あの子の変わったところも、あやまちと見るべきではありません。もしあなた一人では手に負えないのなら、ロッテンマイヤーさん、いい人が助けに来てくれる見込みがありますよ。もうすぐわたしの母がこの屋敷に来て、しばらく滞在する予定です。わたしの母は、どんな人とでも、相手がどんなことをしでかそうと、うまくやっていけます。あなたもそれはご存じですよね、ロッテンマイヤーさん？」

「はい、承知しております、ゼーゼマンさま」ロッテンマイヤーさんは答えましたが、助けが来ると聞かされても、ほっとした様子はありませんでした。

ゼーゼマンさんは、今回は短い期間しか家にいることができませんでした。十四日後には、また仕事のためにパリに行かなければなりません。ゼーゼマンさんは、自分がまもなく出発することで不満そうにしているクララを慰め、もうすぐおばあさまが到着するよ、あと何日かで来てくれそうだ、と言いました。実際に、ゼーゼマンさんが出発するとまもなく、おばあさまがホルシュタインの農場からフランクフルトに向けて発つ日を知らせる手紙が届きました。おばあさまを駅まで迎えに行く馬車を用意できるように、翌日の到着の時間も書かれていました。

クララはその知らせを聞いて大喜びし、その晩、ハイジにおばあさまのことを長々と話して聞かせました。そのためにハイジまでが「おばあさま」について話し始めましたが、ロッテンマイヤーさんはそれを耳にすると、気に入らない様子でハイジをじろじろ眺めました。しかし、ハイジにとってロッテンマイヤーさんの否定的な態度はいつものことだったので、それをあらためて何かと結びつけて考えることはありませんでした。

ハイジが自分の寝室に行くために席を立ったあとで、ロッテンマイヤーさんはハイジをまず自分の部屋に呼び、あなたはけっして「おばあさま」などという言葉を使ってはいけません、もしゼーゼマンの大奥さまがいらっしゃったら、いつも「大奥さま」と言わなくてはいけませんよ、と言い聞かせました。「わかりましたか?」ハイジが不審そうに自分を見つめているので、ロッテンマイヤーさんは訊きました。そして、はねつけるようなまなざしをハイジに向けたので、「大奥さま」という呼び名が理解できなかったにもかかわらず、ハイジはもう質問しませんでした。

第10章　おばあさま

　その次の晩、ゼーゼマン家ではみんなが期待に胸をふくらませながら、いそいそと準備をしているのが見てとれました。まもなく到着する予定のご婦人が、お屋敷では重大な発言権のある方で、みんなから大変尊敬されているのは明らかでした。ティネッテは新しい白い帽子をかぶっていましたし、ゼバスティアンはたくさんのスツールをかき集めて、大奥さまが座りたいと思ったらいつでもスツールを見つけられるように、適当な場所に置いていました。ロッテンマイヤーさんも、各部屋を回って、あれこれ厳密にチェックしていました。それはまるで、ご主人さまに次ぐ権力者がまもなく到着するとはいえ、自分の力も消えるわけではないのだと示しているようでした。

　いよいよ、馬車がお屋敷の前に到着し、ゼバスティアンとティネッテは大急ぎで階段を下りていきました。ロッテンマイヤーさんもゆっくりと、威厳を保ちながらそのあとに続きました。大奥さまをお迎えするために、自分も出ていく必要があるとわかっていたからです。ハイジには、自分の部屋に下がって、呼ばれるまでそこで待つように、という指示が出されていました。おばあさまはまずクララのところに行かれるでしょうし、クララと二人きりでお会いになるだろうからです。ハイジは隅っこに座って、あいさつの言葉をくりかえし練習していました。ティネッテがハイジの部屋の戸口にちょっとだけ顔を突き出し、無愛想に「勉強部屋に下りてくるように！」と言うまでに、長くはかかりませんでした。

お客さまを何とお呼びすべきか、ハイジはロッテンマイヤーさんにわざわざ質問したくありませんでした。しかし、「大奥さま」という呼び名は、何かの間違いだろうと思っていました。これまで、どんな人にも、名字のあとに「さん」をつけるのだと聞いていました。そういうことで、ハイジは納得していました。勉強部屋のドアを開けると、おばあさまがやさしい声で、こちらに向かって呼びかけました。「あら、あの子が来たわ！　こっちへ来て、しっかり顔を見せてちょうだい」

ハイジは近くへ寄り、澄んだ声ではっきりとあいさつしました。「こんにちは、大奥さまさん」

「あら、なんてこと！」とおばあさまは笑いながら言いました。「あなたたちのところでは、そんなふうに言うの？　アルプスで誰かがそう言っていたの？」

「いいえ、わたしたちのところには、そんな名前の人はいないわ」ハイジはまじめに答えました。

「わたしたちのところにもいませんよ」おばあさまはまた笑って、ハイジの頬をぽんぽんとやさしくたたきました。「かまわないわ！　子ども部屋では、わたしはおばあさまよ。あなたもそう呼んでちょうだい、覚えていられるわよね？」

「はい、大丈夫です」ハイジはうけあいました。「わたし、最初はずっとそう言っていたの」

「そうなのね、わかったわ！」おばあさまは言って、愉快そうにうなずきました。ハイジの方もおばあさまはそれからじっとハイジを見て、ときおりうなずいていました。おばあさまの目をじっと見つめました。おばあさまの目からは、何かとても心温まる気持ちが溢れ出ていて、ハイジはいい気分になりました。おばあさまのすべてがとても気に入ったので、じっと見つめずにはいられなかったのです。おばあさまはきれいな白髪をしていて、頭の周りにはきれいなレース飾りを巻き付けていました。その飾りから二本の幅広いリボンが垂れていて、いつもひらひらと動いているので、おばあさまの周りにそよ風が吹いているみたいで、ハイジは楽しい気持ちになりました。

「あなたは何て名前なの？」おばあさまが尋ねました。

「わたしはただのハイジなんだけど、ほんとはアーデルハイトと呼ばれるべきだから、気をつけなくちゃ……」ハイジはちょっと言葉に詰まりました。これまで、ロッテンマイヤーさんがいきなり「アーデルハイト！」と呼んだりしても、それが自分の名前だと充分意識できなくて、返事をしないことがあったのです。それで、ちょっとうしろめたい気持ちになりました。しかもちょうどそのとき、ロッテンマイヤーさんが部屋に入ってきました。

「大奥さまは、きっとお認めくださるでしょう」入ってきた途端にロッテンマイヤーさんは、こんなふうに切り出しました。「使用人の手前もありますし、恥ずかしい思いをせずに口にできるような名前を選ばなくてはいけなかったのです」

「親愛なるロッテンマイヤー」とゼーゼマン夫人は答えました。「もしこの子が『ハイジ』と呼ばれていて、その名前に慣れているのなら、わたしはハイジと呼びますし、それを変えませんよ！」

ロッテンマイヤーさんは、大奥さまがいつも自分を呼び捨てにして、「さん」づけにしてくれないので大変困惑させられていました。でも、どうすることもできません。おばあさまには自分のやり方があり、それを貫いていたのです。それに反対することなどできませんでした。おばあさまはまだ目も耳も鋭くて健康でしたから、お屋敷に着いた途端、そこで何が起こっているかに気づいたのです。

おばあさまがお着きになった翌日、クララがいつもどおり食後に横になっていると、おばあさまはその隣の安楽椅子に腰を下ろし、数分間、目を閉じていましたが、それからまた立ち上がりました。旅の疲れもすっかり回復していたのです。おばあさまは食堂に入っていきましたが、誰もいませんでした。「あの人、寝てるのね」とおばあさまはつぶやくと、ロッテンマイヤーさんの部屋に行き、力強くドアをノックしました。しばらくするとロッテンマイヤーさんが現れ、予期せぬ訪問者にぎょっとして、少しあとずさりしました。

「あの子がこの時間、どこにいて何をしているのか、知りたいのです」と大奥さまは言いました。

「部屋で座っております。何かやりたいことがある場合には、部屋でそれをすればよいのです。大奥さまにも知っていただきたいのですが、あの子はよく、とんでもないことを考えついたり、実行したりいたします。教養ある方々の集まりでは口にもできないようなことがらなのです」

「あの子みたいに部屋で座らされていたら、わたしも同じことをするでしょうね。そうしたら、あなたが教養ある方々の集まりでどんなふうにわたしについて話すか、見物ですね！　さあ、あの子を連れてきて、わたしの部屋に案内してちょうだい。わたしが持ってきたきれいな本を、何冊かあの子にあげたいのです」

「これはまた不運な、ほんとうに不運なことです」とロッテンマイヤーさんは叫んで、両手を打ち合わせました。「あの子は本をもらっても、どうすればいいのでしょう？これだけお屋敷にいて、まだABCも覚えていないのですから。あの子には、何かを覚えさせることはまったく不可能なんです！　それについては、家庭教師の先生がお話しくださるでしょう！　ご立派な先生が天使のような忍耐の持ち主でなかったら、とっくに授業を投げ出しておられたはずです」

「そうですか、それは奇妙なことです。あの子はABCが覚えられないような子には見えませんからね」おばあさまは言いました。「あの子を連れてきてください。とりあえず、本のなかの絵を眺めていることができるでしょう」

ロッテンマイヤーさんはまだ何か言おうとしましたが、おばあさまはもう背を向けて、急ぎ足に自分の部屋に向かっていました。おばあさまはハイジが無能だという話を聞いてとても驚き、自分で確認してみようと思ったのです。でも、先生に訊く気にはなれませんでした。先生がいい人だということは、もちろんわかってはいたのです。おばあさまは先生と会うたびに、大変感じよくあいさつしていました。でも、あいさつのあとは先生と話をしなくてすむように、いつも急いで別の方向に歩いていくのでした。先生の話し方がちょっと苦手だったからです。

ハイジはおばあさまの部屋にやってくると、おばあさまが持ってきてくれた大きな本のなかの、色とりどりのみごとな絵を見て目を丸くしました。おばあさまがページをめくると、ハイジは突然大きな声をあげました。ハイジは燃えるような目で絵のなかの人物を眺めていましたが、いきなり目から涙があふれ出しました。そして、激しく泣き始めました。おばあさまはその絵を眺めました。美しい緑の牧場で、いろいろな動物が草を食べたり、緑の茂みから葉を食いちぎったりしています。真ん中には羊飼いが長い杖にもたれて立ち、楽しげな動物たちを見つめていました。すべては黄金の光のなかにありました。ちょうど背後の地平線に太陽が沈むところだったのです。

おばあさまはハイジの手を取りました。「ねえ、ハイジ」おばあさまはとてもやさしく言いました。「泣いてはだめよ、泣かないで！　この絵を見て、何か思い出したのね。でも、ごらんなさい、この絵にはすてきなお話がついてるのよ。今晩、そのお話をしてあげるわ。この本にはほかにもたくさんのおもしろいお話がのっているの。それを読んだり、話して聞かせることができるのよ。さ、いらっしゃい、ちょっと相談しましょう。涙をふいてね、そうそう、そうして、わたしの前に座ってちょうだい。あなたの顔がちゃんと見られるように。そう、それでいい、これでまた楽しいお話ができる」

でも、ハイジがすすり泣きをやめるまで、まだしばらく時間がかかりました。おばあさまはハイジが落ち着くまで、じっと待ってあげて、ただときどき励ますように「そう、それでいい、これでまた楽しくなるわよ」と声をかけました。

ようやくハイジが落ち着いたのを見ると、おばあさまは言いました。「さあ、ハイジ、お話ししてちょうだい。先生の授業はどうなのかしら。いろいろと勉強して、何かできるようになった？」

「いいえ」ハイジはため息をつきながら言いました。「でもわたし、覚えられないって、最初からわかっていたの」

「何を覚えられないの、ハイジ。何のことを言ってるの？」

「字を読むことよ。むずかしすぎるの」

「そうかしら！　どうしてそう思うの？」

「ペーターが言ってたの。ペーターにはわかってた。だってくりかえし試してみたのに、覚えられなかったんだもの。むずかしすぎるのよ」

「そうなの、ペーターは変わった子ね！　でもハイジ、ペーターが言うことを、全部そのまま信じる必要はないのよ。自分でやってみなくちゃいけないの。あなたはきっと、先生の話を集中して聞いていなかったのね。それに、文字をよく見ていなかったのよ」

「そんなことしたって、できない」ハイジはあきらめに満ちた調子で断言しました。

「ハイジ」とおばあさまは言いました。「あなたに言っておきたいことがあるわ。あなたはペーターの言葉を信じて、一度も字を覚えようとしなかったのね。でも、これからはわたしの言葉を信じてちょうだい。あなたは、ほかの大勢の子どもたちと同じように、短い時間で字が読めるようになると、わたしははっきり言っておきますよ。ペーターは違うかもしれないけど、あなたはその子たちと同じです。本が読めるようになったらどんなことが起きるか、知っておかなくちゃいけないわ。きれいな牧場にいる羊飼いの絵を見たでしょう。字が読めるようになったら、あなたにあの本をあげます。そうしたら、あの羊飼いのお話が全部、まるで誰かに話してもらったみたいにわかるのよ。羊飼いが羊やヤギをどうするか、どんな奇妙なできごとに出会うのか、そんなことも全部ね。知りたいでしょ、ハイジ、どう？」

ハイジは注意深くおばあさまの話を聞いていました。そして、目を輝かせ、深く息を吸い込むと、「ああ、字が読めたらなあ！」と言いました。

「これから読めるようになるわよ。それに、長くはかからないってことが、わたしにはもうわかりますよ、ハイジ。じゃあ、そろそろクララに会いに行きましょう。いらっしゃい、このきれいな本も持っていきましょうね」おばあさまはそう言うと、ハイジの手を取って勉強部屋に行きました。

アルプスに戻ろうとしてロッテンマイヤーさんに階段のところで叱られ、そんなふうに勝手に出ていこうとするなんて、なんて恩知らずな悪い子なんだろう、ゼーゼマンさまがこのことをご存じなくてよかった、と言われて以来、ハイジには変化が起きていました。ハイジは、デーテおばさんが言っていたように、好きなときに帰れるわけではないのだと悟りました。そうではなくて、ずうっと長いあいだ、もしかしたら永遠に、フランクフルトにいなければいけないのです。もし帰りたいなどと言ったら、ゼーゼマンさまから大変な恩知らずと思われてしまう、ということも理解しました。そして、おばあさまやクララも同じように考えるだろうと思ったのです。こうなると、もう誰にも帰りたいとは言えませんでした。こんなにやさしくしてくださるおばあさまが、ロッテンマイヤーさんのように怒り出す原因を作りたくはなかったのです。でも心のなかでは、気持ちがどんどん沈んでいきました。食事ものどを通らず、毎日少しずつ顔色が悪くなっていきました。夜も長いあいだ眠れずにいました。というのも、一人になってあたりが静かになったとたん、アルムの風景やそこに輝くお日さまや花などが、生き生きと目の前に浮かんできたからです。ようやく眠りについてからも、タカの巣がある赤い岩のてっぺんや、ケサプラナ山の夕日に照らされた赤い雪原を夢に見ました。そして朝、目を覚ますと大喜びで小屋から駆け出そうとするのでしたが、そこはフランクフルトの大きなベッドのなかで、アルムからは遠く遠く離れているのでした。そんなとき、ハイジは枕に顔を埋めて、誰にも聞こえないように小さな声で長いこと泣いていました。

　おばあさまはハイジの悲しそうな様子を見逃しませんでした。何日か様子を見て、状況が変わってハイジがふさぎの虫から解放されるかどうか、見守っていました。でも様子が変わらず、ときおり朝早くにハイジが目を泣きはらしているのがわかると、おばあさまはある日また、ハイジを部屋に呼びました。そうして前に座らせ、とてもやさしく尋ねました。「話してごらんなさい、ハイジ、どこか具合悪いの？　何か悩んでいるの？」

　でも、これほど親切にしてくれるからこそ、ハイジは恩知らずなことを言っておばあさまの気持ちを損ねたくありませんでした。そこで、悲しそうに「話せません」と言いました。

「話せないの？　じゃあ、クララになら話せるのかしら？」おばあさまは尋ねます。

「いいえ、誰にも」とハイジは断言しました。でも、あまりにも不幸せな様子だったので、おばあさまはハイジがかわいそうになりました。

「いらっしゃい、ハイジ」とおばあさまは言いました。「あなたに言っておきたいの。もし誰にも言えない悩みを抱えているのだったら、天の神さまにお話しして、助けてくださるようにお願いしなさい。神さまは、わたしたちのあらゆる苦しみを軽くしてくださるのよ。それはわかるわね？　毎晩、天の神さまにお祈りして、お恵みに感謝したり、悪いものから守ってくださるようにお願いしているでしょう？」

「いいえ、そんなことしていません」とハイジは答えました。

「ハイジ、あなたは一度も祈ったことがないの？　お祈りが何か知らないの？」

「最初のおばあさんとだけ、一緒に祈ったけれど、もうずっと前のことだし、忘れてしまったの」

「そうなの、ハイジ、それは悲しいことね。助けてくれる人を誰も知らないなんて。たえず心を苦しめるものがあるときに、すぐに神さまのところに行って、何もかもお話しし、助けてくれるようにお願いできるとしたら、どんなにすばらしいか、考えてごらんなさい！　ほかには誰も、そうやって助けてくれる人はいないのよ。神さまはどんなところでも人を助けることができて、わたしたちがまた喜べるようなものを与えてくださるのよ」

　ハイジの目が、うれしそうに輝きました。「ほんとに何もかも話していいの？」

「全部よ、ハイジ、何もかも！」

　ハイジはおばあさまの両手に包まれていた手を引き抜くと、あわてて言いました。

「もう行ってもいい？」

「もちろん！　もちろん！」というのがおばあさまの答えでした。ハイジはそこから走り出して自分の部屋に行くと、スツールの上に腰を下ろして両手を組みました。そして、心のなかのこと、自分を悲しませていることを神さまにお話しし、助けてください、またおじいさんのところに帰れるようにしてください、と心の底からお祈りしました。

その日から一週間以上が過ぎたころ、家庭教師の先生が、大奥さまにお目にかかって、変わったできごとについてお話ししたい、と申し入れてきました。先生はおばあさまの部屋に呼ばれました。先生が入ってくると、おばあさまはすぐに、親しげに手を差し出しました。「親愛なる先生、ようこそいらしてくださいました！　どうぞこちらにおかけください」おばあさまは椅子を勧めました。「さて先生、何のご報告ですか？　悪い知らせや苦情ではありませんよね？」

「その反対です、大奥さま」と先生は話し始めました。「わたしがもはや期待しておりませんでしたようなことが、起こりましたのでございます。これまでのできごとを見ていた人なら誰も期待しなかったでしょう。あらゆる前提に従えば、完全に不可能に違いないと思われていたことなのです。ところがいまや現実となったこと、驚くべきやり方で実現したことは、このように順序立ててきた予測とは、あたかも正反対のことがらであったのです」

「ハイジが字を読めるようになったんですか、先生？」ゼーゼマン夫人が口をはさみました。

先生は言葉が出ないほど驚いて、大奥さまを見つめました。

「ほんとうにすばらしいことです」と、ようやく先生は話し始めました。「あの少女は、わたしの念入りな説明や、並々ならぬ努力にもかかわらず、ＡＢＣを覚えることができなかったのです。ところが、無理なことはもうあきらめて、詳しい説明なしにただ文字だけを目の前に見せるようにしましたところ、あっという間に、いわば一夜にして読むことを覚え、初心者にはなかなか見られないような正確さで単語を読むようになったのです。それゆえにいっそう、大奥さまがまさにこのありそうもないことを、可能とお考えだったとの認識に驚くばかりでございます」

「人生にはいろいろとすばらしいことが起こるものです」おばあさまはそう答えると、満足そうにほほえみました。「熱心に学ぼうとする意欲と、新しい教授法のような、二つのものが幸運な出会いをする場合もあるのですね。それぞれが役に立つものですわ、先生。ハイジがそこまでやりとげたことを一緒に喜びましょう。そして、さらなる進歩を期待いたしましょう」

おばあさまはそう言って先生を部屋から送り出し、大急ぎで勉強部屋に行くと、喜ばしい知らせを自分の目で確かめようとしました。先生から聞いたとおり、ハイジはクラの隣に座って物語を朗読していました。自分でも大変驚いている様子で、ますます熱心に、目の前に開かれた新しい世界に入っていこうとしていました。その世界のなかでは、黒い活字から人や物が飛び出してきて、命を持ち、心を動かすようなお話を作り上げるのです。その晩、みんなが食卓に着いたとき、ハイジは自分のお皿の上に、美しいさし絵の入ったあの大きな本が置かれているのを見ました。ハイジが何かを尋ねるようにおばあさまの方を見ると、おばあさまはやさしくうなずいて、「そう、そう、これはあなたのものよ」と言いました。

ました。

「ずっと？　わたしが家に戻ったとしても？」とハイジは喜びで顔を赤らめながら訊きました。

「もちろん、ずっと持っていていいのよ！」おばあさまはうけあいました。「明日から一緒に読みましょう」

「でもまだ家には帰らないわよね、ハイジ。何年も先のことよね」とクララが口をはさみました。「おばあさまがお帰りになってしまったら、あなたがそばにいてくれなくちゃだめよ」

眠りにつく前に、ハイジは自分の部屋で美しい本を眺めずにはいられませんでした。その日以来、本の前に座って、それぞれに色とりどりのきれいなさし絵がついたお話をくりかえし読むことが、ハイジのお気に入りになりました。夜、おばあさまが「ハイジ、お話を読んでちょうだい」と言うと、ハイジはとても幸せな気分でした。いまではとても楽に字が読めるようになっていたからです。大きな声で読むのは、黙って読むよりもずっとすてきで、話もわかりやすくなるように思えるのでした。それにおばあさまは、あとでさらにたくさんのことを説明して、あれこれ付け加えてくれるのでした。ハイジが一番好きだったのは、緑の牧場と羊の群れの真ん中にいる羊飼いの絵でした。羊飼いは幸せそうに長い杖にもたれて立っています。彼が世話をしているのは父親が所有する美しい羊の群れで、彼は陽気な子羊やヤギのあとを楽しくついていくだけでよかったのです。ところがこの羊飼いが父親の家から離れて外国に行き、ブタの世話をすることになりました。口にするのは、かすのような食べものばかりで、すっかりやせ細ってしまいました。その場面のさし絵では、太陽ももう黄金色には輝かず、大地も灰色で、霧が出ていました。でも、このお話にはもう一つ、絵がついていました。そこでは年とったお父さんが大きく腕を広げながら家から出てきて、悔い改めて家に戻ってきた息子の方に駆け寄っていきます。ぼろぼろの服に身を包み、やせこけてびくびくしながら帰ってきた息子を、歓迎しようとしているのです。これがハイジのお気に入りのお話でした。ハイジは大きな声や小さな声で、くりかえしこのお話を読みました。おばあさまが子どもたちにしてくださる説明も、いくら聞いても聞き飽きませんでした。でも本のなかにはまだたくさんの美しい物語がありました。それを読んだり、絵を眺めたりしているうちに、たちまち日々が過ぎていきました。そして、おばあさまがお帰りになると決まっていた日が近づいてきました。

第11章　ハイジの喜びと悲しみ

おばあさまはゼーゼマン家に滞在されているあいだじゅう、午後になってクララが横になり、ロッテンマイヤーさんも休みがほしいのかこっそりと姿を消してしまうと、自分でもいっときはクララの横に腰を下ろしました。しかし、五分もたつと歩き始めて、いつもハイジを自分の部屋に呼び出すのでした。そして、ハイジと話しては、あれこれと世話を焼き、一緒に楽しく過ごしていました。おばあさまは可愛い小さな人形をいくつか持っていて、どうやって人形の服やエプロンを作ることができるかを、ハイジに教えてくれました。するとハイジもいつのまにか縫いものを覚えて、小さな人形たちにきれいな洋服やマントを作ってあげました。おばあさまはいつも、みごとな色合いの端切れを持っていたからです。字が読めるようになったので、おばあさまの前でくりかえし、あの本にのっているお話を朗読することもできました。ハイジはそれが楽しくて仕方ありません。読めば読むほど、お話も好きになっていきました。ハイジはお話に出てくる人たちが体験することを、自分も一緒になって体験し、すべての登場人物をとても身近に感じていました。そして、お話の世界に入っていけるのをいつも喜んでいました。でも、ハイジが心からうれしそうに見えることはありませんでした。愉快そうに目を輝かせることも、なくなっていました。

おばあさまがフランクフルトで過ごす最後の週になりました。ちょうどクララが昼寝をしている時間に、おばあさまはハイジを部屋に呼びました。ハイジが大きな本を抱えて入ってくると、おばあさまはハイジをすぐそばに来させ、本を脇に置いて、言いました。「ねえハイジ、教えてちょうだい。どうして元気がないの？　まだ、前と同じように苦しい気持ちなの？」

「はい」とハイジはうなずきました。

「神さまにはちゃんとお話しした？」

「はい」

「それで、すべてがよくなって、また元気になれるように、毎日お祈りしてるの？」

「ううん、いまではもうお祈りしなくなりました」

「なんですって、ハイジ？　何を言うの？　どうして祈っていないの？」

「役に立たないんだもの。神さまは聞いてくださらなかったし、無理だと思うから」ハイジは少し興奮しながら続けました。「毎晩フランクフルトでこんなにもたくさんの人たちがいっぺんに祈っていたら、神さまだって全員の話は聞けないでしょう。わたしのお祈りも、ぜんぜん聞こえなかったのよ」

「どうしてそんなことがわかるの、ハイジ？」

「わたし、毎日同じことを祈り続けたの。何週間も続けたけれど、神さまは聞いてくれませんでした」

「あら、そういうわけではないのよ、ハイジ！　そんなふうに考えてはいけないわ！いいかしら、神さまはわたしたちみんなのやさしいお父さまで、わたしたちにとって何がいいことか、いつもわかっていらっしゃるのよ。でも、わたしたちにはわかっていないの。わたしたちが、自分によくないものをほしがっても、神さまはくださらない。でも、わたしたちが心をこめてずっと祈り続けるなら、代わりにもっといいものを与えてくださるわ。すぐに逃げ出してしまったり、神さまを信じるのをやめてしまってはいけないのよ。あなたが神さまからもらおうとしたものは、いまのあなたにはあまりよくないものだったのよ。でも神さまはあなたの祈りをお聞きになっています。すべての人間のお祈りを一度に聞いて、ちゃんと判断することがおできになるのよ。わかるかしら、だからこそ神さまなのよ。あなたやわたしのような人間とは違うの。神さまはあなたに必要なものがちゃんとわかっていらっしゃるから、きっとこうお考えになったのよ。『うん、ハイジには、祈っているものを与えてあげよう。でもそれは、あの子にとっていい時期、それを本当に喜べるときにしよう。だって、いまわたしがあの子のほしがってるものを与えてしまったら、あの子はきっとあとになって、願いがかなわない方がよかったと気づくだろう。そうしたら、あの子は泣いてこう言うだろう。「神さまがわたしの求めたものをお与えにならなければよかったのに！　これはわたしが思ったほどいいものじゃない」』そうやって神さまは、あなたが神さまをちゃんと信頼して、毎日そのみもとへ行き、お祈りして、足りないものがあるときにはいつも神さまを見上げるかどうか、見ておられるのよ。ところがあなたときたら、神さまを信じようとしないで逃げ出してしまったのね。お祈りもやめて、神さまのことを忘れてしまっている。見ていてごらんなさい、そんな態度をとって、お祈りもやめてしまうような人は、神さまからも忘れられて、どこか勝手な場所に行ってしまうのよ。そして、もし何か不都合なことがあったりすると、その人は『誰も助けてくれない！』と嘆くでしょうけれど、同情はしてもらえない。代わりに誰もが、『おまえは助けてくださる神さまのもとから、自分で逃げ出したんじゃないか！』と言うでしょう。ハイジ、あなたはそうなってもいいの？　それともまたすぐに神さまのところに行って、逃げ出してごめんなさい、とおわびする？　そうして毎日神さまに祈って、神さまはあなたがまた心から元気になれるように、いいことをしてくださる、と信じるかしら？」

ハイジはおばあさまが言うことを注意深く聞いていました。その一言一言が、心に届きました。ハイジはおばあさまをこのうえなく信頼していたからです。

「わたし、すぐに行って、神さまにおわびします。そして、もう二度と神さまを忘れません」とハイジは悔い改めて言いました。

「その通りよ、ハイジ、神さまはきっと、いいときに助けてくださるわ。安心していなさいね！」と、おばあさまは励ましました。ハイジはすぐに部屋に引っ込むと、真剣に、悔い改めながら神さまにお祈りをし、わたしのことを忘れないで、また見守っていてくださいとお願いしました。

おばあさまが出発する日が来ました。クララとハイジにとっては悲しい日でした。でもおばあさまは、それが悲しい日であることに二人が気づかないように、まるでお祝いの日のようにその日を過ごすすべを心得ていました。おばあさまが、馬車に乗って行ってしまうまでは、そんな雰囲気でした。その後、お屋敷のなかには、すべてが終わってしまったかのような空しさと静けさが漂いました。その日のあいだ、クララとハイジはがっくりと座り込んで、これからどうすればいいのか、見当もつきませんでした。

翌日、授業が終わって子どもたちが一緒に過ごす時間になると、ハイジがあの本を抱えて部屋に入ってきました。そして、「これからはいつも、わたしが本を読んであげる。それでいい、クララ？」と尋ねました。

クララにとっては願ってもない申し出でした。ハイジはさっそく、熱心に本を読み始めました。しかし、それも長くは続きませんでした。というのも、死にそうなおばあさんの話を読み始めると、ハイジは急に大きな声で「ああ、おばあさんが死んでしまう！」と叫び、とても悲しそうにわあっと泣き始めたのです。ハイジにとっては、本のなかで読むことは、すべて本当に起こったことのように思えてしまうのでした。そしていまは、アルムのおばあさんが死んだように思ったのです。ハイジの泣き声はどんどん大きくなりました。「おばあさんがもう死んじゃった！　もうおばあさんのところに行けない！　それに、おばあさんは白パンを一つももらえなかった！」

それはアルムのおばあさんじゃなくて、ぜんぜん違う人の話なのよ、とクララは説明しようとしました。興奮したハイジをなだめて、ようやくその勘違いに気づかせることができたのですが、ハイジはあいかわらず落ち着くことができず、激しく泣き続けていました。自分が遠くにいるあいだに、おばあさんが死んでしまうかもしれない、という考えが心に芽生えたからです。それに、おじいさんだって、死んでしまうかもしれない。そして、長い時間がたってからハイジがアルムに戻ると、すべてがしーんと静かで、みんな死んでいて、ひとりぼっちになるかもしれない。好きだった人たちには、もう会えないのだ。

そうこうするうちにロッテンマイヤーさんが部屋に入ってきて、勘違いについて説明しているクララの言葉を、じっと聞いていました。しかし、ハイジがいまだにすすり泣きをやめられない様子を見ると、明らかにイライラして子どもたちに歩み寄り、きっぱりした調子で言いました。「アーデルハイト、わけもなく泣き叫ぶのはもうたくさん！あなたに言っておきますけどね、もしまた一度でも、お話を読んでいるときに大騒ぎを始めるようだったら、この本を永遠にあなたから取り上げますよ！」

その言葉は衝撃的でした。ハイジは驚いてまっさおになりました。この本は、ハイジの一番大切な宝物だったのです。ハイジは大急ぎで涙を拭き、すすり泣きを無理やり抑えました。そして、もう泣き声は聞こえなくなりました。ロッテンマイヤーさんのこのやり方は、効果ばつぐんでした。ハイジはもう、何を読んでも泣かなくなりました。でも、ときには自分を抑えて叫ばないようにするために、大変な努力をしていたのです。クララはよく、驚いてハイジに言いました。「ハイジ、あなた、これまで見たことがないような、こわいしかめっ面をしているわよ」

でも、しかめっ面をするだけなら、音は出ませんし、ロッテンマイヤーさんにも気づかれません。そして、とんでもない悲しみがこみ上げてくるのを何とか押しとどめたあとは、しばらくのあいだ、またすべてが元通りになり、静かに時間が過ぎていくのでした。けれど、ハイジはひどく食欲がなくなってしまい、やせて青白い顔をしていたので、ゼバスティアンはその様子を見るのが耐えられませんでした。ハイジはすばらしいご馳走でさえ手をつけず、何も食べようとしなかったのです。ゼバスティアンはよく、深皿を差し出しながら、励ますようにハイジにささやきかけました。「お嬢さま、お取りください、とてもおいしいですよ！　そんなにちょっとじゃなくて。しっかりとすくってください、ほら、もう一杯！」そうやって、まるで父親のように、ハイジの世話を焼いたのです。でも、それも役には立ちませんでした。ハイジはほとんど何も食べなくなり、夜、枕に頭をつけると、ふるさとの様子がいっぺんに目の前に浮かんでくるのでした。ハイジは誰にも聞かれないように、枕に顔を押しつけ、帰りたい気持ちをこらえて泣いていました。

そのようにして、長い時間がたちました。ハイジにはもう、いまが夏なのか冬なのかもわかりませんでした。ゼーゼマン家の窓から見える家々の壁や窓は、いつもまったく同じだったからです。外に出るのは、クララの調子がとりわけよくて、馬車に乗って出かけても大丈夫なときだけでした。でも、その外出はとても短い時間だけでした。クララは長いこと馬車に乗るのに耐えられなかったからです。それで、壁に囲まれ、石で固めた道路からは、ほとんど出ることができず、田舎道に出る前にいつも戻ってきていました。馬車はいつも、広くて美しい通りばかりを走っていて、そこには家も人間もたくさん見えましたが、草や花、モミの木や山などはありませんでした。見慣れた美しい景色を見たい気持ちは、ハイジのなかで日々高まっていきました。それで、いまではこうした思い出を呼び起こすような言葉を読むだけで、苦しみで胸がはじけそうになるのでした。そんな時は、全力でその苦しみとたたかわなくてはなりませんでした。そうしているうちに秋と冬が過ぎ、太陽がまた家々の白い壁に強くまぶしく照りつけるようになると、ああ、そろそろペーターがヤギたちを連れて牧草地に行くころだなあ、とハイジは考えました。あそこでは金色のミヤマキンポウゲがお日さまに当たって輝いているだろう。そして毎日夕方になると、周りの山々が火のように赤く染まるだろう。

ハイジはひとりぼっちで部屋の片隅に座って、向かいの家の壁に当たる太陽の光を見なくてすむように、両手で目を押さえていました。そうやって、胸のなかで熱く燃えるなつかしい気持ちを音もなく抑えつけながら、クララに呼ばれるまで、じっと座っていたのでした。

第12章　ゼーゼマン家の幽霊

　ここ数日のあいだ、ロッテンマイヤーさんはたいてい黙りこくって、なにか考えごとをしながらお屋敷のなかを歩き回っていました。日が暮れるころ、ある部屋から別の部屋に移動するときや、長い廊下を通るときなどには、何度もあたりを見回し、部屋の隅を見つめたり、すばやくうしろを振り返ったりしました。まるで、誰かが静かにあとをつけてきて、いきなりロッテンマイヤーさんの服をつかんだりするのではないかとびくびくしているみたいでした。でも、そうやって一人で歩き回るのは、お屋敷のなかでもよく知っている場所だけでした。立派にしつらえられたお客さん用の部屋がある上の階や、足音がよく反響する、秘密めいた広間がある下の階――その広間には、大きな白い襟をつけて大きな目でこちらをじっと真剣に見下ろしている、昔の市参事会員たちの肖像画が掛かっていたのですが――から何かを取ってくる必要がある場合、ロッテンマイヤーさんは必ずティネッテを呼んで、一緒に来るように命じていました。それに関してはティネッテもまったく同じで、上の階や下の階で用事があるときには、ゼバスティアンを呼んで、ついてきてくれるように頼むのでした。持ってこなくちゃいけないものがあるのだけれど、自分一人では運べないから、というのがその理由です。驚いたことに、ゼバスティアンまでがそれと同じことをしていました。離れた部屋に行かされる場合には、ヨハンを呼んで、必要なものが運べないと困るから、一緒に来てくれ、と言うのでした。呼ばれれば、誰もが喜んでついていってあげていました。ほんとうは運んでくるものなどなくて、一人で行くことだって充分できるはずだったのです。でも、呼ばれた人たちの方でも、これはお互いさまで、すぐに相手を同じような理由で必要とすることになると思っているみたいでした。上の階がそんな状態になっているとき、下の台所では昔からいる料理女が、ふさぎ込んだ様子で鍋のそばに立っていました。そして、首を横に振りながらため息をつき、「こんな経験をすることになるなんて！」と言うのでした。

　ゼーゼマンさまのお屋敷では、しばらく前から、とても珍しくて不気味なことが起こっていたのです。毎朝、使用人たちが階下に下りてくると、玄関のドアが大きく開いているのでした。でも、ドアを開けた人の姿は、どこにも見えません。当初は、みんなぎょっとして、何か盗まれた物はないかとお屋敷中の部屋を調べあげました。泥棒がお屋敷のなかに隠れていて、盗んだ物を持って夜のあいだに逃げていったに違いないと考えたからです。しかし、盗まれた物は何もなくて、お屋敷中、何一つ消えた物はありませんでした。夜になったとき、ドアに二重に鍵をかけるだけではなく、木のつっかい棒まで立てかけておくことにしました。ところが、役には立ちません。朝になると、ドアがまた大きく開いていました。興奮した使用人たちが、どんなに早起きをして下りてきても、ドアは開いていました。周りの家々はまだ深く寝静まり、窓もドアもまだしっかりと閉じられている時間です。とうとうしまいには、ゼバスティアンとヨハンがロッテンマイヤーさんのしつこい説得に応じて、大広間に隣り合った部屋で夜を過ごすことにして、何が起こるか、待ち受けることになりました。ロッテンマイヤーさんはゼーゼマンさまが所有している武器をいくつも出してきました。そして、二人が勇気をふるって見張れるように、大きな瓶に入ったお酒をゼバスティアンに渡しました。

　見張りをすることに決まった晩、二人は腰を下ろすと、景気づけに早速お酒を飲み始めましたが、そのせいで最初はすごくおしゃべりになったものの、あとになると猛烈に眠くなってしまいました。二人は椅子の背にもたれ、口をつぐみました。教会の塔の時計が十二時の鐘を鳴らしたとき、ゼバスティアンははっと気を取り直して、ヨハンに声をかけました。しかしヨハンは、なかなか目を覚ましません。ゼバスティアンが声をかけるたびに、ヨハンは椅子の背にのせていた頭を右から左へ動かしましたが、まだ眠り続けていました。ゼバスティアンは緊張して耳を澄ましました。いまではすっかり目が覚めていたのです。あたりは静まりかえり、道路からも何の音も聞こえてきませんでした。ゼバスティアンはもう眠ったりしませんでした。静かすぎるのが、かえってとても不気味に思えました。ゼバスティアンは声をひそめてヨハンに呼びかけ、ときおり少し揺さぶったりしました。教会の鐘が一時を知らせたころ、ようやくヨハンも目を覚まし、なぜ自分がベッドではなく椅子に座っているのか、はっきりと思い出しました。いまではヨハンも勇敢に跳び上がり、「さあ、ゼバスティアン、一度外に出て様子を見てみよう。こわがってなんかいないだろうな。ついてこいよ！」と叫びました。

ヨハンは細く開いていた部屋のドアを大きく開け放って、外に出ていきました。その瞬間、開いた玄関ドアから風が鋭く吹き込んで、ヨハンが手に持っていたろうそくの炎を吹き消しました。ヨハンがぱっとうしろに下がったので、背後に立っていたゼバスティアンはほとんど背中から、部屋のなかに倒れ込んでしまいました。ヨハンは自分も一緒に倒れ込むと、ドアをバタンと閉めて、熱に浮かされたように、大急ぎで鍵を鍵穴に差し込み、回せるかぎり何度も回していました。それからマッチを取りだし、またろうそくに火を灯しました。何が起こったのか、ゼバスティアンにはまったくわかりませんでした。大柄なヨハンのうしろに立っていたので、風が吹き込んできたのもよくわからなかったのです。でも、ろうそくの光でヨハンの顔を見たとき、ゼバスティアンはぞっとして叫んでしまいました。ヨハンの顔はチョークのように真っ白で、木の葉のように震えていたのです。ゼバスティアンは心配して尋ねました。「どうしたんだ？　外に何がいたんだ？」

「玄関のドアがいっぱいに開いていて、階段に白い影が浮かんでいた。それでな、ゼバスティアン、そいつは階段を上って、さっと消えてしまったんだ」

ゼバスティアンは背筋がぞっとしました。二人はぴったりとくっつきあって座ると、夜が明けて、外の道路が賑やかになるまで、それ以上動きませんでした。それから二人は部屋を出て、大きく開いていた玄関のドアを閉じ、階段を上ってロッテンマイヤーさんのところに行くと、自分たちが体験したことを報告しました。ロッテンマイヤーさんもすでに起きていました。何を聞くことになるのだろうとドキドキして、眠ることができなかったのです。二人の報告を聞くやいなや、ロッテンマイヤーさんは机に向かい、ゼーゼマンさまへの手紙を書きましたが、それはゼーゼマンさまがこれまでに一度も受け取ったことがないような手紙でした。そこには、恐怖のあまり指も麻痺してしまいました、と書かれていたのです。どうかすぐに、一刻も早く、そちらを発ってお屋敷に戻ってきてください、聞いたこともない事件が起こったのです、とロッテンマイヤーさんは書いていました。それから昨晩の事件を伝え、毎朝玄関のドアが開いていることも報告しました。「こんな具合に毎晩玄関のドアが開いているのですから、お屋敷にいる人は誰もが命の危険にさらされています。こんな不気味なことが起こったら、これからどんな恐ろしい結果になるか、わかりません」。ゼーゼマンさんは折り返し返事をよこして、そんなに突然何もかも放り出して家に帰ることはできない、と言ってきました。幽霊の話にはどうも納得がいかないし、一時的なことではないかと思っている。不安でたまらないんだったら、わたしの母に手紙を書いて、フランクフルトまで手伝いに来てくれないか、尋ねてみてほしい。母だったらきっとあっというまに幽霊たちを始末するだろうし、そうなったら幽霊ももう、ゼーゼマン家の人々をこわがらせようとはしないだろう、というのでした。ロッテンマイヤーさんは、ゼーゼマンさんからのこの返事に満足できませんでした。ゼーゼマンさんがこの事件を真剣に受けとめていないと思ったのです。ロッテンマイヤーさんはただちにゼーゼマン夫人に手紙を出しましたが、ゼーゼマン夫人からの返事も満足がいくものではありませんでしたし、そこには当てこすりのような文句も書かれていました。ゼーゼマン夫人は、ロッテンマイヤーが幽霊を見たからといって、わざわざホルシュタインからフランクフルトに旅行する気にはなれない、と書いてきたのです。それに、ゼーゼマン家に幽霊が出たことなど一度もない、もしいま家のなかを幽霊が歩いているのだとしたら、それは生きている人間かもしれないし、ロッテンマイヤーはその人と話をつけるべきだ。そうでなければ、夜警に助けを求めるべきだ、というのがゼーゼマン夫人の意見でした。

でもロッテンマイヤーさんは、これ以上びくびくしながら生活するのはやめようと決心しました。そのためにはどうすればいいか、わかっていたのです。ロッテンマイヤーさんはそれまで、クララとハイジに幽霊のことを話していませんでした。そんな話をしたら子どもたちがこわがって、昼も夜も、一人ではいられなくなってしまうのではないかと心配したからです。もしそんなことになったら、自分にとっても大変骨の折れる事態になるだろうと思ったのでした。でもいま、ロッテンマイヤーさんはまっすぐに、二人がいる勉強部屋に向かいました。そして声をひそめながら、毎晩お屋敷に、知らない人の幽霊が現れると話したのです。クララがすぐに大声をあげて、「わたしはもう、一人ではいたくない」と言い出しました。「パパに帰ってきてもらいたいし、寝るときにはロッテンマイヤーさんにも一緒にいてほしい。ハイジだって、一人でいてはだめよ。

幽霊が来て、何か悪さをするといけないから。みんなで一緒に部屋にいて、一晩中明かりをつけておきましょう。ティネッテにも横で寝てもらいましょう。ゼバスティアンとヨハンにも下りてきてもらって、廊下で夜番をしてもらいましょう。そうしたら、もし幽霊が上がってきたとしても、廊下で声を出して、幽霊を驚かすことができるでしょう」クララがとても興奮していたので、ロッテンマイヤーさんはなだめるのに一苦労でした。「すぐにゼーゼマンさまに手紙を書きますし、わたしのベッドをお嬢さまの部屋に持ってきて、けっしてお一人にならないようにいたします」とロッテンマイヤーさんは約束しました。全員が同じ部屋で眠ることは無理でしたが、もしアーデルハイトがこわがるなら、ティネッテの寝床をそちらに持っていかせましょう、とロッテンマイヤーさんは言いました。でもハイジは、これまで一度も聞いたことのない幽霊よりも、ティネッテの方をこわがっていました。ハイジはすぐに、わたしは幽霊はこわくないし、一人で部屋にいたい、と言いました。そこでロッテンマイヤーさんは大急ぎで机に向かい、ゼーゼマン氏に宛てて、「お屋敷で毎晩くりかえされている不気味なできごとは、繊細な性質のクララさまをひどくおびえさせており、このままではとても悪い結果になりそうです」と書きました。「こんな状態のときに、ふいにてんかんの発作が起こったり、舞踏病になったりする例が知られております。お屋敷で日々恐怖にさらされるような状況が変わらなければ、お嬢さまもそうした危険に直面してしまうのです」

この手紙には効き目がありました。ゼーゼマンさんは二日後にはもう戻ってきて、玄関の呼び鈴を激しく鳴らしたので、お屋敷の人たちはわっと身を寄せ合い、互いに見つめ合いました。というのも、幽霊が横着になって、夜が来る前に早くも悪いいたずらを始めたのだと、みんなは考えたからです。ゼバスティアンが用心深く、半分開いた鎧戸(よろいど)から、外を見下ろしました。その瞬間、また力強く呼び鈴が鳴らされたので、誰もが思わず、こんなに熱心に呼び鈴を鳴らすのは人間に違いないと思いました。ご主人さまだと気がついたゼバスティアンは、部屋を駆け抜け、頭から飛び降りるようにして階段を下りていきました。そして、階段の下できちんとまた着地すると、玄関のドアを開けました。ゼーゼマンさんは短くあいさつすると、それ以上何も言わずにクララの部屋へ上がっていきました。クララは喜んで大声をあげながら、お父さまを迎えました。クララが元気で変わりないのを見て、額にぎゅっと皺(しわ)を寄せていたゼーゼマンさんの顔も、穏やかになりました。そして、娘の口から「わたしは前と変わりないし、パパが帰ってきてくださってうれしい。いまではお屋敷を歩き回っている幽霊のことまで好きになっちゃった。だって、幽霊のおかげでパパが帰ってきてくれたんですもの」と聞かされると、ゼーゼマンさんの顔はどんどん明るくなっていきました。

「それで、幽霊はその後どんな具合なんですか、ロッテンマイヤーさん？」と、ゼーゼマンさんは口元に愉快そうな笑みを浮かべながら尋ねました。

「いいえ、ゼーゼマンさま、笑いごとではございません」ロッテンマイヤーさんはまじめな顔で答えました。「明日になったらゼーゼマンさまもうお笑いにはならないと、確信しております。だって、いまここで起こっている事件が暗示するのは、昔このお屋敷で恐ろしいできごとがあり、人々が口止めされたに違いない、ということなのですから」

「そうか、そんな話は聞いたことがないな」とゼーゼマンさんは言いました。「でも、尊敬に値するわたしの祖先たちに、罪を着せたりしないようにお願いしますよ。じゃあ、ゼバスティアンを食堂に呼んでください。彼と二人きりで話がしたいのです」

ゼーゼマンさんが食堂で待っていると、ゼバスティアンが現れました。ゼーゼマンさんは、ゼバスティアンとロッテンマイヤーさんがお互いを嫌っているのに気がついていて、心配していたのです。

「こちらへおいで、ゼバスティアン」と、ゼーゼマンさんは入ってきたゼバスティアンを手招きしました。「そして、正直に言ってくれたまえ。きみが幽霊のふりをして、ロッテンマイヤーさんをこわがらせたなんてことじゃないだろうね？」

「いいえ、誓って申し上げますが、ご主人さま、そんなことはありません！　今回のことについては、わたし自身も寝覚めの悪い思いをしております」ゼバスティアンは、明らかに真剣な様子で答えました。

「そうか、そこまで言うのなら、明日はわたしがおまえとヨハンに、幽霊が昼間はどんな姿をしているのか、見せてやろうじゃないか。恥ずかしいと思わないのか、ゼバスティアン。きみはまだ若くて力もあるのに、幽霊の前から逃げ去るなんて！　いまからわたしの古い友人のクラッセン先生のところに行ってきてくれ。わたしからのあいさつを伝えて、きょうの夜九時に、必ず来てくださいとお願いするんだ。先生に相談したいことがあるので、わざわざパリから戻ってきました、と伝えなさい。一緒に夜番をしてもらわなくちゃいけない、それほどひどい事態なんだ、とね。うちに泊まるつもりで来てもらうように！　わかったね、ゼバスティアン？」

「はい、かしこまりました！　ちゃんと伝えますので、ご主人さまはどうかご安心ください」ゼバスティアンはそう言って出ていきました。ゼーゼマンさんは、幽霊に対する恐怖を取り去ってやるために、またクララのところに向かいました。そして今日のうちにも、幽霊の正体を明らかにしてやるつもりでいました。

子どもたちが就寝し、ロッテンマイヤーさんも部屋に下がったころ、九時ぴったりに、クラッセン先生がやってきました。先生の髪には白いものが交じっていましたが、顔は元気いっぱいで、生き生きとした親切そうな二つの目がこちらを見ています。先生は少し不安そうでしたが、あいさつを交わすとすぐに明るい笑い声をあげ、友人の肩をたたきながら言いました。「やれやれ、徹夜の看病を必要とするほど、きみは病気でもないようだね」

「まあ、待ってくれたまえ」とゼーゼマンさんは答えました。「われわれが夜番して捕まえようとしているやつは、恐ろしい姿をしているはずなんだ」

「つまり、病人がお屋敷にいるということだね？　おまけに、捕まえなくちゃいけないんだね？」

「いやいや、先生、もっとずっとひどいことなんだ。うちの屋敷には幽霊が出るという話なんだよ！」

先生は大声で笑いました。

「つき合ってもらって申し訳ないね、先生！　うちのロッテンマイヤーが夜番に参加できないのは残念だ。彼女は、ゼーゼマン家の祖先が屋敷のなかをうろつき回って、昔の恐ろしい悪行をつぐなおうとしていると信じているんだよ」と、ゼーゼマンさんはさらに説明しました。

「彼女はどうやって幽霊と知り合ったんだ？」先生は相変わらず陽気に尋ねました。

ゼーゼマンさんは友人に事件の経過を説明し、「屋敷中の人間が言うには、毎晩玄関のドアが開けられているのだそうだ」と伝えました。そして、あらゆる場合に備えて、銃弾を入れた二丁のピストルを詰め所に用意してあることも話しました。「この事件は、屋敷の主人がいないあいだにみんなをこわがらせてやろうと、使用人の知り合いか誰かがやっている迷惑な悪ふざけなのかもしれない。そうしたら、ちょっとばかり脅かして空砲でも撃っておけば、いい薬になるだろう。だが、こういう方法で幽霊だと思わせてこわがらせ、誰も部屋から出てこられないようにする泥棒の手口なのかもしれない。そうだとしたら、いい武器を持っておく方が役に立つだろう」

こう説明しながら、ゼーゼマンさんは先生と一緒に階段を下り、先日ヨハンとゼバスティアンが夜番をするのに使ったのと同じ部屋に入りました。テーブルには上等のワインが何本か置いてありました。そこで夜明かしをするのに、ちょっとした景気づけは悪くないことだったからです。ワインの隣には、二丁のピストルも置かれていて、明るい光を投げかける二本の燭台（しょくだい）が、テーブルの中央にありました。ゼーゼマンさんは薄暗いなかで幽霊を待ちたくはなかったのです。

廊下が明るくなりすぎて幽霊がおじけづかないように、ドアは閉まる寸前のところで止めてありました。二人は背もたれがある椅子にゆったりと腰を下ろし、いろいろな話を始めました。ときおり上等のワインを飲んだりしていると、あっという間に十二時の鐘が鳴りました。

「幽霊もこちらの気配を感じ取って、きょうは出てこないんじゃないかな」と先生が言いました。

「まあ辛抱だ、一時まで待ってくれ」とゼーゼマンさんは答えました。

二人はまた話を始めました。一時の鐘が鳴りました。あたりはまったく静かです。外の道路でも、すべての物音が静まっていました。すると、先生が突然、指を立てました。

「しーっ！　ゼーゼマン、何か聞こえないか？」

二人は耳を澄ましました。小さい音ながらはっきりと、玄関のつっかい棒を外し、鍵（かぎ）を鍵穴で二度回し、玄関のドアを開ける音が聞こえてきました。ゼーゼマンさんはピストルに手を伸ばしました。

「こわがったりしてないよな？」先生が尋ね、立ち上がりました。

「気をつけた方がいいぞ」とゼーゼマンさんはささやき、左手で、ろうそくが三本立っている燭台をつかみました。右手でピストルを持ち、先生のあとに続きます。先生は同じように燭台とピストルを持ち、先に立って歩いていました。二人は廊下に出ました。

大きく開いたドアから、青白い月の光が差し込み、白い服を着てじっと敷居に立っている人の姿を照らし出していました。

「そこにいるのは誰だ？」と先生が大声を出したので、廊下全体に声が響き渡りました。二人は燭台とピストルを持って、その人物に近寄りました。その人は振り返り、小さな叫び声をあげました。白い寝間着を着て素足で立っていたのは、ハイジでした。困ったような目で明るいろうそくの火とピストルを見つめ、風のなかの木の葉のように、全身を震わせています。ゼーゼマンさんと先生は、ひどく驚いて、目を見合わせました。

「これは、ゼーゼマンくん、きみのために水を汲みに来た小さな娘さんじゃないか」と先生は言いました。

「ハイジ、これは何の真似だ？」ゼーゼマンさんは尋ねました。「何をするつもりだったんだ？　どうして下まで下りてきたんだね？」

驚きのあまり雪のように白い顔で、ハイジはゼーゼマンさんの前に立ち、抑揚のない声で「わかりません」と言いました。

そのとき先生が前に出てきました。「ゼーゼマンくん、これはわたしの担当だ。なかに入って、椅子に座っていたまえ。わたしはまずこの子を部屋に連れていこう」

そう言うと先生はピストルを床に置き、父親のようにやさしく、震えているハイジの手を取ると、階段に向かって歩いていきました。

「こわがらないで。こわがらなくていいんだよ」階段を上りながら、先生はやさしく言いました。「落ち着いて。何も悪いことは起こらないからね。安心していなさい」

ハイジの部屋に入ると、先生は燭台を机の上に置き、ハイジの腕を取ってベッドに寝かせ、丁寧に布団を掛けてあげました。それからベッドの脇の椅子に腰を下ろすと、ハイジが少し落ち着き、手足が震えなくなるまで待っていました。先生はそれからハイジの手を取り、なだめるように言いました。「さあ、これでもう大丈夫だよ。さっきはどこに行こうとしていたのか、わたしに教えてくれないかな」

「わたし、どこにも行くつもりはありませんでした」とハイジは断言しました。「それに、自分で階段を下りたんじゃないんです。気がついたらあそこにいたの」

「そうか、そうか、もしかしたら夢を見たのかな？　夢のなかで何かをはっきりと見たり聞いたりしたかい？」

「ええ、毎晩同じ夢を見ます。すると、おじいさんのところにいるような気分になるの。そして、外でモミの木がざわざわと鳴っているのが聞こえるの。それで、いまは空の星がきれいに光っているはずだと思って、急いで小屋の扉を開けると、ほんとうにきれいなんです！　でも目が覚めると、わたしはまだフランクフルトにいるの」ハイジはのどに込み上げてくる重たいものを飲み込もうと、懸命に努力しました。

「ふーむ、それで、どこか痛いところはないのかね？　頭とか、背中とか？」

「いいえ、ただここにいつも重い石があるような感じなんです」

「ふーむ、それは何かを食べて、あとで吐きたくなるような感じかね？」

「いいえ、そうじゃありません。でも、ひどく泣きたいときみたいに、とても重いんです」

「そうか、そうか、それで泣いてしまうんだね？」

「いいえ、泣くのはだめなんです。ロッテンマイヤーさんに怒られるから」

「そうか、それで、その気持ちを飲み込んでしまうんだね？　わかったぞ！　でも、フランクフルトにいるのは好きなんだろう？」

「はい、そうです」とハイジは小さな声で答えましたが、その響きは、ほんとうはその反対なんだと言っているみたいでした。

「ふーむ、きみは、どこでおじいさんと暮らしていたんだね？」

「いつも、山の上のアルムです」

「そうか、それじゃ、あんまりおもしろいことなんてないだろうね？　どっちかというと少し退屈じゃないのかい？」

「あら、そんなことありません。アルムはとてもすてき、とてもすてきなんです！」ハイジはそれ以上話すことができませんでした。アルムの思い出や、たったいま感じた興奮、長いあいだ無理に抑えつけてきた涙などが、もうハイジの力が及ばないほど大きくなってしまったのです。ハイジの目から、涙が激しくあふれ出してきました。ハイジは大きな声をあげて、泣きじゃくり始めました。

クラッセン先生は立ち上がり、ハイジの頭をやさしく枕の上にのせてやりながら、言いました。「そう、少しくらい泣いたって悪くはないんだよ。それから元気になって、眠るんだ。明日になれば、すべてがよくなっているからね」先生はそう言って、部屋を出ていきました。

階下の見張り部屋に戻ってきた先生は、そこで待っていてくれた友人のゼーゼマンさんと向かい合って、椅子に腰を下ろしました。そして、緊張しながら耳を傾けるゼーゼマンさんに、こう言いました。「ゼーゼマンくん、まず最初に、きみがあずかっている小さなお嬢さんは夢遊病だよ。あの子はまったく無意識に、幽霊のように毎晩玄関を開けてしまい、お屋敷の人たちみんなを大いにおびえさせたんだ。第二に、あの子はホームシックで苦しんでいる。いまでさえほとんど骨と皮みたいにやせているが、このままだともっとガリガリになってしまうだろう。だから、すぐに助けてやらなくちゃいけない！　夢遊病や深刻な神経衰弱に効く薬は、たった一つしかない。つまり、あの子をただちに、故郷の山の空気のなかに戻してあげることだ。ホームシックに対しても、それと同じ薬しかないな。だから、あの子を明日、ここから出発させる。それがわたしの処方箋だよ」

ゼーゼマンさんは立ち上がりました。ひどく気持ちを高ぶらせ、部屋のなかを行ったり来たりしてから、ようやく口を開きました。「夢遊病だって！　病気なのか！　ホームシック！　わたしの屋敷にいながら、骨と皮にやせ細るだと！　こんなことが屋敷で起こるなんて！　そして、それを見ている者、気づいている者が誰もいなかったのか！　そして先生、きみは、あんなに元気いっぱいでフランクフルトに来たあの子を、みじめにやせ細った状態でおじいさんのところへ送り返せと言うのか？　いいや、先生、そんなことはできないよ。わたしはそんなことはしない。けっしてできない。ぜひあの子の面倒を見てやってくれたまえ。きみがよしとする治療を受けさせて、元気にしてやってくれ。そうしたら、あの子が望むときに故郷に帰らせよう。だが、まずはきみが治療してくれ！」

「ゼーゼマンくん」と、先生は真剣に答えました。「きみがやろうとしていることを、よく考えてみたまえ！　これは、薬で治せる病気じゃないんだ。あの子は頑健な体質ではないんだ。でも、あの子が慣れ親しんだ、力強い山の空気のなかに戻してやれば、また完全に健康になれる。もし戻さなければ――あの子が不治の病になってしまったり、おじいさんにもう会えない体になってほしくはないだろう？」

ゼーゼマンさんは、ぎょっとして立ち止まりました。「そうか、そこまで言うなら、先生、方法はただ一つだな。すぐにその通りにしよう」この言葉とともに、ゼーゼマンさんは友人である先生の腕を取り、いろいろな相談をするために、一緒に部屋のなかを歩き回りました。それから先生は、自分の家に帰っていきました。いつのまにか時間も過ぎていて、今回はハイジではなくお屋敷の主人が自分で玄関のドアを開けましたが、そのときには明るい朝の光が家のなかに差し込んできたのでした。

第13章　アルムへ帰る旅

ゼーゼマンさんはひどく興奮しながら階段を上り、しっかりした足どりでロッテンマイヤーさんの寝室まで歩いていきました。そして、いつもと違って大変激しくドアをノックしたので、なかにいたロッテンマイヤーさんは叫び声をあげてとび起きました。ロッテンマイヤーさんの耳に、ゼーゼマンさんの声が聞こえてきました。「急いで食堂に来てください。すぐに、出発の用意をしなくてはいけませんから」

ロッテンマイヤーさんが時計を見ると、まだ朝の四時半でした。これまで一度も、こんな早い時間に起きたことはありません。いったい何が起こったのでしょう？　好奇心や、不安と期待の入り交じった気持ちで、ロッテンマイヤーさんは手当たり次第に服を手に取りましたが、ちっとも支度が整いませんでした。すでに身につけている洋服を、勘違いしてうろうろと探し回ったりしたからです。

ゼーゼマンさんはそのあいだに廊下を歩いていき、お屋敷で奉公しているいろいろな役目の人たちを呼び出すための呼び鈴を、かたっぱしから鳴らしていきました。そのため、呼び鈴を鳴らされた部屋では、誰もが叫び声をあげてとび起き、大あわてで下着と上着を逆に着たりすることになりました。というのも、目を覚ました人はみんな、ご主人さまが幽霊につかまって、助けを呼んでいるに違いないと思ったからです。そのために、みんなはひどい服装をしたまま、続々と階下に集まってきて、びっくりした顔でご主人さまの前に立つことになりました。ゼーゼマンさんの方はさっぱりした顔で食堂を行ったり来たりしていて、まったく幽霊に驚かされたようには見えませんでした。すぐにヨハンが、馬と馬車の用意をしに行かされました。そのあとで馬車を走らせるのもヨハンの役目です。ティネッテは、すぐにハイジを起こして、旅行に出発できるよう準備することを命じられました。ゼバスティアンは、ハイジのおばさんのデーテが雇われているお屋敷まで行って、デーテを連れてくるように言われました。ロッテンマイヤーさんはその間になんとか服装を整えましたが、前後を逆に着ていたりしたので、遠くから見ると背中の上に顔があるように見えました。そんなおかしな恰好をしているのも朝早く起きたせいだから仕方がない、と考えたゼーゼマンさんは、ただちに仕事の指示を始めました。そして、あのスイスの女の子の荷物を全部入れられるような旅行用トランクを速やかに準備するように、ロッテンマイヤーさんに伝えました。ゼーゼマンさんはハイジという名前がいささか変わっているので、普段は「スイスの女の子」と呼んでいたのです。それから、クララが持っている立派な服も少しあの子に持たせてあげなさい、とにかく急いで、ぐずぐず考えたりしないでやってくださいよ、とゼーゼマンさんは命じました。

ロッテンマイヤーさんは驚きのあまり、床に根が生えたように立ちつくして、ゼーゼマンさんをじっと見つめていました。ロッテンマイヤーさんは、ゼーゼマンさんが夜のあいだに見聞した恐ろしい幽霊の話をこっそり聞かせてくれるのだろうと思っていたのです。朝の光のなかでそういう話を聞くのなら、それほどこわくもないと考えていました。ところが、期待していたのとは違って、まったく事務的な仕事を、それも大変に気の進まない仕事を、押しつけられたのです。あまりにも予想と違っていたために、なかなかそれを受け入れることができませんでした。ロッテンマイヤーさんは黙って突っ立ったまま、ゼーゼマンさんがもっと説明してくれるのを待っていました。

しかし、ゼーゼマンさんはそれ以上説明する気などありませんでした。ロッテンマイヤーさんをそこに立たせたまま、さっさと娘の部屋に行ってしまったのです。ゼーゼマンさんが思ったとおり、クララはお屋敷のなかのいつにない動きを聞きつけて、もう目を覚ましていました。そして、何が起こっているのかと、あらゆる物音に耳を澄ましていました。ゼーゼマンさんはクララのベッドの横に腰を下ろすと、幽霊事件が結局はどういうことだったのか、話して聞かせました。そして、お医者さんの見立てでは、ハイジはとても神経をすり減らしているので、このままではどんどん夜中に歩き回る範囲が広がってしまうかもしれず、いつかは屋根の上まで上がってしまうかもしれない、そうなったらとても危険なんだということを話しました。「だからハイジをすぐに故郷に帰らせることにしたよ。だって、大変なことが起こったら責任が取れないからね。それ以外の方法がないことは、クララもわかってくれるね」と、ゼーゼマンさんは言いました。

クララはその話を聞いてとても胸を痛め、何か別の手段はないかと考えましたが、どうしようもありませんでした。お父さんの決心はとてもかたかったからです。でもお父さんは、もしクララがこのことを理解して、嘆き悲しんだりせずにいてくれたら、来年スイスに連れていってあげるよ、と約束してくれました。それでクララもあきらめて、お父さんの決断を受け入れることにしましたが、その代わりにハイジのトランクを自分のところに持ってきて、この部屋で荷造りをしてくれるように頼みました。ハイジが喜びそうなものを、いろいろとトランクに入れてあげたかったのです。ゼーゼマンさんは喜んでその頼みを聞き入れました。それどころか、ハイジにすてきな贈り物を持たせてあげるように、クララを励ましさえしたのです。その間に、デーテおばさんもお屋敷に到着していました。デーテは何が起こるのかと大いに期待しながら、控え室に立っていました。こんな変わった時間に呼び出されるからには、特別なことがあるに違いないと思っていたからです。ゼーゼマンさんはデーテに歩み寄り、ハイジの状態を説明して、きょうのうちにもハイジを故郷に連れて帰ってほしいという希望をデーテに伝えました。デーテはひどくがっかりした様子でした。まさかこんなことを言われるとは思っていなかったのです。おじいさんと別れるときに何と言われたか、デーテはまだよく覚えていました。もう二度と、自分の前に現れるなと、おじいさんは言っていたのです。それなのに、ハイジを連れていかなければならないなんて。一度連れ去ったハイジをまた連れていくのは、気が進まないことでした。そんなわけでデーテは、あれこれ考えることもなく、すぐに弁舌をふるい始めました。「きょう旅行に行くなんて、まったく無理な話です。明日はもっと不可能ですし、明後日もいろいろな仕事があるので、旅行なんて絶対にできません。それ以後も可能性はまったくありません」ゼーゼマンさんはデーテが何を言いたいのか理解して、さっさと引き取らせました。それからゼバスティアンを呼び出して、すぐに旅行の支度をするように言いつけました。「きょうはあの子と一緒にバーゼルまで行き、明日、家まで連れていくように。そうしたら、またすぐに戻ってくるんだ。向こうで何か報告する必要はない。おじいさんに宛てて手紙を書くから、それがすべてを説明してくれるだろう」

「だが、まだ大事なことが残っているよ、ゼバスティアン」と、ゼーゼマンさんは最後に言いました。「このことをきちんとやるんだぞ！　わたしの名刺にバーゼルの宿屋の名前を書いておいた。わたしがよく知っている宿屋だ。ここに行って名刺を出せば、ハイジのために一番いい部屋を用意してくれるだろう。おまえ自身の部屋は、自分で何とでもできるだろう。おまえはまずあの子の部屋に行って、すべての窓を完全に閉めておくんだ。ものすごい力の持ち主でもなければ開けられないようにな。あの子が寝たら、部屋のドアも外から閉めておきなさい。あの子は夜中に歩きまわるから、よその家だと危ない目に遭うかもしれない。部屋の外に出ていって、玄関のドアを開けようとしたら困るからね。わかったかい？」

「はあ！　はあ！　そうだったんですね？　そういうことなんですね？」ゼバスティア

ンはひどく驚きながら言いました。たったいま、幽霊の正体が誰だったのか、ぱっとひらめいたのです。

「そう、そうなんだよ！　そうなんだ！　それなのにおまえときたら、なんて臆病者なんだ。ヨハンにも、臆病者と言っておいてくれ。この家の使用人たちは、そろいもそろって腰抜けばっかりだ」ゼーゼマンさんはそう言うと、自分の部屋に行って腰を下ろし、アルムのおじいさんに宛てた手紙を書きました。

　ゼバスティアンはびっくりして、部屋のなかに突っ立ったまま、何度も心のなかで次の言葉をくりかえしていました。「あのとき、臆病者のヨハンが俺を部屋のなかに押し込んだりしなければなあ！　そうすれば、俺は白い人影のあとを追っていけたのに。いまならきっと、そうするんだがなあ！」いまでは明るい太陽が灰色の部屋の隅々を照らすように、ゼバスティアンにははっきりと事情が飲み込めたのです。

　一方、ハイジはその間まったく事情がわからないまま、晴れ着を着て、何が起こるのかと待っていました。ティネッテはただハイジを揺さぶり起こし、一言も言わずに洋服をたんすから出して、着るように促しただけだったからです。ティネッテは教養のないハイジとは、けっして口をきこうとしませんでした。ハイジのことをあまりにも見下していたのです。

　ゼーゼマンさんが手紙を持って、朝食の用意が整った食堂に入ってくると、大きな声で言いました。「あの子はどこなんだ？」

ハイジが連れてこられました。ハイジが「おはようございます」と言うために歩み寄ってきたとき、ゼーゼマンさんは物問いたげにハイジの顔をじっと見つめました。「さあ、おちびさん、言ってごらん、きみはこのことについてどう思う？」

ハイジはびっくりして目を上げました。

「きみは結局まだ何も知らないんだね」ゼーゼマンさんは笑いました。「きみはきょう、家に帰るんだよ。いまからすぐにね」

「家に？」ハイジは単調にくりかえしましたが、顔からは血の気が引き、しばらくのあいだ、息ができないくらいでした。ハイジの心はそれほど強い衝撃を受けていたのです。

「どういうことか、知りたくないのかね？」ゼーゼマンさんはほほえみながら尋ねました。

「あ、いえ、ぜひ知りたいです」と返事をすると、ハイジの顔は今度は真っ赤になりました。

「そうとも、そうとも」とゼーゼマンさんは励ますように言い、腰を下ろすと、ハイジにも座るように手で示しました。「さあ、しっかり朝ごはんを食べて、それから馬車に乗って出発だ！」

ハイジはゼーゼマンさんに言われたとおりに朝ごはんを食べようとしましたが、何一つのどを通りませんでした。ハイジはすっかり興奮してしまって、いま体験しているのが夢なのか現実なのかもわかりませんでした。もしかしたらまた急に目が覚めて、寝間着のまま玄関のドアのところに立っていることになるのかもしれない、と思っていたのです。

「ゼバスティアンにはたっぷり弁当を持たせなくちゃいけませんね」と、ゼーゼマンさんはちょうど食堂に入ってきたロッテンマイヤーさんに向かって言いました。「この子は食べることができないんです。その気持ちもよくわかりますがね」ゼーゼマンさんはそう言うと、ハイジに向かってやさしく「さあ、馬車の準備ができるまで、クララのところにお行き」と付け加えました。

ハイジもちょうどクララのところに行きたいと思っていたところだったので、いそいそと食堂から出ていきました。クララの部屋の真ん中には巨大なトランクが、まだ口を開けたまま置いてありました。

「来て、ハイジ、こっちに来て」クララはハイジに向かって呼びかけました。「トランクに詰めた荷物を見てちょうだい。ねえ、喜んでもらえるかしら?」

それからクララはハイジに、そこに詰めたたくさんの物について説明し始めました。洋服、エプロン、ショール、小さなミシンなどです。「そしてこれを見てちょうだい、ハイジ」とクララは勝ち誇ったように一つのかごを持ち上げました。ハイジはそれをのぞき込んで、喜びのあまり跳びはねました。そこには白くて丸い、きれいなパンが十二個も入っていたからです。それは全部、ペーターのおばあさんへのおみやげでした。二人は大はしゃぎをして、もうすぐ別れの瞬間が来ることを、すっかり忘れていました。

すると、「馬車の用意ができました！」と、突然大きな声が響き渡りました。もう、悲しんでいる暇はありませんでした。ハイジは自分の部屋に走っていきました。クララのおばあさまからもらったあの美しい本がまだそこにあるはずだったからです。ハイジは昼も夜もその本から離れたくなかったので、枕の下に本を置いていました。ですから、誰もその本を荷物に入れていないはずでした。ハイジは本を赤い布でくるむと、かごの一番上に置きました。赤い包みはとても目立ちました。それからハイジはきれいな帽子をかぶり、部屋を出ました。ハイジとクララは急いでお別れを言わなくてはいけませんでした。ハイジを馬車のところに連れていくために、ゼーゼマンさんがもう来ていたからです。

ロッテンマイヤーさんは、ハイジにさよならを言うために階段の上に立っていました。ハイジが持っている奇妙な赤い包みを目にすると、それをすばやくかごから取り出し、床に投げ捨てました。「だめですよ、アーデルハイト」とロッテンマイヤーさんは非難たっぷりに言いました。「そんな恰好(かっこう)でこの家から旅立つことは許されません。そんな物、そもそも持っていく必要がないでしょう。じゃあ、さようなら！」

こんなふうに禁止されてしまって、ハイジはその包みをふたたび手に取ることができませんでした。まるで大事な宝物を奪われてしまった人のように、ハイジはすがるような目でゼーゼマンさんの方を見ました。

「いいえ」と、ゼーゼマンさんはきっぱりした口調で言いました。「この子は、好きなものは何でも持っていくべきです。たとえそれが子ネコや亀であっても、そんなことで怒ったりしてはいけませんよ、ロッテンマイヤーさん」

ハイジは急いで包みを拾い上げました。その目は感謝と喜びで輝いていました。階段の下でゼーゼマンさんはハイジと握手をし、「わたしたちはきみのことを忘れないよ。わたしと娘のクララはね」と、やさしく言ってくれました。ゼーゼマンさんがハイジの旅行の無事を祈ると、ハイジもこれまでにしてもらった親切に対して、心からのお礼を言いました。そして、最後にこう付け加えました。「明日になったら、また元気になります」ついに帰れる、そしてそれはゼーゼマンさんのおかげだ、とハイジは考えたのでした。

ハイジは馬車に乗せられ、かごとお弁当とゼバスティアンがあとに続きました。「いい旅行を！」と、ゼーゼマンさんがもう一度大きな声で言いました。それから馬車は動き始めました。

そのあとすぐ、ハイジは列車に乗り、かごを膝にのせてじっと座っていました。片時も手放したくなかったのです。かごのなかには、ペーターのおばあさんにあげる大切なパンが入っていました。ハイジはパンを注意深く守り、ときおりかごのなかをのぞいていました。喜びに満たされるのでした。ハイジは何時間ものあいだ、とても静かに座っていましたが、いまになって、自分はアルムのおじいさんやペーターやおばあさんのところに帰るのだ、という意識がはっきりと芽生えてきました。これからまた見ることになるいろいろな風景が、次々と心に浮かんできました。アルムでは、すべてがどんなふうになっていることでしょう。すると、また新しい心配ごとが頭に浮かんで、ハイジは突然不安そうに尋ねました。「ゼバスティアン、アルムにいるおばあさんは、きっとまだ死んでいないわよね？」

「もちろんですとも」とゼバスティアンはハイジをなだめました。「亡くなっているなんてことはありませんよ。きっとまだ生きておられます」

ハイジはまた考えごとを始めました。そしてときおり、かごのなかをのぞき込みました。おばあさんの前で、このパンを全部テーブルにのせてあげたい、とずっと考え続けていました。かなり時間がたってから、ハイジはまた言いました。「ねえゼバスティアン、おばあさんがまだ生きているって、はっきりと知ることができればいいのにね」

「そうです！　そうです！」ゼバスティアンは半分寝ぼけながら答えました。「まだ生きていますよ。はっきりとはわかりませんがね、死んだりしていませんよ」

しばらくすると、ハイジも眠くなって目を閉じました。昨晩のできごとや、今朝早く起きたせいで、ハイジも寝不足だったのです。次に目を覚ましたときには、ゼバスティアンが一生懸命ハイジの腕を揺さぶって叫んでいました。「起きて！　起きてください！　すぐに降りますよ、バーゼルに着いたんです」

翌朝、二人はまた何時間も旅を続けました。ハイジはけっしてかごをゼバスティアンに渡そうとしないで、ずっと膝の上にのせて座っていました。その日、ハイジはまったくしゃべろうとしませんでした。刻一刻と、期待で胸が張り裂けそうになっていたからです。ハイジが思いもしなかった瞬間に、突然「マイエンフェルト！」と、駅名が大きな声で響き渡りました。ハイジはぱっと座席から立ち上がりました。驚いたゼバスティアンも、一緒に立ち上がりました。いま、二人は列車の外に、トランクを持って立っていました。列車は汽笛を鳴らすと、谷間に消えていきました。ゼバスティアンは辛そうな顔で列車を見送っていました。できればこのまま安全に、何の苦労もなく旅を続けていたかったのです。でもこれからは、徒歩で移動しなくてはなりません。おまけに最後は山登りです。半ば未開のこの地では、それはとても骨の折れる危険な仕事のように思えました。そんなわけで、ゼバスティアンは「デルフリ」まで行くのに一番安全な道を誰かに教えてもらいたいと思い、注意深くあたりを見まわしました。駅舎からそれほど遠くないところに、収穫用の小さな荷車が停めてあり、やせっぽちの馬がつながれていました。肩幅の広い男の人が、いま列車で到着した大きな袋をいくつか、その荷車に運び入れていました。ゼバスティアンはその男の人のそばに行き、デルフリまでの一番安全な道を尋ねました。

「ここではどんな道も安全だよ」と、その人は短く答えました。

そこでゼバスティアンはあらためて、谷底に落ちずに歩いていける一番いい道はどれですか、と尋ねました。さらに、どうすればトランクをデルフリまで運べるでしょうか、とも訊きました。男の人はトランクを眺め、大きさを目で確かめていました。そして

「もしこのトランクがそれほど重くないのであれば、荷車にのせていってあげるよ。自分もちょうどデルフリへ行くところなんでね」と言いました。二人はさらにしばらく話し合い、最終的にその人がハイジとトランクを荷車に乗せて連れていってくれることになりました。デルフリに着けば、ハイジは誰かと一緒に夕方、アルムまで登っていくことができるだろう、というのです。

「わたし、一人でも行けるわ。デルフリからアルムまでの道はわかっているもの」二人の相談を注意深く聞いていたハイジは言いました。ゼバスティアンは、胸のつかえが下りたような気分でした。山登りをする予定から急に解放されたのです。ゼバスティアンはハイジを脇に呼んで、巻紙に包んだ重たい包みとおじいさん宛ての手紙を渡しました。そして、「この巻紙に包んだものはゼーゼマンさまからの贈り物です。これは、かごの一番下に入れておかなければいけませんよ。パンよりも下にです。なくさないように、よく注意してくださいね。もしなくしたら、ゼーゼマンさまはどんなにかお怒りになって、一生のあいだ、許してくださらないかもしれません。ハイジお嬢さまも、そのことをよく考えてくださいね」と説明しました。

「なくさないようにする」とハイジは自信たっぷりに答えて、巻紙に包んだものを手紙と一緒に、かごの一番下に押し込みました。トランクが荷車に積まれ、ゼバスティアンは荷車の上の座席に向かって、ハイジをかごごと抱き上げました。それから別れの握手をすると、ゼバスティアンはもう一度いろいろな身振りで、かごの中身から目を離さないように警告しました。荷車の持ち主がそばにいたので、言葉で説明することができなかったのです。ゼバスティアンは、ほんとうなら自分がハイジをアルムまで連れていくべきだとわかっていながらここで別れることにしてしまったので、とりわけ用心深くなっていました。さっきの男の人が、ハイジの隣の座席に乗り込みました。荷車は山に向かって動き出しました。ゼバスティアンは恐れていた登山をしなくて済んだのでほっとしながら、駅舎のそばに腰を下ろして、帰りの電車を待つことにしました。

荷車の男の人はデルフリのパン屋さんで、小麦粉の袋を持って帰るところでした。パン屋さんはハイジを見たことはありませんでしたが、デルフリの村では誰もがそうであるように、アルムのおじいさんのところに連れてこられた子どものことは耳にしていました。パン屋さんはハイジの両親とも知り合いだったので、すぐに、これはみんなのうわさになっていた子どもだな、と気がつきました。どうしてまた戻ってきたのかな、と少し不思議に思いながら、パン屋さんはハイジと話し始めました。「あんたは、山の上でアルムのおじさんと一緒に住んでいた子だね？」

「そうよ」

「あんなに遠いところからもう戻ってくるなんて、何か悪いことがあったのかい？」

「いいえ、何も悪いことなんてないわ。フランクフルトのお屋敷ほど親切にしてくれるところはないもの」

「じゃあ、なぜここに戻ってきたの？」

「ゼーゼマンさまが許してくださったからよ。そうでなきゃ、戻ってこなかったわ」

「へえ、でもそれなら、許してもらったにしても、なぜずっと向こうにいなかったんだい？」

「世界中のどこよりも、おじいさんのところに何千倍も行きたいと思ったからよ」

「でも、山に登ったら気が変わるかもしれんよ」と、パン屋さんはうなるように言いました。「それにしても驚いたなあ」と、パン屋さんはひとりごとを言いました。「この子にも上に行けば様子がわかるだろう」


それからパン屋さんは口笛を吹き始め、もう何もしゃべりませんでした。ハイジはあたりを見回し、興奮のあまり、内心震えていました。道の木々には見覚えがありましたし、向こうの方にはファルクニス山の、高く尖った頂がそびえて、古い親友があいさつでもするように、ハイジの方を眺めていたからです。ハイジもあいさつを返しました。一歩進むごとに、ハイジの胸は期待でふくらみました。荷車から飛び降りて、山の上に着くまで全力で走っていきたい気分でした。静かに座って身動きもしませんでしたが、実際は体中が震えていたのです。こうして二人はデルフリに到着しました。ちょうど夕方五時の鐘が鳴るところでした。荷車の周りには、あっと言う間に子どもや女の人たちが集まり、近くに住む人たちもそこに加わりました。パン屋の荷車にトランクと子どもが乗っていたので、あたりに住んでいる人たちの注目を集めたのです。このトランクと子どもはどこから来てどこへ行くのか、誰のものなのか、みんなが知りたがりました。

パン屋さんがハイジを抱き下ろすと、ハイジは急いで「ありがとう、トランクはあとでおじいさんが取りに来てくれると思います」と言い、そこから離れようとしました。しかし、周りの人たちがハイジを引きとめ、たくさんの声が一度に、それぞれ違う質問をしようとするのでした。ハイジはひどく不安そうな表情を顔に浮かべながら、人々のあいだを通り抜けようとしました。みんなはしぶしぶ道を空け、ハイジを通してやりました。人々は口々に、「ごらん、あの子がこわがっている様子を。もちろん原因があるんだよ」と言い合いました。そしてさらに、アルムのおじさんが一年前からますます気むずかしくなって、誰とも話をしなくなったこと、誰かと道で会うたびに相手を殺しそうな憎々しげな顔をすることについて、話をするのでした。「もしあの子に、自分の行く場所がどのようなところかわかっていたら、けっしてあんな、竜が潜む穴のような場所には登っていかないだろうに」とデルフリの人たちは言いました。するとパン屋さんが話に割って入り、自分は誰よりもよく事情に通じていると言って、秘密めいた話を始めました。一人の紳士があの子をマイエンフェルトまで連れてきて、とても感じよく別れを告げたこと。パン屋さんに対してぜんぜん値切ることもせずに、言われた通りの運賃を払い、おまけにチップまでくれたこと。そもそもあの子は向こうで、充分幸せな暮らしをしていたらしい。それなのに、自分からおじいさんのところに戻ることを希望したということ。このニュースは人々を大いに驚かせ、不思議がらせました。知らせはたちまち村中に広がっていき、ハイジが裕福な暮らしを捨てて、おじいさんのところに戻ったという話をしていない家は、この晩、一軒もありませんでした。

ハイジはデルフリから、できるかぎり急いで山道を登っていきました。でも、息が切れてしまうので、ときおり急に立ち止まらずにはいられなくなりました。腕に提げているかごは、かなりの重さがありました。それに道はどんどん険しくなっていきます。上に行けば行くほど、ハイジの頭は一つの考えで一杯になりました。「おばあさんはまだ、部屋の隅の紡ぎ車のところに座っているかしら？　まだ死んだりしていないかしら？」いま、上の方にある山のくぼみに、ペーターたちの小屋が見えてきました。ハイジは胸がドキドキし始めました。ハイジは走り始めました。どんどん走っていくうちに、胸の高鳴りも大きくなりました。ついに、上に到着しました。ハイジは体が震えて、ドアを開けるのも大変なくらいでした。でも、ようやく開けると――小さな部屋の真ん中に跳び込んで、すっかり息を切らしながら、声を出すこともできずに立っていました。

「あら、なんてことだろう」と、部屋の隅から声が聞こえました。「わたしたちのハイジがここにいたころ、いつもそんなふうに跳び込んできたものだったよ。ああ、生きているうちにまたあの子に会えたらねえ！　いま入ってきたのは誰なんだい？」

「わたしよ、おばあさん、わたしよ」ハイジは叫びながら隅の方に走っていくと、すぐにひざまずいておばあさんに近寄り、おばあさんの腕や両手をつかみました。おばあさんに寄りかかり、喜びのあまり、まったく言葉も出てこないのです。おばあさんも最初は驚いて、一言も話すことができませんでした。それからハイジの癖毛をなでると、今度は次々にしゃべり始めました。「ああ、ああ、これはあの子の髪の毛だ。そしてあの子の声だ。ああ神さま、こんなにありがたい経験ができるなんて！」おばあさんの見えない目から、大きなうれし涙がぽとぽととハイジの手の上に落ちました。「ハイジなんだね、ほんとうに戻ってきたんだね？」

「うん、うん、そうだよ、おばあさん」ハイジはしっかりと答えました。「泣かないで、わたし、ほんとうに帰ってきたんだから。毎日おばあさんのところに来られるし、もう遠くに行ったりしないよ。それに、しばらくはかたいパンを食べなくてもすむのよ。わかる、おばあさん、これが何だか？」

ハイジはかごから次々にパンを取り出し、十二個全部をおばあさんの膝の上に積み上げました。

「ああ、ハイジ！　ああ、ハイジ！　なんてありがたいおみやげを持ってきてくれたんだろう！」ハイジがせっせとパンを取り出して積み上げているときに、おばあさんは叫びました。「でも、一番ありがたいのはハイジが帰ってきてくれたことだよ！」おばあさんはまたハイジの癖毛をつかみ、熱い頰をなで、そうして言うのでした。「何か言っておくれ、ハイジ、わたしに聞こえるように、何か言っておくれ！」

「おばあさんが死んでしまったんじゃないかと思って、とっても不安だったのよ。生きているあいだに白パンが食べられないんじゃないか、わたしはもう二度とおばあさんと会えないんじゃないかと思って」とハイジは言いました。

ペーターのお母さんが部屋に入ってきましたが、たちまち驚きのあまり、そこに立ちつくしてしまいました。「ほんとうに、これはハイジだ！　どうしてこんなことが起こったんでしょう！」とお母さんは叫びました。

ハイジは立ち上がり、ペーターのお母さんと握手しました。お母さんのブリギッテはハイジの服装にすっかり感心してしまい、ハイジの周りをぐるっと回ってから言いました。「おばあさん、ハイジがどんなにすてきな上着を着ているか、どんな様子だか、あなたに見えたらねえ。ほんとに見違えるようだわ。テーブルの上の羽根つきの帽子もあなたのものなの？　ちょっとかぶってみてちょうだいよ。どんなふうに見えるかわかるから」

「いいえ、かぶったりしない」ハイジはきっぱりと言いました。「帽子はおばさんにあげる。わたし、もう必要ないもの。自分の帽子があるし」そう言ってハイジは赤い布包みを開き、古い帽子を取り出しました。帽子は前からあちこち折れ曲がっていましたが、今回の旅行でさらにいろいろなところが折れてしまいました。でもハイジは、そんなことはほとんど気にしません。この前のお別れのときにおじいさんが、羽根つきの帽子をかぶったハイジなどけっして見たくはない、と怒鳴ったのを覚えていたのです。そのために、古い帽子を大切にとっておいたのでした。いつもおじいさんのところに帰ることを考えていたからです。「そんなばかなことをしちゃいけないよ。とても立派な帽子だし、わたしがもらうわけにはいかない。もしかぶりたくないのなら、デルフリの学校の先生の娘さんにでも売れば、たくさんのお金になるわよ」とブリギッテは言いました。でもハイジの考えは変わりません。ハイジは帽子をこっそりと、おばあさんがいる部屋の隅っこに置いておきました。そこなら、帽子もぜんぜん目立たなくなりました。そのあとでハイジは、きれいな上着も脱いでしまいました。ハイジは袖なしの下着だけを着て、その上から赤いショールを羽織って首のところで結びました。それからおばあさんの手をとって、「いまからおじいさんのところに行かなくちゃ。でも、明日また来るからね。おやすみなさい、おばあさん」と言いました。

「ああ、ハイジ、また来ておくれ、明日また来ておくれ」とおばあさんは頼みました。おばあさんはハイジの手を両手で挟み、まるでどこにも行かせたくないみたいでした。

「どうしてきれいな上着を脱いでしまったの？」とブリギッテが訊きました。

「こうやっておじいさんのところに行きたいの。そうしないと、誰だかわかってくれないかもしれないでしょ。おばさんだって、さっきわたしのことを見違えるようだって言ったじゃない」

ブリギッテはドアの外までハイジを送っていきました。そして、ちょっぴり秘密めかして言いました。「上着は着たままでもよかったんじゃないの。おじいさんにはあなただってことがわかるはずよ。でも、気をつけなさいね。ペーターが言うには、おじいさんはどんどん機嫌が悪くなっていて、もう一言もしゃべらないそうよ」

ハイジは「おやすみなさい」と言うと、かごを提げてアルムへの道を歩いていきました。夕陽があたり一面、緑のアルムを照らしています。向こうの方に、ケサプラナ山の広い雪原も見えてきました。雪原が夕陽で輝いています。ハイジは二、三歩ごとに立ち止まり、うしろを振り向かずにはいられませんでした。登っていくときには、高い山がちょうど背後にあったからです。赤い光が足もとの草に当たっていました。ハイジはまた振り向きました。すると――これほどのみごとな景色は記憶にありませんでしたし、夢でも見たことがないほどでした――ファルクニス山の、先端の角のような岩が、空に向かって燃え上がるような色に染まっていたのです。白い雪原も火のような色でした。バラ色の雲が、その上に漂っていました。アルムの周りの草は黄金で、すべての岩は赤い輝きを放っていました。下の方に見える谷全体に、金色のもやがかかっていました。ハイジはこのすばらしい風景のなかで立ち止まり、喜びと歓喜のあまり、明るい涙が頬を転がり落ちました。ハイジは両手を組み、空を見上げると、大きな声で神様に感謝せずにはいられませんでした。また故郷に戻ってこられたこと。すべてが思っていたとおり、いや、それ以上に美しいこと。この風景をこれからも毎日見ながら暮らせること。ハイジはこの雄大でみごとな光景のなかですっかり幸福になり、神様に感謝する言葉が充分に見つからないほどでした。周囲の光が次第に消えていったあとで、ハイジはようやくその場を離れることができました。そして、どんどん山の上に向かって駆けていったので、まもなくおじいさんの小屋の上にあるモミの梢（こずえ）が見え始め、それから屋根が、そして小屋全体が見えてきました。小屋の脇のベンチにはおじいさんが座ってパイプを吹かしていました。年とったモミの梢は小屋の上にたわみ、夕方の風にざわざわ音を立てていました。ハイジはもっと勢いよく走りだしました。そして、おじいさんがハイジの近寄ってくる姿をちゃんと見る前に、もうおじいさんに飛びついていました。かごを地面に投げ、おじいさんに抱きついて、再会した興奮で何も話せないまま、ただ「おじいさん！　おじいさん！　おじいさん！」と叫びました。

おじいさんも、何も言えませんでした。もう長いあいだ泣くことなどなかったのに、いまでは目に涙が浮かんできて、手でぬぐわなくてはなりませんでした。おじいさんは自分の首からハイジの手を外すと、ハイジを膝にのせ、ちょっとのあいだ眺めていました。「また帰ってきたんだな、ハイジ」とおじいさんは言いました。「どうなんだ？　うぬぼれ屋になったようには見えないな。あっちを追い出されたのか？」

「いいえ、おじいさん」ハイジは熱心に話し始めました。「そんなこと考えないでちょうだい。みんな、とても親切だったのよ。クララも、おばあさまも、ゼーゼマンさまも。でもね、おじいさん。わたし、おじいさんのところに帰りたくて、もう我慢ができなかったの。ときどき、息が詰まりそうな気がしたのよ。それくらい、胸が苦しかったの。でも、恩知らずになってしまうから、何も言わなかった。そしたらある朝、ゼーゼマンさまが早くからわたしをお呼びになって――でもそれは、お医者さまのおかげでもあると思うけど――ひょっとしたら、全部この手紙に書いてあるんじゃないかしら」ハイジはそう言っておじいさんの膝から地面に飛び降りると、手紙と巻紙に包んだものをかごから取り出して、おじいさんに手渡しました。

「これはおまえのものだ」とおじいさんは言って、巻紙の包みを自分の脇に置きました。それから手紙を手に取り、最後まで読みました。読み終わると、何も言わずに手紙をポケットに入れました。

「一緒にミルクを飲むかい、ハイジ？」ハイジと手をつないで小屋に入りながら、おじいさんは尋ねました。「だが、お金も一緒に持ってお入り。このお金でベッドが丸々一台買えるよ。二、三年分の洋服もだ」

「そんなの必要ないよ、おじいさん」とハイジは断言しました。「ベッドはもうあるし、洋服ならクララがたっぷりトランクに詰めてくれたから、それ以外はもう必要ない」

「お取り、そして棚に入れておくんだ。いつか必要になるかもしれないからね」

ハイジは言われたとおりにして、おじいさんのあとについて跳びはねながら小屋のなかに入りました。懐かしさで一杯になって、小屋の隅々まで跳んでいったり、はしごを上ったりしましたが、突然静かになり、とまどったように上から声をかけました。「あら、おじいさん、わたしのベッドがない」

「また作るさ」と、おじいさんの声が聞こえてきました。「おまえが帰ってくるとは思わなかったんだ。さあ、ミルクを飲みにおいで！」

ハイジははしごを下りて、以前座っていた背の高い椅子に腰掛けました。それから自分の鉢をつかむと、これまでこんなおいしいものを口に入れたことがないとでもいうように、ごくごくと飲みほしました。そして、大きく息をついて鉢をテーブルに置きながら、「こんなにおいしいミルクは世界中どこにもないわね、おじいさん」と言うのでした。

そのとき、鋭い口笛が聞こえました。ハイジは雷に打たれたように跳び上がると、ドアのところに走っていきました。外にはヤギの群れがいて、ぴょんぴょん跳びはねたり、高いところから飛び降りたりしていました。ペーターが真ん中に立っています。ペーターはハイジを目にすると、地面に根が生えたように立ち止まって、無言のままじっとハイジを見つめました。ハイジが呼びかけました。「こんばんは、ペーター！」ハイジはヤギの群れのなかに駆け込みました。「スワン！　クマ！　わたしのこと、覚えてる？」その声を聞いて、ヤギたちにもハイジがわかったようでした。ヤギたちはハイジに頭をこすりつけ、喜びのあまり熱心に鳴き始めました。ハイジは一匹一匹、名前で呼んでやりました。ヤギたちはごちゃごちゃに走り回り、みんなでハイジのところに押し寄せてきます。せっかちなヒワは、ハイジのそばに来ようとして高く跳び上がり、二匹のヤギの上を跳びこえてしまいました。おとなしいユキピョンまでが、かなり強情に角突きをして、大きなトルコを脇に押しのけました。トルコはユキピョンが図々(ずうずう)しい態度をとったのに驚いて立ち止まり、自分の方が強いことを示すために髭(ひげ)を空中に振り上げました。

遊び友だちだったヤギたちを目にして、ハイジはうれしさに我を忘れるほどでした。

小さくてかわいいユキピョンを何度も抱きしめ、駆け寄ってきたヒワをなでてやり、愛情と信頼たっぷりに集まってくるヤギたちに押されながら、だんだんペーターの近くまでやってきましたが、ペーターは相変わらずさっきと同じ場所に突っ立っていました。

「こっちに来てよ、ペーター、こんばんはって言ってちょうだいよ！」とハイジは呼びかけました。

「帰ってきたの？」ペーターは驚きながらも、ようやくしゃべることができました。それからハイジのそばに来て、ハイジがとっくに差し出していた手をとって握手しました。そして、「明日は一緒に来る？」と尋ねましたが、それは以前、夕方山から戻ってきたときに、いつも口にしていた質問でした。

「いいえ、明日はだめよ。でも明後日（あさって）だったら行けるかもしれない。明日は、おばあさんのところに行くの」

「帰ってきてくれてよかった」とペーターは言って、ものすごく満足していることを示す笑顔になりましたが、そのときには顔が上下左右に広がったように見えました。それからペーターは帰ろうとしましたが、きょうほどヤギたちに手こずったことはありませんでした。ヤギたちをなだめすかしてようやく自分の周りに集めたと思ったら、ハイジが片方の腕をスワンに、もう片方の腕をクマの首に回して遠ざかっていったので、ヤギたちも一斉にあと戻りして、ハイジとスワンとクマのあとを追いかけてしまったのです。ハイジは二匹のヤギと一緒にヤギ小屋に入り、ドアを閉めなければいけませんでした。

そうしなければ、ペーターはけっしてヤギの群れを連れて帰ることができなかったでしょう。ハイジが小屋に戻ると、おじいさんがまたハイジのベッドを作ってくれていました。しっかりとした高さがあり、いい匂いのするベッドです。ベッドに使ったのは、収穫して運び込んでからまだ間のない、新鮮な干し草でした。おじいさんはそのベッドの上に、清潔な麻布を丁寧に掛けておいてくれました。ハイジは大喜びで横になると、この一年間に一度もなかったほど、ぐっすりと眠ることができました。おじいさんは夜中に十回も自分の寝床を離れてはしごを上り、ハイジがちゃんと眠っているか、不安そうにしていないか、と心配そうに耳を澄ましました。そして、以前だったら月の光がハイジの寝床を照らしていたくぼみのところで、シーツに包まれた干し草がしっかりと形を保っているかどうかも確かめました。ハイジが夢遊病なので、月の光が入らないように窓をおおうことにしたのです。でも、ハイジはまったく目を覚まさずに眠り続けていて、起きてさまよったりすることはありませんでした。ずっと胸を焦がし続けた大きな願いが、いまこそ満たされていたのです。山々や岩が夕焼けに輝く風景も、ふたたび目にすることができました。モミの木のざわざわいう音も聞けました。ハイジはまた、アルムに戻ってきたのです。

第14章　日曜日、教会の鐘が鳴るとき

　ハイジは風に揺れるモミの木の下に立って、おじいさんを待っていました。一緒に出かけて、ハイジがペーターのおばあさんのところにいるあいだに、おじいさんはデルフリからハイジの旅行用トランクを取ってこようというのです。ハイジはおばあさんに会いたくて、うずうずしていました。パンがおいしかったかどうか、訊きたくてたまらなかったのです。でも、外に立っているのも退屈ではありませんでした。モミの木がざわざわいう懐かしい音は、いくら聞いても聞きあきなかったし、緑の草地や金色の花々の香りや輝きは、どんなに吸収しても足りないくらいだったからです。

　おじいさんが小屋から出てきました。おじいさんはあたりをぐるっと見回すと、満足そうな声で「じゃあ、出発しよう」と言いました。

　その日は土曜日で、おじいさんは土曜日にはいつも自分たちの小屋やヤギの小屋、そして小屋の周りも大掃除して、きちんと片付けるのでした。それがおじいさんの習慣で、きょうは午後ハイジと出かけられるように、朝の時間をその大掃除にあてたのです。いまでは小屋の周りがすっかりきれいになりましたから、おじいさんも満足でした。二人はヤギ飼いのペーターの小屋のところで別れました。ハイジは小屋に飛び込んでいきま

した。おばあさんはすぐにハイジの足音を聞きつけて、愛情たっぷりに呼びかけました。「ハイジ、来てくれたの？　また来てくれたんだね？」そうしてハイジの手をとり、しっかりと握りしめました。ハイジがふたたび遠くへ連れていかれるのではないかと、心配していたのです。それからおばあさんは、パンがどんなにおいしかったか、話さずにはいられませんでした。パンを食べてすっかり元気になったので、きょうはこれまで長いことなかったくらい、力が湧いてきている、と言うのでした。ペーターのお母さんは、「おばあさんはすぐにパンを食べ終わってしまうんじゃないかと心配して、昨日ときょうを合わせて一個しか食べようとしなかったのよ。でも、これから一週間続けて一個ずつパンを食べ続けるなら、きっともっと元気になるでしょう」と言いました。ハイジはブリギッテの言葉を注意深く聞いていましたが、そのあともしばらく考え込んでいました。そして、いい解決法を思いつきました。

「どうすればいいかわかった、おばあさん」とハイジははしゃぎながら、熱心に言いました。「わたし、クララに手紙を書く。そうしたら、きっともう一回、ここにあるのと同じくらいパンを送ってくれるわよ。二回送ってくれるかもしれない。だって、わたしはフランクフルトで、タンスのなかに、山ほど同じパンをためていたんですもの。そのパンが持っていかれちゃったとき、クララは、同じ数だけパンをくれる、と言ってたのよ。きっとそのとおりにしてくれるはず」

「あらあら」とブリギッテは言いました。「それはいい思いつきだけど、でも考えてもごらんよ、パンはかたくなってしまうんだよ。お金に余裕があればいいんだけどね。デルフリのパン屋さんだって、やわらかいパンを作ってはいるんだよ。でもうちは、黒パンを買うのでさえやっとなんだ」

するとハイジの顔が喜びでぱっと明るくなりました。「あら、それならわたし、とてもたくさんのお金があるのよ、おばあさん」ハイジは歓声をあげ、うれしくてぴょんぴょんと跳びはねました。「何にお金を使ったらいいか、わかった！　毎日、おばあさんは新しいパンを一個ずつ食べて、日曜日には二個食べてちょうだい。ペーターがデルフリからパンを持って上がってくればいいのよ」

「だめだよ、ハイジ、そんなこと！」と、おばあさんは断りました。「そんなことしちゃいけないよ。そんなことのためにお金をもらったわけじゃないんだから。お金はおじいさんに渡しなさい。そうしたら、何に使うべきか、ちゃんと言ってくれるだろうから」

しかし、ハイジははしゃぎ続けていて、おばあさんの抗議など聞こうとしませんでした。歓声をあげて部屋のなかを跳びまわり、何度もこう叫んでいたのです。「おばあさんは、毎日パンを食べて、元気になれるよ。ねえ、おばあさん！　すごく元気になったら、きっと目も見えるようになる。いま見えないのは、体が弱いからかもしれないでしょ」あらためて歓声をあげながら、ハイジは言うのでした。

おばあさんは黙り込んでしまいました。ハイジの喜びに水を差したくなかったのです。部屋のなかを跳びまわっているうちに、突然おばあさんの古い賛美歌集が、ハイジの目に留まりました。すると、ハイジの頭に、もう一つうれしい考えが浮かんできました。「おばあさん、わたし、いまでは上手に本が読めるのよ。おばあさんの古い本にのってる賛美歌の歌詞を読んであげましょうか？」

「ああ、そうしておくれ」おばあさんはびっくりしながらも喜んで言いました。「ほんとにできるのかい、ハイジ、字が読めるのかい？」

ハイジは椅子によじ登り、ぶあつい埃をかぶっている賛美歌集を下に下ろしました。その本は、もう長いこと誰にもさわられることなく、棚の上に置いてあったのです。ハイジは丁寧に埃を拭うと、おばあさんのそばで腰かけに座り、どこを読んだらいいか、尋ねました。

「どこでもいいんだよ、ハイジ、どこでもいいよ」おばあさんは期待をこめて耳を澄まし、紡ぎ車をほんの少し脇に押しやりました。

ハイジは本をぱらぱらとめくって、あちこちの行を小さな声で読んでみました。「太陽についての詩があるわよ、おばあさん。これを読んであげる」ハイジは朗読を始め、読んでいるうちにどんどん夢中になり、気持ちも高まってきました。

「黄金の太陽は、喜びと歓喜に満ち
　わたしたちの世界に
その輝きと一緒に

心をさわやかにする光を
届けてくれます。

うちひしがれていた
わたしの頭と手足は
ふたたび起こされ
わたしは元気に明るく
空に顔を向けます。

わたしの目は
神が創られたものを見ます。
ご自身の栄光のために、
ご自身の力がどれほど強く大きいかを、
わたしたちに教えるために。

信心深い人々は
神の国に入るでしょう、
もしも彼らが平安のうちに

移ろいやすい世の懐から
去っていくならば。

すべては過ぎ去るけれど
揺るがされることはなく、
神は立っておられます。
神のお考え、み言葉とみ心は、
永遠の基盤を持っています。

神の救いと恵みは
損なわれることがありません。
心をいやしてひどい苦痛を取り去り、
いまも、永遠にわたって、
健やかでいさせてくださいます。

悲惨な日々も十字架によって
終わりを告げます。
海がごうごうと鳴り

風が吹き荒れたあとには
待ち望んだ太陽が顔をのぞかせます。

満ち満ちた喜びと
魂の静けさを
天国の園において、
わたしは持つことができます。
わたしの思いはそこに向けられています」

おばあさんは両手を組んで静かに座っていました。そして、涙が頬を伝っていたのですが、顔にはこれまでハイジが見たこともないような、言葉にできないほどの喜びが浮かんでいました。ハイジが沈黙すると、おばあさんは熱心に頼みました。「ああ、ハイジ、もう一度読んでおくれ、『悲惨な日々も十字架によって／終わりを告げます』というところを、もう一度聞かせておくれ」

そこでハイジはもう一度読み始め、自分でも喜びと心からの願いを込めて朗読しました。

「悲惨な日々も十字架によって
終わりを告げます。
海がごうごうと鳴り
風が吹き荒れたあとには
待ち望んだ太陽が顔をのぞかせます。

満ち満ちた喜びと
魂の静けさを
天国の園において、
わたしは持つことができます。
わたしの思いはそこに向けられています」

「ああ、ハイジ、この言葉は心を明るくしてくれる。心の目を見えるようにしてくれるよ。なんていい気持ちにしてくれたんだろうね、ハイジ！」
おばあさんはいっぺんに、喜びの言葉を語り始めました。ハイジも幸せな気持ちになり、顔を輝かせながら、おばあさんをじっと見つめました。おばあさんがこんなに喜んでいるのを見るのは初めてだったからです。おばあさんはもう、いままでのような年とったわびしい顔ではなく、うれしそうに感謝しながら、美しい天国の園を新しく見える目であおぎ見るかのように、顔を上に向けていました。

窓をコツコツとたたく音がしました。ハイジが外を見ると、おじいさんが家に帰ろうと手招きしていました。ハイジはすぐにおじいさんに従いましたが、その前に、明日も来ることをおばあさんに約束するのを忘れませんでした。もしペーターと牧場に行くとしても、半日で戻ってくるつもりでした。おばあさんの心を明るくし、楽しそうにすることができるのなら、それは陽の当たる牧場で花やヤギたちと過ごす以上にうれしいことで、ハイジが知るかぎり、最大の喜びだったからです。ブリギッテが戸口までハイジを追いかけてきて、昨日置いていった上着と帽子を持っていきなさい、と渡してくれました。ハイジは上着を腕に抱えました。この上着を着たって、もうおじいさんもわたしを見違えたりしないだろう、と思ったからです。しかし、帽子の方は頑固に断りました。この帽子はペーターのお母さんに持っていてほしい、自分はもう二度とかぶらないから、と言うのでした。ハイジは自分が経験したことで胸がいっぱいになっていたので、すぐにおじいさんに、おばあさんのところでどんなにうれしいことが起こったかを話さずにはいられませんでした。お金があれば、デルフリでもおばあさんのために白パンを買えること。おばあさんが突然明るくなり、元気になったこと。そして、最後まで話し終わると、ハイジはまた始めに戻り、確信に満ちて言うのでした。「いいでしょ、おじいさん、もしおばあさんが受け取れないと言うなら、わたしにあの包んだお金をちょうだい。それでペーターに毎日お金をあげて、一日一個、日曜日には二個のパンが買えるようにるよ」

「でもベッドはどうするんだい、ハイジ？」おじいさんは言いました。「おまえにはちゃんとしたベッドが必要だよ。それに、ベッドを買ったって、まだパンはたくさん買えるよ」

しかしハイジはおじいさんにせがみ続け、フランクフルトの上等な布団のベッドよりも、いまの干し草のベッドの方がずっとよく眠れたと言い張りました。そして、ずっと頼み続けたので、おじいさんもしまいには「お金はおまえのものなんだから、好きなようにおし。おばあさんに何年ものあいだ、パンを買ってあげればいいよ」と言いました。

ハイジは歓声をあげました。「わあ、うれしい！　これでおばあさんはもう、かたい黒パンを食べなくていいのね、おじいさん！　一緒に暮らし始めてから、いまが一番すてきなことばかりよ！」ハイジはおじいさんと手をつないだままぴょんぴょん跳びはね、楽しげにさえずる空の鳥のように、空中に向かって喜びの声をあげました。ところが、急にまじめな顔になると、こう言ったのです。「もし神さまが、わたしが強くお願いしたことをすぐにかなえてくださっていたら、こんなにすてきなことは起こらなかった。わたしはただすぐに家に帰ってきただけで、おばあさんにも少ししかパンを持ってこられなかったし、本を読んで元気にしてあげることもできなかった。でも神さまはすべてをよく考えて、わたしが思っていたよりずっといい結果にしてくださったのね。おばあさまがおっしゃったとおり、すべてがそうなった。ああ、わたしがお願いしながら泣き悲しんでいたときに、神さまがすぐにそうしなかったのは、なんてよかったんでしょう！　でもこれからはわたし、おばあさまが言っていたとおりにお祈りして、いつも神さまに感謝するわ。そして、神さまがすぐにわたしの願いどおりにしてくれなくても、フランクフルトのときと同じなんだと考えるようにする。神さまは、人間よりもずっとよく考えていらっしゃるのよ。でも、お祈りは毎日するね、おじいさん。忘れないようにしようね。そうすれば神さまも、わたしたちのことを忘れないわよ」

「でも、もしお祈りを忘れたら？」と、おじいさんがつぶやきました。

「あら、そうしたら大変よ。だって神さまもその人のことを忘れて、好きなようにさせてしまうんですもの。もしその人に悪いことが起きて、泣き悲しむことになっても、誰も同情してくれない。それどころかみんなは、『あの人がまず神さまから離れてしまったのだ。だから、救うことができたはずの神さまも、あの人を好きなようにさせてしまったのだ』と言うでしょう」

「そのとおりだね、ハイジ。誰からそれを教わったんだい？」

「クララのおばあさまからよ。おばあさまが全部説明してくれたの」

おじいさんはしばらくのあいだ、黙って歩いていました。そして、考えにふけりながら、こんなひとりごとを言いました。「一度そうなってしまったら、そのままなんだ。誰も元に戻ることはできない。神さまに忘れられた者は、一生そのままなんだ」

「えっ、そんなことないよ、おじいさん。おばあさまからそのことも教わったのよ。わたしが持っている本に書いてある、すてきなお話みたいなことが起こるのよ。でもおじいさんはそのお話を知らないわよね。もうすぐ家に着くから、そしたらどんなにすてきなお話か教えてあげる」

ハイジは一生けんめいに、最後の坂を駆け上がっていきました。そして、上に着くが早いか、おじいさんの手を離して小屋に駆け込みました。おじいさんはハイジの旅行用トランクの中身を半分だけ詰めてきた背中のかごを下ろしました。トランクを全部いっぺんに山の上に運ぶのは、おじいさんには重すぎたのです。それからおじいさんは物思いにふけりつつ、ベンチに腰を下ろしました。ハイジが本を腕に抱えて、駆け寄ってきました。「あら、おじいさん、そこに座っててくれてちょうどよかった」ハイジはそう言っておじいさんのそばに来ると、もうあのお話の箇所を開いていました。ハイジはこれまでに何度もそのお話を読んだので、本も自然にその箇所で開くようになっていたのです。ハイジは思い入れたっぷりに、裕福な家の息子の物語を読み始めました。その息子はお父さんが所有する野原で立派な牛や羊たちに草を食べさせていました。きれいな上着を着て、羊飼いの杖にもたれながら牧草地に立ち、さし絵に描かれているとおり、お日さまが沈むのを眺めていればよかったのです。「でも突然、息子は財産の取り分を欲しがって、お父さんからお金をもらうと、独立しようとしました。そのまま出ていって、すべて使ってしまったのです。まったくお金がなくなったとき、息子はある農夫のところに行って、下働きをしました。その農夫のところでは息子の実家のような立派な家畜は持っておらず、ブタしかいませんでした。息子はそのブタを世話していましたが、服はぼろぼろで、食べものはブタが食べる残飯をちょっぴり分けてもらえるだけでした。そこで息子は、お父さんの家では自分はなんていい暮らしをしていたんだろう、お父さんがあんなにやさしかったのに、自分はなんて恩知らずなことをしてしまったのかと思い、後悔と家に帰りたいのとで泣いてしまいました。そして、息子は考えました。『お父さんのところに戻って、あやまろう。そして、もう息子と呼ばれる資格はないから、あなたのところで日雇いにしてください、と言おう！』でも、遠くからお父さんの家に向かって歩いていくと、お父さんがこちらに走ってくるのが見えました。ね、おじいさん、どう思う？」ハイジは朗読を中断して尋ねました。「お父さんはいまでも怒っていて、『ほらみろ、言ったとおりだろう！』って言うと思う？　どうなるか、聞いてちょうだい。──お父さんは息子を見て胸がいっぱいになり、駆け寄って首に抱きつくと、口づけしました。息子はお父さんに言いました。『お父さん、ぼくは天に対してもあなたに対しても罪を犯しました。もうあなたの息子と呼ばれる資格はありません』でもお父さんは、雇い人たちに向かって言いました。『一番いい服を持ってきて、この子に着せてやり、手には指輪をはめ、足には靴をはかせなさい。それから、一番太った子牛の肉で料理を作り、食事をして、大いに楽しもう。この子は死んでいたのに生き返り、失われていたのにまた見つかったのだから』そして、お祝いを始めました──どう、すてきなお話でしょ、おじいさん？」あいかわらず黙りこくって座っているおじいさんに、ハイジは尋ねました。おじいさんが一緒に喜んだり、驚いたりしてくれると思っていたのです。

「いや、ハイジ、いい話だよ」と、おじいさんは言いました。でも、おじいさんの顔がとてもまじめだったので、ハイジも静かになり、さし絵を眺めていました。ハイジはおじいさんの前に、そっと本を差し出しました。「見て、息子がどんなに幸せか」ハイジは故郷に戻った息子の絵を指さしました。息子は新しい服を着てお父さんの隣に立ち、ふたたび息子として家族の一員になったのです。数時間後、もうとっくにハイジが眠っているとき、おじいさんは小さなはしごを上っていきました。ランプの光が眠っているハイジの顔に当たるように、寝床の脇に置きました。ハイジは両手を組んで眠っていました。お祈りを忘れていなかったのです。バラ色の顔には平穏な気持ちと、神さまを信頼しきった幸せな表情が浮かんでいましたが、それがおじいさんの心に語りかけたに違いありません。というのも、おじいさんは長いことそこに立って身動きもせず、眠っているハイジから目をそらさなかったからです。いまではおじいさんも両手を組みました。そして、頭(こうべ)を垂れ、小さな声で次のように言いました。「父よ、わたしは天に対してもあなたに対しても罪を犯しました。もう、あなたの息子と呼ばれる資格はありません!」大きな涙がいくつか、おじいさんの頰を転がり落ちていきました。

それから間もなく、朝早いうちに、おじいさんは小屋の前に立ち、明るい目で周りを見まわしていました。日曜の朝で、陽の光がきらきら輝き、山や谷を照らしていました。

朝早い教会の鐘が、谷間から山の上まで響いてきました。モミの木では鳥たちが、朝の歌を歌っています。

おじいさんは小屋に戻りました。「おいで、ハイジ！」と、おじいさんは屋根裏に向かって呼びかけました。「お日さまが出ているよ！　晴れ着を着なさい。一緒に教会に行くよ！」

ハイジはぐずぐずしたりしませんでした。おじいさんがそんなことを呼びかけるのは初めてだったので、すぐに言うとおりにしました。ハイジはフランクフルトでもらったこざっぱりとした上着を身につけて、あっという間に下に下りてきましたが、おじいさんの様子に驚いて立ち止まり、おじいさんをじっと見つめました。「まあ、おじいさん、そんな恰好（かっこう）してるの、初めてだね」ハイジはようやく口を開きました。「銀色のボタンがついた上着も、これまで着たことがないでしょ。晴れ着を着ると、とってもすてきよ」

おじいさんは満足そうにハイジの方を見ると、言いました。「おまえもすてきだよ。さあ、おいで！」おじいさんはハイジの手をとって、一緒に山を下りていきました。いまではあらゆる方向から、鐘の音が聞こえてきました。二人が進んでいけばいくほど、音はどんどん大きく豊かになりました。ハイジはうっとりして鐘の音に耳を澄まし、言いました。「聞こえる、おじいさん？　まるで大きな大きなお祭りみたいね」

デルフリでは、もう村人全員が教会に集まっていて、おじいさんとハイジが入っていって一番うしろの席に腰を下ろしたときには、ちょうど賛美歌を歌い始めていました。

歌の最中に、近くに座っている人が隣の人を肘（ひじ）でつついて、「見たかい？　アルムのおじさんが教会に来ているよ！」と言いました。

肘でつつかれた人は次の人をつついていきました。あっという間に、あちこちからささやき声が聞こえました。「アルムのおじさんだ！　アルムのおじさんだ！」女の人たちは誰もが、ちらっと振り返らずにはいられませんでした。そのためにみんなが音程をちょっと外してしまい、賛美歌を導く人は歌をちゃんとまとめるのに大変苦労しました。でも、牧師さんが説教を始めると、みんなのそわそわした状態も終わりになりました。というのも、牧師さんの言葉にはとても温かい感謝や賛美がこめられていて、聞いている人はみんな感動し、全員が大きな喜びを与えられたような気持ちになったからです。礼拝が終わったとき、おじいさんはハイジと手をつないで教会の外に出ると、牧師館に向かって歩いていきました。おじいさんと同じく外に出て、立っていた人たちは、それを見送り、おじいさんが本当に牧師館に入るのかどうか見るために、あとについていく人もありました。おじいさんは実際に牧師館に入っていきました。村の人たちは集まって、ひどく興奮しながら、アルムのおじさんが教会に来たという、前代未聞のできごとについて話し合いました。そしてみんな緊張しながら、おじいさんがどんな様子で牧師館のドアから出てくるか、見つめていました。腹を立て、怒りながら出てくるか、牧師さんと一緒に仲良く出てくるか。というのも、みんなにはまだ、おじいさんがなぜ山を下りてきたのか、このことにどんな意味があるのか、わからなかったからです。しかし、すでに村の人たちも前とは違う気持ちになっていて、口々に「アルムのおじさんは、うわさほど悪い人じゃないのかもしれんぞ。あの子の手をどんなにやさしく握っていたかを見ればわかるよ」と言いました。それを聞いた相手の方も、「わしはいつも、そう言っていたじゃないか。それに、ものすごく悪い人間だとしたら、牧師さんをこわがって、わざわざ訪ねてはいかないだろう。うわさはずいぶん誇張されていたんだよ」と言うのでした。そして村のパン屋は、「おれが最初に言ったとおりだろう？　好きなだけ食べたり飲んだり、ぜいたくなことができる小さな子が、わざわざそこから離れておじいさんのところに戻ってきたんだ。もしおじいさんが悪い人で乱暴で、子どもをこわがらせるようだったら、そうはならないだろう？」そう話しているうちに、アルムのおじさんに対する親しみの気持ちが、みんなの心のなかでどんどん大きくなりました。いままでは女の人たちも近づいてきたのですが、その人たちはペーターのお母さんやおばあさんから、みんなのうわさとはまったく違うおじいさんの様子を聞かされていたのです。おじいさんがいい人だという話を、みんな急に信じるようになりました。そんなわけで、その場の雰囲気は次第に、これまで長いこと留守にしていた古い友人を歓迎するために待っているような感じに変わっていきました。

アルムのおじさんはそのあいだに、牧師さんの書斎のドアまで行き、ノックしていました。牧師さんがドアを開け、入ってきたおじいさんと向かい合いました。牧師さんは普通だったら驚いたかもしれないのですが、いまはそうではなく、おじいさんが来るのを予想していたみたいでした。おじいさんが珍しく教会に現れたことに、もちろん牧師さんも気づいていたのです。牧師さんはおじいさんとしっかり握手し、心をこめて何度もその手を揺すりました。おじいさんは黙ったままそこに立ち、何も言うことができずにいました。自分がそれほど歓迎されるとは思っていなかったのです。でもやがて気持ちを落ち着けると、こう言いました。「わたしが以前、アルムであなたに言った言葉を忘れていただきたくて、ここに来たのです。せっかくのご厚意から出た忠告に対して、わたしが反抗的だったことを、どうぞ恨まないでください。すべて、牧師さんがおっしゃったとおりでした。わたしが間違っていたのです。でも、いまは牧師さんの勧めに従って、冬のあいだ、デルフリに引っ越したいと思います。きびしい季節を山の上で過ごすのは子どもにもよくありませんし、大変すぎますからね。この村の人たちが、信用できない人間を見るように横目でわたしを見るとしても、それはわたしのせいです。それに、牧師さんはそんなことはなさらないでしょう」

　牧師さんの親切そうな目が、喜びで輝きました。牧師さんはもう一度おじいさんの手をとると、しっかりと握りしめ、感動しながら言いました。「お隣さん、あなたは山を下りてわたしの教会に来る前に、しっかりと神さまの声を聞いてこられたのですね。わたしはそれがうれしくてなりません！　あなたがまたデルフリにいらっしゃって、ここで生活されることは、きっといい結果をもたらすでしょう。わたしのところでは、あなたはもちろんいつでも親愛なる友人として、そして隣人として、大歓迎です。冬の夕べは、ぜひ一緒に楽しく過ごそうではありませんか。あなたがいてくださるのは、わたしにとって望んでいたとおりの、価値のあることとです。そしてこの子にも、わたしたちはいい友だちを見つけてあげたいと思います」そう言うと、牧師さんはハイジのもじゃもじゃの髪の毛の上にも、とてもやさしく手を置いてくれました。それからハイジの手をとって、おじいさんに先立って玄関へと案内すると、家の前でおじいさんに別れを告げました。周りに立っていた人たちはみんな、牧師さんがおじいさんの手を、なかなか別れることができない親友でもあるかのように、何度も何度も握手しながら揺すっているのを見ることができました。牧師さんが家のなかに入ってドアを閉めるが早いか、集まっていた人たちはみんなおじいさんの方に行き、誰もが一番に手を差し出そうとしました。歩いてくるおじいさんに向かって、たくさんの手が一度に伸ばされたので、おじいさんはどれを一番に握ったらいいのかわからないほどでした。一人がおじいさんに呼びかけました。「うれしいです！　うれしいです、おじさん、あなたがまたわたしたちのところに来てくれて！」別の一人が言いました。「ずっと前から、またぜひお話ししたいものだと思っていたんですよ、おじさん！」

そんな声が、あらゆる方向から聞こえてきました。そしておじいさんが、みんなの親切な歓迎に答えながら、「自分はデルフリの古い家に戻ってきて、昔なじみの人たちと冬を過ごそうと思っているんです」と話すと、みんなは大騒ぎをしました。それはまるで、アルムのおじさんがデルフリ中で一番の人気者で、誰もがおじさんがいないのを悲しく思っていたかのようでした。アルムに近い山の上の方まで、デルフリの人たちはおじいさんとハイジにくっついて上がってきました。別れぎわには誰もが、今度下に下りてくるときにはお宅に立ち寄る、という約束をおじいさんから取りつけようとしました。人々が山を下りて村に戻っていくとき、おじいさんは立ち止まって長いことそれを見送っていました。おじいさんの顔はとても温かく輝いていて、まるで体のなかから太陽が照らし出しているかのようでした。ハイジはおじいさんをじっと見上げて、うれしそうに言いました。「おじいさん、きょうはどんどんすてきになっていくね。これまでとはまるで違うよ」

「そうかい？」おじいさんはほほえみました。「そうだね、ハイジ、きょうは自分でもわからないけど、こんなことがあっていいのかと思うくらいにすばらしいことばかりなんだよ。神さまや人間と仲良くすることが、こんなにいい気分だなんて！　神さまはわたしによくしようとして、おまえをアルムに送ってくださったんだよ」

ヤギ飼いのペーターの小屋にさしかかると、おじいさんはすぐに扉を開けて入っていきました。「こんにちは、おばあさん」と、おじいさんは呼びかけました。「秋風が吹く前に、また小屋を修繕しなくちゃいけませんね」

「おやまあ、おじいさんじゃないですか！」おばあさんはうれしい驚きで、叫びました。「生きているうちに、こんな日が来るなんて！　あなたがしてくださったすべてのことに、お礼が言えますね、おじいさん！　ありがとう！　ありがとう！」

おばあさんは喜びに体を震わせながら、手を差し出しました。そして、声をかけられたおじいさんが心をこめて握手すると、おばあさんはその手をしっかり握りながら、こう言葉を続けました。「そして、一つお願いしたかったことがあるんですよ。もしわたしがあなたに何か悪いことをしたとしても、わたしが死んで教会の墓地に葬られるまでは、罰としてハイジを連れていってしまうことだけはやめてほしいんです。ああ、あの子がわたしにとってどんなに大切か、おじいさんにはわからないでしょう！」そう言うと、おばあさんはハイジをしっかりと抱き締めました。ハイジがすでに、おばあさんのそばにすり寄っていたからです。

「心配はいりませんよ、おばあさん」おじいさんはなだめました。「そんなことをして、あなたや自分に罰を与えるつもりはありません。神さまが許してくださるなら、これからもお互いの近くに住んで、末永くこうして暮らしましょう」

するとブリギッテがおじいさんをちょっと秘密めかして部屋の隅に連れていき、美しい羽根のついた帽子を見せながら、ハイジが帽子をくれようとしたこと、でもブリギッテの方ではもちろん、子どもからそんなものをもらうわけにはいかないということを話しました。

でも、おじいさんはひどく上機嫌で、ハイジの方を見やってから言いました。「この帽子はあの子のものです。そして、もしあの子がこれをもうかぶりたくないと言うのなら、それで結構。あの子があんたにこの帽子をあげるというのなら、ぜひ受け取ってください！」

ブリギッテは思ってもみなかったおじいさんの言葉に、たいそう喜びました。「これ、絶対に十フランはしますよ、ごらんなさい！」ブリギッテはそう言いながら、喜んで帽子を高く掲げました。「ハイジは何という恵みを、フランクフルトから持ち帰ってくれたのでしょう！　わたしはときおり、ペーターをしばらくフランクフルトにやった方がいいのではないかと思わずにはいられないんですよ。どう思いますか、おじいさん？」

おじいさんの目は愉快そうに輝きました。「フランクフルトに行かせるのも悪くないんじゃないかな」とおじいさんは言いました。「でも、いますぐじゃなくても、きっといいチャンスが来るよ」

ちょうど、話題の主のペーターが、小屋のなかに入ってきました。入る前にまず頭で扉にぶつかったので、扉全体がガタガタと音を立てました。よほどあわてているに違いありません。息を切らせ、ぜいぜいとのどを鳴らしながら、ペーターは黙って部屋のなかに立ち、一通の手紙を差し出しました。前代未聞のできごとが起こったのです。ハイジ宛てに、一通の手紙が届いたのでした。ペーターはそれを、デルフリの郵便局からあずかってきたのです。全員が何ごとかとわくわくして、テーブルの周りに座りました。ハイジは手紙を開けて、一度もつっかえることなく、大きな声で読みました。手紙はクララ・ゼーゼマンからでした。クララはハイジに、「ハイジが行ってしまってからお屋敷のなかはとても退屈になって、もうこれ以上我慢できないくらいです」と書いていました。「そこで長いことお父さまにお願いして、ハイジたちが住んでいるラガーツ温泉地方への旅行を今年の秋に計画してもらいました。おばあさまも一緒にいらっしゃる予定です。なぜなら、おばあさまもハイジやおじいさんをアルムに訪ねたがっているからです。おばあさまからハイジへの伝言ですが、ペーターのおばあさんにパンを持ってってあげたのは、とてもいいことだそうです。おばあさんが乾いたパンを食べなくてすむように、もうすぐコーヒーもそちらに届く予定です。もう発送はすませました。もしわたしがアルムに行ったら、ペーターのおばあさんのところに連れていってくださいね」

この知らせを聞いて、みんな喜んだり驚いたりしました。そして、全員が大きな期待で胸をふくらませてたくさんおしゃべりをしたので、おじいさんでさえ、いつのまにか遅い時間になったことにも気づかないくらいでした。これから来る日々を思うだけでもとても満足し、楽しい気持ちになっていたのですが、きょう一緒に過ごせたことはそれを上回るほどの喜びでした。それで、最後におばあさんがこう言いました。「一番すばらしいのは、古いお友だちが来てくれて、昔と同じようにわたしたちに手を差し出してくれることです。これは本当に心が慰められることで、わたしたちは大切なものをすべて、ふたたび見出すのです。またすぐに来てくれますよね、おじいさん？　そして、ハイジは明日も来るわね？」

そのことについては、別れの握手の際にしっかりと約束が交わされました。でも、もう帰る時間が来ていました。おじいさんはハイジと一緒にアルムへと登っていきました。

そして、今朝明るい鐘の音があちこちから聞こえ、人々を山のふもとへと招いたように、いまでは穏やかな夕べの鐘の音が、谷間から陽の当たるアルムの小屋まで聞こえていました。アルムの小屋は、日曜日にふさわしい晴れがましさで、夕日の輝きのなか、二人に向かって光っていました。

おばあさまが秋に来られるということは、ハイジにとってもペーターのおばあさんにとっても、まだたくさんの新しい喜びや驚きがあることを意味していました。それに、間もなくちゃんとしたベッドも干し草部屋にやってくるに違いありません。なぜなら、クララのおばあさまがいらっしゃる場所では、あらゆるものが内も外も、おばあさまの望みどおり、きちんとした状態になるはずなのですから。

第2部　ハイジは習ったことを役立てられる

第1章　旅行の準備

フランクフルトでは、ハイジが故郷に戻れるようにしてくださったあの親切なお医者さまが、ちょうどブライテ通りを通ってゼーゼマン家に向かっていました。よく晴れた九月の朝で、明るくて気持ちがよくて、きっと誰もがこのお天気を喜んでいるに違いない、と思える日でした。でもお医者さまは足もとの白い石に目を向けていたので、頭のうえの青空には気づきませんでした。顔にはこれまで見たことがないような悲しみが浮かんでいましたし、春のころに比べると、髪の毛もずっと白くなっていました。お医者さまには、妻が亡くなって以来、ずっと身を寄せ合って暮らしてきた一人娘がいて、そのことが喜びのすべてでもありました。ところが数か月前、この娘がまだ若い花のようなさかりで死んでしまったのです。前にはほとんどいつも楽しそうにしていたお医者さまでしたが、それからはもう、心から楽しそうな様子は見られませんでした。

呼び鈴を鳴らすと、ゼバスティアンが大急ぎで玄関のドアを開け、忠実な使用人にふさわしく、お客さまを出迎えました。お医者さまはこの家の主人のゼーゼマンさんと娘のクララの親友であっただけではなく、その親切な人柄で屋敷中の人に好かれていたからです。

「何も変わりはないかね、ゼバスティアン？」お医者さまはいつものように感じよく尋ねると、ゼバスティアンを従えて階段を上っていきました。ゼバスティアンはそのあいだにもいろいろとお医者さまへの尊敬の念を示していましたが、前を歩いていたお医者さまには、それは見えませんでした。

「来てくれて助かったよ、先生」入ってきたお医者さまに、ゼーゼマンさんが呼びかけました。「もう一度、スイス旅行のことをきちんと話し合わなくちゃ。クララの状態はずいぶんよくなったんだけれど、それでもきみの主張は変わらないのかどうか、訊きたかったんだ」

「なんて質問だ、ゼーゼマンくん」お医者さまは言いながら、友人のそばに腰を下ろしました。「ほんとうに、きみのお母さまがここにいらっしゃればよいのだが。お母さまならすぐにわかってくださって、正しい判断をしてくださるよ。でも、きみと話していると、いつまでたっても話が終わらない。きみがわたしを呼び出すのは三度目だが、わたしはまた同じことを説明しなくちゃならないんだ」

「ああ、きみの言うとおりだよ。きっとイライラさせているんだろうね。でもわかってほしいんだ、親愛なる先生」そう言って、ゼーゼマンさんは頼むように、友人の肩に手を置きました。「クララにあれほどはっきりとスイスに行かせると約束して、クララも何か月ものあいだ、昼も夜もそれを楽しみにしていたのに、いまになってあきらめさせるのは、とてもつらいんだ。最近の具合の悪かった時期も、もうすぐスイスに行って、友だちのハイジをアルムに訪ねられる、という希望を抱いて、辛抱強く乗り越えたんだ。それなのにぼくは、たくさんのことを我慢しているあのいい子に、長いあいだ抱いてきた希望を打ち砕くようなことを言わなくちゃいけない――そんなのほとんど無理だよ」

「でもゼーゼマンくん、それが必要なんだよ」と、お医者さまはきっぱり言いました。ゼーゼマンさんが黙りこくって、打ちひしがれたように座っていると、お医者さまはしばらくして、こう続けました。「どういう状態だか、よく考えてみたまえ。クララはこの夏、こんなに悪くなるのはほんとうに久しぶりだというほど、具合が悪かったんだ。大きな旅行をしたら、最悪の事態も覚悟しなければいけないよ。それに、もう九月になってしまった。山の上はまだいい天気かもしれないが、とても寒くなることもありえるよ。もう日は長くないし、山の上で夜を過ごすなんてクララには無理だ。だから、山の上にいられるのはせいぜい一、二時間だよ。山に登るのも椅子に座ったままで運んでもらうんだから、ラガーツ温泉から数時間はかかるだろう。はっきり言うよ、ゼーゼマンくん、旅行は無理なんだ！　でも、きみと一緒に行って、クララに説明するよ。あの子はしっかりした子だし、ぼくの計画を伝えたい。来年の五月に、まずラガーツに向かうんだ。アルムが充分暖かくなるまで、そこで長めの温泉療養をする。そうしたら、ときどき山の上に運んでもらえるだろう。いますぐ行くよりも、そうした方が、気分もさわやかに、体も強くなって、山行きを楽しめるだろう。きみにもわかるだろう、ゼーゼマンくん。きみの娘さんの状態について、少しでも希望を持ち続けたければ、きわめて慎重ないたわりと、ていねいな治療が必要なんだよ」

　するとそれまでじっと黙って、悲しそうな表情でおとなしく話を聞いていたゼーゼマンさんが、とつぜん立ち上がりました。「先生」とゼーゼマンさんは大声で言いました。「正直に言ってほしい。きみはほんとうに、クララの病状が改善するという希望を持っているんだね？」

　お医者さまは肩をすくめました。そして、「わずかな希望だがね」と、小声で言いました。「だが友よ、ちょっとわたしのことも考えてくれ。きみには、きみを求めてくれて、出先から戻ってくれば喜んでくれる子どもがいるじゃないか？　寒々とした家に帰って、一人で食卓に着く必要はないんだ。それにきみの子どもは、家で大切にされている。ほかの子が楽しんでいることをいろいろ我慢しなくてはいけないけれど、ほかの子よりもずいぶん恵まれたところもあるんだよ。いや、ゼーゼマンくん、きみたちはそんなに不平を言うべきじゃないよ。親子で一緒に過ごして、いい暮らしをしているんだから。わたしの寂しい家のことも考えてごらん！」

　立ち上がっていたゼーゼマンさんは、大またで部屋のなかを行ったり来たりしました。何かを集中して考えるときには、いつもこうして行ったり来たりするのです。そして、いきなり友人のお医者さまの前で立ち止まると、その肩をたたきました。

「先生、いい考えがある。きみがそんな様子なのを、見ていられないんだ。前とはすっかり変わってしまったじゃないか。何か少しやってみるべきだよ。どうだろう、きみに、ぼくたちの代表として旅に出て、ハイジをアルムに訪ねてほしいんだ」

お医者さまはこの提案にたいへん驚き、断ろうとしましたが、ゼーゼマンさんは断るすきを与えませんでした。自分の新しい思いつきに喜び、そのことで頭がいっぱいになったゼーゼマンさんは、友人の腕をつかむと娘の部屋に引っ張っていったのです。病気のクララにとって、心やさしいお医者さまが来てくださるのは、いつもうれしいことでした。お医者さまはこれまでずっと、たいへん親切にクララを治療してきましたし、往診のときには毎回、何か愉快だったり心が楽しくなったりするお話を聞かせてくれたのです。どうしていまではそんなお話ができなくなってしまったのか、その理由もクララは知っていました。そして、なんとかしてお医者さまにまた明るくなってほしいと思っていたのです。クララはすぐに、お医者さまに握手の手を差し出しました。お医者さまはクララのそばに腰を下ろしました。ゼーゼマンさんも、椅子をクララの方に引き寄せました。そしてクララの手を握りながら、スイス旅行のことを、ゼーゼマンさん自身もどんなに楽しみにしていたか、話し始めたのです。それが中止になってしまったという本題については、そっと触れただけでした。クララが泣き出すのをおそれていたからです。それから急いで、新しい旅行のアイデアに話を移し、親切なお友だちの先生にこの休暇旅行をしてもらえば、どんなに心身にいい効果があるかということを、クララにも気づかせました。

たしかに、クララがどんなにこらえようと努力しても、青い目のなかに涙は浮かんできました。パパは涙を見るのが嫌いだと、クララにはわかっていました。しかし、すべてが中止になるのもとても辛いことでした。夏のあいだじゅうずっと、ハイジのところに旅行に行けるという見通しが、クララにとってはただ一つの喜びであり、長い孤独な時間を耐えるときも、それが慰めだったのです。でも、クララはそこで言い返すような子ではありませんでした。パパが禁止するのは、それが悪い結果に導くもので、やってはいけないことだからだと、よくわかっていたのです。クララは涙を飲み込み、自分に残されたたった一つの希望に目を向けました。親切なお医者さまの手をとるとそれをなで、心からお願いしたのです。

「ああ、先生、そうです、ハイジのところに行ってください。そして、山の上がどんなだったか、ハイジやおじいさんやペーターやヤギたちが何をしていたか、戻ってきたら全部教えてください。わたしはみんなのことを、こんなによく知ってるんですもの！　それから、わたしがハイジにあげたいと思っているものを、全部持っていってくださいね。もう、いろいろ考えてあるんです。ペーターのおばあさんにも。お願いです、先生、ぜひ旅行に行ってください。先生がいらっしゃらないあいだも、処方された分だけ、きちんと肝油を飲みますから」

この約束の言葉が決め手となったのかどうかはわかりませんでしたが、どうやらそのようでした。先生はにっこり笑って、こう言ったのです。

「それなら旅に出なくてはいけないね。クララ、そうすればきみも、お父さんやわたしが願っているように、ふっくらと、しっかりした体になるだろう。いつ出発すればいいのかな？　もう決めたかい？」

「できることなら明日の朝早くにでも、先生」クララは答えました。

「そう、娘の言うとおり」と、ゼーゼマンさんも口を挟みました。「太陽は輝き、空は青い。ぐずぐずしてる暇はないよ。こんないい日をアルプスで楽しまないのはもったいないよ」

先生は少し笑わずにはいられませんでした。「そのうち、わたしがまだここにいることまで非難しだすんだろう、ゼーゼマンくん。それなら、そろそろおいとましなくちゃいかんな」

しかし、クララは立ち上がろうとする先生を押しとどめました。まだ、ハイジに伝えてほしいことがいろいろあったのです。それに、先生にどんなものを見て、あとで話してほしいのか、頼んでおきたいことが山ほどありました。ハイジに届けてほしい品物は、あとで先生のお宅に持っていくことになりました。ロッテンマイヤーさんに手伝ってもらって、きちんと包む必要があったからです。でもロッテンマイヤーさんはいま街中に散歩に行っているので、しばらくは帰ってこないのでした。

先生は、すべてをきちんと整えて、明日の朝早くではないにしても、数日中には旅行に出かけることを約束しました。そして、戻ったときにはクララの希望どおり、見たこと、体験したことを全部報告する、と言いました。

お屋敷に勤める使用人たちには、しばしば不思議な勘が働くものです。彼らはご主人がそれをきちんと伝える前にもう、お屋敷で何が起こっているのか気づくのです。ゼバスティアンとティネッテは、この勘がとりわけ鋭いに違いありません。というのも、お医者さまがゼバスティアンに伴われて階段を下りていったときには、ティネッテは呼び鈴を鳴らしているクララの部屋に入っていたからです。

「ティネッテ、わたしたちがコーヒーの時間にいただくような、焼きたてのやわらかいケーキをこの箱にいっぱい入れてきてちょうだい」クララはそう言うと、もうずっと前から準備されていた箱を指さしました。ティネッテは部屋の隅にあるその箱をつかむと、ばかにしたように片手にぶら下げながら、戸口で無愛想に、「やりがいのある仕事ですこと」と言いました。

ゼバスティアンは一階で、いつもどおり礼儀正しく玄関のドアを開けたときに、お辞儀をしながら言いました。

「先生、もしよろしければ小さなハイジお嬢さまに、ゼバスティアンからのごあいさつもお伝えいただけませんか」

「おや、これはこれは、ゼバスティアン」と先生は感じよく言いました。「わたしが旅に出ることを、もう知っているんだね？」

ゼバスティアンはちょっと咳払い（せきばら）いしました。

「わたしは……ええと、わたしにも、もうよくわかりませんが……ああ、いま思い出しました。たまたま食堂を通ったときに、ハイジお嬢さまのお名前が聞こえたのです。それから、あれこれ連想しまして……そんなわけでございます」

「なるほど、なるほど」と先生はほほえみました。「そして、いろいろと考えれば考えるほど、よく気づくようになるものだよ。さようなら、ゼバスティアン、きみからのあいさつは伝えておくよ」

さて、先生は開かれた玄関のドアからまっすぐ外に出て行こうとしましたが、障害物にぶつかりました。風が強かったので、ロッテンマイヤーさんはそれ以上散歩をつづけることができず、お屋敷に戻ってきたのです。そしてちょうど開いていたドアからなかに入ろうとしました。風がロッテンマイヤーさんの体を包んでいた二枚目のショールをものすごくふくらませたので、まるで船が帆を張ったみたいに見えました。先生は一瞬、うしろに下がりました。しかし、ロッテンマイヤーさんは以前から、先生に対しては特別の尊敬と好意を示していました。そこでロッテンマイヤーさんも、うやうやしく一歩下がり、しばらくのあいだ、この二人は思いやりあふれるしぐさで、互いに道をゆずり合っていました。ところがそこに突風が吹いてきて、帆を張ったロッテンマイヤーさんを先生に向かって吹き飛ばしました。先生はなんとかよけることができましたが、ロッテンマイヤーさんはかなり向こうまで飛ばされてしまったので、お屋敷の友人である先生に品良くあいさつするために、また玄関まで戻らなくてはなりませんでした。こんな乱暴な場面を演じてしまって、ロッテンマイヤーさんは少し不機嫌になっていましたが、先生は彼女のもやもやした気持ちをすぐに回復させて、穏やかな気分に変えてくれました。旅行の計画をロッテンマイヤーさんに伝え、非常に感じよく、「ハイジへの贈り物を包んでください。あなただけが包み方を心得ているのだから」と言いました。それから、別れのあいさつをして立ち去りました。

一方、クララは、ハイジにあげようと決めていた品物をすべて運び出す許可をもらおうとしても、ロッテンマイヤーさんがなかなか許してくれないのではないかと思っていました。でも、今回は予想が外れました。ロッテンマイヤーさんは珍しく上機嫌だったのです。大きな机の上にあるものを片づけると、クララが持ってきたものをそこに広げ、クララの目の前でプレゼントを包み始めました。それは、簡単な仕事ではありませんでした。というのも、持ってこられた品物はさまざまな形をしていたからです。まず、クララがハイジのために選んだ、小さくて厚手の、フード付きコートがありました。それがあれば、冬が来てもおじいさんの送り迎えに頼ったり、凍えないように袋にくるんでもらう必要はなく、好きなときにペーターのおばあさんを訪ねることができるでしょう。それから、おばあさんのためにも厚手の暖かいショールがありました。風がまた小屋の周りでひどく吹き荒れても、そのショールで体を包めば寒くありません。そして、ケーキの入った大きな箱。これもおばあさんのためのもので、コーヒーと一緒に、白パン以外のものも食べられるようにとのことでした。それに続いて、巨大なソーセージがありました。クララはもともと、それをペーターにあげようと思っていました。ペーターはチーズとパン以外には食べるものがなさそうだったからです。でも、いまクララの考えは変わりました。ペーターが喜びのあまりソーセージを全部いっぺんに食べてしまうのではないかと心配したのです。そのため、お母さんのブリギッテがこのソーセージを受け取って、自分とおばあさんの分を取り分けてから、ペーターの分を何回かに分けて与えてもらうことにしました。それからまだ一袋の煙草がありました。これは、夕方小屋の前に座ってパイプを吹かすのが大好きなおじいさんのためのものです。最後に、まだたくさんの秘密めいた袋や包み、小箱などがありました。これはクララが特にわくわくしながら集めた品物で、ハイジはそれを見てびっくりしたり、大喜びしたりするはずでした。ようやく包み終わり、堂々たる荷物がすぐにも旅立てるように床に置かれていました。ロッテンマイヤーさんは品物がきちんと包装されているかどうかを注意深く確かめながら、それらを見下ろしていました。クララの方は楽しげな期待に満ちたまなざしをそちらに向けていました。このものすごい包みが届いたときに、ハイジがびっくりしてぴょんぴょん跳ね、歓声をあげる様子が、目に浮かんでいたからです。

やがてゼバスティアンが部屋に入ってくると、すぐにお医者さまのお宅に配達できるように、勢いをつけてその荷物を肩に担いだのでした。

第2章　アルムへのお客さま

朝焼けが山々の上空を赤く染め、さわやかな朝の風がモミの木のあいだを通ってざわざわと音を立て、古い枝を力強く左右に揺さぶりました。その音に起こされて、ハイジは目を開けました。風の音はハイジの心の奥をいつもぎゅっとつかみ、家から引っ張り出して、モミの木の下に行かせるのでした。ハイジは寝床から飛び出し、身支度をする時間も惜しいくらいでした。でも、身支度は必要でした。いつも清潔できちんとした服装でいなくてはいけないことが、ハイジにはわかっていたのです。

はしごを下りてみると、おじいさんの寝床は空っぽだったので、ハイジは外に飛び出しました。おじいさんは扉の前に立ち、毎朝やっているように、空のあらゆる方角を見て、その日がどんな天気になりそうか、確認していました。

バラ色の雲が頭上を横切っていました。空はどんどん青くなり、向こうの方では黄金のような光が山々の上や草地を流れていきました。たったいま、太陽が高い岩山の上に昇ってきたのです。

「わあ、きれい！　わあ、きれい！　おはよう、おじいさん」ハイジはぴょんぴょん跳んでいきながら、大声で言いました。

「おや、もう目が覚めたのかな？」おじいさんは、朝のあいさつのためにハイジに手を差し出しながら答えました。

ハイジはすぐにモミの木の下に駆けていき、ごうごうと鳴る風の音に大喜びして揺れ動く枝の下を跳び回りました。そして、突風が吹いて木々の梢（こずえ）がざわざわと音を立てるたびに歓声をあげ、ほんの少し高く跳び上がりました。

そのあいだにおじいさんはヤギの小屋に行って、スワンとクマのお乳をしぼってきました。それから二匹が山に行けるようにきれいに体を洗ってやり、家の前の空き地に連れ出しました。ハイジは仲良しのヤギたちを目にすると駆け寄ってきて、二匹の首を抱き、やさしくあいさつしました。ヤギたちはうれしそうに、人なつっこくメーメーと鳴きました。スワンもクマもより多くの愛情を示そうとして、頭をどんどんハイジの肩に押しつけてきたので、ハイジは二匹のあいだでほとんど押しつぶされそうでした。でもハイジは少しもこわがらず、元気なクマが乱暴に頭でぐいぐい押してくると、「だめだよ、クマ、大きなトルコみたいに押したりしたら」と言いました。クマはたちまち頭を引いて、すっかりおとなしくなりました。スワンももう頭を上げて、上品な姿勢を取ったので、「こうすれば、わたしがトルコみたいに振る舞ってるなんて、誰にも言えないはず」と考えているのが、見てとれました。雪のように白いスワンは、茶色いクマよりもほんの少し上品だったからです。

やがて下の方から、ペーターの口笛が響いてきました。そして、すぐに愉快なヤギたちがみな、駆け上ってきました。すばしっこいヒワが高く跳びはねながら先頭を切っています。ハイジはたちまちヤギの群れに飲み込まれ、ヤギたちの激しいあいさつのせいで、あちこちに押されました。それからハイジ自身が、ヤギたちを少し押し返しました。ハイジのところに来ようとするたびに大きなヤギたちに追い払われてしまう、おとなしいユキピョンのところに行ってあげたかったのです。

そのときペーターが近づいてきて、最後におそろしい口笛を吹きました。これはヤギたちをおどして草地に向かわせるためで、ペーターはハイジに何か伝えるために、場所を確保したかったのです。ヤギたちは口笛を聞いて、ほんの少し跳び上がって散らばりました。そのおかげでペーターは前に進み、ハイジの前に立つことができました。

「きょうもまた一緒に来ていいんだぜ」と、ペーターはちょっと意地っぱりな調子で話しかけました。

「ううん、きょうは一緒に行けないよ、ペーター」とハイジは答えました。「フランクフルトの人たちが、いまにもやってくるかもしれないんだよ。そしたら家にいなくちゃ」

「それは何度も聞いたよ」ペーターはぶつぶつ言いました。

「でもそれはいまも続いていて、お客さんが来るまで続くのよ」ハイジは答えました。

「それとも、お客さんがフランクフルトからわざわざ来てくれるのに、うちにいなくてもいいと思う？　まさかそんなこと考えてないよね、ペーター？」

「おじいさんが家にいるじゃないか」ペーターは不満そうに言いました。

すると、小屋の方からおじいさんの大きな声が聞こえてきました。「どうしてヤギの軍隊は前に進まんのかな？　大将のせいか、ヤギのせいか？」

ペーターはすぐに回れ右をすると、小枝のムチを空中で振り回しました。ムチがうなる音を聞くと、よく心得ているヤギたちはいっせいに走り出し、ペーターもあとに続きました。そしてみんな一緒に、駆け足で山を登っていきました。

おじいさんのところに戻って以来、ハイジは以前なら考えもしなかったことに、いろいろと気がつくようになりました。そういうわけで、いまでは毎朝起きるといっしょうけんめいにベッドを整え、シーツがまっすぐになるまでなでて、しわを伸ばすのでした。それから小屋のなかを歩き回って、椅子をきちんと元の場所に戻し、あちこちに散らばっているものをかき集めて、戸棚のなかにしまい込みました。そして、ふきんを持ってくると椅子によじ登り、ぴかぴかになるまで長いこと机の上を拭いていました。小屋のなかに戻ってきたおじいさんは、機嫌よくあたりを見回して、こんなふうに言うのでした。「うちはいまでは毎日が日曜日のようにきれいだな。ハイジがよそへ行ったのも無駄ではなかった」

ハイジはきょうも、ペーターが山へ行ってしまい、おじいさんとの朝食が終わると、すぐに家事を始めましたが、仕事はなかなか終わりませんでした。今朝、外はとても美しくて、ハイジの仕事をじゃまするようなことが次々に起こりました。いま、開いた窓から日光が愉快そうに家のなかに差してきて、まるでこう叫んでいるようでした。「外においで、ハイジ、外においで！」

そうなるともうハイジは我慢できず、小屋の外に走り出ました。そこではキラキラと輝く日光が小屋全体を包み、すべての山々も、谷の奥に至るまで、光り輝いていました。斜面では地面が黄金色で、すっかり乾いているように見えたので、ハイジはちょっとその上に腰を下ろし、あたりを見回さずにはいられませんでした。それからふいに、三本脚の椅子がまだ小屋の真ん中に出されたままで、朝食のあと、机もまだ掃除していなかったことに気づきました。ハイジはすばやく立ち上がると、小屋に駆け込みました。しかし、そんなにたたないうちにもう、強い風がざわざわとモミの木のあいだを通り抜ける音が聞こえてきました。ハイジは手足がぞくぞくしてきて、またもや外に走り出し、頭上の枝があちこちに揺れて動いているあいだ、一緒になって少し跳びはねずにはいられませんでした。おじいさんはさしあたり、うしろの納屋でいろいろとしなければいけない仕事がありましたが、ときおり戸口に姿を見せては、ほほえみながら、ハイジが跳びはねるのを見守っていました。ちょうどまた仕事に戻ったとき、いきなりハイジが大声を出しました。

「おじいさん、おじいさん！　来て、来て！」

おじいさんはぎょっとして、ハイジに何かあったのかと急いで戸口に出て来ました。すると、ハイジが斜面に向かって大声で叫びながら走っているのが見えました。

「みんなが来た、みんなが来た！　そして、先頭にいるのは先生だ！」

ハイジは、なつかしいお医者さまに向かって駆けだしていきました。お医者さまは、あいさつの手を差し出しています。ハイジはそこにたどり着くと、差し出された腕をやさしく抱きしめました。そして、心から喜んで叫びました。

「こんにちは、先生！　それから、ほんとうにほんとうに、ありがとうございました！」

「こんにちは、ハイジ！　さて、何のお礼を言っているんだね？」お医者さまは、やさしくほほえみながら言いました。

「またおじいさんのところへ帰れたことのお礼です」ハイジは説明しました。

お医者さまの顔は、日光が当たったように明るくなりました。アルムへ来てこんなに歓迎されるなんて、思ってもみなかったのです。孤独を感じながら、考えにふけって山を登ってきたので、自分の周りの景色がどんなにきれいか、その景色が登れば登るほどどんどん美しくなっていくことにも、気づかなかったのです。フランクフルトではそんなに何度も会っていないし、ハイジは自分のことなどほとんど忘れているだろうと、お医者さまは思っていました。それに、自分は人々をがっかりさせるために来て、まともに相手にしてもらえない人間のような気がしていました。待ち望んでいた友人を連れてくることができなかったのですから。ところが、そんな失望の代わりに、ハイジの目は明るい喜びで輝いていました。ハイジは感謝と愛情を込めて、いまだにお医者さまの腕をつかんでいました。

父親のようなやさしさで、お医者さまはハイジの手をとりました。「おいで、ハイジ」お医者さまはとても感じよく言いました。「わたしをきみのおじいさんのところに連れていっておくれ。そして、きみがどんなところに住んでいるか、見せておくれ」

しかしハイジはまだ立ち止まっていて、不思議そうに山を見下ろしていました。

「クララとおばあさまはどこなの？」ハイジは尋ねました。

「そう、そこで、きみにとっては残念なことを伝えなくちゃいけないんだ。わたしも残念な気持ちだよ」とお医者さまは答えました。「ごらん、ハイジ、わたしは一人で来たんだ。クララは病気が悪化して、旅行するのはむずかしくなってしまったんだよ。だからおばあさまもいらっしゃらない。でも春とか夏になって暖かくなり、日が長くなったら、きっと二人とも来られるよ」

ハイジはすっかり途方に暮れて、そこに立っていました。ずっと楽しみに待っていたことが突然なくなってしまったなんて、理解できなかったのです。予想もしなかったニュースに混乱して、ハイジはしばらく立ち尽くしていました。お医者さまは黙って、ハイジの前に立っていました。あたりはとても静かです。ただずっと上の方で、風がモミの木のあいだをザワザワと通り抜けるのが聞こえました。そのときふいに、ハイジは自分がなぜここまで走ってきたのか、思い出しました。そして、お医者さまが来てくださったことも。ハイジはお医者さまを見上げました。ところが、ハイジを見下ろすお医者さまの目には、これまで見たこともないような悲しみが宿っています。お医者さまがフランクフルトにいたときには、こんな目をすることはなかったのです。ハイジはどきっとしました。誰かが悲しそうにしているのを黙って見ていることはできませんでした。しかも、それは自分の仲良しの先生なのです。きっと、クララとおばあさまが一緒に来られなかったので悲しんでいるのでしょう。ハイジは大急ぎで慰めの言葉を探しました。「あら、春なんてすぐにやってきます。そうしたらクララやおばあさまもきっと来られるでしょう」ハイジは先生を慰めました。「ここではすぐに春が来るの。それに、春に来た方がずっと長く泊まっていけるわ。クララだってきっとその方が気に入るでしょう。さあ、一緒におじいさんのところに登っていきましょう」

大好きなお医者さまと手をつないで、ハイジは小屋に向かって登っていきました。ハイジは先生のことが気がかりだったので、あらためて先生を慰めようと、アルムでは長くて暖かい夏の日が来るまで、そんなに時間はかからないし、気がつかないうちにまた夏になるだろう、とくりかえしました。そう言いながら、ハイジ自身がその慰めの言葉に納得して、おじいさんの小屋に着いたときには、楽しそうにこう叫びました。

「クララたちはまだ来ないけど、やってくるまでに長くはかからないよ」

おじいさんにとって、お医者さまは見知らぬ人ではありませんでした。ハイジが何度もお医者さまの話をしていたからです。おじいさんはお客さんに手を差し出し、心からの歓迎を伝えました。それから二人の男性は小屋の脇のベンチに座り、ハイジも座れるように場所を空けました。お医者さまがハイジにやさしく合図をして、隣に座らせると、話し始めました。ゼーゼマンさんに励まされて、スイスへの旅に出たこと。そして、長いこと気分がふさいで元気がなくなっていたので、自分でも旅行した方がいいと思ったこと。それからお医者さまはハイジの耳元で、もうすぐ別のものが山を登ってくるよ、フランクフルトから一緒に運んできたもので、年寄りの医者よりもずっとハイジを喜ばせるものだよ、と伝えました。ハイジは大いに興味を示して、それが何なのか、見るのを楽しみにしました。

おじいさんはお医者さまに、小屋にお泊めする場所はないので山の上にずっと滞在するよう招待することはできないけれど、美しい秋の日々をアルムで過ごせるように、少なくとも天気のいい日には毎日山にいらしてください、と強く勧めました。そして、ラガーツ温泉まで戻るのではなく、デルフリ村の宿屋に質素だけれどきちんとした部屋が見つかるだろうから、そこに宿泊するよう助言しました。そうすれば毎朝アルムまで登ってこられるし、健康にもいい、というのがおじいさんの意見でした。そうすれば、さまざまな場所に案内できるし、山の上の方にも行けるから、お医者さまにはきっと気に入るでしょう、というのです。お医者さまはこの提案がとても気に入って、すべて実行に移すことが決まりました。

そのあいだに、太陽はもう昼の高さまでやってきました。風はもうとっくにやんで、モミの木も静かになっています。山の上の空気はまだ穏やかで心地よく、太陽に照らされたベンチの周りにはさわやかな冷気が漂っていました。

アルムのおじいさんは立ち上がり、小屋のなかに入っていきました。でもすぐに出てくると、机を外に持ち出して、ベンチの前に置きました。

「さあ、ハイジ、食事に必要なものを持っておいで」おじいさんは言いました。

「お医者さまには我慢していただかなくてはね。うちの台所は粗末だが、食堂はみごとなものだ」

「そう思いますよ」日の光に照らされた谷を見下ろしながら、お医者さまは言いました。

「喜んでご招待をお受けします。ここなら食事もおいしいでしょうからね」

ハイジはイタチのように行ったり来たりして、戸棚のなかにあったものを運んできました。お医者さまに食事をお出しできるのは、ものすごくうれしいことだったのです。

おじいさんがそのあいだに食事を用意して、湯気の立つミルクの鉢と、金色に輝く焼きチーズを持ってきました。それから、山の上のきれいな空気で乾燥させたバラ色の肉を、きれいに薄く切りました。お医者さまにとってこの昼食は、この一年で一度もなかったほど、おいしいものでした。

「ええ、ほんとにクララはここに来るべきですね」とお医者さまは言いました。「そうすれば新しい力がわいてくるでしょう。それに、わたしがきょういただいたような食事をしばらく続けたら、これまでなかったほど、ふっくらしてしっかりした体になりますよ」

そのとき、ふもとの方から上がって来た人がいました。背中に大きな荷物を担いでいます。小屋にたどり着くと、荷物を地面に投げ出し、新鮮なアルムの空気を大きく何度か吸い込みました。

「ああ、わたしと一緒にフランクフルトから旅してきた荷物が届いたね」お医者さまが立ち上がりながら言いました。そして、ハイジの手を引きながら荷物のところまで行くと、紐をほどき始めました。最初の重い包み紙を取り除くと、お医者さまは言いました。

「さあ、ハイジ、続きをやって、自分で宝物を取り出してごらん！」

ハイジは言われたとおりにしました。すべての品物が現れると、ハイジは驚いて大きく見開いた目で、それらを眺めました。お医者さまがまた近寄ってきて大きな箱のふたを持ち上げ、ハイジに示しながら、「おばあさんがコーヒーと一緒に食べるようにもらったものを見てごらん！」と言うと、ハイジはようやく喜びの声をあげました。「わあ！　わあ！　おばあさん、すてきなケーキを食べられるのね！」そうしてぴょんぴょんと箱の周りを跳びはねると、すぐに荷物をまとめておばあさんのところに走っていきそうになりました。でもおじいさんが、夕方になったらお医者さまを送っていくから、そのときにおばあさんへのみやげを持っていこう、と言いました。ハイジはきれいな袋に入った煙草を見つけて、急いでそれをおじいさんに持っていきました。おじいさんは大変喜んで、すぐにパイプに煙草を詰めました。ハイジがあっちへこっちへと、宝物から宝物へ飛び回っているあいだ、二人の男性はベンチに座って雲のような煙を吐き出しながら、いろんな話をしていました。そのときハイジはふいにまたベンチに戻ってきて、お客さまの前に立ち、二人の話が途切れたときに、きっぱりと言いました。

「だけど、おみやげより、なつかしい先生に会えたのが一番うれしかった」

二人の男性はちょっと笑わずにはいられませんでした。そしてお医者さまは、「そう言ってもらえるとは思わなかったな」と答えました。

太陽が山々のうしろに沈もうとするとき、お客さまはデルフリに戻って宿をとろうと立ち上がりました。おじいさんはケーキが入った箱と、大きなソーセージとショールを腕に抱え、お医者さまはハイジと手をつなぎました。そうやって三人は山を下りていき、ヤギ飼いペーターの小屋までできました。おじいさんはお客さまをデルフリまで送っていくつもりだったので、ハイジはペーターのおばあさんのところで、おじいさんが迎えに来るまで待つことになりました。お医者さまと別れの握手をしながら、ハイジは「明日、ヤギたちと一緒に草地に登ってみますか？」と尋ねました。それが、ハイジが知っている一番楽しいことだったからです。

「そうしよう、ハイジ」とお医者さまは答えました。「一緒に行こう」

男の人たちは道を下っていきました。ハイジはおばあさんの小屋に入りました。まず、ケーキの入った箱を苦労して運びました。それからソーセージを運ぶために、また外に出なければなりませんでした。おじいさんは荷物を全部、扉の外に置いていったからです。ハイジはさらにもう一度、ショールを取るために外に行きました。すべての品物を、それが何なのか触ってわかるように、できるだけおばあさんのそばに持っていきました。ショールはおばあさんの膝の上に置きました。

「これはみんな、フランクフルトから来たものよ。クララとおばあさまからなの」ひどく驚いているおばあさんと、不思議がっているブリギッテに、ハイジは説明しました。ブリギッテはびっくりしすぎて手足がかたまってしまい、ハイジが苦労して重い品物を運び込み、目の前に広げて見せてくれても、突っ立って眺めているのがやっとでした。

「ほら、おばあさん、ケーキをもらって、きっとうれしいんじゃない？　どんなにやわらかいか、触ってみて！」ハイジはくりかえし、大きな声で言いました。おばあさんも、

「そう、そう、たしかに。ハイジ、なんていい人たちなんだろうね！」と、うけあいました。それから暖かくてやわらかなショールをなでると、「これは寒い冬にぴったりの、すばらしいものだね！　とても立派な品物だよ。こんなものが生きているあいだにもらえるなんて、思いもしなかったよ」と言いました。

ハイジは、おばあさんがケーキよりも灰色のショールの方を喜んだので、たいへん驚きました。ブリギッテの方はあいかわらず机の上に置かれたソーセージの前に立って、うやうやしいといえるほどの態度で、それを見つめていました。生まれてこの方、こんなに大きなソーセージは見たこともなかったのです。それが自分のものになり、切ることさえできるなんて、信じられないような気持ちでした。ブリギッテは首を横に振り、おずおずと言いました。「これがどういうことだか、おじいさんに訊(き)いてみなくちゃね」

でもハイジは、何の疑いもなく言いました。

「これは食べるもので、ほかの使い道なんてないよ」

そのとき、ペーターが駆け込んできました。「アルムのおじさんがあとから来るけど、

ハイジに――」でもペーターは、それ以上話せませんでした。ソーセージが置いてある机に目が向いて、その光景に圧倒され、一言もしゃべれなくなってしまったのです。しかしハイジには、ペーターの言いたいことがわかり、急いでおばあさんに別れのあいさつをしました。おじいさんはいまでは小屋を素通りすることはなく、ちょっと立ち寄ってはあいさつしていました。そのたびに、おばあさんが元気になるような言葉をかけてくれたので、おじいさんの足音が聞こえると、おばあさんはいつも喜んでいました。でもきょうは、毎朝夜明けとともに起きているハイジにとっては、もう遅い時間でした。おじいさんは、「ハイジはもう寝なくちゃいかん」と言い、その意見は変わりませんでした。そこで、開いた扉越しにおばあさんに「おやすみ」と呼びかけ、外に飛び出してきたハイジの手をとって、ちらちらと星がまたたく方向にある、自分たちの平和な小屋に向かって歩いていきました。

第3章　恩返し

翌朝早く、お医者さまはペーターやヤギたちに伴われて、デルフリ村から山に登ってきました。親切なお医者さまはヤギ飼いのペーターと会話をしようと何度か試みましたが、うまくいきませんでした。会話のきっかけを作るような質問をしても、ペーターはあいまいに、「ああ」とか「うん」とか言うだけだったからです。ペーターに話をさせるのは、簡単なことではありませんでした。そんなわけで、二人は押し黙ってアルムの小屋までやってきましたが、そこではもうハイジがスワンとクマを従えて待っていました。ハイジもヤギたちも、山の上にあふれる朝の光のように、元気で楽しそうです。

「一緒に来る？」ペーターが尋ねました。質問なのか、あるいは要求なのか、いずれにしてもペーターは毎日そのことを尋ねていました。

「うん、もちろん。先生が一緒にいらっしゃるなら」ハイジは答えました。

ペーターはお医者さまを、少し脇の方から見つめました。

そのときおじいさんも、袋に入れたお弁当を手にやってきました。まず最初にお医者さまに尊敬を込めてあいさつし、それからペーターに近づくと、彼の首に袋をかけました。

おじいさんがバラ色の干し肉をたっぷり入れたので、袋はいつもより重くなっていました。おじいさんは、ひょっとしたら牧草地が気に入って、お医者さまも子どもたちと一緒に上で昼食を食べるかもしれない、と思ったのです。ペーターは、お弁当の中身が特別なものに違いないと気づいて、左右の耳まで届くくらいに口を広げてほほえみました。

それから、三人は山を登り始めました。ハイジはヤギたちに取り囲まれていました。どのヤギも、真っ先にハイジのそばに行こうとして、ほかのヤギを少しずつ脇に押しのけていました。そんなふうに、しばらくのあいだハイジは群れの真ん中で、一緒に押されていきました。でも、ハイジはそれから立ち止まり、注意するように言いました。

「さあ、あんたたちは、おとなしく先に進んでね。そして、しょっちゅう戻ってきてわたしを押したりしないで。わたしはちょっと、先生と歩くから」それからいつも一番近くにいるユキピョンの背中をやさしくたたくと、あらためて、言うことをきくように促しました。群れのなかから抜け出したハイジはお医者さまの隣にやってきましたが、そうするとお医者さまはすぐ、ハイジの手をとって握りしめました。ペーターとのように、苦労して会話を始めようとする必要はありませんでした。ハイジはすぐに自分から話し始め、ヤギたちのこと、彼らの奇妙な行動、山の上の花、岩山、鳥たちのことなどを次々話したので、気づかないうちに時間が過ぎて、いつのまにか牧草地に到着しました。ペーターは登っていくあいだに何度も、お医者さまを脇から変な目で眺めていて、もしお医者さまがそれに気づいたらぞっとするところでしたが、幸いなことにお医者さまがそっちを見ることはありませんでした。

山の上にやってくると、ハイジはお医者さまを、自分がいつも行く美しい場所に案内しました。そこで地面に座ってあたりの景色を見るのが、一番のお気に入りだったのです。ハイジはいつものようにそこで腰を下ろし、お医者さまもすぐに、日当たりのよい牧草地の地面で、ハイジの隣に座りました。あたりは一面、山の上も遠くの緑の谷も、秋の日の黄金の光に輝いていました。下の方の牧草地からも、あちこちで牛の鈴の音が聞こえてきました。それは可愛らしく心地よい音で、あたり全体に平和を告げ知らせているかのようでした。向こうの山に残る大きな雪原では、キラキラと黄金の日光が光っていましたし、灰色のファルクニス山は昔ながらの荘厳さで、突き出した岩壁を紺色の空に向かって高く持ち上げていました。草原の上には気持ちのいい朝風が静かに吹いていて、夏にはたくさん咲いていたつりがね草の、最後に残ったいくつかの青い花を、やさしくそよがせていました。それらの花は、暖かい日の光のなかで、気持ちよさそうに頭を揺らしています。頭上では、肉食の大きな鳥がゆったりとカーブを描いて飛び回っていました。きょうは鳴き声はあげず、翼を広げて穏やかに、青い空のなかを泳ぐように飛びながら満足していました。ハイジはあちこちを眺めていました。愉快そうにうなずく花、青い空、楽しげな日の光、満足そうに空を飛ぶ鳥。すべてがほんとうに、ほんとうにきれいでした！　ハイジの目は喜びで輝きました。お友だちであるお医者さまもこの美しいものをちゃんと見てくれているか、ハイジは目をやりました。お医者さまはこのときまで、静かに考えこみながら周りを見ていたのです。ハイジの喜びで輝く目に出合うと、お医者さまは言いました。

「ああ、ハイジ、ここはとてもきれいに違いないね。でも、どう思う？　もし悲しい心を持った人がここにいたら、この美しさを喜ぶために、どんなことをしたらいいのかな？」

「あら、あら！」とハイジは楽しそうに声をあげました。「ここでは悲しい心になることなんてありません。そんなのはフランクフルトだけよ」

お医者さまはちょっぴりほほえみましたが、そのほほえみはすぐに消えてしまいました。お医者さまはまた言いました。「もし誰かがここにいて、すべての悲しみをフランクフルトから持ってきているとしたら。ハイジ、その人を明るくさせる方法を何か知ってるかい？」

「どうしていいかわからないときは、親愛なる神さまにお話しするんです」ハイジは自信たっぷりに言いました。

「うん、それはいい考え方だね、ハイジ」お医者さまは言いました。「でも、悲しくてみじめになるようなことが、自分自身から来てるとしたら、神さまにはなんて言うんだろうね？」

ハイジは、そうなったらどうすればいいのか、考えずにはいられませんでした。でも、どんなに悲しくても神さまに助けてもらえるということについては、心からの自信がありました。ハイジは自分の体験のなかに、答えを探し求めました。

「そうしたら、待つんです」しばらくしてから、ハイジは確信を持って言いました。「そして、考えるんです。神さまはいますでに、何か別の楽しいことが起こるのを知っておられます。いまはただ、ほんの少し静かにして、逃げ出さないことだって。そうすれば、ふいにすべてが見えてきて、神さまがずっといい計画をお持ちだったのだ、とわかるときが来るんです。でも、そのときが来るまではまだわからなくて、とても悲しいことばかり目につくので、ずっとこのままだと思ってしまうんです」

「それはすばらしい信仰だね、ハイジ。ずっとそれを持ち続けるべきだよ」お医者さまは言いました。そして、しばらくのあいだ黙って、向こうの方にある巨大な岩山と、日の光に照らされた緑の谷を見ていましたが、やがてまた口を開きました。

「いいかい、ハイジ。目の上に大きな影がかかっている人が、ここにいるとしよう。その人は、影のせいで周りの美しいものがぜんぜん見えないんだ。そうしたら、その人は悲しくなるんじゃないかな。周りが美しいから、よけいに悲しいんだ。わかるかい？」

ハイジの明るい心に、さっと痛みが差し込んできました。目の上の大きな影という言葉は、もうけっして明るい太陽やここの美しい景色を見ることのできないペーターのおばあさんのことを思い起こさせました。そのことを意識するたびに、ハイジの心には新たな苦しみがわき起こってくるのです。ハイジはしばらく黙り込みました。喜びのさなかに、そんな心の痛みが襲ってきたのです。でもそれから、ハイジはまじめな顔で言いました。

「ええ、わかります。でも、いい方法があるわ。そういうときには、おばあさんの賛美歌の歌詞を言ってみるの。そうすれば、また少し明るい気持ちになれるし、ときには心から楽しくなれる。おばあさんが、そう言ってました」

「どの賛美歌だい、ハイジ？」お医者さまは尋ねました。

「わたしが暗唱できるのは、おばあさんが気に入っている太陽の歌と、美しい庭の歌、それからもう一つの長い詩です。いつもそれを三回読まなくちゃいけないの」ハイジは答えました。

「じゃあ、その詩を暗唱しておくれ。わたしも聞いてみたいから」お医者さまはしっかりと耳を傾けるために、きちんと座り直しました。

ハイジは両手を組み、ほんの少し考えていました。

「おばあさんがいつも、未来への確信がわいてくる、って言ってる詩を暗唱しましょうか？」

お医者さまは、そうだね、と言うようにうなずきました。

ハイジは暗唱を始めました。

「神さまにゆだねましょう。

神さまは賢い君主、
あなたを驚かせるような
こともなさるでしょう。
神さまにふさわしく
不思議な方法でみわざを行い、
あなたを悩ませることも
あるでしょう。

神さまはしばらくのあいだ
あなたに慰めをお与えにならず、
ご自分の責任を果たされ、
まるでご自分の意識のなかで
あなたを見捨ててしまわれたかのように、
まるであなたがいつまでも
不安と苦難のうちにただよわなくてはいけないかのように、
あなたなど気にしておられないかのようにふるまわれます。

しかし、あなたが神さまを信頼することを

やめないでいるなら、
思ってもみなかったときに
あなたを持ち上げ、
あなたの心を重荷から
救ってくださいます。
その重荷は、あなたが落ち度のないままに
背負ってきたものなのです」

ハイジは突然、暗唱をやめました。お医者さまがまだ聞いているかどうか、わからなかったからです。お医者さまは片手で目をおおい、じっと座っていました。ひょっとしたら眠ってしまったかもしれない、とハイジは思いました。お医者さまが目を覚ましてもっと聞きたいというなら、この先も暗唱しよう。いまはすっかり静かでした。お医者さまは何も言いませんでしたが、眠ってはいませんでした。そうではなく、もう長いこと忘れていた時代に引き戻されていました。自分は小さな少年で、愛するおかあさんが座っているソファの横に立っていました。おかあさんは彼の首に腕を回して、ちょうどいまハイジが聞かせてくれた詩、彼がその後長いこと忘れていた詩を暗唱したのでした。いま、またおかあさんの声が聞こえてきて、そのやさしい目が愛情たっぷりに自分に注がれているのを見ました。詩の暗唱が終わると、その親切な声がまだ別の言葉を言うのが聞こえてきました。彼はその言葉を聞きたくて、頭のなかでずっとそれを追っていました。そうやって長い時間、手を顔に押し当て、黙ってじっと座っていたのです。ようやく体を起こしたとき、ハイジが不思議そうに自分を見つめているのに気づきました。お医者さまはハイジの手をとりました。

「ハイジ、きみが暗唱した詩はすばらしかったよ」お医者さまは言いました。その声は、これまでよりも明るく響きました。「またこの場所に来たら、もう一度暗唱してくれるね」

そのあいだに、ペーターには自分の怒りを発散させるための仕事がたっぷりありました。ハイジは何日間も、いっしょに牧草地に来なかったのです。そして、ようやくまた来てくれたと思ったら、あの老人がずっとハイジの隣にいて、ペーターはハイジに近づくことができませんでした。ペーターはそのせいで、すっかり不機嫌になっていました。少し離れたところで、何も気づかないお客さんのうしろに立ち、見えないように、大きなげんこつを作っておどすみたいに振り回しました。しばらくすると両手をげんこつにして、ハイジがお客さんと座っている時間が長くなればなるほど、恐ろしくげんこつをかためてはますます高く、お客さんの背中のうしろで空中に突き上げました。

やがて太陽が、いつもお昼を食べるときの位置までやってきました。ペーターはその位置を正確に知っていました。そしていきなり、全力で二人に向かって叫びました。

「弁当を食べなくちゃ！」

ハイジは立ち上がり、袋を取ってこようとしました。お医者さまがいま座っていらっしゃる場所でお昼ごはんを食べられるように、と思ったのです。でもお医者さまは、お腹は空いていないからヤギの乳を一杯だけ飲ませてほしい、それからちょっと牧草地を歩き回って少し山登りをするから、と言いました。するとハイジもお腹が空いていないことに気がついて、自分もヤギのお乳だけ飲むことにし、そのあとでお医者さまを上の方のコケでおおわれた大きな石までご案内する、と言いました。そこは以前、ヒワが落っこちそうになったところで、風味のよい薬草が育つ場所です。ハイジはペーターのところに走っていくと、そのことを伝えました。まず鉢に一杯の乳をお医者さまのためにスワンからしぼってほしい、それからもう一杯、ハイジのためにも、と頼んだのです。ペーターはしばらくのあいだ、ひどく驚いてハイジを眺め、それから尋ねました。

「じゃ、誰が袋の中身を食べるんだい？」

「あんたが食べていいのよ。でもまずは、急いでお乳をちょうだい」というのが、ハイジの答えでした。

これまでの人生で、ペーターがこのときの乳しぼりほど、すばやく行動したことはありませんでした。目の前に袋が浮かんでいて、どんなお弁当なのか、何が入っているのか、ほんとうに自分のものなのかが、わからなかったからです。二人が向こうでゆっくりとヤギの乳を飲んでいるあいだに、ペーターは袋を開けてなかを覗いてみました。すばらしい肉の塊を目にすると、ペーターは喜びのあまり全身を震わせました。そして、それがほんとうかどうか確かめるために、もう一度なかを覗き込みました。それから、待ち望んでいた贈りものを食べるために、袋のなかに手を突っ込みました。でもペーターは突然、お弁当をつかんではいけないとでもいうように、また手を引っ込めたのです。あの紳士のうしろに立って、背中にげんこつを突きつけていたことを思い出したのでした。その同じ相手が、ペーターにすばらしいお弁当を、丸ごとくれたのです。ペーターは自分のやったことを後悔しました。あんなことをしたおかげで、すてきな贈りものを取り出して食べるのがためらわれたのです。ペーターはいきなり跳び上がると、自分が立っていた場所に走っていきました。そして、もうげんこつは作っていないという証拠に、両手を広げて挙げました。そうやってしばらくそこにたたずんでいるうちに、自分のやったことにけりをつけた気分になりました。そこで大またで跳びはねながら袋のところに戻ると、罪の意識から解放されたので、大満足でめったにない豪華なお弁当にかぶりつきました。

お医者さまとハイジは長いこと一緒に歩き回り、たくさんの話をしました。でもお医者さまは、そろそろふもとに帰る時間だと気がつきました。そしてハイジには、まだもう少しヤギたちのそばにいたらいいよ、と言いました。しかしハイジには、そんなことは思いもよりませんでした。そんなことをしたら、お医者さまはひとりぼっちで山を下りなくてはいけないのです。おじいさんの小屋までは絶対に送っていく、その先もまだ少しついていく、とハイジは言い張りました。ハイジはお医者さまとずっと手をつないで歩いていき、その途中でもお医者さまにあちこちの場所を指さしながら、たくさん話をしました。ヤギたちが草を食べるのが好きな場所はここですとか、夏になると輝くような黄色のミヤマキンポウゲや赤いベニバナセンブリ、ほかにもいろいろな花が咲くのはここです、とか。ハイジはすべての花の名前を知っていました。夏のあいだ、おじいさんが知っている限りの名前を教えてくれたからです。でも、とうとうお医者さまが、もう戻らなくちゃ、と言いました。別れのあいさつをして、お医者さまは山を下りていきましたが、まだ何度もあとを振り返っていました。すると、ハイジがずっと同じ場所に立って自分を見送り、手を振っているのが見えるのでした。亡くなった娘も、家を出るときにはいつもこうして手を振ってくれていたことを、お医者さまは思い出しました。

よく晴れて澄み切った秋の日々でした。お医者さまは毎朝、アルムに登ってきて、そのあとすぐに楽しい山歩きに出かけました。アルムのおじいさんがしょっちゅう付き添って、高い岩山に案内しました。そこでは年とった針葉樹が人々を見下ろし、近くには大きな鳥が巣を作っているはずでした。というのも、ときおりそんな鳥がひゅーっと羽音を立てて飛び、二人の頭のそばで鋭い声をあげて、通り過ぎたからです。お医者さまはおじいさんとの会話をたいへん楽しみました。そして、おじいさんが牧草地に生えているあらゆる薬草のことをよく知っていて、何に効くのかも理解しており、山の上の至るところでたくさんの貴重なものを見つける方法をわきまえているのを見て、感心する気持ちを強くしていました。樹脂を出すモミの木や、いい香りのする針葉を持った黒っぽいイチイの木、古い木の根っこのあいだから生え出す縮れたコケ、山のずっと上の方の、しっかりとしたアルプスの地面に育つすべての小さな草や目立たない花、おじいさんはそれらをみんな、知っていました。

おじいさんは植物と同じように、大きいのも小さいのも含めて動物たちの性質や行動もくわしく知っていました。そしてお医者さまに、岩穴や洞窟、高いモミの木の梢に住む動物たちの暮らしぶりについて、愉快な話をしてくれるのでした。

こうした山歩きをしていると、知らないうちにどんどん時間が過ぎるようにお医者さまには感じられました。そして、夕方になっておじいさんに心を込めて別れのあいさつをするとき、あらためていつも「ご友人、あなたと会うたびに、わたしは必ず何かを学んで帰ることができます」と言うのでした。

でも、多くの日々、それはたいていすばらしいお天気のときでしたが、お医者さまはハイジと出かけようとしました。そんなとき、二人はしばしば、一日目にやったのと同じようにアルムのなかの美しく突き出た場所に一緒に座って、ハイジが賛美歌の歌詞を暗唱し、知っていることをいろいろとお医者さまに話すのでした。ペーターもしばしば二人のうしろのお決まりの場所に座っていましたが、いまではすっかりおとなしくなって、げんこつを作るようなことはありませんでした。

そうするうちに、美しい九月の日々は終わりに近づきました。ある朝、お医者さまはまたアルムにやってきましたが、いつもと違って、うれしそうではありませんでした。

きょうはもう最後の日で、自分はフランクフルトに帰らなければいけないのだ、とお医者さまは言いました。でもそれは非常に辛い、なぜなら自分はアルムが大好きになってしまって、まるでここがふるさとのような気がするから、と言うのでした。この知らせはおじいさんにとってもたいへん辛いものでした。おじいさんも、お医者さまと話すのが大好きだったからです。それにハイジも、親切な友人であるお医者さまと毎日会うのが習慣になっていました。それが急に終わりになるなんて、とても理解できません。ハイジは信じられないというように、不思議そうにお医者さまを見上げました。でも、その言葉はほんとうでした。お医者さまはおじいさんに別れのあいさつをすると、少しハイジについてきてもらってもいいですか、と尋ねました。ハイジはお医者さまと手をつないで山道を下っていきましたが、まだお医者さまがいなくなることが理解できずにいました。

しばらく歩くとお医者さまは立ち止まり、もう充分遠くまで送ってもらったから、ここで戻りなさい、と言いました。そうして、何度かハイジの巻き毛をやさしくなでてから、「わたしは行かなくちゃいけない、ハイジ！　きみを一緒にフランクフルトに連れていって、うちに置いておけたらなあ！」と言いました。

ハイジの目の前に、突然フランクフルトの様子が浮かんできました。たくさんの建物、石畳の道路、ロッテンマイヤーさん、ティネッテ。ハイジはおずおずと答えました。

「先生がまたわたしたちのところに来てくれた方がいいんだけれど」

「そうだね、その方がいい。元気でね、ハイジ」お医者さまはやさしく言うと、手を差し出しました。ハイジはその手に自分の手を重ねると、別れを告げるお医者さまの顔を見上げました。こちらをじっと見下ろす善良な目に、涙があふれています。お医者さまは急いで顔をそらすと、すばやく山を下りていこうとしました。

ハイジはその場に立ち、身動きもしませんでした。情愛あふれた目とそのなかに浮かんでいた涙が、ハイジの心を激しく動かしていました。ハイジはふいに声をあげて泣き出し、去っていくお医者さまを全力で追いかけて、涙で声をつまらせながら、力いっぱい呼びかけました。

「先生！　先生！」

お医者さまは振り向き、立ち止まりました。

ハイジはお医者さまに追いつきました。しゃくりあげるハイジの頬には、涙がこぼれ落ちていました。

「わたし、いますぐ先生についてフランクフルトに行きます。先生が望むだけ、おうちにいます。ただ、そのことを急いでおじいさんに言ってこなくちゃ」

興奮したハイジを、お医者さまはなだめるようになでました。

「いや、だめだよ。愛しいハイジ」お医者さまはほんとうに親切な声で言いました。「いますぐ、というのはだめだ。きみはまだあのモミの木の下にいなくちゃいけないよ。フランクフルトに来たら、また病気になるかもしれないからね。でもいいかい、教えてほしいことがあるんだ。もしわたしがいつか病気になって、ひとりぼっちだったら、わたしのところに来て、一緒に住んでくれるかな？　まだ誰かがわたしのことを好きでいてくれて、心配してくれるんだと、当てにしてもいいかな？」

「はい、そうなったら必ず、その日のうちに行きます。先生は、おじいさんと同じくらい大好きな人なんですもの」まだしゃくりあげながらも、ハイジは断言しました。

先生はもう一度ハイジと握手すると、先を急ぎました。ハイジはずっと同じ場所に立ち尽くし、急いで下っていくお医者さまの姿が小さな点になってしまうまで、ずっとずっと手を振り続けました。最後に振り返って、まだ手を振っているハイジと、陽が当たっているアルムの山々を見たお医者さまは、小さな声でひとりごとを言いました。「あの山の上はいい、あそこでは体も心も元気になる。そして、また人生を楽しむことができるんだ」

第4章　デルフリ村の冬

アルムの丘の周りには雪が高く積もって、まるで小屋の窓が平らな地面のすぐ上にあるみたいに見えました。小屋の下の部分はまったく見えなくなっていましたし、入り口のドアもすっかり隠れていました。もしアルムのおじさんがまだ山の上にいたら、ペーターが毎朝やっているのと同じことをしなければいけないでしょう。なぜなら、雪はたいてい夜のうちに積もるからです。

ペーターは毎朝、部屋の窓から外に出なければいけませんでした。夜のうちにすべてが凍りついてしまうほどの寒さではなかったので、ペーターの体はやわらかい雪のなかにすっぽり沈んでしまいます。そこで、両手と両足と頭を使い、あらゆる方向にぶつかったり、転がったり、たたいたりして、また雪の外に這い出すのでした。するとおかあさんが、窓から大きなほうきを手渡します。そのほうきを使って、ペーターは自分の前の雪かきをして、扉までたどり着くのです。扉の前ではすべての雪を取り除かなければいけないので、大仕事でした。そうしないと、もし雪がまだやわらかい場合は、扉を開けたとたんに大きな雪の壁全体が台所になだれ込みますし、そうでなければ雪が凍りついて、なかに閉じ込められてしまいます。氷の岩壁ができてしまうと、もうそこを通り抜けることはできません。そして、部屋の小さな窓から抜け出せるのは、ペーターだけなのでした。すべてが凍りついている時期には、ペーターは楽をしていました。デルフリ村に下りなければいけないときには、窓を開け、そこから抜け出して、外のかたい雪原の平らな面に降り立ちます。するとおかあさんが、窓から小さなそりを出してくれるのです。ペーターはただそれに座って、好きなようにどこにでも滑り出せばいいのでした。どっちみち、下に到着します。アルム全体が、広くてさえぎるもののないそりの道になっていたからです。

おじいさんはアルムで冬を過ごしませんでした。約束を守ったのです。初雪が降るとすぐに、小屋とヤギ小屋を閉じ、ハイジとヤギたちを連れてデルフリに引っ越しました。デルフリ村の教会と牧師館の近くに、広々とした廃墟(はいきょ)がありました。そこは昔、大きなお屋敷だったのです。いまでは至るところ、建物が崩れたり壊れかけたりしていましたが、お屋敷の名残はまだいろいろなところに残っていました。以前、そこには勇敢な戦士が住んでいました。その人はスペイン戦争に出かけて、そこでたくさんの手柄を立て、多くの財産を手に入れたのです。それから故郷のデルフリに戻って、手にした財宝で立派な家を建てました。あとは、そこで暮らすつもりでした。ところが、その暮らしは長くは続きませんでした。静かなデルフリ村では、退屈してしまったのです。これまであまりにも長く、外の騒がしい世界で生きてきたからでした。その人は村を出て行き、もう二度と戻りませんでした。何年も過ぎて、あの人はもう死んだと人々が確信したとき、下の谷の遠い親せきがこの家を引き継ぎました。でも、その家はもうこわれかけていて、新しい所有者はそれを直そうとはしませんでした。家賃が安かったので、この家には貧しい人々が引っ越してきました。そして、どこかが崩れても、そのままにしておいたのです。それ以来、また長い年月が過ぎ去りました。おじいさんが少年のトビアスを連れてここにやってきたとき、この家に住む人はすでにほとんどいなくなっていました。というのも、こわれかけた場所を前もって少し直したり、穴や隙間ができたところをすぐにふさいだり、修繕したりする能力のない人は、ここに住み続けることができなかったからです。デルフリ村での冬は長くて寒いものでした。あらゆる方向から風が部屋のなかを吹き抜け、明かりを消してしまいましたし、貧しい人たちは寒さのあまり身を震わせました。でも、おじいさんには大工の心得がありました。冬はデルフリ村で過ごすと決めてから、この古い建物に住むことにし、秋のあいだに何度も村に降りてきて、自分の気に入るようにすべてを整えておきました。そして、十月の半ばにハイジを連れて、下に引っ越してきたのです。

　裏からこの家に近づくと、むき出しの部屋に足を踏み入れます。そこでは片側の壁がすっかり崩れていて、もう一つの側も、壁の半分が崩れています。この部屋の上にはアーチ形の窓が見えますが、ガラスはとっくになくなっていました。そして、太いツタがその周りにからみつき、天井まで届いています。天井は、半分だけふさがっていました。それから天井も美しくせり上がっていて、この部屋が礼拝堂だったことが見てとれます。それからさらに、扉のない大広間に入ることができます。そこではまだあちこちの床に美しい石板が残っていましたが、そのあいだからびっしりと草が生え出ていました。この大広間でも壁は半分なくなっていて、天井も大部分がありませんでした。もし何本かの太い柱がまだ残っている天井を支えていなければ、そこに立っている人の頭の上に、いまにも天井が崩れてくるような気がしたことでしょう。おじいさんはこの部屋の周りに板囲いを作り、床には部厚く干し草をまきました。この古い広間には、ヤギたちを住まわせるつもりだったのです。それからいつもどこかが崩れている何本もの廊下を通っていきました。崩れた場所からは、空が見えたり、牧草地が見えたり、外の道が見えたりしました。しかし、一番表側の、重たいオークの扉がまだしっかりと蝶番にはまっているところには、大きくて広い部屋があり、まだきれいな状態でした。そこでは黒っぽい羽目板でできた四方の壁がまだしっかりとしていて穴も開いておらず、隅っこには天井まで届くほどの巨大なかまどがありました。白いタイルの上には青い色で大きな絵が描かれています。その絵のなかでは、古い塔が背の高い木々に囲まれていました。その木の下を、一人の狩人が犬たちを連れて歩いています。それから大きな木陰を作るオークの木の下に静かな湖があり、一人の漁師が水辺に立って、釣り竿を水のなかまで伸ばしていました。かまどの周囲をベンチが囲んでいて、そこに座り、絵を眺めることができました。ハイジはすぐにこの部屋が気に入りました。おじいさんと一緒にこの部屋に足を踏み入れるやいなや、すぐにかまどの方に走っていき、ベンチに座って絵を眺め始めたのです。でも、ベンチの上で体をずらしながらかまどのうしろ側にまで行くと、新しいものがハイジの注意を引きつけました。かまどと壁のあいだのかなり大きな空間に、四枚の板で囲ったものがあったのです。それはまるで、リンゴを保存する箱のようでした。でもそのなかにはリンゴはなくて、見たとたんにそれとわかる、ハイジのベッドがありました。アルムの小屋にあったのとまったく同じです。高く積んだ干し草の寝床で、麻のシーツがかけてあり、毛布の代わりに袋が置いてあります。ハイジは歓声をあげました。「わあ、おじいさん、ここがわたしの部屋ね、なんてすてきなの！　でもおじいさんはどこで寝るの？」

「おまえの部屋は、凍えないようにかまどのそばにしたんだよ」おじいさんは言いました。「わしの部屋も見ていいよ」

ハイジは広い部屋のなかを、おじいさんについてぴょんぴょん跳んでいきました。おじいさんが向こう側の扉を開けると、そこには小さな部屋があり、そこにおじいさんの寝床が作られていました。

そこにはまた、扉がありました。ハイジは勢いよくそれを開け、びっくりして立ち尽くしました。そこは台所のような感じでしたが、ハイジがこれまで見たことがないほど広かったのです。おじいさんがすでにずいぶん修理をしたのですが、それでもまだ直さなくてはいけないところが、たくさんありました。穴や大きな隙間が四方の壁にあって、あたりに風が吹き込んできたからです。でも、板切れを打ちつけた箇所もたくさんあって、り一面、壁に小さな木の棚が取り付けられているように見えました。大きくてとても古い扉も、おじいさんがたくさんの針金と釘でしっかりとつけ直してくれたので、また閉めることができました。それはいいことでした。あとでハイジが外に出ると、そこはもう崩れ落ちた壁だらけで、草がびっしり生えていたり、コガネムシやトカゲの群れが住みついていたりしたからです。

ハイジは新しい家が気に入りました。そして別の日にペーターが新しい住まいでの暮らしを見に来たときには、もうどんな場所もしっかりと覚えていて、すっかり家になじんでいましたし、ペーターをあちこち案内することもできました。そして、新しい家のなかにある奇妙なものをペーターがすべてじっくりと見て回るまでは、案内や説明をやめませんでした。

ハイジはかまどの裏で、ぐっすり眠ることができました。でも朝になるといつも、アルムで目が覚めたような気分になって、モミの木がざわざわいっていないか、雪が高く重く積もってモミの枝を押し下げていないかを確かめるために、小屋の扉をすぐに開けなければ、と思うのでした。そんなわけで、毎朝しばらくあれこれ考えて、ようやく自分のいる場所がわかるのでした。アルムの家にいるわけではないと気づくたびに、なんだか胸を締めつけられるような、押さえつけられるような気分になりました。しかし、外でおじいさんがスワンやクマと話しているのを聞き、ヤギたちが大きな声で楽しげに、「こっちにおいでよ、ハイジ！」と呼びかけるように鳴くのを聞くと、やっぱりここも家なのだと思うのでした。そして、ベッドから明るく飛び出すと、急いで外の大きなヤギ小屋にとんでいきました。でも四日目には、ハイジは目を覚ますとすぐに、「きょうこそおばあさんの小屋に行かなくちゃ。こんなに長くおばあさんを放っておくわけにはいかないもの」と言いました。

しかし、おじいさんはうなずきませんでした。「きょうはだめ、明日もまだだめだ」とおじいさんは言いました。「アルムには一メートル以上雪が積もっているし、いまも降り続いている。がっちりしたペーターでさえ、こっちまで来られるかどうかあやしい。ハイジ、おまえみたいな小さな子は、雪に埋もれて姿が見えなくなってしまうんだ。雪がかたまるまで、もう少し待ちなさい。そうなれば、積もった雪の上を楽に歩いていけるから」

じっと待っているのは、ハイジにとって最初は少し辛いことでした。でも、いままでは毎日やらなくてはいけない仕事がたくさんあって、気がつかないうちに一日が過ぎ、新しい日になるのでした。

ハイジはいまでは毎朝、そして午後にも、デルフリの学校に行くようになり、教えられることを熱心に学びました。ペーターはたいてい欠席していたので、学校で会うことはほとんどありませんでした。先生は穏やかな男の人で、ただときおり「ペーターはまた休みのようだね。学校に来ればいいと思うんだけど、山の上にはたくさん雪が積もっているからね。ここまで来られないいんだろう」と言うだけでした。しかし、学校が終わる夕方になると、ペーターはたいてい下まで降りてきて、ハイジの家を訪問していました。

　数日後、太陽がまた現れて、白い地面に日光を投げかけました。でも、大地が一面緑になって花も咲いている夏と比べて、いまはまだ地上を眺めるのは気に入らないとでもいうように、太陽はまた早々と山のうしろに沈んでしまいました。でも夜になると大きな明るい月が昇ってきて、はるかに広がる雪原を一晩中照らしたので、翌朝にはアルムの山全体が、水晶のように上から下までキラキラ光っていました。ペーターが前の日と同じように窓から深い雪のなかに飛び降りようとすると、いつもとは様子が違っていました。勢いよくジャンプしたのですが、やわらかい雪の上に着地するのではなく、予想もしなかったかたい地面の上ですぐにひっくり返り、持ち主のいないそりみたいにずるずると何メートルか下まで滑ってしまいました。ペーターはびっくりしながら、ようやく両足で立ち上がりました。そして、いま自分の身に起こったことがほんとうだったか確かめるように、全力で雪の地面を踏みしめました。やはり、ほんとうでした。どんなに足踏みし、踵（かかと）で蹴（け）ってみても、小さな氷のかけらさえ取り出せませんでした。アルム全体が、石のようにかたく凍りついていたのです。これはペーターにとってはかえって好都合でした。ハイジがまた山に登ってくるには、こういう状態が必要だとわかっていたからです。ペーターは大急ぎで部屋に戻ると、お母さんがちょうどテーブルの上に置いてくれたミルクを飲みほしました。そして、自分の分のパンをポケットに突っ込むと、あわてて「学校に行かなくちゃ」と言いました。

「学校に行って、ちゃんと勉強しておいで」お母さんも調子を合わせて言いました。ペーターは窓から這い出して――山全体が凍りついていたので、扉は開きません――自分用の小さなそりを引き寄せると、その上に座り、飛ぶような速さで山を下っていきました。

稲妻のように速かったので、デルフリ村に到着しても、坂はそのままマイエンフェルトに向かって下っており、ペーターは止まらずに滑り降りていきました。もしそりを急に止めようとしたら、ものすごい力が必要だと思ったからです。そんなわけでペーターは滑り続け、下の平地まで来て、それ以上はそりが進まなくなる場所まで行きました。そうしてそりを降り、あたりを見回しました。そりが下る勢いが強かったので、ペーターはマイエンフェルトよりもさらに先まで来てしまっていました。学校に行くにはどっちみちもう遅すぎるな、とペーターは思いました。授業はとっくに始まっていましたし、デルフリ村まで登るにはほとんど一時間かかるからです。学校を休むのなら、ゆっくりと戻ることができます。そこでペーターは学校を休み、ハイジがちょうど学校から戻っておじいさんと昼食の席に着いているときに、デルフリ村に到着しました。ペーターはハイジの家に入っていきましたが、特別な考えが頭に浮かんでいて、それが気がかりだったので、家に入ると同時にそれを言わずにはいられませんでした。

「やっつけた」とペーターは、部屋の真ん中に立ち止まって言いました。

「誰を？　誰をだね？　大将！　まるで戦争でもあったみたいじゃないか」とおじいさんが尋ねました。

「雪だよ」とペーターが報告しました。

「わあ！　わあ！　それなら、おばあさんのところに上がっていけるね！」ペーターの言いたいことをすぐに理解したハイジが、小おどりして叫びました。

「でもそれなら、なんで学校に来なかったの？　うまくそりで降りてこられたはずでしょ」ハイジはふいに、責めるような口調で付け足しました。学校に来られるはずなのに、外でサボっているなんてよくない、と気がついたからです。

「遠くまで滑りすぎて、遅くなっちゃったんだよ」ペーターは答えました。

「そういうのを脱走と言うんだよ」おじいさんが言いました。「そんなことをする奴らは耳を引っ張られるんだ、わかってるか？」

ペーターはぎょっとして帽子の向きを変えました。ペーターは世界中の誰よりもアルムのおじさんを尊敬していたからです。

「おまけにおまえのような群れのリーダーは、そんなふうに逃げ出したことを人一倍恥ずかしく思わなきゃいけないんだぞ」おじいさんが付け加えました。「ヤギたちがあっちに一匹、こっちに一匹と駆け出して、言うこともきかず、自分のためになることもしようとしなかったら、おまえはどうする？」

「殴ると思う」ペーターは専門家らしく答えました。

「じゃあ、もし男の子が不作法なヤギと同じことをして、ちょっと脱走したりしたら、どうする？」

「同じ罰になるね」というのが、ペーターの答えでした。

「さあ、もうわかっただろう、ヤギの大将。もしまた学校に行くべき時間にそりで遠くまで行ってしまうんだったら、あとでわしのところに来て、自分にふさわしい罰を受けるんだな！」

ペーターは、おじいさんが何を言いたいのか、行儀の悪いヤギのように逃げ出す男の子とは誰のことなのか、理解しました。ペーターはこのたとえ話が自分にぴったり当てはまるのでとまどい、おそるおそる部屋の隅の方をうかがっていました。ヤギが逃げ出したときに自分が使うようなムチが、そこに見つかるのではないかと思ったのです。

でも、おじいさんは励ますように言いました。「こっちに来てテーブルで一緒にお食べ。そうしたらハイジがおまえと一緒に山に行くから。夜になったら、またハイジを送ってくるんだ。おまえの夕食もこっちで用意するから」

思いがけずこんなふうに話が進んだので、ペーターは大喜びでした。うれしさのあまり、顔が上下左右に広がったみたいでした。ペーターはすぐにおじいさんの言葉に従い、ハイジの隣に座りました。

ハイジの方はもうおなかがいっぱいになっていて、おばあさんのところに行けるという喜びで、食事はのどを通りませんでした。まだ自分の皿の上にのっていた大きなジャガイモと焼きチーズをペーターの方に押しやりましたが、反対側からはおじいさんが食べものを皿に一杯盛りつけてよこしたので、ペーターの前にはごちそうが山のように並びました。でもペーターはもちろん、食べるのを遠慮したりはしませんでした。ハイジはタンスの方に走っていって、クララからもらったコートを出しました。それを着るとすっかり暖かくなって、頭の上にはフードも付いているので、山に行く準備は整いました。ハイジはペーターの横に立ち、ペーターが最後の一口を飲み込んだとたんに、「さあ、行こうよ！」と言いました。そうして、二人は出発しました。スワンやクマについて、ハイジにはペーターに話して聞かせることがとてもたくさんありました。新しいヤギ小屋に入った最初の日、二匹がぜんぜんエサを食べようとしなかったこと。しょんぼりと頭をたれて、一日中声を出さなかったこと。どうしてそんなふうになってしまったのか、おじいさんに尋ねたら、「おまえがフランクフルトに行ったときみたいになってるんだよ。だって、生まれてからまだ一度もアルムから下りたことがなかったんだからね」と言われたこと。「あんたも一度、自分でそんな目にあってみるといいよ、ペーター」と、ハイジは付け加えました。

二人は、ペーターがまだ一言も口を開かないうちに、もう山の上に来てしまいました。ペーターはまるで深い考えにとらわれているようで、いつものようにハイジの話をちゃんと聞くことができないみたいでした。小屋に到着すると、ペーターは立ち止まり、ちょっと意地を張って言いました。「それならおれは、おじいさんに言われた罰を受けるより、学校に行く方がずっといいや」

　ハイジも同じ意見で、ペーターがその気持ちを持ち続けられるように、熱心に励ましました。小屋のなかでは、ペーターのおかあさんが一人で繕いものをしていました。おかあさんの話では、あまりに寒すぎるので、おばあさんは最近はベッドのなかで日々を過ごしているし、体の調子もよくないとのことでした。そんなことを耳にするのは、ハイジにとって初めてでした。いつもならおばあさんは、部屋の隅の自分の場所に座っていたのです。ハイジはすぐに、おばあさんが寝ている部屋に飛び込みました。おばあさんは灰色のショールにくるまって、幅の狭いベッドに横たわり、薄い布団をかぶっていました。

「神さま、ありがたや！」ハイジが飛び込んできた音を聞いて、おばあさんはすぐに叫びました。おばあさんは秋のあいだ、ずっと心のなかに秘密の不安を抱えていて、いまでも、特にハイジがしばらくやってこないときには、それが気になっていました。ペーターが、フランクフルトから来た見知らぬ紳士のこと、その人がいつも一緒に牧草地まで来て、ハイジと話をしようとしたことを報告していたのです。おばあさんは、その紳士はハイジをまた連れていくために来たのだ、と信じて疑いませんでした。その人が一人で旅立ったあとも、おばあさんの心には不安がわき上がってきて、フランクフルトから使いの人が来て、ハイジをまた連れていってしまうのではないか、と思うのでした。ハイジは病気のおばあさんのベッドに近寄ると、心配そうに尋ねました。「ひどく悪いの、おばあさん？」

「違う、違うよ、ハイジ」おばあさんはハイジをやさしくなでて、安心させました。

「ただ、寒さがちょっと体にこたえただけだよ」

「じゃあ、暖かくなったらまた、すぐに元気になる？」ハイジはせっかちに尋ねました。

「ああ、ああ、神さまが、もっと早くに、また紡ぎ車のところに座れるようにしてくださると思うよ。きょうにも、起き上がれるかもしれない。やってみるよ。明日になったら、また元気になっていると思うよ」おばあさんは自信たっぷりに言いました。ハイジがおばあさんの病気のことでショックを受けているのに気づいたからです。

その言葉を聞いて、ハイジは安心しました。これまで、おばあさんが病気でベッドに入っているのを見たことがなかったので、とても心配になっていたのです。ハイジはちょっと不思議そうにおばあさんを眺めてから、言いました。「フランクフルトでは、みんな散歩のときにショールを巻いてるよ。おばあさんは、ベッドに入るときにショールを巻きつけると思ったの？」

「わかるかい、ハイジ。わたしは体が凍えないように、ベッドのなかでショールを巻いているんだよ。布団が少し薄いから、ショールがあるのはとてもありがたいよ」おばあさんは答えました。

「でも、おばあさん」とハイジはまた話し始めました。「おばあさんの頭、下がっているね。ほんとは上がっているはずなのに。ベッドがこんなふうじゃ、おかしいよ」

「知ってるよ、ハイジ。わたしもそれは感じてるよ」と言って、おばあさんは自分の頭の下で薄い板のようになっている枕を探し、もっといい場所に置こうとしました。「見てごらん、この枕はもともと厚みがないし、あまりにも長いあいだ使っていたせいで、ちょっと平らになってしまったんだよ」

「ああ、フランクフルトでわたしが使っていたベッドを持って帰ってもいいかどうか、クララに尋ねればよかった」とハイジは言いました。「あっちでは大きな部厚い枕が三つもあって、ちっとも眠れなかった。わたしはいつも、ベッドの平らなところにずり落ちていたのよ。それからまた枕の上に頭をのせなくちゃいけなかった。あっちではみんな、そうやって眠らなくちゃいけないの。そんなことして眠れる、おばあさん？」

「ああ、もちろんだよ。頭を高くして横になれば暖かいし、呼吸がしやすいんだよ」おばあさんは、もっと高い位置を探すかのように、ちょっと苦労して頭を起こしながら、言いました。「でもいまは、そんなことを話すのはやめよう。わたしはほかのお年寄りや病気の人が持っていないようなもののことで、愛する神さまに感謝したいことが、たくさんあるんだよ。毎日食べられるおいしい白パンや、ここにあるきれいな暖かいショール。それにあんたがいつも来てくれることもね、ハイジ。きょうもまた、何か読んでくれるかい？」

ハイジは部屋から走り出て、古い賛美歌集を持ってきました。そして、次から次へとすてきな歌を探していきました。いまではそれらの歌を知っていて、また歌詞を聞けるのが自分でもうれしかったのです。もう長いこと、自分が好きな歌の歌詞を聞いていなかったからでした。

おばあさんは両手を組んで横になっていました。最初は苦しそうに見えた顔の上に、いまでは喜ばしげなほほえみが浮かんでいました。まるで、たったいま大きな幸運に恵まれたかのようです。

ハイジはふいに、朗読を止めました。

「おばあさん、もう元気になったの？」ハイジは尋ねました。

「気持ちいいんだよ、ハイジ、読んでもらって気持ちがよくなったのさ。最後まで読んでくれないかい？」

ハイジは歌詞を最後まで朗読しました。最後の節に、次のような言葉が来ました。

「わたしの目が暗く濁っても、
心を明るく照らしてください。
わたしがうれしい気持ちで、
故郷に帰るかのごとく天国に行けるように」

その節をおばあさんはもう一度くりかえし、さらにもう一度、もう一度、とくりかえしました。おばあさんの顔にはいまや、大きな喜びに満ちた期待が表れていました。それを見て、ハイジも気持ちが明るくなりました。自分がアルムに戻ったときの、あの晴れた日のことが思い浮かんできました。心からうれしそうに、ハイジは叫びました。

「おばあさん、故郷に帰るときの気持ちが、わたしにももうわかるよ」おばあさんは何も答えませんでしたが、その言葉はしっかりと耳に届いていて、ハイジを明るい気持ちにさせた顔の表情も、ずっとそのままでした。

　しばらくして、ハイジはまた言いました。「暗くなってきたよ、おばあさん。わたしは帰らなくちゃ。でも、おばあさんがまた元気になってくれて、すごくうれしい」

　おばあさんはハイジの手をとると、しっかり握りしめ、それからこう言いました。

「わたしもうれしいよ。まだ寝ていなくちゃいけないとしても、気持ちはよくなったよ。ごらん、これは経験した者じゃなければわからないことなんだ。こんなふうに何日も何日も一人で横になっていて、ほかの人の言葉を聞くこともなく、何も見えず、太陽の光さえ見えないのが、どういうことだか。そうすると重い考えがのしかかってきて、ときにはもう朝が来ないいんじゃないか、もう前へ進めないいんじゃないかと思ってしまうんだ。でもまた、あんたが読んでくれたような言葉を聞くと、心に光が灯ったようになって、また喜べるようになるんだよ」

　おばあさんはそう言って、ハイジの手を放しました。ハイジはおばあさんに「おやすみなさい」と言うと、向こうの部屋に戻り、ペーターを急いで外に引っ張り出しました。いつのまにかもう日が暮れていたのです。でも外では空に月が出ていて、まるでまた一日が始まるかのように、白い雪を明るく照らしていました。ペーターはそりを整えると、自分は前に乗り、ハイジをうしろに乗せて、矢のようにアルムを下っていきました。まるで空中をさっと飛んでいく二羽の鳥のようです。

そのあと、かまどのうしろの、きれいで背の高い干し草のベッドに横になったとき、ハイジはまたおばあさんのことを思い出しました。おばあさんが、頭が低くなってしまうベッドに横になっていたこと。それから、おばあさんが言ったことを、すべて思い出さずにはいられませんでした。心のなかに光を灯してくれる言葉のことも。もしおばあさんが毎日賛美歌の言葉を聞けるなら、毎日気持ちがよくなるだろう。でも自分がまた山に登るまでにはまた一週間か、ひょっとしたら二週間たってしまうことを、ハイジは知っていました。それがとても悲しくて、おばあさんが毎日あの言葉を聞けるために何ができるだろうかと、ますますいっしょうけんめい考えずにはいられませんでした。突然、ハイジはまたベッドのなかでまっすぐに背中を起こしました。考えるのに夢中になって、まだ神さまに夜のお祈りをしていなかったのです。夜のお祈りを、ハイジはけっして忘れたくありませんでした。

自分とおじいさんとおばあさんのために心を込めてお祈りをすると、ハイジはまたばったりとやわらかい干し草の上に寝そべり、朝が来てまた明るくなるまで、ぐっすりと穏やかに眠ったのでした。

第5章　まだまだ冬は続く

翌日、ペーターはちゃんと間に合う時間に、そりで学校まで滑り降りてきました。お昼ごはんは、袋に入れて持ってきていました。というのも、お昼になると、デルフリ村に住んでいる子どもたちは、食事のために家に帰るのです。でも、遠くに住んでいる生徒たちは、教室の机に腰かけ、両足をベンチの上に踏ん張って、持ってきたお弁当を膝の上に広げて食べるのでした。一時になるまで、生徒たちはそうやってお昼を楽しみます。それからまた、授業が始まるのでした。そうやって学校での一日を過ごしたあと、ペーターはおじいさんのところに立ち寄って、ハイジを訪問するのでした。

きょうもそうやって、学校が終わったあとでおじいさんのところの大きい部屋に入っていくと、すぐにハイジが駆け寄ってきました。ハイジはペーターが来るのを、いまかいまかと待っていたのです。「ペーター、いいこと思いついたわよ」ハイジがペーターに呼びかけました。

「言ってみてよ」ペーターがこたえました。

「字の勉強をするの」というのがハイジの提案でした。

「そんなの、もうやったよ」と、ペーターが返します。

「ううん、ペーター、そういう意味じゃないのよ」ハイジは熱心に言いました。「勉強して、ちゃんと読めるようになるってことなの」

「できないよ」ペーターは言います。

「そんなの誰も信じないいし、わたしも信じない」ハイジはとてもきっぱり、言いました。「フランクフルトのおばあさまは、それが本当のことじゃないって、もう知ってた。そんなの信じちゃいけないって、わたしに言ったのよ」

ペーターはその話を聞いて、驚きました。

「あんたに字を覚えてほしいの。どうやったらいいかも、わかってる」ハイジは言葉を続けました。「まず字を覚えて、毎日おばあさんに、一つか二つ、歌詞を読んであげなきゃだめよ」

「そんなの無理だよ」とペーターはつぶやきました。

正しいとわかっていること、ハイジがこんなに気にかけていることに対して、ペーターが頑固に抵抗し続けるので、とうとうハイジも腹を立てました。そして、鋭く光る目をして少年の前に立つと、おどすように言いました。

「あんたが何も覚えようとしなかったら、どうなるか言ってあげる。あんたのおかあさんがもう二回も言ってたけど、いろいろ勉強させるためにあんたもフランクフルトへ行かせるって。そしたら、男の子たちの学校がどこにあるか、わたしはちゃんと知ってるわ。外出のときにクララが、すごく大きな建物を指して教えてくれたの。そこには小さい男の子が通うだけじゃなくて、すっかり大きくなってからもまだ通い続けるの。わたしもこの目で見たのよ。そこにはわたしたちの学校のように先生が一人だけ、それもあんなにやさしい先生が、いるだけじゃないのよ。そこには生徒たちが大勢一緒に、列を作って入っていくの。みんな教会に行くときのように真っ黒の服を着て、頭には黒い山高帽をかぶっているのよ」ハイジは、帽子がどれくらいの高さか、床の上に手を上げて示しました。

ペーターは恐怖で、背中がぞくぞくしました。

「そうしたらあんたはそこで男の人たちに交じって勉強しなくちゃいけないのよ。自分の番が来ても、読むこともできず、綴り（つづり）も間違いだらけ。そんなことになったら、みんなにさんざん笑われるでしょう。それは、ティネッテに何か言われるよりも、もっとずっと嫌なことよ。ティネッテがどんなにひどく人をばかにするか、あんたにも見てほしいけど」ハイジは熱心に言いつのりました。

「そんなら勉強するよ」ペーターは半ばしょんぼりして、半ば不安そうに言いました。

その瞬間、ハイジはまた穏やかになりました。「そう、それならいいよ。じゃあ、すぐに始めましょう」ハイジはうれしそうに言うと、いそいそとペーターをテーブルまで引っ張っていき、必要な道具を取り出しました。

クララから届いた大きな小包には、一冊の小さな本も入っていました。ハイジはその本が気に入りましたが、もう昨晩のうちに、これをペーターのための授業に使えるのではないかと気がつきました。というのも、それはうたの文句がついたABCの本だったからです。

二人はテーブルに向かって席に着き、小さな本の上に頭を傾け、そうやって授業が始まりました。

ペーターは最初のうたの文句の綴りを言い、それを何度もくりかえさなければいけませんでした。ハイジはペーターに、きちんと文字を使えるようになってほしかったからです。

とうとうハイジは言いました。「まだできるようになってないけど、わたしがいまから、一度全部を続けて読んであげる。どういう読み方をするかがわかれば、綴りを言うのが楽になるだろうから」そして、ハイジは読みました。

A・B・Cが今日できないと、
明日はみんなの前で叱られる。

「行かないよ」と、ペーターが頑固に言いました。

「どこに?」とハイジが尋ねました。

「みんなの前に」というのが答えでした。

「とにかく、この三つの文字を覚えなさいよ。そうしたらみんなの前に行かなくたっていいんだから」と、ハイジは教えさとしました。

ペーターはもう一度やり始めて、三つの文字を粘り強く反復しました。

「もう、この三つは覚えたね」とうとうハイジが言いました。

うたの文句がペーターにどんな効果を及ぼすかに気づいたハイジは、次の授業のために、いまから少し準備しておこうとしました。

「待って、ほかのうたの文句も読んであげるから」ハイジは言葉を続けました。「そうしたら、まだこれからどんなものが来るか、わかるから」

そうやって、ハイジはとてもはっきりと、わかりやすく読み始めました。

D・E・F・Gすらすら書けなきゃ、
たちまち不幸がやってくる。

H・I・J・K忘れたら、
いよいよ罰が下される。

L・Mでまだつっかえる奴は、
罰をもらって大恥をかく。

まだまだあるぞ、知ってるか、
さあ大急ぎでN・O・P・Qだ。

R・S・Tで立ち止まったら、
まだまだ痛い目にあいそうだ。

ハイジはここで読むのをやめました。ペーターがあまりに静かだったので、どうしているのか確かめずにはいられなかったのです。ペーターは手足を動かすこともできず、ひどくおびえた様子でハイジを見つめていました。いま読まれたすべてのおどしや秘か(ひそ)な恐怖が、ペーターの心におそいかかっていたのです。

ハイジはすぐにペーターがかわいそうになって、慰めるように言いました。「こわがらなくてもいいのよ、ペーター。毎晩、わたしのところにいらっしゃい。きょうみたいに勉強したら、最後には全部の文字がわかるようになるわよ。そうしたら、罰を受けることなんかない。でも、そのためには毎日来なくちゃだめよ。学校のときみたいにサボっちゃだめ。雪が降ったって、あんたは大丈夫でしょ」

ペーターはそのとおりにすることを約束しました。ぞっとするようなイメージを耳にしたので、すっかりおとなしく、従順になっていたのです。そうして、家に戻っていきました。

ペーターはハイジに言われたことを守りました。そして毎晩、ＡＢＣに続く文字も熱心に覚え、そこに書かれているうたの文句を心に刻みました。

おじいさんもしょっちゅう同じ部屋に腰を下ろして、満足そうにパイプをくゆらせながら、ペーターの特訓に耳を傾けていました。そして、ときおり非常におもしろいことがあったみたいに、口の端をぴくぴく震わせていました。

おおいにがんばって勉強したあと、ペーターはたいてい、ハイジの家で夕食を食べていくようにと勧められました。その日のうたの文句に含まれる不安と戦っていたペーターは、苦労した分のごほうびを、夕食でたっぷりもらったのでした。

そうやって冬の日々が過ぎていきました。ペーターは毎日きちんとやってきたので、読み書きの力は実際に進歩していきました。

でも、恐ろしいうたの文句とは、毎日戦わなくてはなりませんでした。

いまではＵのところまで来ました。ハイジがうたの文句を読みます。

　Ｕとｖをまだ間違える奴は、
　嫌なところへ連れていかれる。

ペーターは「行くもんか！」と、うなりました。でも、まるで誰かにこっそり襟をつかまれて行きたくないところに連れていかれる様子を思い浮かべているみたいに、いっしょうけんめいに勉強していました。

次の晩、ハイジはその先を読みました。

　Wという字がわからなければ、
　壁にかかってるムチを見ろ。

するとペーターは壁の方を見て、ばかにしたように「そんなもの、ないじゃないか」と言いました。

「うん、でも、おじいさんが箱のなかに何を持ってるか知ってる？」と、ハイジは訊きました。「わたしの腕くらいある、太い杖だよ。もしそれを取り出せば、『壁にかかってる杖を見ろ！』って、言えちゃうんだよ」

ペーターも、ヘーゼルナッツの木でできた太い杖のことを知っていました。そこで、すぐにWという字の上に頭を傾けると、それを覚えようとしました。

翌日は、次のようなうたの文句でした。

　まだXを忘れていたら、
　きょうはなんにも食べられない。

するとペーターは探るようにパンやチーズが入れてある棚の方を見て、不安そうに言いました。「Xを忘れるなんて、おれは一言も言ってないよ」

「忘れないつもりなら大丈夫。そうしたら、すぐにもう一文字勉強しようか」ハイジが提案しました。「そうしたら、明日はたった一文字覚えればいいだけだから」

ペーターはその提案に同意しませんでしたが、ハイジはもう、うたの文句を読み始めました。

　まだYのところで止まるなら、
　笑いものになって逃げ出すぞ。

ペーターの目には、フランクフルトで黒い山高帽をかぶり、顔にあざけりの表情を浮かべた紳士たちが浮かんできました。それで、ただちにYの字に飛びつくと、目をつぶってもどんな形だったか思い出せるようになるまで、けっしてそこから離れませんでした。

その次の日、ペーターはいつもよりちょっと元気よく、ハイジのところにやってきました。覚えなくてはいけない文字は、もうあと一つだけだったからです。ハイジはすぐにうたの文句を読みました。

Zのところでぐずぐずする奴は、
未開の国へ行ってしまえ！

すると、ペーターはばかにしたように言いました。「そんな国、どこにあるか、誰も知るもんか！」

「あら、ペーター、おじいさんはちゃんと知ってるわよ」ハイジはきっぱりと言いました。「ちょっと待って、その国がどこだか、急いでおじいさんに訊いてくるから。いま、牧師さんのところに行ってるのよ」ハイジはもう立ち上がり、いまにも扉に向かって駆け出しそうでした。

「待てよ」とペーターはひどく不安になって叫びました。アルムのおじさんが牧師さんと一緒にこちらにやってくる姿が、もう想像できたのです。二人がペーターを捕まえて、未開の国に送ってしまうところも。なぜなら、ペーターはほんとうに、Zがどんな形をしていたか、わからなくなっていたからです。その不安の叫びが、ハイジを立ち止まらせました。

「どうしたの？」ハイジは不思議そうに尋ねました。

「なんでもないよ！　戻ってきて！　勉強するから」ペーターはとぎれとぎれの声で言いました。ハイジは、自分でも未開の国がどこにあるか知りたくなってしまい、おじいさんに尋ねたいと思っていました。でも、ペーターがあんまり必死に呼びかけるので、あきらめて戻ってきました。そのために、ペーターはさらに追加で勉強することになりました。Zという文字が永久に記憶に残るように、たくさんくりかえして覚えるだけではなく、ハイジはすぐに、単語を音節ごとに発音させる練習も始めたのです。その晩、ペーターはとてもたくさんのことを学んで、おおいに進歩しました。そうやって、一日一日が過ぎていきました。

雪はまたやわらかくなり、最近では毎日のように降り続いていたので、ハイジは三週間ものあいだ、ぜんぜんおばあさんのところへ登っていけませんでした。そのため、ますます熱心にペーターに読み方を教え、自分の代わりに賛美歌の歌詞を読んでもらおうとしました。そんなわけで、ある晩、ハイジのところから戻って部屋に入ってきたペーターは言いました。「おれ、できるよ！」

「何ができるんだい、ペーター？」おかあさんが期待した様子で尋ねました。

「字が読めるんだ」ペーターは答えました。

「そんなこと、できるのかい！　おばあさん、聞いた？」ブリギッテは大声で言いました。

おばあさんにもペーターの言葉は聞こえていて、どうしてペーターがそんなことになったのか、非常に驚かずにはいられませんでした。

「賛美歌の歌詞を一つ読めって、ハイジに言われたんだ」ペーターは報告しました。おかあさんはうやうやしく本を下ろしてきました。おばあさんは喜びました。もう長いこと、美しい言葉を聞いていなかったのです。

ペーターはテーブルに向かって腰を下ろし、朗読を始めました。おかあさんは聞き耳を立てながら、隣に座っていました。そして、一節ごとに驚きつつ、「こんなこと想像もしなかったねえ！」と言わずにはいられませんでした。

おばあさんも集中して一つ一つの歌詞を追っていましたが、何も言いませんでした。

このできごとがあった翌日、ペーターのクラスでは朗読の練習が行われました。ペーターの順番になったとき、先生が言いました。「ペーター、いつものようにきみを飛ばすべきかな？　それとも、また――読むとは言えないけれど、行に沿って、つっかえながらでも読む真似をしてみるかね？」

ペーターは読み始め、一度も中断せずに、三行続けて読みました。

先生は本を脇に置きました。そして、こんなことは見たことがないとでも言いたげに、静かな驚きとともにペーターをじっと見つめました。それから、ようやく口を開きました。

「ペーター、きみには奇跡が起こったようだな！　これまで言葉にできないほど忍耐強く、きみに教えてきたつもりだが、単語の綴りさえ、きちんと理解してもらえなかった。きみに教えても無駄だと思って、不本意ながら、わたしは匙を投げてしまった。ところがきみは学校にやってきて、綴りどころか、文章さえ正しくはっきりと読めるようになっている。この時代に、いったいどこからそんな奇跡がやってくるのかね、ペーター？」

「ハイジからです」とペーターは答えました。

非常に驚いて、先生はハイジの方に目を向けましたが、ハイジはおとなしくベンチに座っていて、何も変わったところは見えませんでした。先生は話を続けました。

「そもそもきみはすっかり変わったね、ペーター。以前はしょっちゅう、まるまる一週間、それどころか何週間も学校に来なかったのに、最近は一日も休んでいない。どこからそんないい変化が生まれたのかな？」

「おじいさんからです」というのが答えでした。

どんどん大きな驚きに包まれていきながら、先生はペーターからハイジへ、それからまたペーターへと目を向けました。

「もう一度試してみよう」先生は用心深く言いました。そしてペーターは、もう一度文章を三行読んで、自分の知識を証明しなくてはなりませんでした。間違いありませんでした、ペーターは読み方を覚えたのです。

学校が終わるやいなや、先生は牧師さんのところに急いで行って、きょうのできごとと、おじいさんとハイジが喜ばしいやり方で、村にいい影響を与えてくれていることを伝えました。

いまではペーターは、毎晩賛美歌の歌詞を一つ朗読していました。そこまでは、ハイジの言うとおりにしたのです。しかし、それ以上は読みませんでした。二つ目の歌詞を読むことはけっしてなく、おばあさんもペーターにそこまでは求めませんでした。

おかあさんのブリギッテは、ペーターが目標を達成したことに、毎晩感心せずにはいられませんでした。そして、朗読が終わってペーターがベッドに横になると、おばあさんに向かって、あらためて次のように言うのでした。「ペーターが読み方をちゃんと覚えてくれたことを、どんなに喜んでも足りないくらいですよ。あの子がこれからどうなるか、まだまだわかりませんね」

するとおばあさんはこう答えました。「あの子が学んだことは、あの子自身のためにとてもいいことだよ。でもわたしは、愛する神さまがもうじき春にしてくれて、ハイジがまた山に登ってこられたら、ほんとにうれしいよ。あの子が読むと、賛美歌の歌詞もまったく違って聞こえるんだ。ペーターが読むと、ときどき何かの言葉が抜けているんだよ。するとわたしは何だろうと考えずにはいられなくて、もう朗読についていけないのさ。ハイジが読んでくれるときのようには、書かれている場面も心に浮かんでこないんだよ」

それは、ペーターが読むときに、自分が大変な思いをしなくていいように、ちょっぴりごまかしているからでした。長すぎる単語や難しそうに見える単語が出てくると、飛ばしてしまうのです。歌詞のなかの言葉を三つや四つ飛ばしたところで、おばあさんにとっては同じだろう、まだまだたくさんの言葉が使われているんだから、と考えたのでした。そんなわけで、ペーターが朗読する歌詞には、大切な言葉がほとんど出てこなかったりするのでした。

第6章　遠くのお友だちが動き出す

五月がやってきました。すべての山の高みから、春のせせらぎが水をいっぱいにたたえて、谷に流れ落ちてきました。暖かくまばゆい太陽の光がアルムを照らしていました。アルムはまた緑になっていました。最後の雪は解け、日光に誘われて、新鮮な草のなかから最初の花々が、明るい目をのぞかせていました。向こうの方では楽しげな春風がモミの木をざわつかせ、薄緑の若葉が出てきて木々を美しく飾れるように、古くて黒い針葉を振るい落としていました。ずっと上の方では、昔なじみのタカが青空に翼を羽ばたかせていました。牧草地を取り囲むアルムの丘には金色の日の光が暖かく降り注ぎ、まだ残っている湿った場所を乾かして、人々がまた好きな場所に座れるようにしてくれていました。

ハイジはまたアルムに来ていました。あちこち跳びはねながらも、どの場所が一番きれいか決められずにいました。いまは風が、岩山から秘密めかして、深くざあっと吹き下ろしてくるのに耳を傾けずにはいられませんでした。風はどんどん近く、力強く吹いてきて、いま、モミの木のあいだに吹き込んで木々を揺らし、まるで満足して歓声をあげているみたいでした。ハイジも声をあげずにはいられませんでした。そして、まるで小さな葉っぱのように、風にあちこち体を揺らされていました。それからまた、小屋の前の日の当たる場所に走っていき、地面に座って丈の短い草のなかをのぞきこんで、たくさんの小さな花のつぼみが開こうとしていたり、もう開いたりしているのを見ようとしました。日の光のなかで、たくさんの愉快な蚊やコガネムシが、飛び回ったり、這い回ったり、踊ったりして、喜んでいました。ハイジも虫たちと一緒になって喜び、雪が解けてむき出しになったばかりの大地から立ち上る春の香りを、深く吸い込みました。アルムがこんなにきれいだったことはない、とハイジは思うのでした。何千もの小さな虫たちも、ハイジと同じように心地よく感じているに違いありません。なぜなら、虫たちは一斉に、「アルムにいるよ! アルムにいるよ! アルムにいるよ!」とハミングしたり、声をあげたりしているみたいだからでした。

小屋のうしろの納屋からは、熱心に金槌でたたいたり、のこぎりで切ったりする音が響いてきました。ハイジはそちらの方にもじっと耳を傾けました。それはハイジがよく知っており、最初からアルムの生活の一部でもあった、なつかしい故郷の音でした。ハイジは立ち上がり、そちらの方にも駆けていかずにはいられませんでした。おじいさんが何をしているのか、知りたいと思ったからです。納屋の入り口の前には、立派に完成した新しいきれいな椅子が置いてありました。そして、おじいさんは器用な手で、二つ目の椅子に取りかかっていました。

「わあ、これが何だか、わたしにはわかるよ」ハイジは歓声をあげました。「お客さんがフランクフルトから来たときには、これが必要なんだよね。これがおばあさまの椅子、いま作っているのがクララの椅子、それから——あともう一つ、なくちゃいけないよね」ハイジはためらいながら、言葉を続けました。「おじいさん、それとも、ロッテンマイヤーさんは一緒に来ないと思う？」

「それはわからないな」とおじいさんは言いました。「でも、もし来た場合には椅子をすすめられるように、もう一つ作っておいた方が安心だな」

ハイジは考えこむように、背もたれのない木の椅子を眺め、ロッテンマイヤーさんにそのような椅子が合うものかどうか、静かに考えていました。しばらくの後、ハイジは心配そうに首を横に振りながら言いました。「おじいさん、ロッテンマイヤーさんがここに座るとは思えないな」

「それなら、美しい緑の草でカバーしたソファーにお招きしよう」おじいさんは、落ち着き払って言いました。

緑の草でカバーしたソファーはどこにあるんだろう、とハイジが考えていると、とつぜん上の方から、口笛と呼び声、そして枝で作ったムチが空気を切る音が聞こえてきました。ハイジはすぐに、それが何だかわかりました。外に駆け出すと、ぴょんぴょんと下りてきたヤギたちに、たちまち取り囲まれました。ヤギたちも、またアルムに来ることができたことを、ハイジと同じように喜んでいました。これまでにないほど高く跳びはね、楽しそうにメエメエと鳴いています。ハイジはあっちへこっちへと押されていました。どのヤギもハイジのすぐそばに来ようとしていて、ハイジのそばで喜びを爆発させようとしていたからです。でも、ペーターがヤギたちを脇へ押しやりました。一匹は右へ、一匹は左へ。というのも、ハイジに渡すメッセージがあったからです。ハイジの前に来たペーターは、一通の手紙を差し出しました。

「ほら！」その先の説明はハイジ自身に任せて、ペーターはぶっきらぼうに言いました。

ハイジはとても驚いていました。

「牧草地で、わたし宛の手紙を受け取ったの？」ハイジはひどくびっくりして、尋ねました。

「違うよ」というのが答えでした。

「じゃあ、その手紙はどこにあったの、ペーター？」

「パンの袋のなかだよ」

それはほんとうでした。昨晩、デルフリの郵便局員が、ハイジ宛の手紙をペーターに託したのです。その手紙を、ペーターは空っぽの袋に入れました。そして今朝、そのなかにチーズと一切れのパンを入れて、家を出たのです。ヤギを迎えに来たとき、おじいさんとハイジの姿も見かけたのですが、お昼になってパンとチーズを食べ終え、まだ残っているパン屑を袋から取り出そうとしたとき、手紙が手に触れたのでした。

ハイジは注意深く宛先を読むと跳び上がり、納屋にいるおじいさんのところに戻ると、大喜びで手紙を差し出しました。「フランクフルトからだよ！　クララから！　何が書いてあるか、すぐに聞きたいでしょ、おじいさん？」
もちろんおじいさんは聞きたがりました。ハイジについてきたペーターも、耳を傾けようとして、体をしっかりと支えるために、戸口の脇の柱にもたれました。その方が、手紙を読み始めたハイジの声に、ついていきやすかったのです。

「大好きなハイジ！

わたしたちはもう、荷造りをすませました。二、三日して、パパが出かけるときに、わたしたちも出発します。でもパパはわたしたちと一緒に行くのではありません。パパは、まずパリに行かなくてはいけないのです。お医者さまは毎日うちにいらして、階段の下からもう大声でおっしゃいます。『さあ！　さあ！　アルムに行っておいで』わたしたちが行くのが待ちきれないのです。お医者さまご自身がどんなにアルムを楽しんだか、あなたにも知ってほしいと思います！　冬中、ほとんど毎日うちにいらして、そのたびに、『アルムの話をせずにはいられなくて、またやってきたんだよ！』とおっしゃいました。そして、わたしのそばに座ると、あなたやおじいさんと一緒にアルムで過ごした日々について、山や花について、村々や道路を見下ろす高い場所の静けさについて、さわやかですばらしい空気について、話してくださるのです。『山の上なら、どんな人もまた元気になるに違いないよ』と、お医者さまは何度もおっしゃいました。お医者さまご自身が、しばらく山で過ごして、すっかり変わられたのです。いまではまた若く、楽しそうに見えます。ああ、お医者さまが話してくださったものを見て、アルムのあなたのところに行き、ペーターやヤギたちと知り合いになるのが、どんなに待ち遠しいことでしょう！　まずラガーツ温泉で六週間くらい療養するよう、お医者さまに指示されました。そのあとは、デルフリに泊まって、お天気のいいときには車椅子のままアルムに連れていってもらい、日中あなたのそばで過ごすのです。おばあさまも一緒に行って、わたしと泊まります。おばあさまも、あなたのところに登っていくのを楽しみにしていますよ。でもね、ロッテンマイヤーさんは一緒に行きたくないそうです。ほとんど毎日、おばあさまは尋ねます。「スイス旅行はいかが、ロッテンマイヤー？　もし一緒に来たいなら、遠慮はいらないのよ！」でも、ロッテンマイヤーさんはそのたびにとても丁寧に、「大それたことはしたくありません」と、断わるのです。でも、ロッテンマイヤーさんが何を考えているか、わたしにはわかります。ゼバスティアンがあなたをスイスまで送って戻ってきたとき、アルプスの山々の恐ろしさを話して聞かせたの。どんなにものすごい岩山が人を見下ろしているか。歩いていると、いたるところで割れ目や深淵に落ち込む可能性がある。あまりにも道が険しいので、一歩進むごとに、またうしろに転がり落ちるのではないかとこわくなる。あんなところを死の危険なしに登れるのは、ヤギぐらいであって、人間には無理だ。ロッテンマイヤーさんは、こうした説明を聞いて、すっかりおびえてしまい、以前のようにスイス旅行に憧れる気持ちはなくなってしまったのです。恐怖はティネッテにまで伝染して、ティネッテも一緒に行かないと言っています。ですから、わたしとおばあさまだけで行きます。ゼバスティアンだけが、わたしたちをラガーツまで送っていってくれますが、そのあとはゼバスティアンも帰ってしまうのです。

あなたのところに行くのが、ほんとうに待ちきれません。

お元気で、大好きなハイジ。おばあさまからも、どうかよろしくとのことです。

あなたの忠実な友

クララ」

この言葉を耳にしたとき、ペーターは戸口の脇の柱から離れて、怒りにまかせて自分のムチで、右や左をやみくもに叩（たた）きまくったので、ヤギたちはみな、ものすごく驚いて逃げ出し、めったにないほど大きく跳びはねながら、山を駆け下りていきました。ペーターはそのうしろから、まるで目に見えない敵に対して途方もない怒りを爆発させるように、空中でムチを振り回しながら走っていきました。この敵というのは、フランクフルトからやってくるお客さんがまもなく到着するという見通しのことで、それがペーターを非常に苦々しい気分にさせたのです。

ハイジは幸せな気持ちと喜びとでいっぱいになり、翌日おばあさんのところに行って、誰がフランクフルトからやってくるのか、そしてとりわけ、誰がやってこないのかを、伝えたいと思いました。それはおばあさんにとっても、非常に重要なことでした。というのも、おばあさんはすべての人のことを事細かに知っていましたし、ハイジの人生にまつわることとは、何もかも深い関心を持って一緒に体験していたからです。

翌日の午後、ハイジは時間どおりに出かけました。いまではまた一人で、おばあさんのところに行けるようになったのです。太陽はまた明るく輝いて、長いこと空から照らしていましたし、乾いた地面を駆け下りていくのは、すてきなことでした。陽気な五月の風がふもとに向かってさあっと吹き下ろし、ハイジをほんのちょっぴり速く駆け下りさせました。おばあさんは、もうベッドに寝てはいませんでした。また部屋の隅に座って、糸を紡いでいました。でもその顔には、何か重苦しい考えにとらわれているような表情が浮かんでいました。昨晩以来、この考えが一晩中おばあさんを苦しめて、眠ることができなかったのでした。ペーターが大いに腹を立てながら戻ってきて、彼のとぎれとぎれのどなり声から、フランクフルトからアルムの小屋まで一群の人々がやってくるのだと、おばあさんは理解したのでした。それからどうなるのか、ペーターにはわかりませんでした。しかしおばあさんはその先を考え、それこそがおばあさんを不安にさせて、眠りを奪ったのです。

いま、ハイジが小屋に飛び込んできて、おばあさんに駆け寄り、いつもそこにある小さなスツールに腰を下ろしました。そして、自分が知っていること、心をふくらませていることについて、熱心に語ったのです。でも、ハイジは言葉の途中でいきなり話すのをやめると、心配そうに尋ねました。「おばあさん、どうしたの、ぜんぜんうれしくないの？」

「いやいや、ハイジ、あんたのために喜んでるよ。あんたがそんなにものすごく喜んでいるんだからね」おばあさんは答え、ほんの少し、うれしそうに見えるように心がけました。

「でも、おばあさん、何か心配してるのがわかるよ。もしかしたら、ロッテンマイヤーさんが一緒に来ると思ってるの？」ハイジは、自分でもちょっと心配そうに尋ねました。

「いや、そんなことないよ！　何でもない、何でもないよ！」おばあさんはハイジをなだめました。

「ハイジ、ちょっと手に触らせておくれ。あんたがまだそこにいるって、感じられるようにね。わたしはとても生きていけないだろうけど、あんたにとっては一番いいことだろうからね」

「おばあさんが生きていけないなら、わたし、一番いいことなんて何もほしくないな」ハイジはきっぱりと言いましたが、そのことが一気に、おばあさんに新しい不安を抱かせました。フランクフルトの人々が来て、またハイジを連れていくのを、自分は受け入れなくてはいけないのだ、と思ったのです。ハイジはまた元気になったのですから、フランクフルトの人たちは、またハイジに来てもらいたいと思っているに違いありません。

それはおばあさんにとって、たいそう心配なことでした。しかしおばあさんは、心配していることをハイジに気づかれてはいけない、と感じていました。ハイジはとても心が優しいので、フランクフルトの人たちに逆らって、行こうとしないかもしれません。でもそれは、許されないのです。おばあさんは心のなかで助けを求めていましたが、助けを見出すまで、長くはかかりませんでした。おばあさんが知っている助けは、たった一つだけだったのです。

「わたしにもわかることがあるよ、ハイジ」と、おばあさんは言いました。「また、幸せな気持ちにして、いい考えを取り戻せることがある。賛美歌を読んでおくれ。『神さまはすべてのことを通して』で始まる歌だよ」

ハイジは、古い賛美歌集のことがもうよくわかっていたので、おばあさんが読んでほしがっているのがどの箇所か、すぐに見つけました。ハイジは明るい声で読み始めました。

「神さまは
すべてのことを通して
人がいやされるように
してくださいます。
波が高くなろうとも、

守られることを信じていなさい」

「そう、そう、それがまさに、聞きたかったことだよ」おばあさんはほっとしたように言いました。顔からは、苦しそうな表情が消えていました。ハイジは考えこむようにおばあさんを見つめましたが、それから、「ねえ、おばあさん、『いやされる』っていうのは、すべてがよくなって、誰かがまた元気になることだよね」と言いました。
「ああ、そうだよ。そういうことだよ」おばあさんはうなずきました。「それに、親愛なる神さまがそのようにしようと思われているのだから、何が起ころうとも、確信していられるのさ。もう一度読んでおくれ、ハイジ。わたしたちが忘れないで、ちゃんと覚えていられるようにね！」

ハイジはその歌詞をすぐにもう一度読み、さらにまた何度か読みました。何でも確実にしておくのが好きだったからです。

夜が近づいてきたので、ハイジはまた山を登って帰っていきました。すると、頭上には次々に星が現れて、キラキラとした光をハイジに注いでくれました。それはまるで、一つ一つの星がハイジの心のなかに新しい喜びを照らし出そうとするかのようでした。ハイジはそのたびに立ち止まり、空を見上げずにはいられませんでした。空いっぱいの星が、ますます明るく喜びの光を投げかけてきたとき、ハイジは大きな声で叫びました。
「ええ、わかるわ、神さまが何もかもよくご存じで、何がいいことなのか知っていてくださるから、わたしたちはとても喜んで、安心していることができるのよ！」

星たちはみな、キラキラと光って、ハイジがどんどん先へ進んで小屋に到着するまで、目で合図を送り続けました。小屋のそばにはおじいさんが立って、やはり星を見上げていました。こんなにきれいに星が輝いているのは久しぶりだったからです。

この五月のあいだ、夜だけではなく昼の時間も、空はもう長いことなかったほど、明るく澄み切っていました。朝、おじいさんはしばしば、前の日に沈んだときと同じくらいみごとに、太陽が雲一つない空に昇ってくるのを見て驚いていました。「今年はまれに見る太陽の年だな。草にも特別な力が宿るぞ。おい大将、いい草を食べてヤギたちが向こう見ずなことをしないように気をつけるんだぞ！」と、おじいさんはくりかえし、言わずにはいられませんでした。

するとペーターは勇敢にムチを振り回し、その顔にははっきりと、答えが浮かんでいました。「こいつらとは、充分張り合ってみせるぜ」

そのようにして、すべてを緑にする五月が過ぎていきました。大地をさらに暖めてくれる太陽と、長くて明るい昼の時間をもたらす六月がやってきました。太陽と明るい昼は、アルム全体の花々を目覚めさせました。花は輝き、あたり一面に萌え出て、そこらじゅうの空気を甘い香りで満たしました。ある朝、ハイジが朝の仕事をすませて小屋から飛び出したときには、もうその六月も終わりに近づいていました。ハイジは急いでモミの木の下に行き、それから少し山を登ったところにある大きなベニバナセンブリの茂みが花を咲かせているか、見に行きたいと思っていました。ベニバナセンブリの花は、空中から降り注ぐ太陽の光のなかで、うっとりするほど美しかったからです。ところが、ハイジが小屋の角を曲がって走り出そうとしたとき、いきなり全力で激しく叫んだので、おじいさんまでが納屋から出てきました。それほど珍しいことだったのです。

「おじいさん！　おじいさん！」ハイジは、我を忘れて叫びました。「こっちへ来て！　こっちへ来て！　見て、見て！」

呼び声に応じておじいさんもやってきて、興奮したハイジが腕を伸ばして指し示している方向を見ました。

これまでに一度も見たことのないような奇妙な行列が、アルムの山道をくねくねと登ってきていました。まず先頭に、二人の男性がカバーのかかっていないかご椅子を運んでいました。そのかご椅子には一人の娘が、何枚もの布に包まれて座っています。それに続いて一頭の馬が、堂々としたご婦人を乗せて歩いていました。ご婦人はとても活発に、あらゆる方向に目をやり、脇を歩く若い案内人と熱心に話をしています。それから人が座っていない車椅子を、別の若者が押してきていました。本来なら車椅子に座っているはずの病人は、かご椅子に乗って険しい道をより安全に運ばれていたのです。最後尾には荷物担ぎの男が来ていましたが、その背負いかごにはたくさんの毛布やショール、毛皮などが重ねられていたので、彼の頭の上から荷物が顔をのぞかせていました。

「お客さんが来た！　お客さんが来た！」ハイジは大声をあげ、喜びのあまり高く跳びはねました。ほんとうに、それはフランクフルトからのお客さまたちでした。彼らはどんどん近づいてきて、小屋の前に到着しました。運び手たちはかご椅子を地面に降ろしました。ハイジがそこに駆け寄り、二人の子どもたちは大喜びしながら互いにあいさつしました。そのときおばあさまも到着し、馬から下りました。ハイジはおばあさまのところにも駆け寄り、おばあさまからとても心のこもったあいさつをしてもらいました。それからおばあさまは、歓迎のあいさつをするために近づいてきたおじいさんの方に向き直りました。二人のあいさつには、堅苦しいところはまったくありませんでした。おばあさまはハイジの話でおじいさんのことを知っていましたし、おじいさんもそうでした。それで、まるでもう長いことお付き合いがあったような気分だったのです。

最初のあいさつを交わしてから、おばあさまがたいそう元気よく言いました。「親愛なるおじいさん、なんてすばらしいところにお住まいをお持ちなんでしょう！　誰が想像したでしょう！　王さまのなかにも、あなたをうらやむ人がたくさんいるはずですよ！　ハイジも、なんて元気そうになったんでしょう！　まるで赤いバラの花みたいね」おばあさまは、ハイジを引き寄せ、生気にあふれる頰をなでながら、言葉を続けました。「このあたり一帯が、なんてみごとな眺めなんでしょう！　どう思う、クララ、あなたはなんて言うかしら？」

クララは完全にうっとりして、あたりを眺めていました。生まれてこの方、こんな景色は知りませんでしたし、予想もしていなかったのです。

「ああ、なんてきれいなの！　ああ、なんてきれいなの！」クララは何度も叫びました。「こんな景色だとは思いもしなかったわ。おばあさま、わたし、ここにずっといたい！」

そのあいだに、おじいさんが車椅子をこちらに押してきて、背負いかごから何枚かの布を取り出して、車椅子に敷きました。そして、かご椅子のそばに歩み寄りました。

「お嬢ちゃんを座り慣れた椅子に座らせてあげられたら、その方がいいでしょう。旅行用のかご椅子はちょっとかたいですからね」とおじいさんは言いましたが、誰かが手を貸してくれるのを待つのではなく、病気のクララをすぐにたくましい両腕で、やさしく籐（とう）のかご椅子から持ち上げると、とても注意深く、やわらかい布を敷いた車椅子に座らせました。それからクララの膝（ひざ）の上の布をきちんと整え、両足がクッションの上に心地よく乗るようにしてやりましたが、その様子はまるで、おじいさんが一生のあいだ、手足の不自由な人たちの世話をしてきたかのようでした。おばあさまは大変驚いて、その様子を見つめていました。

「親愛なるおじいさん」と、おばあさまは話し出しました。「あなたがどこで看護の心得を学ばれたのかがわかれば、わたしはきょうのうちにも、知っている看護師たちをみんなそこに送り込んで、あなたと同じことができるようにします。いったいどうして、看護がおできになるのですか？」

おじいさんは、ちょっぴりほほえみました。「ちゃんと学んだというよりは、いろいろ実地にやってみて覚えたということなんです」おじいさんは答えました。その顔にはほほえみも浮かんでいましたが、かすかな悲しみの影もありました。おじいさんの目の前に、ずっと前に過ぎ去った時代に見た、一人の男の苦しむ顔が浮かんできました。その人は椅子に座らされていましたが、重い怪我で体が損なわれて、ほとんど手足を動かすことができませんでした。その人はおじいさんの部隊長で、シチリアでの激しい戦闘のあと、地面に倒れていたのをおじいさんが見つけ、運んだのでした。そのあとは、おじいさんがただ一人の看護人として部隊長の世話をし、部隊長も辛い苦しみに終わりが来るまで、おじいさんを自分のそばから放そうとしませんでした。おじいさんの目の前に、ふたたびあの怪我人の姿が浮かびました。病気のクララの看護をし、クララが楽になれるように自分の知るかぎりの世話をすることが、ほかならぬ自分の仕事であるように、おじいさんには思えました。

空は深い青色で、雲もなく、小屋の上に、モミの木の上に、灰色に光りながらそびえる高い岩山のずっと上にも、広がっていました。クララはあたりをどんなに見回しても飽きることがなく、目にするものすべてにうっとりしていました。

「ああ、ハイジ、あなたと一緒に、小屋の周りやモミの木の下を歩き回れたらなあ！」クララは切なそうに叫びました。「ずっと前から話に聞いて知っているのに、まだ見ていないものを、あなたと一緒に全部見られたらいいのに！」

それを聞いて、ハイジは大いにがんばりました。そして、それはうまくいきました。車椅子は乾いた草地をうまく転がり、モミの木の下まで行けたのです。車椅子はそこに停まりました。クララはこれまで、このように背の高い、老いたモミの木を見たことがありませんでした。モミの木の長くて幅広い枝は地面まで垂れ下がり、そこでさらに大きく太くなっています。子どもたちについてきたおばあさまも、すっかり感心して立ち尽くしていました。大昔からここに立つこれらの木々の何が一番美しいか、おばあさまは決めかねていました。青い空のなかに高くそびえ立つ、たっぷり葉が茂ってざわざわと音を立てる梢でしょうか。それとも、まっすぐでしっかりした柱のような幹でしょうか。その幹から出る力強い枝は、長い長い歳月のことを物語っています。この木々はそれらの歳月のあいだ、山の上に立ち、谷を見下ろしていたのですが、谷では人間たちが行ったり来たりして、あらゆるものの様子が変わっていったのでした。それでも、モミの木はいつも同じ姿でここに立っていたのです。

そのあいだに、ハイジは車椅子をヤギ小屋の方に押していき、クララがすべてをちゃんと見られるように、小さな扉を大きく開け放ちました。といっても、ヤギ小屋の住人たちは留守だったので、見られるものはそんなに多くありませんでした。クララは残念そうに言いました。「ああ、おばあさま、スワンとクマの帰りを待っていることができたらいいのに！　それから、ほかのヤギやペーターのことも！　おばあさまがおっしゃったような早い時間にふもとに戻らなくてはならないのだと、ヤギたちやペーターとぜんぜん知り合えないでしょ。そんなの、残念すぎる！」

「クララ、いまはここにあるすべての美しいもののことを喜びましょうよ。そして、足りないかもしれないもののことは考えないようにしましょう」さらに押されていく車椅子について歩きながら、おばあさまがなだめました。

「ああ、お花が！」と、クララがまた声をあげました。「茂み全体に、きれいな赤い花が咲いているし、うなずいている青いつりがね草もある！　ああ、車椅子から出て花を摘めたらいいのに！」

ハイジはすぐに駆け出し、大きな花束を持って戻ってきました。

「でも、こんなのまだまだだよ、クララ」ハイジはクララの膝の上に花束を置きながら、言いました。「一緒に牧草地へ登っていったら、すごいものが見られるよ！　一つの場所に、赤いベニバナセンブリの茂みがたくさんたくさんあって、青いつりがね草も、こ
こよりもっとたくさんあるし、明るい黄色のミヤマキンポウゲも何千も咲いていて、地面に金貨が輝いているみたいだよ。それから、葉っぱの大きな花もあるよ。おじいさんはそれを、『太陽の目』って呼んでる。それから、茶色くて丸い頭の花もあって、すごくいい匂いで、とってもきれいなんだ！　あそこに座っていると、もう立ち上がれないくらい、きれいなんだよ！」

ハイジの目は、自分がいま話して聞かせたものをまた見たい、という思いでキラキラと光りました。そしてクララにも、その思いが伝わりました。クララの穏やかな青い目は、ハイジの燃えるような願いを映して輝きました。

「ああ、おばあさま、わたしもそこに行ける？　そんなに高いところに？」クララは切

実に尋ねました。「ああ、行けたらいいのに。ハイジ、そうやってあなたと一緒にアルムであちこちに登って、いろんなところに行けたなら！」

「わたしが押していくよ」とハイジがクララを慰め、車椅子を押すのがどんなに簡単かを見せようとして、大きな勢いをつけて小屋の角を曲がりました。すると、車椅子は山の下まで転がっていきそうになりました。でも、おじいさんが近くに立っていて、ちょうどいいタイミングで車椅子を止めてくれました。

お客さんたちがモミの木の下にいるあいだにも、おじいさんは怠けてはいませんでした。小屋の前のベンチのそばに、いまではテーブルと、必要な椅子も出されていて、ここですてきなお昼ごはんが食べられるように、準備が整っていました。小屋のなかでは、これから食べるものが鍋（なべ）のなかで湯気を上げたり、大きなフォークに刺されて火の上でとろとろに溶けたりしていました。長くはかからず、おじいさんはすべてをテーブルの上に並べました。そして、みんなは一緒に楽しく食事をしました。

おばあさまは、遠くの谷を見下ろしたり、あらゆる山の上を越えて青い空を見渡したりできるこの食堂に、すっかり感動していました。穏やかな風が食卓の人々に、気持ちのいい涼しさを送ってくれました。そして、向こうのモミの木をざわざわと上品に鳴らしたので、それはまるでお祝いの席のためにわざわざ注文した食卓用の音楽のようでした。

「こんなこと、いままで一度もありませんでした。ほんとうに、みごとです！」おばあさまは、くりかえし大声で言いました。「でも、なんということでしょう」おばあさまは非常に驚いて付け加えました。「あなたは焼きチーズをお代わりしたのね、クララ?」

たしかに、黄金に輝く二つ目のチーズが、クララのパンの上にのっていました。

「あら、すごくおいしいんですもの、おばあさま。ラガーツ温泉のどの食事よりおいしい」クララは断言し、とてもおいしそうに、香ばしいチーズにかぶりつきました。

「どんどん食べて! どんどん食べて!」おじいさんは満足そうに言いました。「山の風が、料理の足りない部分を補ってくれるんですよ」

そうやって、楽しい食事の時間は過ぎていきました。おばあさまとおじいさんは、ものすごく気が合いました。二人の会話はどんどん活発になっていきました。まるでずっと前から友人同士だったみたいに、人間について、ものごとについて、世界のいろいろなできごとについて、二人の意見はことごとく一致しました。そうやってすてきな時間が過ぎましたが、とつぜんおばあさまは夕方が近づいていることに気づいて、言いました。「すぐに帰り支度をしなくちゃ、クララ、太陽がすっかり傾いていますよ。もうすぐ馬やかご椅子を持った人たちが迎えに来るでしょう」

それまで楽しそうだったクララの顔が、悲しそうな表情になりました。クララは強く訴えるように言いました。「ああ、あと一時間だけ、おばあさま、それとも二時間! わたしたち、まだぜんぜん小屋のなかを見てないのよ。ハイジのベッドや、いろいろな家具を。ああ、あと十時間、昼の時間が続けばいいのに!」

「それは無理でしょうね」とおばあさまは言いましたが、おばあさまも小屋のなかは見てみたいと思いました。そこでみんなはすぐに食卓から立ち上がり、おじいさんは車椅子をしっかりと手であやつって扉の方に押していきました。ところが、戸口からなかに入るには、車椅子の幅が広すぎて、それ以上進むことができませんでした。でも、おじいさんはぐずぐずしません。クララを車椅子から抱き上げると、しっかりと腕に抱えて、小屋に入っていったのです。

小屋のなかではおばあさまがあちこち歩いて、すべての家具や設備をじっくり眺め、なにもかもきちんと片付き、整理されているのを見て、そのきちょうめんさを大いにおもしろがっていました。「この上にあるのがあなたのベッドなのよね、ハイジ、そうでしょ？」おばあさまはそう尋ねると、こわがることもなく、すぐに干し草置き場まではしごを上っていきました。「あら、なんていい香りでしょう、これは健康的な寝室に違いないわ！」おばあさまは丸窓のところまで行って、外をのぞきました。おじいさんもクララを腕に抱えて、あとから上ってきました。そして、ハイジがそのあとからぴょんぴょんとついてきました。

いま、四人はハイジのきれいに積み上げた干し草のベッドの周りにいました。おばあさまはじっと考えこみながらそのベッドを見つめ、ときおり長く息を吸って、新鮮な干し草のすばらしい香りを心地よさそうに吸い込みました。クララはハイジの寝床にすっかり夢中になっていました。

「ああ、ハイジ、なんておもしろい寝床なの！　ベッドからちょうど空が見えるし、こんなにいい香りに包まれて、外でモミの木がざわざわ鳴るのを聞けるなんて。ああ、こんなに愉快で楽しい寝室、これまで見たことがない！」

そのとき、おじいさんがおばあさまの方に目を向けました。

「わたしに、考えがあるのですが」と、おじいさんは言いました。「おばあさまがわたしを信用してくださるなら、そして、もし気が進まないということがなければ、お嬢ちゃんをしばらく山の上でおあずかりするのはどうでしょう。そうすれば、新しい力がわいてくるかもしれません。毛布やショールがたくさん来ていますから、それでもう一つ、すてきなやわらかいベッドを準備できますよ。そして、お嬢ちゃんの世話については、わたしがお引き受けしますので、おばあさまがご心配なさる必要はありません」

クララとハイジは鳥かごから解放された二羽の鳥のように、一緒になって歓声をあげました。おばあさまの顔は、太陽に照らされたようにぱっと明るくなりました。

「親愛なるおじいさん、あなたはすばらしい方です！」おばあさまは思わず言いました。「わたしがたったいま、何を考えていたと思います？　心のなかで、クララがもし山の上にいさせていただければ、とりわけ丈夫になれるのではないかと、思っていたのですよ。でもこの子の介護は！　世話は！　お宅にとって、きっと面倒なことに違いありません。ところがあなたは、何でもないことのように、ご自分からそれを提案してくださいました。おじいさん、あなたにお礼を申し上げなければなりません。心から、お礼を申し上げます！」おばあさまはおじいさんの手を握って、何度も何度も揺さぶりました。そしておじいさんも、とてもうれしそうな顔でおばあさまの手を揺さぶっていました。

　おじいさんは、提案をすぐに実行に移しました。まずクララを小屋の前の車椅子に戻しましたが、そのあとについてきたハイジは、喜びでどれほど高く跳びはねたらいいのか、わからないほどでした。それからおじいさんは、ショールや毛皮をすべて腕に抱えて、上機嫌でほほえみながら言いました。「おばあさまが、まるで冬の行軍のときのようにしっかりと準備してくださったのはいいことですよ。わたしたちは、これを利用できますからね」

「親愛なるおじいさん」おばあさまは歩み寄りながら、元気よく答えました。「慎重な準備は立派な美徳ですし、いろいろな災いからわたしたちを守ってくれます。この旅行で、嵐や風やどしゃ降りにあわずに山々を越えることができればありがたいことですし、そのようにしたいとも思いますが、身を守るために持ってきたこうした布は、こちらでも役に立つと思います。その点では、わたしたちの意見は一致しています」

　こんなちょっとした会話を交わしながら、二人は干し草置き場に上がり、ベッドの上にどんどん布を広げ始めました。とてもたくさんの布を使ったので、しまいにはベッドが小さな要塞（ようさい）のように見えるほどでした。

「干し草の茎が、一本でも飛び出してわたしを刺せるものなら、刺してごらんなさい」手でもう一度、ベッドのあらゆる場所を押さえながら、おばあさまが言いました。でも、布でできたやわらかい壁はしっかりしていて、茎が突き通すことはありませんでした。おばあさまは満足してはしごを下り、外にいる子どもたちのところに行きました。子どもたちは顔を輝かせながらくっつきあって座り、クララがアルムに滞在できる日々のあいだ、朝から晩まで何をしようかと相談していました。でも、どれくらい長く滞在できるのでしょう？　それが、おばあさまにとっても目下の大問題でした。おばあさまは、それはおじいさんが一番よくわかっているはずで、おじいさんに訊いてみなければならない、と言いました。おじいさんが近づいてきて、この問いが向けられると、おじいさんは「アルプスの空気がお嬢ちゃんに効くかどうかを見極めるのには、四週間がちょうどいいだろう」と答えました。子どもたちは心からの歓声をあげました。そんなに長く一緒にいられる見込みがあるなんて、予想以上だったからです。

やがて、ふもとからまた、かご椅子を運ぶ人と、馬を連れた案内人が登ってくるのが見えました。でも、かご椅子を運ぶ人たちには、すぐにまた引き返してもらいました。

おばあさまが馬に乗るために歩き始めたとき、クララが楽しそうに声をかけました。

「ああ、おばあさま、いまは宿にお戻りになるけれど、これはぜんぜんお別れじゃないわ。ときどきは、わたしたちが何をしているか見るために、アルムに来てくださるでしょ、そうしたらきっとおもしろいわよね、ハイジ？」

おばあさまはがっしりした荷役用の馬に乗り、おじいさんがその手綱を取って、しっかりとした手で険しい坂道を下へと、馬を導いていきました。そんなに遠くまで一緒に来てくださらなくてもいいんですよ、とおばあさまが熱心に説得しても、おじいさんは聞き入れませんでした。デルフリまではついていきます、山道は急で、馬に乗っていると危ないかもしれませんからね、とおじいさんは説明しました。

しかし、いまでは一人になったおばあさまは、寂しいデルフリ村には泊まりたくありませんでした。ラガーツ温泉まで戻って、そこからときどき、アルムまでやってくることにしました。

おじいさんが小屋に戻ってくる前に、ペーターがヤギたちを連れて山から駆け下りてきました。ハイジがどこにいるか気づいたヤギたちは、みんな一斉にその場所に押し寄せました。ハイジと一緒にいたクララは、たちまち車椅子ごとヤギたちの群れに取り囲まれました。そして、次々にヤギのなかの一匹がほかのヤギを押しのけながら顔を出しましたが、そのたびにハイジはすぐ、そのヤギの名前をクララに伝えて、紹介するのでした。

そんなわけで、クララはたちまち、長いあいだ願っていたように、小さなユキピョンや愉快なヒワ、おじいさんの清潔なヤギたち、そして大きなトルコなど、ほんとうにすべてのヤギたちと知り合いになりました。しかし、ペーターはそのあいだ、脇に立って珍しくおどすような目つきで、満足そうなクララを見ていました。

二人の子どもたちが感じよく「こんばんは、ペーター！」と呼びかけたときも、ペーターは返事をせず、まるで空をまっぷたつにたたき割ろうとするかのように、不機嫌にムチを振り上げました。それからペーターは走り去り、ヤギたちもそのあとを追っていきました。

クララがその日、アルムで見たすべての美しいことにも終わりがやってきました。

干し草置き場の大きなやわらかいベッドに横になり、ハイジもそこに上がってきたとき、クララは開いている丸窓から、星がまたたく空を見上げていました。喜びにあふれて、クララは大きな声で言いました。

「ああ、ハイジ。見て、わたしたち、まるで背の高い馬車に乗って空に駆け上がっていくみたいね！」

「うん、それから、どうして星たちがあんなにうれしそうに、わたしたちに目で合図しているのか、わかる？」ハイジが尋ねました。

「ううん、わからない。あなたはどう思ってるの？」クララが問い返しました。

「星たちは空の上で、神さまが人間のためにすべてをよくされて、人間が不安を持たず、安心していられるのを見ているからよ。すべてが役に立つようになっているから。星たちはそれを喜んでいるの。見て、わたしたちも楽しい気持ちになれるように、合図しているのよ！　でもね、クララ、わたしたち、お祈りも忘れちゃいけないわ。親愛なる神さまに、すべてをこうやって美しく整えるときに、わたしたちのことも忘れないでください、ってしっかりお祈りしなくちゃ。わたしたちも安心して暮らせて、何も恐れる必要がありませんように、って」

子どもたちはもう一度体を起こして、それぞれに夜のお祈りを唱えました。それからハイジは自分のふっくらとした腕を枕に、たちまち眠り込みました。しかし、クララの方は、まだ長いこと目を覚ましていました。星の光が見られるこんなすばらしい寝床で横になるのは、生まれて初めてだったからです。

クララはそもそも、ほとんど星というものを見たことがありませんでした。夜に外出したことはありませんでしたし、家では星が出る時刻にはとっくに部厚いカーテンを下ろしていたからです。

クララはいま、目を閉じようとすると、すぐにまた開かずにはいられませんでした。あの大きな明るい二つの星が、まだちかちかと光って、ハイジが言ったような特別なあいさつを送っているか、確かめたかったからです。星たちはあいかわらず光っていました。クララは星の瞬きや輝きをどんなに見ても見飽きませんでしたが、やがてクララの二つの目も自然に閉じ、夢のなかで、まだ二つの大きく輝く星を見続けたのでした。

第7章　アルムでのそれからの日々

ちょうど太陽が岩山の向こうから昇ってきて、黄金の光をハイジの小屋や谷間に投げかけました。おじいさんはいつもの朝と同じように、静かに、おごそかな面持ちで、あたりの山々や谷間の薄い霧が晴れていき、明け方の影のなかから一帯の土地が顔をのぞかせ、新しい一日に向けて目覚めていくのを見ていました。

空の上では淡い朝の雲がどんどん明るくなっていき、やがて太陽が完全に姿を現すと、岩山や森や丘に黄金の光が降り注ぎました。

おじいさんは小屋に戻っていき、小さなはしごを静かに上りました。クララはちょうど目を覚ましたところで、丸窓から入ってきてベッドの上で踊ったり光ったりしている日の光を、大変不思議そうに眺めていました。自分が何を見ているのか、どこにいるのか、わからなかったのです。それからクララは自分の横で眠っているハイジを見つけました。そのとき、おじいさんのやさしい声も聞こえてきました。「よく眠れたかね？　疲れてないかい？」ぜんぜん疲れてない、とクララははっきり答えました。それに、いったん眠り込んだら、夜中に一度も目を覚まさなかったことも、伝えました。おじいさんはそれを聞いて喜びました。そしてすぐにクララの世話を始め、まるで病気の子どもを看護し、気分よくさせるのがずっと自分の仕事であったかのように、よく心得て世話をしたのでした。

いま、ハイジも目を開き、すでに着替えの終わったクララをおじいさんが腕に抱いて運んでいく様子を、驚きとともに見つめていました。ハイジだって、クララのそばにいなくてはいけません。矢のような速さで着替えをすませると、はしごを下りていきました。そして、ハイジも扉の外に出て、おじいさんがいまやっていることを大いに感心しながら眺めました。おじいさんは前の晩、子どもたちが上の寝床に行ったあと、幅の広い車椅子を屋根の下に入れるにはどうすればいいか、考えたのでした。小屋の戸口は幅が狭すぎて、車椅子を通すことができません。そこで、おじいさんはあることを思いつきました。裏の納屋の大きな厚板を二枚外し、入り口を広くしたのです。おじいさんは椅子を納屋のなかに入れ、外した細長い厚板は、固定はしませんでしたが、また元の場所に立てかけておきました。おじいさんが納屋のなかでクララを車椅子に座らせ、厚板をどかして納屋から朝の光のなかに出てきたとき、ハイジもちょうどそこにやってきました。

小屋の前の開けた場所に車椅子を止め、おじいさんはヤギ小屋に行きました。ハイジはクララのそばに飛んでいきました。

さわやかな朝の風が、子どもたちの顔の周りに吹いていました。風が吹くたびに、ふくよかなモミの木の香りがこちらにただよってきて、日の光あふれる朝の空気のなかを流れていきました。クララは体の奥まで空気を吸い込むと、これまでになかったほどいい気分になって、車椅子の背にもたれました。

これまでの人生では、まだ一度もさわやかな朝の空気を自然のなかで吸ったことがなかったのです。それがいま、澄みきったアルプスの空気がこんなにも涼しくさわやかな風になって流れているので、息をするたびに満足感に浸るのでした。それに加えて明るくやさしいお日さまの光も、山の上では少しも暑くなく、快い暖かさでクララの両手を照らし、足もとの乾いた草地に注いでいました。「アルムはこんなに心地がいいなんて！」あらゆる方向から空気と太陽を吸収するために、気持ちよさそうに車椅子の上で体の向きを変えながら、クララは言いました。

「わたしが話したとおりだって、いまではわかったでしょ」ハイジはうれしそうに答えました。「アルムのおじいさんのところが世界中で一番美しいってことが」そのとき、ちょうどおじいさんが納屋から出て、子どもたちの方に歩いてきました。おじいさんは泡の立つ、雪のように白いミルクが入った鉢を二つ持ってきて、一つをクララに、もう一つをハイジに渡しました。

「これはお嬢ちゃんの体にいいものだよ」おじいさんは、クララに向かってうなずきながら言いました。「スワンのお乳だ、これを飲むと元気が出るよ。さあ、どうぞ！　どんどん飲んで！」

クララはこれまでに、ヤギのミルクを飲んだことがありませんでした。最初は確かめるように、ちょっと匂いをかがずにはいられませんでした。しかし、ハイジがどれほど喜んで、息もつかずにそれを飲み干しているかを見ると――ハイジには、ヤギのミルクは驚くほどいい味がしたのです――クララも飲み始め、どんどん飲んでみると、ほんとうに、そのミルクはまるで砂糖とシナモンが入っているみたいに、甘くて濃い味でした。クララは鉢が空っぽになるまで、ごくごくと飲み干しました。

「明日は二杯ずつにしよう」クララがハイジにならってミルクを飲み干す様子を満足そうに眺めていたおじいさんは言いました。

そのとき、ペーターがヤギの群れを連れて現れました。そして、ハイジがあらゆる方向からヤギたちの朝のあいさつを受けて、群れの真ん中に押されていったとき、おじいさんはペーターを、自分がこれから言う言葉がちゃんと聞こえるように、少し脇に連れていきました。ハイジがみんなの真ん中に来たとたん、ヤギたちが喜んだり、親近感を示そうとしたりして、たえず一匹がほかのヤギよりも大きくメーメーと声をあげ、うるさかったからです。

「よく聞いて、気をつけるんだ」とおじいさんは言いました。「きょうから、スワンにはやりたいようにさせてやれ。スワンは勘がいいから、どこに栄養になる草が生えているか、ちゃんとわかっている。だから、上に登りたがるときには、あとについていってやれ。そうしたら、ほかのヤギたちも分け前にあずかれるだろう。おまえが普段ヤギたちと行くよりも、もっと高いところにスワンが行こうとしたら、ついていって、止めるんじゃないぞ。わかるか！ ちょっとくらい岩登りすることになっても、悪くはないだろう。スワンが行くところに、ついてってやれ。スワンはその点では、おまえよりも賢いからな。一番いい草を食べさせて、上等のミルクが出るようにするんだ。なんでそんなふうにあっちを見て、何か飲み込みたそうにしてるんだ？ 誰も邪魔なんかしないぞ。さあ、前へ進め、そしてよく覚えておくんだぞ！」

ペーターは、おじいさんの言葉に従うことに慣れていました。そこで、すぐに前進を始めました。でも、まだ何か心にひっかかっているのが見てとれました。というのも、ペーターは何度もうしろを振り返っては、目玉をぎょろぎょろさせていたからです。ヤギたちもあとに続き、少しのあいだ、ハイジのことを一緒にまえに押していきました。それは、ペーターにも都合のいいことでした。「ハイジも一緒に来いよ」ペーターはおどすように、ヤギたちの群れに向かって大声で言いました。「スワンのあとについていかなくちゃいけないんだから、一緒に来なくちゃだめだよ」

「そんなの無理、できないよ」ハイジも大声で答えました。「それにこれからは、長いあいだ、一緒に行けないよ。クララがうちにいるあいだはね。だけど、いつかクララと一緒に山の上に登るつもり。おじいさんが約束してくれたから」

この言葉とともに、ハイジはヤギの群れから出ると、クララのところに飛んで戻っていきました。ペーターは両手のこぶしを握り、車椅子に向かっておどすような仕草で振り下ろしたので、ヤギたちが驚いて脇に飛びのきました。しかしペーターはその場で跳び上がると、止まらずにずっと遠くまで登っていき、小屋から見えないところまで行きました。おじいさんが見ていたかもしれない、と思ったからです。こぶしを振り回すのを見ておじいさんがどんなことを考えたか、知りたくはありませんでした。

クララとハイジは、きょう一日のあいだにやりたいことが山ほどあったので、どこから始めたらいいのか、わからないほどでした。ハイジが、まずおばあさまに手紙を書くことを提案しました。毎日新しく手紙を書くと、おばあさまに約束していたからです。おばあさまは、山の上での長い滞在がクララの気に入るかどうか、それにクララの健康状態がどうなるか、はっきりとわからなかったので、子どもたちに毎日手紙を書き、体験したことをすべて報告するように、約束させたのでした。そうすれば、おばあさまは山に登ってくる必要ができたときにもすぐにわかるでしょうし、それまでは下でのんびりしていられるのです。

「手紙を書くために、小屋に入らなくちゃいけないかしら？」クララは尋ねました。おばあさまに報告をするのには賛成でしたが、外にいるのがあまりにも気持ちよかったので、そこから離れたくなかったのです。

ハイジには、どうすればいいかわかっていました。すぐに小屋に駆け込むと、学校の道具と背の低い三本脚の椅子を持って戻ってきました。そして、教科書とノートをクララの膝(ひざ)の上に置いて、その上で字が書けるようにすると、自分は小さい椅子に座って、ベンチを机代わりにしました。二人はおばあさまに手紙を書き始めました。しかし、クラは一行書くごとに、鉛筆を置いて、周りを眺めています。あまりにもすばらしい景色だったのです。風は、もうひんやりとではなく、やさしく、あおぐように頰をなでていき、向こうのモミの木のところに行って、何かささやいています。澄みきった空気のなかを、楽しげな小さい虫たちが、踊ったり歌ったりしています。あたり一面日に照らされた草原は、静まりかえっていました。高くそびえる岩山は静かにこちらを見下ろし、遠くの広い谷は、しんとして平和そのものです。ほんのときたま、牧童の楽しそうな歓声が風に乗って聞こえてきては、岩にこだまして返っていきました。

朝の時間は子どもたちが気づかないうちに過ぎてしまいました。そしておじいさんがもう、湯気の立つ鉢を持ってやってきました。おじいさんは、空に太陽の光があるあいだは、お嬢ちゃんは外にいた方がいい、という意見だったのです。そうやって、昨日のような昼食が小屋の前に並べられ、楽しい食事となりました。ハイジは食後、クララを乗せた車椅子を押してモミの木の下に行きました。子どもたちは、午後じゅうその気持ちいい日陰に座って、ハイジがフランクフルトを去ってから起こったあらゆることについて、話す約束をしていたのです。何もかもがいつもどおりの流れで過ぎていったとしても、ゼーゼマン家で働き、ハイジもよく知っている人たちについて、クララにはいろいろと特別な、報告すべきことがありました。そんなわけで、子どもたちが年老いたモミの木の下に並んで座り、話に夢中になればなるほど、枝のあいだでは鳥たちが大きな声でさえずりました。子どもたちのおしゃべりが鳥たちを喜ばせ、鳥たちも一緒に声をあげたいと思ったのです。そうやって時間は飛ぶように過ぎ、いつのまにか夕方になっていました。もうヤギたちの群れが駆け下りてきました。そのうしろからはペーターが、額にしわを寄せて不機嫌そうにやってきます。

「おやすみ、ペーター！」ペーターに立ち止まる気がないのを見てとったハイジが大声で呼びかけました。

「おやすみ、ペーター！」クララも親切に呼びかけました。でも、ペーターは何のあいさつも返さず、荒い息を弾ませながら、ヤギたちを追い立てていました。

おじいさんがきれいになったスワンの乳をしぼるためにヤギ小屋に連れていくのを見たクララは、とつぜん草の香りのするミルクを飲みたくて飲みたくてたまらなくなりました。おじいさんがミルクを持ってきてくれるまで、ほとんど待ちきれないほどでした。クララは自分でも、そのことに驚きました。

「これって珍しいことね、ハイジ」とクララは言いました。「覚えている限りでは、わたしはいつも、食べなくちゃいけないから食べてたの。出された食べものは、肝油の味がしたし、わたしはもう何千回も、食事なんてしなくてすんだらなあ！　って考えたの。ところがいまでは、おじいさんがミルクを持ってきてくれるのを待ちきれないほどなのよ」

「うん、それがどういうことか、わかるよ」理解を示しながら、ハイジが答えました。ハイジはフランクフルトでの日々を思い出していたのです。フランクフルトでは食事はみな、のどに引っかかり、お腹まで落ちていこうとしなかったのです。でもクララには、そのことはわかりませんでした。これまで一度も、まるまる一日を外で過ごしたことがなかったのです。ところがきょうはこんなに高い場所で、人を元気づけてくれる山の空気のなかにいるのです。

おじいさんが鉢を持って近づいてきたとき、クララはすばやくお礼の言葉を言いながら、自分の鉢を受け取りました。そして、のどが渇いていた人のようにごくごくと何口も飲み、今回はハイジよりも先に飲み干してしまいました。

「もう少しお代わりできる？」鉢をおじいさんの方に差し出しながら、クララが尋ねました。

おじいさんは機嫌よくうなずくと、ハイジの鉢も持って小屋に戻りました。そしてまた出てきたときには、鉢の上に部厚いふたをのせていましたが、それは普通のふたとは違う材料でできていました。

その日の午後、おじいさんは緑豊かなマイエンゼースまで歩いていきました。そこには酪農小屋があって、薄黄色の甘いバターが作られているのです。おじいさんはそこから、美しく丸い塊を持って帰ってきました。そして、パンをしっかり二切れスライスすると、甘いバターをしっかり部厚く塗りました。これを、子どもたちの夕食にするつもりでした。子どもたちはすぐに二人とも、おいしそうにパンにかぶりついたので、おじいさんは思わず立ち止まって、どうなるかを見ていました。この様子が気に入ったのです。

クララがそのあと寝床に入り、チラチラとまたたく空を見上げていると、隣に寝ているハイジと同じことが起きました。その場ですぐに両目が閉じ、これまで一度も経験したことがないような、しっかりした健康的な眠りにおそわれたのです。

このように喜ばしい状態で、次の日も、また次の日も過ぎていきました。それから、子どもたちにとってはびっくりするようなできごとがありました。二人のたくましい運送屋が、山を登ってきたのです。それぞれが、すでに組み立てられた丈の高いベッドを背負っていました。二つとも同じように白い掛け布団でおおわれ、清潔で、ぴかぴかの新品です。男たちはおばあさまからの手紙も届けてくれました。その手紙には、ベッドはクララとハイジのものです、と書かれていました。干し草に布をかぶせた寝床はもう終わりにして、ハイジはこれからいつもちゃんとしたベッドで寝るべきです。冬になったらベッドのうち一台はデルフリ村に運び、もう一台は上に置いておいて、クララがまた来たときに使えるようにしておいてください、というのがおばあさまの意見でした。それからおばあさまは子どもたちが長い手紙を書いてくれたことをほめ、ぜひ毎日それを続けてほしい、そうすれば自分も山の上にいるようにすべてを一緒に体験できるから、と書いていました。

おじいさんは小屋のなかに入り、ハイジの寝床の中身を大きな干し草の山の上に置き、カバーに使っていた布をどけました。それから下に降りてきて、男たちの助けを借りて二台のベッドを干し草置き場に運びました。ベッドをぴったりくっつけて、二人の枕の位置から丸窓を通して眺める風景が、前と同じになるようにしました。窓から部屋のなかに差してくる朝日や夕日を子どもたちがどんなに喜んでいるか、知っていたからです。

そのころ、おばあさまは山のふもとのラガーツ温泉にいて、毎日アルムから届けられるすばらしい報告に心を弾ませていました。

新しい生活に対するクララの感激は、日ごとに高まっていました。おじいさんの親切さや、注意深い介護については、どんなに書いても足りないくらいでした。ハイジはフランクフルトにいたときよりも、もっとずっとおもしろくて楽しい、とクララは書いていました。毎朝目が覚めるたび、クララは真っ先に、「ああ、うれしい、わたしはまだアルムにいる！」と考えるのでした。

特別に楽しそうなこうした報告を読んで、おばあさまは毎日、あらためて喜ぶのでした。すべてがこんなにうまくいっているので、自分がアルムを訪問するのは少し先に延ばしてもいい、と思っていました。急な山道を馬で登ったり下りたりするのは、おばあさまにはいささか面倒なことに思われたからです。

おじいさんは自分が介護するクララのために何ができるか、特別な関心を寄せているに違いありませんでした。クララに力をつけさせるために何か新しいことを考えない日はないといっていいくらいでした。いまでは毎日午後になると、上の岩山まで遠出をして、どんどん高く登り、戻ってくるときには草の束を抱えていました。その草はチョウジやジャコウソウのような香りを発散していて、遠くからでもわかるほどでした。夕方、ヤギたちが戻ってくると、みんな鳴いたり跳びはねたりし始めて、その束が置いてあるヤギ小屋に入りたがりました。その草の匂いを知っていたからです。しかし、おじいさんは扉をしっかりと閉めてしまいました。珍しい草を求めてわざわざ高い岩に登っていたのは、ヤギの群れが苦労もせずにご馳走にありつくためではなかったからです。その草はすべてスワンに食べさせて、どんどん栄養のあるミルクが出るようにしていたのでした。この特別な待遇がスワンにどんな変化を与えたか、しっかりと見てとることができました。スワンはどんどん元気になって頭を高く突き上げ、ぎらぎらと燃えるような目をしていたのです。

そうこうするうちに、クララがアルムに滞在するのも、もう三週目になりました。何日か前から、おじいさんは朝、クララを下に降ろして車椅子に座らせるときに、こんなふうに言っていました。「お嬢ちゃん、ちょっとだけ地面に立つ練習をしてみないかね？」クララは期待にこたえようとして、立とうとはしてみるのですが、いつもすぐに「ああ、痛い！」と言い、おじいさんにしがみつくのでした。それでもおじいさんは毎日、少しずつ時間を引き延ばしながら、クララを立たせてみようとしていました。

アルムの夏がこれほど美しかったのは、何年もなかったことでした。毎日、輝く太陽が雲一つない空を横切っていきました。小さな花々はすべて、花びらを大きく開いて鮮やかな色を放ち、太陽に向かって香りを放っていました。夕方になると太陽は紫やバラ色の光を岩の先端や山の頂の雪原に投げかけ、それから黄金に燃え上がる光の海のなかに沈んでいくのでした。

そのことを、ハイジはお友だちのクララにくりかえし話して聞かせました。というのも、そうした風景は、上の牧草地からでなければちゃんと見られなかったからです。上の斜面については、特に熱を込めて語りました。あそこにはいま、キラキラ輝く黄金のミヤマキンポウゲが群れをなして咲いているのです。そして、青いつりがね草がほんとうにたくさん咲いているので、そこでは草が青くなったのかと思うほどでした。その横には、茶色い花の茂みがあって、あまりにもすてきな香りなので、思わず地面にしゃがみこんで、そこから動けなくなってしまうほどでした。

ちょうどいまモミの木の下に座り、ハイジはあらためて、山の上の花と夕日、輝く岩山について話して聞かせました。話しながらハイジの胸のなかには、またあそこに行きたいという思いがわき起こってきて、いきなり跳び上がると、納屋で自分が作った椅子に座っているおじいさんのところに走っていきました。

「ねえ、おじいさん」ハイジは近づく前にもう、大声で呼びかけました。「明日、わたしたちを上に連れていってくれない？　ほら、山の上はいま、とってもきれいでしょ！」

「いいとも」とおじいさんは賛成して言いました。「でも、それならお嬢ちゃんにも、協力してもらわなくてはね。きょうの夜もう一度、立つ練習をしてほしいんだ」

ハイジは小おどりしながら、この知らせを持ってクララのところに戻りました。クララもすぐに、おじいさんが望むだけ、両足で立つ訓練をする、と約束しました。山の上にあるヤギたちの牧草地に遠足できるのが、クララにはとんでもなくうれしかったからです。ハイジは喜びでわくわくして、夕方ペーターが下りてくるのを見るやいなや、すぐに大声で呼びかけました。

「ペーター！　ペーター！　明日、わたしたちも一緒に行って、一日中、山の上にいるよ」

ペーターの答えは、イライラしたクマのようなうなり声でした。ペーターは怒りのあまり、すぐ横を歩いていた罪のないヒワをムチで殴りつけようとしました。しかし、すばしっこいヒワはその動きをちゃんと察知しました。そうして、ユキピョンの上を大きく跳び越えて逃げたので、ムチは当たらず、空を切りました。

クララとハイジはその夜、すばらしい期待に胸をふくらませて二台の立派なベッドに入りました。明日の計画で頭がいっぱいになっていたので、一晩中寝ないで、また起きてもいい時間が来るまで、その計画について話し合おうと決心しました。でも、ふかふかの枕に頭を横たえたとたん、会話はふいに終わり、クララは夢のなかで広い広い野原を見ていました。そこは一面に、空のような青に染まっていました。たくさんのつりがね草がびっしりと咲いていたのです。そしてハイジは、タカが空を飛びながら鳴くのを聞いていました。それはまるで、下にいる人々に「おいで！　おいで！　おいで！」と呼びかけているかのようでした。

第8章　誰も予想しなかったできごと

翌朝、まだとても早い時間におじいさんは小屋から出てくると、その日がどんな天気になるかと、あたりを見回しました。

高い山の頂には、赤みを帯びた黄金の輝きがありました。さわやかな風が、モミの木の枝をあちこちに揺すり始めました。もうじき太陽が昇ります。

おじいさんはしばらくのあいだ、まだそこに立って、高い山頂の次には緑の丘が次々に黄金色に輝き、谷間から静かに黒い影が消えていって、バラ色の光がそのなかに注ぎ込むのを、じっと見つめていました。いまでは高い場所も低い場所も、朝の黄金の光に染まっていました。太陽が昇ったのです。

おじいさんは車椅子を納屋から出してきて、遠足に行けるように、小屋の前に置きました。それから、子どもたちにすばらしい朝が来たことを伝えて、外に来させるために、小屋のなかに入りました。

ちょうどそのとき、ペーターが登ってきました。ヤギたちは普段とは様子が違っていて、信頼した様子でペーターの脇に来たり、すぐ近くを前後して山を登ったりすることはありませんでした。ヤギたちはあちらこちらへ急ぎ足で進んでいました。というのも、ペーターがかんしゃくを起こした人のように、あらゆる瞬間に、理由もなく周りをムチでたたきまくったからです。ムチに打たれたヤギにとっては、辛いことでした。ペーターの怒りと腹立ちは、頂点に達していました。もう何週間も、自分が望んでもハイジに相手をしてもらえなかったからです。朝、下から登ってくると、いつもあのよそ者が車椅子で外に座っていて、ハイジはその子にかかりきりになっていました。夕方、上から下りてくると、あいかわらず車椅子に座ったその子がモミの木の下にいて、ハイジはまたその子の世話をしていました。夏中、ハイジが牧草地まで上がってくることはありませんでした。それなのにきょうになって、よそ者と車椅子と一緒に、上がってくるというのです。そして一日中、その子の相手をするのです。ペーターはそれを予想して、内心の深い怒りを燃えたぎらせていました。そして、立派な車輪を付けた車椅子を目撃し、これまで自分を辛い目にあわせ、きょうはさらに嫌な思いをさせるであろう敵を見るように、にらみつけました。

ペーターは、あたりを見回しました――すっかり静まりかえっていて、人の姿はありません。ペーターは野獣のように車椅子に飛びかかり、それをつかむと激しい力を込めて、山の斜面の方に押し出しました。すると椅子は文字どおり矢のように転がっていき、すぐに見えなくなってしまいました。

それからペーターは、まるで翼が生えたように軽々と、アルムを登っていきました。自分の姿を隠してくれるブラックベリーの大きな茂みのところに到着するまで、一度も休むことはありませんでした。おじいさんに見られたくないと思ったからです。でも、車椅子がどうなったかは、見てみたいと思いました。山のとっつきの場所にあるブラックベリーの茂みは、ちょうど都合のよい場所でした。ペーターは半分隠れながらアルムを一望し、おじいさんが小屋から出てきたら、すばやく隠れることができました。そのようにしてみると、何という光景が目に飛び込んできたことでしょう！　憎らしい車椅子は、ずっと下の方を飛ぶような速さで、どんどん大きな力に駆り立てられて、落ちていきます。何度も何度もひっくり返り、それから大きくジャンプすると、また地面にたたきつけられ、そうやってひっくり返りながら、破滅に向かって転がり落ちています。

いまではあちこちに部品が飛び散っています。ペーターはそれを見て、喜びをおさえられなくなり、両足をそろえて跳び上がらずにはいられませんでした。そして、大きな笑い声をあげ、はしゃいで足を踏みならし、ぴょんぴょんと輪を描いて跳びはねました。それから、また同じ場所に戻って山を見下ろしました。あらためて笑い声をあげ、空中に跳び上がり、敵を倒したペーターは満足のあまり、すっかり我を忘れていました。これから起こるいいことを、思い浮かべていたからです。よそ者は動く手段がなくなって、家に帰らなくてはならないだろう。ハイジはまた一人になり、自分と一緒に牧草地に来るだろう。夕方も朝も、自分が来たときにハイジは相手をしてくれるだろう。そうすれば、またすべてが以前と同じになる。しかし、ペーターは、人が悪い行いをしたときにどうなるか、そのあとにどんなことがやってくるか、考えていなかったのです。

いま、ハイジが小屋から駆け出してきて、納屋に向かって走っていきました。うしろから、クララを抱いたおじいさんがやってきました。納屋の扉は大きく開き、両側の厚板もどけられていて、一番奥の隅っこまで、光が当たっています。ハイジはあちこち見回して、隅っこに走っていくと、また戻ってきました。その顔には、とても驚いた表情が浮かんでいます。やがて、おじいさんが近づいてきました。

「どうしたんだ？　おまえが車椅子を動かしたのか、ハイジ？」と、おじいさんは尋ねました。

「ううん、あちこち捜してるんだけど。おじいさん、車椅子は納屋の扉の横にあるって言ったよね」あいかわらず目であらゆる方向を捜しながら、ハイジは言いました。

そのあいだに、風が強くなってきました。ちょうどいま、風が納屋の扉をガタガタいわせ、バタンと壁に打ちつけました。

「おじいさん、風がやったんだよ」自分の発見に目をきらりと光らせながら、ハイジが大声で言いました。「もし風がデルフリまで車椅子を転がしちゃったら、どうしよう。そうなったら取り戻すのに時間がかかるし、ぜんぜん出かけられなくなっちゃうよ」

「もしデルフリまで転げ落ちたなら、ぜんぜん戻ってこないだろう。そうなったらバラバラだからな」おじいさんは、角まで行って山を見下ろしながら言いました。「しかし、奇妙なことが起こったものだな」とおじいさんは、車椅子がまず小屋の角を曲がらなくては下に落ちていけない、その部分の道のりを振り返りながら付け加えました。

「ああ、なんて残念なの。これじゃ、わたしたち、ぜんぜん出かけられないし、一度も山の上に行けないかもしれないわね」クララは嘆きました。「車椅子がないんじゃ、きっとフランクフルトに帰らなくちゃいけない。ああ、なんて残念なの！　なんて残念なの！」

でも、ハイジは信頼を込めておじいさんを見上げ、言いました。

「ねえ、おじいさん、おじいさんなら、クララが言ったようにはならない方法を見つけられるでしょ？　急に帰らなくちゃいけないなんてことはないよね？」

「きょうのところは、計画どおり牧草地に行こうじゃないか。それから先はどうなるか、様子を見てみよう」おじいさんは言いました。子どもたちは歓声をあげました。

おじいさんはまた小屋に戻ると、ショールをたくさん持ってきました。それを小屋のそばの日の当たる場所に置き、クララを座らせます。それから子どもたちのために朝のミルクを持ってきて、スワンとクマをヤギ小屋から連れ出しました。

「ペーターはどうして、こんな時間になっても登ってこないんだ」おじいさんは独り言を言いました。今朝はペーターの口笛が、まったく聞こえてこなかったからです。

それからおじいさんは、片腕にクララを抱き、もう一方の腕にショールを抱えました。

「じゃあ、出発しよう！」おじいさんは先を歩きながら言いました。「ヤギたちも一緒に来るよ」

ハイジにとっては願ってもないことでした。一方の腕をスワンの首に、もう一方の腕をクマの首にかけて、ハイジはおじいさんのあとを歩いていきました。ヤギたちも、久しぶりにまたハイジと外に出られるのがうれしくて、愛情を示そうとするあまり、ほとんどハイジを押しつぶしそうになっていました。

牧草地に来ると、三人はそろって、斜面のあちこちでかたまって穏やかに草を食べているヤギたちと、地面に長々と寝そべっているペーターを目にしました。

「今度うちに寄らずに通り過ぎたら、承知しないからな、寝ぼすけやろう。いったい何の真似だ？」おじいさんが大声で呼びかけました。

ペーターは聞き慣れた声を耳にして、ぱっと飛び起きました。

「まだ誰も起きてなかったんだよ」とペーターは答えました。

「おまえ、車椅子を見たか？」おじいさんが、尋ねました。

「何の椅子だよ？」とペーターが頑固に言い返しました。

おじいさんはもう、何も言いませんでした。ショールを日の当たる斜面に広げると、クララをその上に座らせ、それで具合がいいかどうか、訊きました。

「車椅子に座ってるのと同じくらい、具合はいいです」と、クララは感謝しながら言いました。「それにここは、一番すてきな場所ね！　とってもきれいだわ、ハイジ、とってもきれい！」クララはあたりを見回しながら、大声で言いました。

おじいさんは戻っていきました。子どもたちには、ここで一緒に気持ちよく過ごすように、そして時間が来たら、おじいさんが袋に入れて、日陰になっている場所に置いておいたお昼ごはんを、ハイジが取ってくるように、と伝えました。そのときにはペーターが、二人が飲みたいだけヤギのミルクをしぼってこなくてはいけないが、スワンのお乳をしぼるように、ハイジは気をつけて見ていなくてはならない。夕方になったらまた迎えにくるから。いまはまず、車椅子を捜しに行って、どうなったか見てくるよ、とおじいさんは言うのでした。

空は濃い青色で、見渡すかぎり、ただ一つの小さな雲さえありませんでした。向こうに見える山の上の大きな雪原は、黄金と白銀の星が何千何万も集まったみたいに輝いていました。灰色の岩角は太古の昔と同じように、高くしっかりと突き出し、生真面目に谷を見下ろしています。大きな鳥が空の青のなかを滑空していました。そして、山の風が山々の高みをかすめて流れ、日に照らされたアルム全体に、涼しく吹き渡っていました。子どもたちは言葉にできないくらい、いい気分でした。ときおり一匹のヤギが近づいてきて、しばらくのあいだそばに寝そべったりしました。最もひんぱんにやってくるのは可愛らしいユキピョンで、ハイジに頭をくっつけて横になり、群れのなかの他のヤギに追い出されるのでなければ、ぜんぜん離れようとはしませんでした。そんなわけで、クララはヤギたちの一匹一匹を詳しく知ることになり、もう見間違えることはありませんでした。どのヤギも、それぞれ特徴のある顔と、独自の性格を持っていたからです。

ヤギたちはいまではクララにもなついて、すぐそばに寄ってきては、頭をクララの方にこすりつけるようになりました。これが、友だちに愛情を示すときの、ヤギたちの方法なのです。

そんなふうにして、何時間かが過ぎていきました。そのときハイジは、去年たくさんの花が咲いていた場所に、今年も花が開いてきれいかどうか、行ってみることを思いつきました！　夕方おじいさんが来たら、クララもそこに行けるかもしれませんが、その時間には花たちが目を閉じてしまうかもしれません。そこに行きたいという気持ちが、ハイジのなかでどんどん強くなり、おさえられなくなりました。

ハイジはおずおずと、尋ねました。「クララ、わたしが大急ぎで向こうまで行ってきて、あなたをひとりぼっちにしても怒らない？　花がどうなっているか、見てきたいの。あ、でもちょっと待って」ハイジには、いい考えが浮かびました。脇に飛んでいくと、緑のハーブの束をいくつかむしり取り、すぐにハイジに駆け寄ってきたユキピョンの首に手をやると、クララの方に導きました。

「ほら、これならひとりぼっちじゃないわ」クララの横の自分がいた場所で、ユキピョンを座らせようとして少し押さえながら、ハイジが言いました。ユキピョンはすぐにハイジの気持ちがわかり、そこに横になりました。ハイジは自分が摘んできた草をクララの膝（ひざ）の上に置きました。クララは、「行って、お花を見てきてもいいわよ。わたしはユキピョンと一緒にいるから」と言いました。クララはこれまで、ヤギと二人きりでいたことはありませんでした。ハイジは走り去り、クララは葉っぱを一つ一つ、ユキピョンに差し出しました。ユキピョンはすっかり新しい友人のクララになついて体をすり寄せると、ゆっくりとクララの手から葉っぱをもらって食べました。こんなふうに静かに穏やかに、守られて横になっていることで、ユキピョンがどんなにいい気持ちでいるか、見てとることができました。というのも、群れのなかにいると、ユキピョンは大きくて強いヤギたちからしょっちゅういじめられていたからです。クララにとっては、助けを必要とするように自分の方を見上げ、信じ切った様子をしている子ヤギと一緒にこうして一人で山の上に座っていることが、とてもすてきなことに思えてきました。ふいに、自分のことは自分でしたいという、大きな願いがわき起こってきました。いつもみんなから助けてもらうのではなく、自分も他の人を助けることができたなら。これまでなかったような考えが、次々とクララの心に浮かんできました。そして、この美しい太陽の光のなかで生き続けたい、いまユキピョンを喜ばせているように、誰かを喜ばせることをしてみたい、というこれまでにはない気持ちが生まれました。いままで知らなかった新しい喜びが胸に込み上げてきました。あたかも、これまで知っていたものが突然、見ていたよりもずっと美しい別のものになり得るかのようでした。クララは幸福な気持ちになり、ユキピョンの首を抱いて、こう叫ばずにはいられませんでした。「ああ、ユキピョン、山の上はなんてすてきなの。ずっとあなたたちのところにいられたらいいのに！」

そのあいだに、ハイジはお花畑に来ていました。そして、歓声をあげました。なだらかな山腹全体が、輝く黄金色におおわれていたのです。それは光り輝くゴジアオイの花でした。びっしりと生えそろった濃紺のつりがね草の茂みがその上で揺れていました。強くてかぐわしい香りが日当たりのよい山腹に漂っていて、まるで高価な香油の鉢を山の上にぶちまけたかのようでした。すばらしい香りはすべて、黄金の花びらのあいだからひっそりと丸い頭を出している、茶色の小さな花から発していました。ハイジは立ち止まり、それを眺めて深呼吸しながら、甘い香りを吸い込みました。そして、ふいにそこに背を向けると、興奮で息を切らしながら、クララのところに戻ってきました。

「クララも来なくちゃだめだよ」もう遠くから、ハイジはそんなふうに呼びかけました。「すごくきれいだよ。全部がとてもすてきなの。夕方になると、もうそんなにきれいではないかもしれない。ひょっとしたら、わたしがクララを抱いて運んでいけるかなあ。どう思う？」

クララは興奮するハイジを驚いて見つめていましたが、首を横に振りました。

「いいえ、何を考えているの、ハイジ。あなたはわたしよりずっと小さいのよ。ああ、自分で歩けたらいいのに！」

するとハイジは、何かを探すようにきょろきょろしました。何か新しいことを思いついたに違いありません。向こうの方ではペーターが、さっき地面に横になっていた場所に座って、女の子たちを眺めていました。そんなふうにもう何時間もそこに座り、見ているものが信じられないとでもいうように、絶えず上から見下ろしていたのです。すべてが終わりになって、よそ者がもう動けなくなるように、敵の車椅子をこわしたのに、それからまもなく彼女は山の上に現れ、自分の目の前で、ハイジの横の地面に座っているのです。そんなことがあるはずはないのに。でも、ほんとうにそうなっていることは、見たければいつでも見ることができました。

いま、ハイジがペーターの方を見上げていました。

「こっちに下りてきて、ペーター！」ハイジは非常にきっぱりとした口調で呼びかけました。

「行かねえよ」とペーターは答えました。

「だめよ、来なくちゃ。来てよ、わたし一人じゃ無理なの。あんたに手伝ってもらわなくちゃ。早く来て！」ハイジはせっつきました。

「行かねえよ」という声が、また聞こえてきました。

するとハイジは、短い距離を駆け上って、ペーターに近づいていきました。

そして、目をぎらぎらさせながら、上に向かって呼びかけました。「ペーター、あんたがすぐに来ないなら、わたしの方にも考えがあるわよ。あんたにだって、されたら困ることがあるでしょ、覚えておきなさいよ！」

この言葉がペーターの胸に突き刺さり、大きな不安が彼を包みました。自分は、誰にも知られたくない、悪いことをしてしまったのです。いままではそれを喜んでいましたが、いまハイジは、まるですべてを知っているかのような話し方をしました。知っていれば、それをおじいさんに話すでしょう。ペーターは、おじいさんのことを誰よりも恐れていました。車椅子に何が起こったか、おじいさんが聞いたなら！　ペーターの胸は、不安のためにどんどん締めつけられていきました。ペーターは立ち上がり、待っているハイジの方に歩いていきました。

「行くよ。だから、困ることはしないでくれよ」ペーターは不安のためにすっかりおとなしくなり、そんなふうに言ったので、ハイジは同情して言いました。

「うん、うん、そんなことしないから」と、ハイジはうけあいました。「だから、一緒に来てよ。やってほしいのは、こわくないことなのよ」

　クララのところに来ると、ハイジが指示を出しました。一方の側でペーターが、もう一方の側でハイジ自身が、クララの脇の下に入って持ち上げるのです。これはかなりうまくいきましたが、もっとむずかしいことがありました。クララは立てないのです。どうやってクララを支えて、前に進ませたらいいでしょう？　支えとなるには、ハイジは小さすぎました。

「わたしの首に腕を回して、しっかりつかまって――そう、そう。それからペーターの腕をつかんで、ぎゅっと押してみて。そうしたら、あなたを運べるわ」

　でもペーターは、これまで一度も誰かに腕を貸したことがありませんでした。クララはペーターの腕をつかむのですが、ペーターの方は腕をこわばらせ、長い杖（つえ）のように体の脇に下げてしまうのでした。

「そうじゃないよ、ペーター」ハイジはきっぱりと言いました。「腕を輪の形にして、クララがそこに腕を通さなくちゃいけないよ。それからクララがぎゅっとあんたの腕を押すけど、ぜったいに力をゆるめちゃいけない。そうすれば、前に進めるよ」

みんなはそのようにしました。でも、うまく前に進めませんでした。クララはそんなに軽くありませんでしたし、左右で支える人の大きさが違いすぎました。一方は下がっていて、一方は上がっています。これは、支えとしてはかなり不安定でした。

クララは自分の足で歩くことも、ちょっとずつ左右交代で試していましたが、どちらの足もすぐに引っ込めてしまうのでした。

「しっかりと地面を踏みしめてみて」と、ハイジが提案しました。「そうしたら、あんまり痛くないと思うよ」

「そう思う?」クララがおずおずと言いました。

でもハイジの言うとおりにして、一歩、地面にしっかりと踏み出し、別の足も一歩出してみました。そのときに少し声はあげましたが、それからまた一方の足を上げ、もっと静かに地面に下ろしました。

「あら、痛みがずっと少なくなった」クララは大喜びで言いました。

「もう一度やってごらん!」ハイジが熱心に勧めました。

クララはそのとおりにして、もう一度、さらにもう一度、足を踏み出し、そして突然叫びました。「歩けるわ、ハイジ! ああ、歩ける! 見て! 見て! 一歩ずつ、歩いていけるのよ!」

するとハイジも、もっと大きな声で叫びました。

「わあ！　わあ！　ほんとうに自分で歩けるの？　歩けるようになったのね？　自分で進めるのね？　おじいさんが早く来てくれたらいいのに！　いまでは自分で歩けるのね、クララ、歩いていけるんだね！」ハイジは何度も何度も、喜びのあまり歓声をあげながら叫びました。

クララは両側に、しっかりとつかまっていました。でも、一歩歩くごとに、足取りは少しずつ、しっかりしてきます。三人とも、それを感じることができました。ハイジは喜びのあまり、夢中になりました。

「ああ、わたしたちこれからは毎日、牧草地でも山の上でも、行きたいところを一緒に歩き回れるね」ハイジはまた大声で言いました。「それにクララは、一生のあいだ、わたしみたいに歩くことができて、もう車椅子を押してもらわなくてもいいし、元気になるんだね。ああ、それって一番うれしいことだよね」

クララも心から、うなずきました。クララにとっても、元気になってほかの人と同じように歩き回り、一日中みじめに車椅子に座らされていなくてもよくなること以上に大きな幸せは、この世界に存在しなかったのです。

お花畑までは、そんなに遠くありませんでした。そこにはもう、ミヤマキンポウゲが日光のなかでぴかぴか光っているのが見えました。いま、子どもたちは青いつりがね草の花の茂みにやってきました。ところどころに見える日の当たる地面は、とても心地よさそうに見えました。

「ここに座ることはできない？」とクララが尋ねました。

それこそ、ハイジが望んでいたことでした。子どもたちはたくさんの花が咲き乱れているところに腰を下ろしました。クララにとっては、アルプスの乾いた温かい地面に座るのは初めてのことでしたが、それは言葉にできないほどすてきな気分でした。あたりは一面に、ゆらゆら揺れる青いつりがね草や、キラキラ輝くミヤマキンポウゲや、赤いベニバナセンブリでおおわれていて、茶色い花が、風味のよい乾燥スモモのような甘い香りをただよわせていました。すべてがとてもきれいでした。ほんとうにきれい！

クララの隣にいるハイジも、山の上がこれほどきれいだったことはないと思っていました。思わず大きな歓声をあげたくなるほど、胸のなかが喜びであふれているのはなぜなのか、最初はわかりませんでした。でもそれから、クララが歩けるようになったことを、ふいに思い出しました。あたりの美しさに加えて、それこそが、一番うれしいことだったのです。クララは自分が見たものすべてに感動し、さらに、たったいま経験したことから開けてくる将来の見通しにも魅了されて、静かに座っていました。大きな幸福感は、クララの胸に収まりきらないほどでした。それに加えて、太陽の輝きと花の香りなどが心地よい感覚とともにクララを圧倒し、すっかり沈黙させていました。

ペーターもじっと動かず、静かに花畑に横たわっていました。彼は眠り込んでいたのです。

この場所を守っている岩山の背後から、静かにやさしく風が吹いてきて、上の茂みをざわめかせていました。ハイジはときおり、また立ち上がると、あちこちに駆けていかずにはいられませんでした。もっと美しい場所、花がびっしり咲いているところ、いい香りがする場所が、あちこちにあったからです。それは、風が香りを吹き散らすせいでもありました。ハイジは至るところに座らずにはいられませんでした。

そうして、何時間かが過ぎました。

ヤギの一団が真面目な様子で花咲く斜面に登ってきたとき、太陽はもうとっくに空のてっぺんを通り過ぎていました。

斜面はヤギたちの放牧場ではありませんでした。花のあいだで草を選んで食べるのが好きではなかったので、ここに連れてこられたことはなかったのです。ヒワを先頭にやってきたヤギたちは、まるで使節団のように見えました。明らかに、自分たちを長いあいだ放り出し、ルールを無視していなくなってしまったヤギ飼いを捜しにきたのです。ヤギたちには、時間がちゃんとわかっていたのでした。いなくなった三人を花畑のなかで見つけたヒワは、大きすぎる声で「メエー」と鳴き、たちまち全員がコーラスのように声を合わせました。ヤギたちはみんな、メーメー鳴きながら急ぎ足でやってきました。ペーターが目を覚ましました。でも、目を強く、ごしごしとこすらなければいけませんでした。車椅子がきれいな赤いクッションを付けた状態で、無傷で小屋の前に置いてある夢を見たのです。クッションの周りに打ってある金色の釘に、太陽の光が当たってきらりと光るのが見えました。いま、それはただ地面の上で黄色くキラキラ光る花だったことがわかりました。夢のなかでこわれていない車椅子を見たときには不安がなくなったのに、ペーターはふたたび不安におそわれました。ハイジは何もしないと約束してくれたけれど、ペーターのなかの恐れが頭をもたげました。ハイジが何も言わなくたって、この件が明るみに出ることはありえるからです。ペーターはおとなしくヤギたちの隊長になり、ハイジが願うとおり、何もかもきちんと行いました。

三人がまた牧草地に戻ってくると、ハイジは中身が一杯詰まったお弁当の袋をすばやくとり出して、約束を守るためにペーターのところに行きました。ハイジがさっきペーターをおどしたのは、このお弁当の中身についてだったのです。ハイジは朝、おじいさんがどれほどたくさんのおいしい食べものを詰めてくれたか、気づいていました。そして、ペーターにもたっぷり分けてあげられると思って、すでに喜んでいたのです。ところがペーターがひどく強情だったので、お弁当を何も分けてあげないよ、と伝えようとしたのです。ところがペーターは、ハイジの言葉を別の意味にとったのでした。ハイジはお弁当を袋から一つ一つ出していくと、三つの山を作りましたが、それだけでもかなりの高さになりました。ハイジはすっかり満足して、「これならわたしたちが食べられない分まで、ペーターにあげられる」と独り言を言いました。

ハイジはクララとペーターにお弁当の山を渡し、自分の分を持ってクララの隣に座りました。子どもたちはいっしょうけんめいがんばったあとだったので、ほんとうにおいしくお昼を食べました。

はたして、ハイジの予想どおりになりました。ハイジとクララがすっかりお腹いっぱいになっても、まだたくさんのものが残っていたので、ペーターは最初の山と同じくらいの大きさのものを、もう一度もらえたのです。ペーターは静かに粘り強く、すべてを平らげ、パン屑まで食べてしまいました。でも、いつものように満足して食事を終えたのではありませんでした。何かがお腹につっかえていて、ペーターの息を詰まらせ、苦しませていました。そして、一口ごとにペーターの胸を締めつけるのでした。

お昼ごはんがかなり遅かったので、まもなくおじいさんが子どもたちを迎えに、アルムを登ってくるのが見えてきました。ハイジはおじいさんに向かって駆け寄りました。何が起こったか、最初に伝えずにはいられなかったのです。うれしいニュースを伝えようとしてあまりにも興奮していたので、おじいさんに報告する言葉がなかなか見つからないほどでした。でも、おじいさんはすぐに、ハイジが何を言おうとしているのかわかりました。そして、おじいさんの顔も、喜びでぱっと明るくなりました。おじいさんは足を速め、クララのところまで来ると、うれしそうにほほえみながら言いました。「思い切ったやり方だったけれど、ほんとうにやりとげたな！」

それからおじいさんはクララを地面から抱き起こし、左腕をクララの体に回すと、右腕は、クララの手のための丈夫な支えとして差し出しました。クララは背中にしっかりした壁ができた状態で、さっき歩いたときよりもずっと安定して落ち着いた状態で、前に進みました。

その隣でハイジはぴょんぴょん跳んで歓声をあげていました。おじいさんは、大きな幸運に出会ったときのような顔をしていました。でもそれからクラをさっと腕に抱き上げて、言いました。「あまり無理はしないでおこう。家に帰る時間だからね」そしてすぐに歩き始めました。きょう一日の努力としてはそれで充分だし、クララには休息が必要だとわかっていたからです。

ペーターがそのあとヤギたちと一緒にデルフリまで下りてくると、大勢の人たちが群れをなして集まり、地面に倒れているものをよく見ようとして、押し合いへし合いしていました。ペーターもそれが見たくてたまらなくなり、左右の人々を掻き分け、人込みのなかにもぐり込みました。

そして、あれを見たのです。

草の上に、車椅子の真ん中の部分が落ちていました。背もたれの一部がまだそこにぶら下がっていました。赤いクッションとぴかぴか光る釘が、その車椅子が完全な姿だったときにはどれほどみごとだったかを、かろうじて示していました。

「これが山の上に運ばれていくとき、俺も見ていたんだ」ペーターの隣にいたパン屋が言いました。「少なくとも五百フランの価値はあると、賭けてもいいぜ。どうしてこんなことになったのか、不思議だな」

「風が下まで吹き飛ばしたのかもしれないって、おじいさん自身が言ってたわよ」美しい赤いクッションをいくら見ても見飽きないバルベルが言いました。

「やったのが人間じゃなくて風で、よかったな」とパン屋がまた言いました。「人間だったらひどいことになるぞ！　フランクフルトのだんながお聞きになったら、誰の仕業だか、調べさせるだろう。俺自身はもう二年もアルムに登っていない。だが、その時間に山の上にいた人間には、誰だって疑いがかかるだろう」

　まだまだたくさんの意見が述べられましたが、ペーターにとってはこれでもう充分でした。すっかりおとなしくなって静かにその群れから出ると、まるでうしろから追っ手に追われているかのように、全力で山を駆け上りました。パン屋の言葉は、ペーターの心に恐ろしいほどの不安をかき立てました。この件を捜査するために、フランクフルトの警察官がいつ到着してもおかしくない、ということがペーターにはわかりました。そうしたら自分がそれをやったことが明るみに出てしまう。すると警察官たちは自分を捕まえて、フランクフルトの刑務所まで引っ張っていくだろう。ペーターの目には、その様子が浮かんできました。そして恐怖のあまり、髪の毛が逆立ちました。

　すっかりうろたえて、ペーターは家に帰ってきました。何を訊かれても答えず、ジャガイモも食べようとせず、急いでベッドにもぐり込むと、うなり声をあげました。

「またスカンポでも食べて、それがお腹にもたれてうなり声を出しているのかね」おかあさんのブリギッテが言いました。

「もうちょっとお弁当をもたせてやらなくちゃだめだよ。明日はわたしの分から一枚ペーターにやっておくれ」おばあさんが同情しながら言いました。

その夜、ベッドから星空を眺めたとき、ハイジが言いました。「わたしたちが何かをとても強く神さまにお願いしても、神さまがもっとずっとよいことを心得ていらっしゃるときには願いを叶かなえないでいるというのは、なんていいことなんだろうって、きょう、一日中考えたりしなかった?」

「どうして、いま急にそんなことを言うの?」クララが尋ねました。

「フランクフルトでは、いますぐ家に帰れますようにって、とても強くお願いしたの。でも叶えられなかったから、神さまは聞いてくださらないんだ、って思ってしまったのよ。でもね、もしわたしがそんなに早く帰ってしまったら、あなたもスイスには来なかったでしょうし、アルムで元気になることもなかった」

クララは考えこみました。「でも、ハイジ」とクララはまた話し始めました。「そうしたら、わたしたち、何もお願いする必要がないじゃないの。神さまが、わたしたちが知っていて、神さまにお願いするものよりも、もっといいもののことを考えていらっしゃるなら」

「うん、クララ、祈らなくても、どうせそうなるって言いたいんだね?」ハイジは熱心に言いました。「でも、人間は毎日、何でも神さまにお祈りしなくちゃいけないんだよ。すべてを神さまからいただいたってことをわたしたちが忘れないように、わたしたちのお祈りを聞いてもらわなくちゃいけないんだ。もしわたしたちが神さまを忘れたら、神さまもわたしたちを忘れちゃうよ。おばあさまが、そう言ってたの。でもね、ほしかったものが与えられなくても、神さまは聞いてくださらない、なんて考えて、お祈りをやめてしまう必要はないよ。そうじゃなくて、わたしたちは、『愛する神さま、わたしはもう、あなたが何か、よりよいもののことを考えていらっしゃるのだと知っております。いま、あなたがそれを、とてもよいものにしてくださるので、わたしはただただ、うれしいです』とお祈りしなくちゃいけないよ」

「どうしてそんなことを思いついたの、ハイジ？」クララが尋ねました。

「おばあさまが、まずそれをわたしに説明してくれたの。そしたら、ほんとうにそうなって、それで、わたしにもわかったのよ。でもね、クララ」体を起こしながら、ハイジは続けました。「きょうは、神さまにしっかり感謝しなくちゃ。あなたが歩けるようになるという大きな幸福を、神さまが与えてくださったから」

「そうね、ハイジ、あなたの言うとおりよ。お祈りのことを思い出させてくれてありがとう。わたしはうれしくて、お祈りを忘れそうだったから」

子どもたちはお祈りをして、それぞれのやり方で、こんなにも長いあいだ病気だったクララに贈ってくださったすばらしいできごとを、神さまに感謝しました。

翌朝、おじいさんは、「まずおばあさまに手紙を書いて、アルムに来てくださらないかどうか、訊いてみてはどうだろう。新しくお見せするものがあります、と伝えるんだ」と言いました。しかし、子どもたちには別の計画がありました。おばあさまを大いに驚かせたかったのです。まずクララがもっとうまく歩くことを学び、ハイジに支えてもらうだけで、ちょっとした距離を歩けるようにするのです。でも、おばあさまには、何も予想させてはいけません。子どもたちはおじいさんに、何日練習すればうまく歩けるようになるかを尋ねました。おじいさんが八日もあれば大丈夫と答えたので、おばあさまへの次の手紙では、アルムに来てください、と急いで招待することになりました。でも、新しいことがあるとは、一言も書かなかったのです。

そのあとの日々は、クララがアルムで過ごしたなかでも一番美しい天気になりました。毎朝クララは、胸のなかの喜びの声とともに目覚めました。「わたしは健康だ！　わたしは健康だ！　もう車椅子に座っていなくてもいいし、他の人と同じように、自分で歩き回れる！」

それから実際に歩き回る練習をし、歩くのが日に日に楽になり、うまくなっていきました。そして、歩く距離もどんどん長くなりました。動くとお腹が減るので、おじいさんは毎日、バター付きの部厚いパンを少しずつ大きくしていき、クララがそれをどんどん食べていく様子を、満足そうに眺めていました。いまでは泡立つミルクを大きな鍋に一杯入れて持ってくるようになり、何杯も何杯も鉢を満たしてやりました。そうやって、週の終わり、おばあさまのやってくる日が、近づいてきました！

第9章　お別れしても、また会える

おばあさまは山に行く前日に、自分が行くことをみんなに知らせるために、もう一度手紙を書きました。この手紙は翌日の朝早く、牧草地に上がっていくときにペーターが運んできました。おじいさんはもう子どもたちと、小屋の外に出ていました。スワンとクマも外にいて、子どもたちがなでてあげたり、山の上で楽しんできてねと声をかけたりするあいだ、朝のさわやかな空気のなかで愉快そうに首を振っていました。おじいさんものんびりとそばに立っていて、子どもたちの元気な顔を眺めたり、清潔でぴかぴかのヤギたちを眺めたりしていました。そして、どちらの様子も気に入ったらしく、満足そうにほほえんでいました。

ペーターが登ってきました。みんながいるのに気づくと、ゆっくりと近づいてきて、おじいさんに手紙を差し出しました。おじいさんが手紙をつかむと、ペーターはまるで何かに驚いたみたいに、びくっと飛びすさりました。そして、うしろからもまだ何か自分を驚かすものが来ているのではないかと確かめるように、すばやく自分の背後に目をやりました。

「おじいさん」その様子を見て不思議に思ったハイジが言いました。「どうしてペーターは最近、ムチがうしろにあるのに気づいたときのトルコみたいにふるまうのかしら。頭をうしろに引いて、あちこちきょろきょろ見回しては、急に跳び上がったりしているよ」

「ひょっとしたらペーターは、自分が罰を受けることを知っていて、うしろにあるムチに気づいているんじゃないかな」とおじいさんは答えました。

ペーターは最初の斜面だけ、そこから一気に登っていきました。下から見られない場所に着くと、ペーターの様子はすっかり変わりました。立ち止まり、びくびくしながら首を回してあたりを見ると、いきなりぴょんと跳び、ちょうど誰かに首根っこをつかまれたかのようにびっくりして、うしろを見るのです。いまではペーターは、どの茂みのうしろにも、どの生け垣からも、フランクフルトの警察官が自分に飛びかかろうと待ち構えているのが見える気がしていました。そんなことを予想して、長いあいだ緊張が続けば続くほど、ペーターはこわがりになっていきました。穏やかに過ごせる時間は、もうありませんでした。

おばあさまがいらっしゃれば、すべてがきちんとしているのを望まれるでしょうから、ハイジは小屋のなかの片付けをしなくてはなりませんでした。

クララはいつも、ハイジがそうやって小屋の隅々で忙しく立ち働いているのをおもしろがっていて、その様子を眺めるのが大好きでした。

そうやって、朝の早い時間は子どもたちが気づかないうちに過ぎていきました。すぐにも、おばあさまがやってくる時間になりました。子どもたちは準備をすませ、おばあさまをもてなす用意もして、小屋の外に出てきました。そして、これから起きるできごとにわくわくしながら、小屋の前のベンチに並んで座りました。

おじいさんも、子どもたちのそばに歩み寄りました。ちょっと山を歩いて濃紺のリンドウの花束を持って帰ってきたのですが、その花が明るい朝の太陽に照らされて美しく輝いていたので、それを見た子どもたちは歓声をあげました。おじいさんは花束を小屋のなかに持っていきました。ハイジはときおりベンチからぱっと立ち上がって、おばあさまたちの一行が見えてこないかとうかがっていました。

そしていま、ハイジが予想していたとおりに、おばあさまたちが下から登ってきました。先頭を案内人が歩き、おばあさまを乗せた白い馬がそれに続きました。最後に背の高い背負いかごを担いだ運び人がやってきます。おばあさまは用心深いので、防寒具をたくさん持たずにアルムに来ることはありませんでした。

一行はどんどん近づいてきました。小屋の高さに到達し、おばあさまは馬から子どもたちを見下ろしました。

「これはどういうこと？　どうしてこんなことが起こったの？」おばあさまはびっくりして声をあげ、急いで馬から下りました。子どもたちのところまで来る前に、もう両手をたたいて、とても興奮しながら叫んでいます。

「クララ、あなたなの、それとも別人？　赤い頬をして、丸々と肥ったじゃないの！

まあ！　見違えたわ！」おばあさまはクララに駆け寄ろうとしました。ところが思いもかけず、ハイジがベンチからすべり降り、クララがすばやくその肩を支えにすると、子どもたちはちょっとした散歩に出かけるみたいに、向こうの方に歩き始めました。おばあさまはとつぜん立ち止まりました。最初はびっくりして、足を止めたのでした。ハイジが何か、前代未聞のことをやろうとしているのだと思ったからです。

ところが、何という光景を目にしたのでしょう！　クララはハイジの隣で、まっすぐ立って、しっかりと歩いていました。二人はいま、おばあさまがいる方に戻ってきました。二人とも顔を輝かせ、バラ色の頰をして。

おばあさまは二人に駆け寄りました。笑ったり泣いたりしながら、クララを抱きしめ、それからハイジを抱きしめ、そしてまたクララを抱きしめました。おばあさまは喜びのあまり、言葉を発することができませんでした。

とつぜん、おばあさまの目がおじいさんの方に向きました。おじいさんはベンチの脇に立ち、気持ちのよいほほえみを浮かべて、三人の方を見やっていました。おばあさまはクララの腕を自分の両腕でつかまえて、「ほんとうに、この子と一緒に歩けるのね」と、何度も感動の叫び声をあげながら、ベンチの方に歩いていきました。そして、ベンチのそばでクララの腕を放すと、おじいさんの手を両手で握りしめました。

「親愛なるおじいさん！　親愛なるおじいさん！　あなたに何と感謝したらいいのでしょう！　あなたのおかげです！　あなたの配慮と介護のおかげ……」

「そして、神さまのくださった太陽とアルムの空気のおかげですな」おじいさんが、ほほえみながら言葉を挟みました。

「ええ、そしてスワンのおいしいミルクのおかげでもあるわ」クララも叫びました。

「おばあさま、わたしにヤギのミルクが飲めるところと、それがどんなにおいしいか、ぜひ知っていただきたいわ！」

「ええ、あなたの頰を見ただけでもわかりますよ、クララ」とおばあさまが笑いながら言いました。「いいえ、あなただということはもうわからないわ。こんなに丸々と肥ることができるなんて、これまで思いもしなかった。大きくなったわね、クララ！　ああ、これはほんとうのことなのかしら？　あなたをどんなに見ても、見飽きない！　でも、まずはパリにいる息子に、この場で電報を打たなくてはなりません。すぐ山に来るように、ってね。理由はわざと伝えません。これは息子の人生最高の喜びになるでしょう。親愛なるおじいさん、電報を打つにはどうしたらいいでしょう？　さっきの男性たちは、もう帰らせてしまいましたよね？」

「あの人たちは帰りました」と、おじいさんは答えました。「でも、おばあさまがお急ぎなら、ヤギ飼いを下に来させましょう。彼には時間がありますから」

おばあさまは、すぐに息子に電報を打ちたいと言いました。この幸福は、日をおかずに息子に伝えるべきだ、と思ったからです。

おじいさんは少し脇の方に歩いていき、空気を引き裂くような鋭い指笛を鳴らしました。その音は山の上の岩に響いてはね返り、少し遅れてこだまが聞こえてきました。まもなく、ペーターが走って山を下りてきました。指笛の意味がちゃんとわかっていたのです。ペーターの顔色はチョークのように真っ白でした。おじいさんが自分を裁判所に連れていくのだと思ったからです。しかし、ペーターには、おばあさまがこの間に書きとめた一枚の紙切れが渡されただけでした。おじいさんはペーターに、この紙をすぐにデルフリに運んでいって、郵便局で渡すんだ、と説明しました。支払いはあとで自分がやっておくから、と伝えました。ペーターには、一度にいろいろなことを頼むのは無理だったからです。

ペーターはその紙を手にして立ち去っていきました。おじいさんが指笛を吹いたのが裁判のためではなく、警察官も来ていなかったので、今回もほっとしていました。

みんなはようやく、しっかりと落ち着いて小屋の前のテーブルにつくことができました。それからおばあさまに、どうやってすべてのことが進んでいったか、最初から話をしました。まず最初におじいさんが、少しずつ立つ練習をクララにさせたこと。それから牧草地への遠足の日になり、風が車椅子を吹き飛ばしたこと。クララが花を見たいと願う一心で、初めて歩くことができたこと、そして少しずつ、進歩していったこと。しかし、子どもたちがこの話を最後までするには、長い時間がかかりました。というのも、おばあさまがくりかえし、驚いたり、ほめたり、感謝したりする言葉を口にしたからです。そしておばあさまは、くりかえし叫びました。

「そんなことができるの！　これはほんとうに夢じゃないのね？　わたしたち、みんな目を覚まして、アルムの小屋の前に座っているの？　そして、目の前にいる丸い顔の女の子は、あの青ざめて元気のなかったクララなの？」

クララとハイジは、自分たちが考えた作戦がうまくいって、おばあさまを驚かすことができ、いまも驚かせ続けているので、大喜びでした。

ゼーゼマンさんは、その間にパリでの仕事を終わらせていました。そして、ゼーゼマンさんの方でも、みんなを驚かせようとしていました。母親であるおばあさまに手紙を書くこともせず、ある晴れた夏の朝に鉄道に乗ってバーゼルまで来たのです。そして翌朝早く、すぐにまた出発しました。夏のあいだずっと会えなかった娘にまた会いたいという気持ちが、とても強かったからです。ラガーツ温泉に着いたのは、おばあさまがそこを出発した数時間後でした。

ちょうどこの日におばあさまがアルムに向かったという知らせは、ゼーゼマンさんには好都合でした。ゼーゼマンさんはすぐに馬車に乗り、マイエンフェルトへと向かいました。さらに、馬車でデルフリまで上がれると聞いたので、そうすることにしました。デルフリから徒歩で山道を歩くだけでも、充分長い距離だと思ったからです。

ゼーゼマンさんの思ったとおりでした。絶えず登り続けなければいけないアルムの山道は、とても長くて、きつい感じがしました。いまだに小屋は見えてきません。道を半分くらい行ったところにヤギ飼いペーターの家があることを、ゼーゼマンさんは知っていました。この道については、何度も聞いたことがあったからです。

あちこちに人の足跡がついていて、ときには細い道がいろいろな方向に分かれていました。ゼーゼマンさんは自分が正しい道を辿っているのか、それともハイジたちの小屋はアルムの反対側にあるのか、と心配になってきました。誰か道を教えてくれる人はいないかと、あたりを見回してみました。しかしあたりは静かでしたし、ずっと向こうまで人影は見えず、声も聞こえません。ただときおり山風がごうっと吹き抜け、晴れた青空のなかで小さな蚊たちがハミングしていました。ぽつんと立つカラマツの木の上で、楽しげな小鳥が高い鳴き声をあげていました。ゼーゼマンさんはしばらくのあいだ立ち止まり、熱い額をアルプスの風で冷やしました。

すると、上から誰かが駆け下りてきました。電報にするメッセージを手にしたペーターです。ゼーゼマンさんが立っている山道ではないところを、急角度でまっすぐに駆け下りてきます。ゼーゼマンさんが近くまで来たときに、ゼーゼマンさんは、こっちに来てください、と合図をしました。ペーターはためらいながら、おずおずと近づいてきました。まっすぐに進むのではなく脇に寄っていて、まるで一方の足でしか前に進むことができず、もう一方の足を引きずらなくてはいけないかのようです。

「さあ、坊や、もっと近くへ！」ゼーゼマンさんが促しました。

「この道が、おじいさんとハイジが住んでいる小屋に続いているか、教えてくれないかね？　そこにフランクフルトの人たちも来ているはずなんだが」

ペーターの答えは、激しい恐怖に駆られた鈍い叫び声でした。ペーターはやみくもにそこから逃げ去ろうとして、急な斜面を頭からごろごろと転がっていきました。しかたなくとんぼ返りをするような感じで、ちょうどあの車椅子がそうだったように、どんどん落ちていきます。ただ幸いなことに、ペーターの場合は車椅子とは違って、体がバラバラになることはありませんでした。

ただ電報の紙だけが、手荒い扱いを受けて、切れ切れに飛び散りました。

「山の人はずいぶん恥ずかしがり屋だなあ！」ゼーゼマンさんは、独り言を言いました。自分のようなよそ者が現れたので、素朴なアルプスの少年が強いショックを受けたのに違いないと、ゼーゼマンさんは思ったのでした。

ペーターが野蛮な方法で谷に下っていくのをしばらく眺めたあとで、ゼーゼマンさんはさらに道を進んでいきました。

ペーターはいろいろやってみたものの、どこかにつかまることもできないまま、どんどん転がっていき、ときには風変わりなでんぐり返しをすることもありました。

しかし、この瞬間、ペーターが自分の運命に関して最も恐れていたのは、この転落ではありませんでした。ペーターの心を満たしていた不安と恐怖の方が、もっとずっと恐ろしいものだったのです。というのも、いよいよほんとうにフランクフルトの警察官が来たのだと、ペーターは思い込んでいたのでした。さっきアルムのおじいさんの小屋にいるフランクフルトの人たちのことを訊いてきた見知らぬ男の人が警察官なのだ、とペーターは信じて疑いませんでした。いま、デルフリの上の最後の高い斜面でペーターは茂みに投げ出され、ようやくそこにしがみつくことができました。しばらくのあいだ、ペーターはそこで横になっていました。自分がこれからどうなるのか、まず少し考えてみずにはいられなかったのです。

「こりゃいいぞ、また何か落ちてきた！」ペーターのすぐ横で声がしました。「明日は誰が上から突き落とされて、下手くそに縫い合わせたジャガイモの袋みたいに落ちてくるのかな？」

そこであざ笑っていたのは、パン屋でした。かまどのそばでパン焼きの仕事をして汗をかいたので、少し体を冷まそうとして上がってきたのでした。そんなわけで、ペーターが、先日車椅子が転げ落ちたときとよく似た恰好で、上から転がってくるのをゆっくり眺めていたのです。

ペーターは大急ぎで飛び起きました。また新たに恐怖がおそってきました。いまではパン屋が、車椅子が突き落とされたことを知っているのです。一度も振り返ることなく、ペーターはまた山を駆け上りました。できることなら自分の家に戻って、誰にも見つからないように、ベッドにもぐり込みたい気分でした。ベッドのなかが一番安心できたのです。でもヤギたちを山の上に置いてきていました。それにおじいさんは、ヤギの群れがほったらかしにならないように、すぐに戻るんだぞ、と念を押したのです。ペーターはあらゆる人のなかでおじいさんを一番恐れていて、大変尊敬もしていたので、おじいさんの言いつけにそむこうと思ったことはありませんでした。ペーターはぜいぜいと大きく息を切らし、足を引きずりながら前に進みました。そうしなければいけなかったのです。もう一度、山に登る必要がありました。でも、もう走ることはできません。不安と、たったいま受けたいくつもの衝撃が、ペーターの心と体に影響を与えていました。そんなわけで、ペーターは足を引きずり、うめきながら、アルムを登っていきました。

ゼーゼマンさんはペーターと会ってからまもなく最初の小屋に到達し、自分が正しい道を歩いていることがわかりました。そこで、あらためて元気を出して登っていくと、長くて骨の折れる登山の果てに、目指す場所が見えてきました。上の方にアルムの小屋があり、その上では年老いたモミの木の黒々とした梢が揺れていました。

ゼーゼマンさんは喜んで、最後の坂を登りました。そして、もうすぐクララを驚かせることができるぞ、と思いました。しかし、小屋の前にいた人々は先にゼーゼマンさんを見つけていました。そして、ゼーゼマンさんが予想もしなかったことが用意されていました。

山の高みまで登り終えると、小屋の方から二つの人影がゼーゼマンさんに向かってきました。明るいブロンドの髪でバラ色の頬の大きな女の子が、大きな喜びの光で黒い目を輝かせている小さなハイジに体を支えられています。ゼーゼマンさんはびっくりして立ち止まり、近づいて来る女の子たちを見つめました。とつぜん、その目から大きな涙がこぼれ落ちました。胸のなかに、なんという思い出が浮かんできたことでしょう！

クララの母親も、かつてはこんな姿をしていたのです。ブロンドで、頬にバラ色の赤みがさした女の子でした。ゼーゼマンさんは、自分が目覚めているのか、夢を見ているのか、わかりませんでした。

「パパ、わたしのことがもうわからないの？」喜びに顔を輝かせ、クララはゼーゼマンさんに呼びかけました。「わたし、そんなに変わったかしら？」

ゼーゼマンさんはそれを聞いて娘に駆け寄り、しっかりと抱きしめました。

「ああ、変わったよ！　こんなことがあるなんて？　これは現実か？」

幸福に我を忘れた父親は、娘の姿が目の前から消えていないことを確かめるために、一歩下がりました。

「きみなのか、クララ、ほんとうに？」ゼーゼマンさんは何度も叫びました。それからもう一度娘を抱きしめましたが、すぐにまた、自分の前にまっすぐ立っているのがほんとうに我が子なのか、確かめずにはいられませんでした。

おばあさまも歩み寄ってきました。息子の幸せな顔を見るのが待ちきれなかったのです。

「さあ、あなたは何と言いますか？」おばあさまは息子に呼びかけました。「わたしたちを驚かせてくれたのは、よかったわ。でも、あなたがもらった驚きの方が、ずっとすてきじゃなくて？」そう言いながら、大喜びの母親は、心を込めて息子を歓迎しました。

「でもいまは、わたしと一緒にあちらに行って、おじいさんにごあいさつなさい。一番すばらしいことをしてくださったのは、おじいさんなんだから」

「そうですね。そしてわたしたちの同居人だった小さなハイジにも、あいさつしなければね」とゼーゼマンさんは、ハイジと握手しながら言いました。「どうだい？　アルムではいつも元気いっぱいかい？　でも、質問する必要はないね。きみはどんなバラよりもきれいに咲きほこっているよ。うれしいな、ハイジ、わたしはとてもうれしいよ！」

ハイジも喜びで顔を輝かせ、親切なゼーゼマンさんを見上げていました。フランクフルトでは、いつもどんなにやさしくしてくれたことでしょう！　そのゼーゼマンさんが、いまアルムに来てこんなに幸せになっているのを見ると、ハイジの胸は大きな喜びで高鳴るのでした。

おばあさまは、息子をおじいさんのところに案内しました。二人の男性が心から握手を交わし、ゼーゼマンさんが深い感謝と、このような奇跡が起きたことへの計り知れない驚きを伝えているあいだに、おばあさまは少し脇の方に歩いていきました。自分の感謝の気持ちはすでに伝えたあとだったので、一度、古いモミの木を見にいきたかったのです。

すると、また思いがけないものがおばあさまを待ち受けていました。木の下の、枝が長く伸びてその下に広い空間ができている場所に、とてもみごとな濃紺のリンドウの、大きな茂みがあったのです。ちょうどいまそこに伸びてきたかのように、まだ咲き始めで、キラキラ輝いていました。おばあさまはうっとりして、両手を打ち合わせました。

「なんてすばらしいんでしょう！　なんてみごとなの！　こんなものが見られるなんて！」おばあさまは何度も叫びました。「ハイジ、親愛なるハイジ、こっちへ来てちょうだい！　わたしを喜ばせるために、この花を用意してくれたの？　ほんとうにすてきね！」

子どもたちは、もうそばに来ていました。

「ううん、わたしじゃない」とハイジは言いました。「でも、誰が用意してくれたかは、わかってます」

「上の牧草地はもっとずっときれいなのよ、おばあさま」と、クララが口を挟みました。「でも、誰が今朝おばあさまのために牧草地から花を摘んできたか、当ててちょうだい！」クララがそう言いながら満足そうにほほえんだので、おばあさまは一瞬、この子が今朝自分で山に登ってきたのだろうか、と思ったほどでした。しかし、それはほとんど無理なことでした。

そのとき、モミの木のうしろから、かすかな音が聞こえてきました。それは、ちょうどここまで登ってきたペーターでした。ペーターはおじいさんの小屋の前に誰が立っているかを見たので、大きなカーブを描いて、こっそりとモミの木のうしろから山に登ろうとしていたのです。しかし、おばあさまはペーターだと気がつき、ふと新しい考えが芽生えてきました。わたしのために花を摘んできてくれたのはペーターで、いまは恥ずかしがり、遠慮して、こんなに静かに、こっそりと通り過ぎようとしているのではないか？

いや、このまま行かせてはいけない、ペーターには何かごほうびをあげるべきだ、とおばあさまは考えました。

「おいで、坊や、こっちへ出ていらっしゃい、さあ、恥ずかしがらずに！」おばあさまは大声で呼びかけながら、頭を少し、木と木のあいだに突っ込みました。

ペーターは驚きで体をこわばらせ、立ち止まりました。いろいろなことを体験したあとで、もう抵抗する力は残っていませんでした。感じることは、たった一つだけ。「もう終わりだ！」ということでした。髪の毛がまっすぐ逆立ち、血の気が引いて、ものすごい不安に顔をゆがめながら、ペーターはモミの木のうしろから出てきました。

「さあ、こっちへいらっしゃい、回り道しないで！」おばあさまは励ましました。「さあ、教えてちょうだい、坊や。あなたがしたことなの？」

ペーターは目を上げることができず、おばあさまの人差し指が示す方角を見ることもしませんでした。おじいさんが小屋の角のところに立って、灰色の目を鋭くペーターに向けているのがわかりました。おじいさんの隣には、ペーターが最も恐れていた、フランクフルトからの警察官が立っています。すべての手足を震わせ、体をガタガタ揺らしながら、ペーターは声を出しましたが、それは「はい」という返事でした。

「あら、あら」とおばあさまは言いました。「何がそんなにこわいのかしら？」

「あれが――あれがバラバラになって、もう元に戻らないことです」ペーターは苦労しながら答えました。膝があまりにも震えて、もう立っていられないほどでした。

おばあさまは、小屋の角にいるおじいさんのところに行きました。

「親愛なるおじいさん、あのかわいそうな少年は、ほんとうにどこかおかしいのでしょうか?」おばあさまは心配そうに尋ねました。

「ぜんぜん、そんなことはありませんよ」おじいさんはきっぱりと言いました。「あの子は、車椅子を吹き飛ばした風なんです。だから、いま自分にふさわしい罰を待ち受けているんですよ」

それは、おばあさまには信じられませんでした。ペーターはまったく、悪人のようには見えなかったからです。悪人でなければ、あんなに大切な車椅子をこわす理由なんてなかったでしょう。でも、おじいさんにとっては、ペーターのさっきの言葉は、車椅子がなくなってすぐに心のなかに浮かんできた疑いを裏づけるものでした。ペーターが最初からクララに対して向けていた腹立たしげなまなざしと、アルムでいろいろ新しいことが起こっているのに対するペーターの不機嫌を、おじいさんは見逃さなかったのです。いろいろな考えをつなぎ合わせ、正確に事件のなりゆきを見きわめていましたが、それをいまはっきりと、おばあさまに伝えたのでした。おじいさんが話し終わると、おばあさまは勢いよく、自分の意見を言い始めました。

「いいえ、親愛なるおじいさん、いいえ、いいえ、あのかわいそうな子にこれ以上の罰を与えるのはやめましょう。公平にならなくてはいけません。フランクフルトから知らない人たちがやってきて、あの子の唯一の友だち、ほんとうに大切な友だちであるハイジを、何週間も独り占めしたのです。それであの子は何日もひとりぼっちで、その様子を指をくわえて見ていなくてはいけなかったのです。これは公平に見てあげなくては。あの子は腹立ちのあまり、仕返しをしてしまったのです。ちょっとばかなことではあるけれど、わたしたちは誰しも、腹を立てるとばかなことをするものですからね」

おばあさまはそう言うと、あいかわらず震えているペーターのところに戻りました。

おばあさまはモミの木の下のベンチに座ると、やさしく言いました。「さあ、わたしの前にいらっしゃい。話したいことがあるの。震えるのはやめて、聞いてちょうだい。あなたに聞いてほしいの。あなたが車椅子を山の上から突き落として、こわしてしまったのね。それは悪いことだったし、あなたは自分のしたことが悪いことだと知っていて、罰を受けることもわかっていたのでしょう。そして、罰を受けないようにするために、自分のやったことを知られないよう、必死で逃げなくてはいけなかったのね。でも、ごらんなさい。悪いことをして、誰にもばれていないと思う人は、いつも間違っているのよ。神さまはちゃんとごらんになっているし、すべてを聞いておられます。そして、誰かが自分のした悪いことを隠そうとしているのに気づくと、急いでその人の心のなかの小さな番人を目覚めさせるの。その番人は、生まれたときからその人のなかにいて、その人が悪いことをするまでは、ずっと眠っているのよ。番人は小さなトゲを手に持っていて、その人の心のなかをちくちくと刺すので、その人はもうじっとしていられないのです。それに小さな番人は、声でも不安がらせるの。苦しんでいる人がますます苦しむように、呼びかけるの。『いま、すべてがばれるぞ！　もうじき、罰を与えられるぞ！』だからその人はいつもびくびくと心配していて、楽しいことはもうぜんぜんなくなってしまうのよ。ペーター、あなたもたったいま、同じような目にあったんでしょ？」

ペーターはひどく打ちひしがれながらも、思い当たるように、うなずきました。まさにいま、自分にそのとおりのことが起こっていたからです。

「でも、あなたが間違えたことが、他にもあるのよ」と、おばあさまは言葉を続けました。「ごらんなさい、あなたがした悪いことが、相手にとってはかえっていい結果になったでしょう！　クララは自分が乗せていってもらえる車椅子がなくなって、それでもきれいな花が見たかったから、特別にがんばって、歩こうとしたのよ。そうして、歩くことを覚えて、どんどん歩くのがうまくなった。クララがここにいたら、最後には毎日、牧草地まで行けるようになる。車椅子で上がるよりも、ずっと多く行けるようになるのよ。わかる、ペーター？　そうやって神さまは、誰かが悪いことをしようとしても、それをすばやく御手のなかに引き取って、痛めつけられるはずだった人のために、よいことに変えてくださるの。悪い人の方は、置いてきぼりにされて、損をするのよ。よくわかったかしら、ペーター？　覚えておきなさい、そして、また何か悪いことをしそうになったら、いつも心のなかのトゲを持った小さな番人と、いやな声のことを考えるのよ。いいわね？」

「はい、そうします」ペーターは、あいかわらずしょげきって、答えました。警察官がいまだにおじいさんの横に立っているので、このことが最後にどうなるのか、まだわからなかったのです。

「それなら結構、このことは、これで終わりにしましょう」とおばあさまは話を締めくくりました。「でも、あなたも何か、フランクフルトの記念の品をもらって、喜べるといいわね。言ってごらんなさい、坊や、これまでに、何かほしいものを願ったことはあるの？　それは何？　一番ほしいものは何なの？」

いま、ペーターは頭を上げ、驚きのあまり目をまんまるにして、おばあさまを見つめました。いまだに、何か恐ろしい罰があるのではと思っていたのですが、とつぜん、好きなものをあげると言われたのです。ペーターは頭が混乱しました。

「そう、そう、わたしは本気なのよ」とおばあさまは言いました。「あなたは何か、自分が喜べるものをもらうべきなのよ。フランクフルトの人たちの思い出に、そして、その人たちが、あなたが悪いことをしたなんて、もう思っていないというしるしに。わかる、坊や？」

ペーターの頭のなかに、自分はもう罰を恐れなくてもいいのだ、そして、目の前に座っているこの親切なご婦人は、自分を警察官の権力から救ってくれたのだ、という理解が生まれてきました。すると、これまでペーターを押しつぶしそうだった山のような塊が、ぽろりと落ちたような気がするほど、ほっとした気持ちになりました。そして、自分のやった失敗をすぐに打ち明けた方がいいのだということも、理解しました。そこで、ペーターはいきなり言いました。

「あの紙も、なくしちゃいました」

おばあさまは少し考えこみましたが、すぐにペーターの言っている意味がわかり、やさしく言いました。

「ああ、そうなの、言ってくれてよかった！　間違ったことをしたら、すぐに正直に言うのよ。そうすれば、また大丈夫になるから。それで、あなたは何がほしいの？」

いま、ペーターは何でも好きなものを願っていいのでした。ペーターは頭がくらくらするほどでした。マイエンフェルトの年の市で売られているすばらしい品物が、目の前にちらつきました。ペーターはこれまでしばしば、何時間もそれらの品に見とれ、ぜったいに手が届かないと諦めていたのでした。ペーターの全財産は、五ラッペンを上回ったことがなかったのです。そして、ペーターの心をそそる品物は、いつもその二倍はするのでした。たとえばヤギたちに対して使えそうな、きれいな赤い笛がありました。カエル刺しと呼ばれる、丸い握りのついた魅力的なナイフもありました。あれを使えば、ハシバミのムチを切り出すのも、とても楽にできそうです。

すっかり考えこんで、ペーターはそこに立っていました。二つの品のうちのどちらを願うべきかと考えに考え、決心がつかなかったのです。

しかしいま、ぱっと明るい考えが思い浮かびました。これなら、次の年の市まで考え続けることができます。

「十ラッペンがほしい」ペーターはきっぱりと答えました。

おばあさまは少し笑いました。

「それなら、身のほど知らずということもないわね。じゃあ、いらっしゃい！」おばあさまは袋を取り出すと、大きな丸いターラー金貨を取り出しました。おばあさまはその上に、二枚の十ラッペン硬貨をのせました。

「さあ、計算しましょう」とおばあさまは言葉を続けました。「あなたに説明しておくわ。ここに、一年の週の数と同じだけの十ラッペンがあります！　あなたはここから、毎週日曜日に十ラッペンを取り出して、使うことができるのよ。一年中、ずっとね」

「一生のあいだ？」ペーターが無邪気に尋ねました。

おばあさまは大笑いせずにはいられませんでした。そのために、おじいさんとゼーゼマンさんも話をやめ、何が起こっているのか聞きに来ました。

おばあさまはあいかわらず笑っていました。

「いいでしょう、坊や――わたしの遺言に、そういう文句を入れておきましょう。息子よ、わかりましたか？　あなたの遺言にも、受け継いでくださいね。『ヤギ飼いペーターは、生きているあいだ、毎週十ラッペンを受け取る』というんです」

ゼーゼマンさんも同意しながらうなずき、おばあさまに向かって笑いました。

ペーターは、ほんとうにもらっていいのかと、手のなかの贈りものをもう一度眺めました。そして、「神さま、ありがとう！」と言いました。

それからペーターは、珍しいジャンプをしながら、そこから走っていきました。今度は、ちゃんと足が地面についています。いまでは恐怖に駆り立てられるのではなく、これまでの人生では感じたことがないほどの喜びに動かされているのでした。すべての不安と恐怖は消えて、これからは一生のあいだ、毎週十ラッペンがもらえるのです。

そのあと、集まった人々がアルムの小屋の前で楽しい昼食を食べ終えたとき、喜びで顔を輝かせ、娘の方を見るたびにさらに少しずつ幸せそうになっていく父親の手を、クララがとりました。そして、これまでの弱々しいクララにはなかった、生き生きとした声で話し始めました。

「ああ、パパ、おじいさんがわたしのためにどんなことをしてくださったか、パパがわかってくれたら！　毎日とてもたくさん、数えることができないほど、よいことをしてくださったのよ。でもわたしは、生きているかぎり、そのことをけっして忘れない。そしていつも、愛するおじいさんのために何かできることはないか、喜んでもらえるようなものをプレゼントできないか、考え続けるわ。たとえ、わたしがいただいた喜びの半分しかお返しできないとしても」

「それは、わたしの一番大きな願いでもあるよ、クララ」父親のゼーゼマンさんが言いました。「わたしもずっと、こんなに親切にしてくださった方に、感謝の気持ちをいくらかでも示せないものかと考えているんだよ」

ゼーゼマンさんは立ち上がり、おばあさまの隣に座ってすっかり話し込んでいるおじいさんのところに行きました。すると、おじいさんも立ち上がりました。ゼーゼマンさんはおじいさんの手を握り、とても感じよく言葉をかけました。

「親愛なるお友だち、わたしたちにぜひ一言、言わせてください！　わたしがもう長いこと、ほんとうの喜びを知らずに過ごしてきたと言っても、あなたはご理解くださるでしょう。自分の富をもってしても健康にしてやれず、幸せにもしてやれないかわいそうな子どもを目にするとき、お金や財産に何の意味があるでしょう？　天の神さまと並んで、あなたがあの子を元気にしてくださいました。そして、わたしにもあの子にも、新しい人生をプレゼントしてくださったのです。どうしたらあなたに対してわたしの感謝を示せるか、教えてくださいませんか？　あなたがしてくださったことを、お金に換算することはできません。でも、自分にできることがあれば、何であれ差しあげましょう。お友だち、どうぞおっしゃってください、わたしに何ができるでしょう？」

おじいさんは静かに耳を傾け、満足げなほほえみを浮かべて、幸せそうなゼーゼマンさんを見つめていました。

「ゼーゼマンさん、お嬢ちゃんがわたしたちのアルムでこのようにいやされたという大きな喜びの分け前に、わたしもあずかったのですよ。わたしの努力は、それによってもう報われました」おじいさんはきっぱりと言いました。「あなたの寛大なお申し出には感謝します。でも、わたしには必要なものはありません。生きているかぎり、この子とわたしが生活するためのものは充分です。しかし、一つお願いがあります。もしそれをかなえていただけたら、この人生において、もう心配ごとはありません」

「どうぞ、おっしゃってください、親愛なるお友だち！」ゼーゼマンさんがせっつきました。

「わたしは年をとっています」と、おじいさんは言葉を続けました。「ここにいられるのも、そんなに長いことはありません。わたしが死んだら、この子に残してやれるものは何もありません。親せきも、もういません。ただ一人いることはいますが、彼女はむしろ、ハイジを利用しようとする人間です。ハイジが一生のあいだ、知らない人にパンを恵んでもらいに行くようなことにはならないと、あなたが保証してくださるなら、わたしがあなたやお嬢ちゃんのためにしたことに対して、充分に報いてくださったことになります」

「もちろん、親愛なるお友だち、ハイジがパンをもらいに行くなんてことはけっしてありませんよ」とゼーゼマンさんは急いで言いました。「この子は、わたしたち家族の一人です。わたしの母やクララにお尋ねください。ハイジのことを、母もクララも、一生のあいだけっしてほかの人に引き渡したりしないでしょう！　しかし、もしこれでご安心いただけるなら、お友だち、わたしの手を挙げて誓います。ハイジは一生のあいだ、知らない人のところでパンをもらう必要はありません。わたしがそのことを保証しますし、わたしが死んだあともそうなります。でも、もう一つ、わたしに言わせてください。

この子はどんなことになっても、知らない土地で人生を送るようにはなりません。わたしたちは、それを聞いています。この子は、友人を作ったのです。その友人の一人を、わたしは知っています。その人はいまはまだフランクフルトにいて、最後の仕事を片づけていますが、そのあとは自分の気に入った場所に行き、そこで隠退生活を送る予定です。わたしの友人の、お医者さまのことですよ。あの人は、この秋にもこちらにやってきて、あなたの助言をいただきながら、この地方で暮らしていくつもりなんです。あなたとハイジと一緒にいるのが、どこにいるよりも心地いいそうです。ごらんなさい、ハイジは今後、二人の後見人を身近に持つこととなります。この二人が、どちらもこれからまだ長く、ハイジのそばにいてくれますように！

「愛する神さまがそうしてくださるように！」ここで、おばあさまも口をはさみました。そして、息子の願いに同意しながら、心を込めて、しばらくのあいだおじいさんと握手を続けていました。おばあさまはそれから、隣に立っていたハイジの首にとつぜん腕を回すと、自分の方に引き寄せました。

「そして、親愛なるハイジ。あなたにも訊かなくてはね。さあ、言ってちょうだい。あなたにも、かなえてほしい望みがあるんじゃない？」

「ええ、もちろん、あります」ハイジは答え、とてもうれしそうにおばあさまを見上げました。

「あら、それはいいわね。言ってごらんなさい」おばあさまは促しました。「何がほしいの？」

「わたしがフランクフルトで使っていたベッドと、三つの大きな枕と、部厚い掛け布団です。それがあればペーターのおばあさんはもう、頭が下がった状態で寝て息ができないなんてことはないし、掛け布団のなかも暖かいから、ショールを巻いてベッドに入らなくてもいいんです。そうじゃないと、いつもひどく凍えてしまうの」

　ハイジは、自分の願いを伝えようとする熱心さのあまり、一息にすべてを話しました。

「まあ、ハイジ、何を言うの！」おばあさまは興奮して叫びました。「よかったわ、あなたが思い出させてくれて。喜んでいるときには、最初に考えるべきことを簡単に忘れてしまうものですからね。愛する神さまが、わたしたちにいいものを贈ってくださったのですから、わたしたちもすぐに、たくさんのものを持たずにいる人のことを考えなくてはいけません！　いま、この場でフランクフルトに電報を送りましょう！　きょうのうちにもロッテンマイヤーがベッドを荷造りすれば、二日後には届くかもしれません。神さまの御心（みこころ）なら、おばあさんもそのベッドでぐっすり眠れるでしょう！」

　ハイジは大喜びで、おばあさまの周りをぴょんぴょん跳びはねましたが、とつぜん立ち止まって、早口で言いました。

「急いでおばあさんのところに行ってこなくちゃ。こんなに長いあいだ、おばあさんに会いに行かないと、また心配するから」

　ハイジは、おばあさんにこのうれしい知らせを伝えたくて、もう待ちきれませんでした。そして、自分が最後に訪ねたとき、おばあさんがどんなに不安そうにしていたかを思いだしたのです。

「だめだよ、ハイジ、何を言い出すんだ？」おじいさんが注意しました。「お客さんがいらしているときに、急に出かけていったりはしないものだよ」

でも、おばあさまがハイジに味方してくれました。

「親愛なるおじいさん、この子はそんなに間違ってはいません」と、おばあさまは言いました。「かわいそうなおばあさんは、もう長いこと、わたしのせいで不自由していらっしゃるのです。さあ、みんなでおばあさんのところに行きましょう。そして、わたしはそこで馬を待つことにして、そこから下に降りていって、デルフリですぐにフランクフルトへの電報を打ちましょう。息子や、あなたはどう思いますか？」

ゼーゼマンさんはそれまで、自分の旅行計画を説明する時間がありませんでした。そこで、おばあさまに向かって、その思いつきをすぐに実行するのではなく、まだ少しそこに腰を下ろして、自分のもくろみを説明させてほしい、と頼みました。ゼーゼマンさんは、おばあさまと一緒にスイスをめぐるちょっとした旅行をし、クララもそのうちの短い区間を一緒に旅行できるかどうか、見てみたいと思っていたのです。いまや、娘を連れて大いに楽しい旅行ができる見通しが生まれました。そこで、夏の終わりのお天気のいい日々を利用して、早速旅行に出かけたいと思ったのです。ゼーゼマンさんはその晩デルフリに泊まり、翌朝クララをアルムに迎えに来て、一緒にラガーツ温泉のおばあさまのところまで下山し、旅行に出ようと考えていました。

急にアルムからの旅立ちが予告されて、クララはちょっととまどったようでした。でも、たくさんのうれしいことがありましたし、残念がっているひまはありません。

おばあさまは立ち上がり、ハイジと手をつないで、みんなの先頭に立とうとしましたが、いきなりふり返って、「でも、クララのことはどうしましょう？」と、ぎょっとしたように言いました。ペーターの小屋までの道はクララには遠すぎるだろう、と思いついたのです。

しかし、おじいさんはもう慣れた様子で、自分が介護するお嬢ちゃんを腕に抱き上げていました。おじいさんはしっかりした足取りで、いまでは上機嫌になってうなずき返しているおばあさまのあとを、ついていきました。一番うしろからゼーゼマンさんが歩いてきて、一行はどんどん山を下っていきました。

ハイジはあいかわらずうれしくて、おばあさまの横で跳びはねずにはいられませんでした。おばあさまは、ペーターのおばあさんについて、いろいろなことを知りたがりました。どういう暮らしをしているのか、特に冬、山の上が大変寒くなるときには、どういうことが起こっているのか。

ハイジはすべてのことを、事細かに報告しました。あの小屋がどうなっているかということや、おばあさんが体を縮めて隅っこに座り、寒さに震えていることなど、よく知っていたからです。食事はどんなものか、手に入らないのは何かなども、ハイジはよく知っていました。

下の小屋に着くまで、おばあさまは生き生きとした関心を示しながら、ハイジの報告に聞き入っていました。

ブリギッテはちょうど、二枚しかないペーターのシャツの一枚を、外に干そうとしていたところでした。一枚のシャツをさんざん着てしまったら、もう一方に着替えることができるようにです。ブリギッテは一行が下りてくるのを見ると、部屋のなかに駆け込みました。

「ちょうどいま、みんなが行っちゃうところだよ、おっかさん」と、ブリギッテは報告しました。「全員が歩いていくよ。おじいさんが付き添っていて、病気の子を抱えているんだ」

「ああ、ほんとうにそんなことになってしまったんだね？」ペーターのおばあさんは、ため息をつきました。「あの人たちが、ハイジを連れていくのを見たんだね？　ああ、最後に握手だけでもできればいいんだけどねえ！　もう一度、あの子の声が聞けたなら！」

そのとき、勢いよく扉が開いて、ハイジが大またで飛び込んできました。そして、隅っこにいるおばあさんのところに来ると、抱きつきました。

「おばあさん！　おばあさん！　フランクフルトで使っていたわたしのベッドと、三つの枕と掛け布団が来るのよ。二日で届くって、おばあさまがおっしゃったの」

ハイジはこの報告をどんなに早口で言っても、まだ足りないくらいでした。おばあさんが途方もなく喜ぶ姿を見たくて、待ちきれなかったのです。おばあさんはほほえみましたが、少し悲しそうに言いました。

「ああ、何て親切なご婦人だろうね！　その人があんたを連れていくなら、喜ばなくちゃいけないね、ハイジ。でもわたしは、悲しくて、あまり長生きできそうもないよ」

「何ですって？　誰が、やさしいおばあさんに、そんなことを言ったのですか？」親切な声が聞こえました。そして、おばあさんの手を誰かが握り、心を込めて握手しました。クララのおばあさまが歩み寄っていて、すべてを聞いていたからです。「いいえ、いいえ、そんなことは起こりませんよ！　ハイジはおばあさんのところにいて、これからもおばあさんを喜ばせます。わたしたちもハイジにまた会いたいと思いますが、わたしたちの方から、ハイジに会いに来ますよ。毎年、アルムに登ってきたいと思っているんです。あの場所で、愛する神さまがわたしたちの子どもにすばらしい奇跡を起こしてくださったことに、毎年特別の感謝を捧げるという理由がありますからね」

　いま、ほんものの喜びがおばあさんの顔に浮かんできました。そして、言葉にできないほどの感謝を込めて、おばあさんはやさしいゼーゼマン夫人の手を何度も何度も握りましたが、そのあいだにも喜びのあまり、大きな涙の粒がいくつか、老いた頰を流れ落ちていきました。

　ハイジはおばあさんの顔に表れた喜びにすぐ気がつき、とてもうれしそうにしていました。

「ねえ、おばあさん」と、ハイジはおばあさんに体をすり寄せながら、言いました。「わたしが最後に読んだ歌詞のとおりになったね？　フランクフルトからのベッドは、いやしてくれるものでしょう？」

「ああ、そうだね、ハイジ。それどころか、もっとずっといいもの、愛する神さまがわたしに与えてくださった、とてもいいものだよ！」おばあさんは、心の底から感動しながら言いました。「貧しい老人を気にかけてくださって、こんなに親切にしてくださるいい人たちがいるなんて、いったいどういうことなんだろう！　天におられる父なる神さまへの信仰を、これほど強めてくれることはないね。神さまは、一番みじめな人たちのことも、お忘れにはならない。善良な、あわれみの心を持った人たちが、わたしのような貧しくて役に立たない女のために、親切にしてくださるなんて」

「やさしいおばあさん」ゼーゼマン夫人が言葉をはさみました。「天におられる神さまの前では、わたしたちはみな、みじめなものですよ。そして誰もが、神さまに忘れてもらいたくないと思っているのです。いま、わたしたちはお別れしますが、またお会いしましょう。来年、またアルムに来たら、おばあさんをお訪ねしますからね。そのことは忘れませんよ！」ゼーゼマン夫人はそう言って、もう一度おばあさんの手をとると、握手をしました。

しかし、ゼーゼマン夫人は、思っていたほどすぐに立ち去ったわけではありませんでした。というのも、おばあさんが感謝の言葉をなかなか言い終わらなかったからです。

おばあさんは、神さまが手にしておられるすべてのよいことが、親切にしてくれたゼーゼマン夫人と、その一家の人々に与えられるように、と願ってやみませんでした。

ようやく、ゼーゼマンさんとその母であるおばあさまは、谷を下っていきました。おじいさんはクララをもう一度小屋まで抱いて運び、ハイジは絶え間なくぴょんぴょんと跳びはねながら、おじいさんの脇を歩いていきました。おばあさんがベッドをもらえるという見込みがあまりにもうれしくて、一歩ごとに跳びはねずにはいられなかったのです。

その翌朝、ハイジに別れを告げなければいけないクララは、熱い涙を流しました。生まれてから一度もなかったほど楽しい日々を過ごした美しいアルムを、立ち去らなくてはいけないのです。しかしハイジは、クララを慰めて言いました。「あっというまに、また夏が来るよ。そうしたらまた来られるし、そのときにはもっとずっと楽しくなる。クララは最初から歩けるわけだし、わたしたち、毎日ヤギたちと一緒に牧草地や花畑に上がっていける。愉快なことがみんな、最初から始まるんだよ」

ゼーゼマンさんは取り決めどおり、娘を迎えに来ました。ゼーゼマンさんは、向こうにいるおじいさんのそばに立っていました。男同士、まだいろいろな話があったのです。

クララは涙をぬぐいました。ハイジの言葉で、少し慰められたのです。

「ペーターにもよろしく伝えてね」と、クララはまた口を開きました。「それからすべてのヤギたち、特にスワンによろしく。スワンに贈りものができたらいいのに。わたしが元気になるために、スワンはずいぶん助けてくれたんだもの」

「贈りものは簡単にできるよ」と、ハイジがうけあいました。「スワンには、ちょっとだけ塩を送ってちょうだい。あの子が夜、おじいさんの手から塩をなめるのがどんなに好きか、知ってるでしょ」

クララも、その助言が気に入りました。

「あら、じゃあわたし、フランクフルトから百ポンドの塩を送るわね」クララはうれしそうに叫びました。「スワンにも、わたしの思い出の品を受け取ってほしいから」

ゼーゼマンさんが子どもたちに手を振りました。出発の時間が来たのです。今回は、おばあさまが乗っていた白い馬が、クララのためにやってきました。クララはもう、かご椅子は必要なくて、自分で馬に乗って下りていけるのです。

ハイジは斜面の一番突き出した端っこに立って、馬と、乗っているクララの姿が完全に消えてしまうまで、手を振り続けていました……。

ベッドが到着し、ペーターのおばあさんはいまでは毎晩とてもよく眠れるようになって、そのおかげで新しい力がわいてきました。

アルムでの厳しい冬のことを、親切なおばあさまは忘れていませんでした。とても大きな荷物の山を、ヤギ飼いペーターの小屋に送ってくれたのです。そのなかにはたくさんの暖かいものが入っていたので、おばあさんはそれを何枚も体に巻きつけることができ、もう寒さに震えながら隅っこに座っているようなことはありませんでした。

デルフリでは、大きな工事が進んでいました。お医者さまが到着して、さしあたり、前に泊まった宿に入りました。友人の勧めに従って、お医者さまはあの古い建物を買い付けていました。おじいさんがハイジと一緒に冬を過ごす、かつては大きなお屋敷だった家です。お屋敷だったことは、きれいな暖炉のある天井の高い部屋や、技巧をこらした羽目板などを見ればわかりました。家のこの部分を、お医者さまは自分の住居として建て直すことにしました。家のもう一方の側は、おじいさんとハイジの冬の住まいとして整えられました。お医者さまは、おじいさんが自分の住居を必要とする自立した人である、とわかっていたのです。家の一番奥には、しっかりと壁で囲った暖かいヤギ小屋が作られました。スワンとクマは、ここでとても快適に、冬の日々を過ごすことができるでしょう。

お医者さまとアルムのおじいさんは、日ごとに親しくなっていきました。工事の進み具合を見るために、一緒に敷地に足を踏み入れるときなどは、二人の思いはたいていハイジの上にありました。朗らかなハイジと一緒にここに引っ越せるのを、二人ともとても楽しみにしていたからです。

「親愛なるお友だち」とつい最近、おじいさんと一緒に敷地のなかに立ちながら、お医者さまが言いました。「あなたもわたしと同じように見ておられるに違いないと思いますが、わたしはあの子がかわいくてならないんですよ。その気持ちはあなたとまったくおなじだと思います。あなたの次に、あの子の身寄りのような気がしましてね。わたしもあの子の養育に関わりたいですし、あの子のために、一番いいことをしてやりたいのです。そうやって、わたしにもハイジへの権利を与えていただければ、わたしの晩年にはあの子が面倒を見てくれて、そばにいてくれるかもしれません。それがわたしの最大の願いなんです。ハイジには、わたしの子どもとして、すべての権利を持たせます。そうすれば、わたしたちは死ぬときが来ても、心配することなく、あの子を置いていけます。あなたも、わたしもね」

おじいさんは長いこと、お医者さまの手を握っていました。何も言いませんでしたが、よき友人はおじいさんの目のなかに、自分の言葉が呼び起こした感動と、大きな喜びを読みとることができました。

そのころ、ハイジとペーターはおばあさんのそばに座っていました。そしてハイジは話すのに忙しく、ペーターは聞くのに忙しくしていて、おばあさんの方を向くことができませんでしたが、おしゃべりに夢中になるにつけ、幸せそうなおばあさんの方にどんどん近づいてきていました。

この夏に起こったことで、おばあさんに伝えなければいけないことが、まだどれほどたくさんあったことでしょう。この間に、ほんの少ししか会えなかったのですから。

三人の誰もが、こうしてまた一緒にいられることで、さらに、すばらしいできごとの数々のせいで、相手よりもうれしそうにしていました。しかしいままでは、ペーターのおかあさんのブリギッテの顔が、一番幸せそうに見えました。というのも、ハイジの話によっていま初めて、たえず十ラッペンが与えられるのはなぜか、はっきりとわかったからでした。最後に、おばあさんが言いました。「ハイジ、わたしに賛美と感謝の歌を読んでおくれ！　あとはもう、賛美して、天におられる神さまがわたしたちにしてくださったことすべてに、お礼を申し上げるしかないという気持ちだよ」

（完）

訳者あとがき

スイスの女性作家ヨハンナ・シュピリ（一八二七〜一九〇一年）が『アルプスの少女ハイジ』の第1部にあたる『ハイジの修業と遍歴の時代』を出版してから、今年（二〇二〇年）で百四十年になります。

ヨハンナ・シュピリは、十九世紀を生きた作家でした。チューリヒの南東にあるヒルツェルという村で生まれ、母方の祖父は牧師、父親は開業医、母親はプロテスタントの宗教詩人でした。七人きょうだいの四番目だったヨハンナは、祖母や親せきなども含めた大家族のなかで育ちました。自宅に病院が併設されていたため、患者を目にする機会も多かったようです。『アルプスの少女ハイジ』には、足の悪いクララや、目の見えないペーターのおばあさん、環境が変わって夢遊病になってしまうハイジなど、体や心になんらかの疾患を抱えた人々の様子が描かれていますが、それはヨハンナが幼い頃から、病気の人たちを身近に見ていた経験とも関係があるでしょう。

ヨハンナは教養ある市民階級の娘として、チューリヒに出て語学や音楽の勉強をしたり、他家で礼儀作法を学んだりしており、当時の女性としてはかなりしっかりと教育を受けています。そして、二十五歳のとき、兄の友人だったベルンハルト・シュピリと結婚しました。シュピリは弁護士であり、新聞編集者や州議会議員も務めました。たいへん多忙な人で、家庭を一人で切り盛りしなくてはならなかったヨハンナは、一人息子を妊娠したころからひどい鬱（うつ）症状に悩むようになります。二十八歳で出産した後も鬱に苦しみますが、読書や詩作に慰めを見出（みいだ）していたようです。

ヨハンナが作家としてデビューしたのは、四十四歳のとき。『フローニの墓に捧げる一葉』という大人向けの小説を、イニシャルの「J・S」という匿名で、ドイツのブレーメンの出版社から初版千部で刊行しました。これは、母の友人であるブレーメンの牧師からの依頼で書かれ、売り上げはすべて普仏戦争の傷病兵看護にあたる女性たちを支援するために寄付するという条件での社会奉仕的な出版でしたが、好評で版を重ねたようです。それをきっかけに作品を出版する道が開け、子ども向けから大人向けまで、生涯で約五十編を執筆しました。

そして、五十二歳のときに匿名で出版したのが『ハイジの修業と遍歴の時代』です。この小説は発売されると大評判となり、一年後には第2部『ハイジは習ったことを役立てられる』が出ました。第2部は匿名ではなく、ヨハンナ・シュピリという実名で出しました。この作品が瞬く間にヨーロッパのさまざまな言語に翻訳され、ヨハンナは一躍、有名作家の仲間入りをしました。

もともと『ハイジの修業と遍歴の時代』というタイトルは、ヨハンナが愛読していたゲーテの『ヴィルヘルム・マイスターの修業時代』『ヴィルヘルム・マイスターの遍歴時代』という作品にちなんだものでした。一人の男性がさまざまな経験を経て成長していく「ビルドゥングスロマーン」（日本では「教養小説」と訳されていますが、「自己形成小説」と言ってもいいかもしれません）の代表作とされる作品ですが、ヨハンナ・シュピリの『アルプスの少女ハイジ』は主人公を幼い少女に置き換え、彼女の成長と挫折、そして回復後のさらなる成長を描いています。

素直でやさしい心の持ち主であったハイジは、アルムと呼ばれる高山の牧草地に住むおじいさんと、幸せに暮らしています。しかし亡き母の妹であるデーテおばさんがやってきて、ハイジをドイツの大都市フランクフルトに連れていってしまいます。スイスのマイエンフェルトとドイツのフランクフルトについては、次ページの地図をご覧ください。現在、チューリヒからマイエンフェルトへは、鉄道を使えば一時間半くらいで移動できます。チューリヒからフランクフルトまでは特急で四時間。同じドイツ語圏ですし、そんなに遠い気がしないかもしれません。しかし、ハイジの時代はバーゼルで一泊するなど、かなりの長旅であったことがうかがえます。人口の少ないマイエンフェルト（現在でも三千人程度）と、十九世紀当時すでに十万人以上の人口を擁していたフランクフルトでは、生活環境はまったく違っていたことでしょう。しかもハイジは、いきなり上

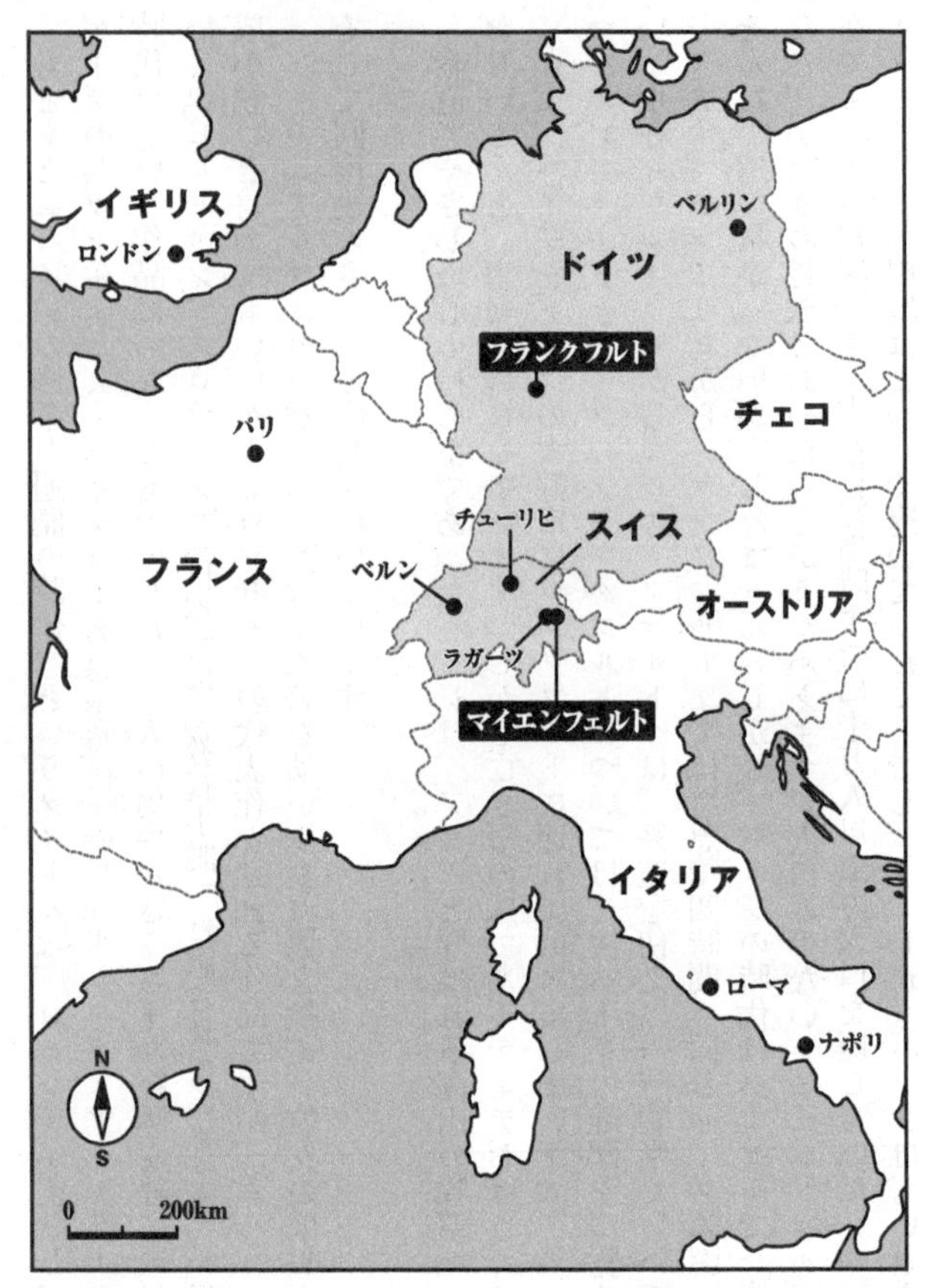

物語の舞台は、スイス東部マイエンフェルト周辺と、ドイツ中部のフランクフルト。
マイエンフェルト近郊にはラガーツ温泉がある

流階級の家庭に放り込まれ、きびしい家政婦長のロッテンマイヤーさんに初日からお説教されてしまいます。山の上でペーターやヤギを相手にのびのびと暮らしてきたハイジにとっては、言葉遣いも、礼儀作法も、未知のことばかりです。さらに学校教育を受けておらず、お嬢さまのクララが受けている授業についていくことができません。不本意な生活を強いられたハイジが次第に萎（しお）れていくのは、無理もないことだったでしょう。

　そんなハイジに、クララのおばあさまは、たくさんの励ましや慰めを与えてくれます。おばあさまのおかげでハイジは字が読めるようになり、神さまに祈ることを覚えます。フランクフルトでの日々は辛（つら）いものですが、ハイジの教養の基礎となる力を与えてくれ、その後の自立を助けてくれます。ホームシックで山に帰されるものの、成長したハイジはペーターに字を教え、おばあさんに賛美歌の歌詞を朗読し、おじいさんが共同体に立ち返る重要なきっかけを作ることになります。そして、ハイジを山に訪ねてきたフランクフルトの人々も、ハイジとおじいさんから大きな恩恵を受けることになるのです。

　ハイジの物語には魅力的な人々がたくさん出てきますが、特に印象的なのはハイジのおじいさんだと思います。冒頭では、おじいさんがデルフリ村の人々に嫌われており、過去には殺人のうわささえあることが紹介されています。裕福な家の出身なのに財産を使い果たしてしまい、外国の傭兵（ようへい）となって戦争に参加した経験を持つおじいさん。傭兵というのが、耕作地の少ないスイスでは、伝統的に出稼ぎ男性の従事する職業であった、という歴史的背景もあります。その後、結婚して男の子が生まれたけれど、妻を亡くし、成人して大工になった息子も事故で亡くしてしまったおじいさんは、すっかり偏屈になってしまいます。そんなおじいさんが、息子の忘れ形見であるハイジとの共同生活で、豊かな感情を取り戻していく様子は感動的です。そして、フランクフルトに連れ去られたハイジがふたたび戻ってくると、おじいさんは劇的な改心をします。牧師と和解し、共同体の一員としてデルフリ村に戻っていく姿は、七十歳を超えても人は変わることができるのだ、という希望を与えてくれます。おじいさんはさらに、フランクフルトの医師であるクラッセン先生とも友情で結ばれ、充実した老後を送るであろうことが予想できます。

『アルプスの少女ハイジ』の子ども向けリライト版では、しばしば「クララが歩けるようになった」ことだけがクローズアップされますが、じつは大人たちが変えられていく物語でもあることを、知っていただければ幸いです。キリスト教信仰に基づいた話でもあり、教育の必要性を確信していたヨハンナ・シュピリらしい内容でもあります。

また、人間描写のあちこちに、ユーモアがちりばめられているのも特徴です。口うるさいロッテンマイヤーさんが動物嫌いだったり、朝早く起こされて変な服装になってしまったり、家庭教師の先生がやたら理屈っぽくて本題に入ることができなかったりと、思わず笑ってしまうような箇所がたくさんあるのです。

そして、この作品では、スイスの自然のすばらしさが賛美されています。ヨハンナは病弱な息子の転地療養に付き添って、マイエンフェルト近郊のラガーツ温泉で過ごしたことがあります。いまでは「ハイジランド」と呼ばれているこの地域のよさを、自ら体験したのでしょう。十九世紀は鉄道網が整備され、スイスの温泉地に外国の富裕層が湯治に来るようになった時代でもありました。クララがハイジの小屋で四週間過ごすあいだ、クララのおばあさまはラガーツ温泉に滞在しています。そんなに長いあいだ一人で滞在しても嫌にならないくらい、観光地として整備されていたのではないかと思います。

わたしも二〇一九年三月末に、マイエンフェルトとラガーツ温泉を訪れました。マイエンフェルトでは、ハイジの物語はいまや重要な観光資源です。ハイジの名前を冠したホテル、レストラン、それに「ハイジ村」もあります。町のインフォメーションセンターでも、ハイジのグッズが売られています。作品に出てくるファルクニス山は、マイエンフェルトの駅から一望できます。ブドウ畑に囲まれたなだらかな坂を上っていくとマイエンフェルトの役場があり、その先に、デルフリ村のモデルとなった集落があります。作品のなかではアルムの夏の日々の美しさが何度も強調されますが、天気のよい春の日に、鳥の声を聞きながら歩いていくのも楽しい体験でした。家々の庭にはクロッカスやスイセンが咲き乱れ、早咲きの桜も咲いていました。一歩上るごとに視界が開けていき、鉄道が走る谷間と、その向こうの山々を眺めていると、ひろびろとした気持ちになり、心からリラックスできました。この旅行は、とてもいい思い出になっています。

マイエンフェルトから徒歩で1時間ほどの「ハイディドルフ（ハイジ村）」より、標高2562 mのファルクニス山を望む（訳者撮影）

これまで、いろいろなところでハイジと縁があり、そうした縁がつながっていって、驚くようなことが何度もありました。二〇一三年一月から二年間にわたって、月刊誌「百万人の福音」（いのちのことば社）で、『アルプスの少女ハイジ』の第一部を抄訳させていただきました。二〇一五年には、学研プラスが出している「10歳までに読みたい世界名作」シリーズの第九巻として、『アルプスの少女ハイジ』を小学生向けに編訳しました。このシリーズは、いまでも版を重ねています。

その後、二〇一八年末に、NHKのEテレ「100分de名著」出演のお話をいただいたとき、どの「名著」にするか話し合う過程のなかで、わたしが『アルプスの少女ハイジ』を挙げたところ、小学生の頃にアニメの「ハイジ」を見ていたというプロデューサーの秋満吉彦（あきみつよしひこ）さんが、喜んで応じてくださいました。番組用のテキストを執筆する過程で、ふたたびじっくりと原作を読む機会があり、ますますこの作品が好きになっていきました。

そしてその後、番組を見てくださったKADOKAWAの編集者豊田たみさんからお電話をいただき、完訳が実現することになりました。また、この作品について、いろいろな場でお話しする機会もいただきました。ハイジを通して出会った方々、お世話になった方々に、心から感謝したいと思います。今回の翻訳を熱心にサポートしてくださった豊田さんには、この場を借りて特にお礼申し上げます。

なお、Heidiという人名は、言語の発音では「ハイジ」よりも「ハイディ」の方が近いのですが、日本では「ハイジ」が定着していることから、「ハイジ」にしました。野上彌生子（のがみやえこ）さんがこの本を英語から翻訳したのは、ちょうど百年前の一九二〇年でした。そのときには「ハイヂ」と表記されていました。また一九二五年に出た山本憲美（やまもとのりよし）訳では、タイトルが『楓物語』とされ、ハイジは楓（かえで）、ペーターは辨太（べんた）、クララは本間久良子（ほんまくらこ）という名前になっていました。

百年にわたる翻訳史を振り返ってみると、いろいろなことが見えてくるに違いありません。

松永美穂